W0471701

Écailles

JOHN FARRIS

Écailles

TRADUIT DE L'ANGLAIS
PAR MICHEL DEMUTH

ÉDITIONS J'AI LU

POUR MARYANN

Dans ton œil
il y avait la mer,
dans la mer
un poisson,
dans le poisson
un rêve,
dans le rêve
une pierre,
dans la pierre
la graine
de la fleur
qui a brisé
la pierre.
4 janvier 1978.

« Prends ce que tu veux, »
a dit Dieu. « Et paie-le. »
Proverbe espagnol

Ce roman a paru sous le titre original :

ALL HEADS TURN WHEN THE HUNT GOES BY

1

ACADÉMIE MILITAIRE DE
BLUE RIDGE

Gaston, Virginie
23-25 mai 1942

Vous êtes prié d'honorer de votre présence
le mariage de
MISS CORINDA LAMONT BILLINGS
avec le
SOUS-LIEUTENANT WILLIAM JEBEDIAH BRADWIN
Samedi vingt-trois mai,
à deux heures de l'après-midi,
en la chapelle des Cadets
Académie militaire de Blue Ridge
Gaston, Virginie

Extrait du Journal du capitaine C.R. Bradwin,
Cinquième Régiment, Première Division de Cavalerie,
Armée des États-Unis

Nuit du samedi 23 mai

La peur a cessé, ou du moins je la maintiens à distance. Pour l'heure.

Je me suis toujours demandé quelle pouvait être ma capacité d'absorption en ce qui concerne le bon bourbon et je m'aperçois maintenant que j'ai presque fini la bouteille que l'irremplaçable Hackaliah m'a apportée dans ma chambre vers huit heures du soir. Il sera bientôt minuit. Et je suis absolument lucide, l'esprit clair. Certes, l'engourdissement qui a gagné un côté de ma langue peut être attribué à la boisson. Mais ma main ne tremble pas et je relis sans difficulté ce que j'ai couché dans ces pages; je lis sans le moindre flou ni aucun de ces instants effrayants de vide et de paralysie qui m'ont tourmenté plus tôt dans la soirée. (Il est curieux que je puisse arriver à écrire. Une autre discipline bien apprise, ce que le Patron appelle « l'art éprouvant de l'auto-révélation ».) Je suppose que, plutôt que de me plonger dans la stupeur, l'alcool m'a fait parvenir à un état de conscience au seuil du rêve, dans lequel je peux fonctionner honorablement, ainsi que le doit un soldat professionnel, bouleversé mais non pas paralysé par les circonstances tragiques qui par l'affreuse tragédie que nous avons

Presque perdu mon contrôle. Je me sens poussé avec violence vers un lointain rebord de l'esprit, sur le point de tomber – non pas sur le bas-côté au-dessous de moi, ce bas-côté débordant d'hommes et de femmes qui se bousculent en pleine hystérie, mais dans un puits affreux et sombre d'oubli... un autre verre ne me fera pas de mal. Et la douleur est revenue dans ma cheville. Par bonheur, elle n'est pas cassée. Les compresses ont déjà réduit de moitié l'enflure.

N'y a-t-il pas une vague odeur de fumée dans la chambre ? Le vent des montagnes a dû fraîchir. Il y a une heure, il tombait une pluie fine, pas assez abondante pour mouiller le brasier qui fait encore rage dans la Forêt Nationale George-Washington, à quelques kilomètres de là. Depuis le début du printemps, des incendies se sont propagés de la Géorgie à la Nouvelle-Angleterre, les plus catastrophiques que l'on ait jamais connus, et des millions d'arpents de bois en pleine maturité sont en péril. C'est du sabotage, bien sûr, l'œuvre de ce que le Président appelle la « sixième colonne » et qui a frappé dans notre région. Les cadets qui n'avaient pas encore pris leur permission d'été sont partis dans les montagnes toute la journée afin de renforcer les équipes d'incendie du parc, épuisées. Notre charmante petite ville n'est pas menacée, mais il me suffit de traverser la chambre jusqu'au balcon (en boitant) pour voir le ciel se gonfler de rouge

de sang

du sang qui jaillit de toutes parts

qui baigne le

Mon esprit se dérobe. Mais, indépendamment de la pensée consciente, comme je le regarde, le stylo écrit, commettant à peine quelques écarts, il écrit des mots nets et lisibles des mots des mots qui attendent. Qui attendent que je. Et je dois. Si je dois ne pas perdre l'esprit, alors, avant que ma mémoire ne se referme comme une tombe, il me faut raconter ici... tout ce qu'instinctivement je rejette parce que inexplicable.

Dieu m'accorde qu'il y ait une explication : non pas dans le visage de mon pauvre Clipper, mon frère si cher, où il n'y avait que la folie la plus déchirante... Il me faut chercher ailleurs pour commencer, pour comprendre.

Le Patron aurait pu user de son influence considérable auprès de notre chef d'état-major afin que j'obtienne une semaine de congé personnel, ce qui aurait représenté quelques précieux jours de plus à passer avec Nancy.

En dépit de nos mirifiques victoires navales dans la mer de Corail et des discours enthousiastes que l'on entend partout à propos d'une fin victorieuse de la guerre dans le Pacifique au terme de cette année, je doute que le conflit puisse s'achever aussi rapidement. Qui sait combien de mois ou d'années nous serons séparés ? Bien sûr, ce n'est qu'en temps de guerre qu'il est possible de gagner de la promotion aussi vite que j'espère le faire. Il y a très exactement deux ans, Eisenhower était lieutenant-colonel du 15e d'Infanterie et, il faut le dire, on ne pensait pas grand bien de lui et Patton, que j'estime être un grand soldat, est seulement passé du grade de capitaine à celui de colonel durant les vingt années qui se sont écoulées entre les deux guerres.

Tout bien pesé, j'avais estimé que je pouvais consacrer trois jours au maximum. Tous mes hommes sont fin prêts au combat et les « Ventre-à-terre » attendent depuis trop longtemps d'être envoyés au front. Les hommes endurent cette période d'attente qu'ils passent à patrouiller au long de la frontière, et il n'y a pas d'endroit plus pénible où attendre que ces grandes plaines torrides et arides de l'ouest du Texas. Après des mois d'entraînement de pointe, le moral est notre problème principal :

des hommes qui brûlent du désir de se battre et qui sentent que le haut commandement les ignore très vite n'ont plus le cœur au combat. (Bien sûr, nous n'avons plus rien à voir avec la cavalerie montée, mais on a toujours le sentiment que nous sommes bizarrement démodés.) J'ai pleine confiance dans le lieutenant Neal (il est de la promotion 1939 de Blue Ridge et nous avons fait ensemble l'académie du Kansas) et en ses capacités de commandement; il souffre peut-être cependant d'une regrettable tendance à se faire bien voir de ses supérieurs. Mais peu importe : je me serais senti complètement perdu à jouir si longtemps de mon éloignement du devoir en une période si critique.

Avec les 72 heures dont je disposais, il ne m'était pas possible de participer à la fois aux exercices de collation à Blue Ridge et au mariage, deux jours après. Je choisis d'arriver dans la nuit précédant la cérémonie. Nancy et moi, nous aurions alors presque toute la journée du dimanche à nous. (J'avais pensé que sa décision de ne pas me rejoindre à Fort Bliss était raisonnable. Le vieux poste est lamentablement surpeuplé et, avec ses allergies, Nancy ne pourrait supporter la chaleur et les deux tempêtes de sable qui se levaient régulièrement chaque jour. Et puis, sans famille pour la tenir occupée, elle n'aurait guère su quoi faire au fort. Et je redoutais qu'elle en revienne à ressasser son chagrin, ses plaintes déchirantes sur l'enfant perdu. J'avais jugé que, pour cette période, elle serait mieux à Dasharoons, où le Patron pourrait veiller sur elle – et elle semblait très bien s'entendre avec Nhora.)

Mon itinéraire avait été mis au point par le Commandement Aérien. Je devais aller de Fort Bliss à Kelly Field puis à Fort Bragg, en Caroline du Nord. Le Patron enverrait une voiture m'attendre à Fayetteville.

Malheureusement, l'un des moteurs de notre avion de transport chauffait et le résultat fut que nous perdîmes trois heures à San Antonio. Ensuite, notre vol fut détourné sur La Nouvelle-Orléans pour charger du fret prioritaire qui se révéla être les effets civils d'un caporal de l'aviation qui revenait de la Zone du Canal. Quand le chargement fut achevé, le temps était devenu menaçant et le décollage fut retardé. Je me retrouvai dans un logement inconfortable où je passai une nuit blanche en espérant que la pluie et le brouillard allaient cesser dans l'heure suivante. Le toit avait des fuites et les moustiques de Louisiane me firent songer avec nostalgie aux mouches de Fort Bliss.

Au lever du jour, ce samedi (c'était ce matin seulement ? Comment une telle part de ma vie a-t-elle pu être détruite en un seul jour ?), le temps était encore inclément. Par chance, je pus joindre à nouveau le Patron au téléphone. C'est avec regret que je lui dis que je ne pourrais être là. Puis je tentai d'avoir Nancy pour la consoler, mais nous fûmes brusquement coupés. Je me mis en colère, très futilement, pour qu'on rétablisse la communication.

– Vous êtes le capitaine Bradwin ?

Que le monde est petit ! Celui qui s'était ainsi adressé à moi était le lieutenant-colonel Milo Cotsworth, de Malvern, Arkansas, du Commandement des Transports de l'Aviation. Il était membre de la Cour suprême fédérale de Justice, c'était un ami du Patron (mais tous ceux qui avaient quelque importance dans cet État se retrouvaient un jour ou l'autre à Dasharoons). Par chance, le colonel Cotsworth regagnait l'Est après avoir amené un certain nombre de distingués visiteurs britanniques, parmi lesquels le maréchal John Dill, qui devaient assister aux manœuvres d'engins mécanisés de Camp Polk, à quelque distance. Il avait entendu parler de mes ennuis et me proposa une solution immédiate.

– Capitaine, je vais m'envoler pour Washington dès que le temps s'éclaircira suffisamment pour que je distingue la piste. Je crois savoir que ce nouvel aéroport de Camp Pickett, en Virginie, est assez long pour que mon appareil puisse s'y poser. À quelle distance est-ce donc de l'endroit où vous devez vous rendre ?

– Camp Pickett ? Oh, à deux heures de route, au pire. Mais...

– Ne vous inquiétez pas pour le temps : le vent est nord-ouest à 23 nœuds pour le moment et il devrait dégager tout ça vers la mer dans une heure environ. Je vais en parler à mes Angliches, mais je ne crois pas qu'ils fassent des histoires parce que je vous embarque. (Il me dévisagea d'un air pensif.) Et puis, je pourrais glisser quelques noms ici ou là, je suppose...

– Seulement si cela s'avère nécessaire, colonel. Et je vous remercie. C'est très important pour moi.

– Alors c'est okay. Nous devrions décoller vers 7 h 30.

Le colonel avait vu juste quant à l'heure de décollage. Quelques minutes après 7 h 30, nous grimpions vers le ciel pour rencontrer enfin les rayons du soleil sur un banc de nuages, à basse altitude. Bientôt, nous volions vers le nord dans un ciel d'un pur bleu céruléen. L'avion était un quadrimoteur Boeing Stratoliner de type récent, réquisitionné depuis peu à la Pan American, et il n'avait même pas encore été repeint. Des stewards nous servirent un plantureux breakfast. Nos invités britanniques, tous de haut grade, se montrèrent d'une courtoisie flatteuse à l'égard du jeune officier que j'étais. La plupart étaient des universitaires en même temps que des soldats et le maréchal John Dill lui-même semblait connaître très bien les six volumes que le Patron avait écrits sur la guerre de Sécession. À la suite d'une passionnante discussion sur la tragique erreur de Longstreet, je me retirai pour deux heures de sieste en attendant l'arrivée à Camp Pickett.

Une nouvelle surprise agréable m'attendait sur le

terrain. À l'instant où je débarquais de l'avion, une voiture d'état-major portant l'insigne du commandement s'immobilisa non loin de moi.

– Capitaine, déclara le conducteur en m'ouvrant la portière, le général Blaisdell vous présente ses compliments et vous souhaite un excellent séjour en Virginie.

Je levai les yeux à l'instant où les moteurs de droite du Stratoliner étaient relancés et je vis le colonel Cotsworth, dans le cockpit de pilotage, qui levait le pouce à mon intention. Je souris en réponse et le saluai comme l'appareil roulait vers la piste de décollage. Toute l'impatience que j'avais éprouvée auparavant était maintenant oubliée. Je me sentais reposé après ce rapide voyage jusqu'au vieux Dominion (1) et j'avais très envie de me retrouver auprès de ceux qui m'étaient les plus chers sur cette terre.

Mon chauffeur, le sergent Lew Chittum, de Roanoke, fit le trajet en un temps excellent malgré les divers foyers d'incendie de Blue Ridge. Un rideau de fumée et de cendres, au sud de Gaston, nous força à nous arrêter plusieurs fois mais, peu avant deux heures, j'atteignis enfin l'institut.

C'était ma première visite depuis ma collation, en 1937, mais je ne m'étais cependant pas attendu à cette onde agréable de nostalgie qui s'enfla dans ma poitrine, m'étreignant le cœur, me serrant la gorge. S'il existe dans le monde un campus encore plus beau, on ne m'en a pas informé. Dessinée par Thomas Jefferson, la célèbre Hilltop Parade est bordée de quelques remarquables exemples d'architecture néo-classique. On dénombre six structures en forme de temple, construites en brique rouge, avec de vastes portiques et des colonnes chaulées de dix mètres de haut. Les six hectares de la Parade sont entourés d'ormes et de frênes immenses.

(1) Surnom de la Virginie. *(N.d.T.)*

Lorsque l'on entre sur la Parade, on trouve sur la droite la caserne des cadets. Isolée dans sa splendeur sur le panorama des montagnes, la chapelle des cadets se dresse tout au fond, dominant l'ensemble du campus. Mais aujourd'hui, comme nous descendions la Parade, les montagnes n'étaient pas visibles et le ciel était bizarrement bruni par un soleil indistinct. L'air était anormalement moite pour le printemps.

En approchant de la chapelle, j'eus l'impression d'entendre les cinquante voix de la chorale des garçons de l'École McKinley, qui se trouvait non loin de là. Des attelages attendaient devant la chapelle. Quant à la file de limousines, elle ne mesurait certainement pas moins de cent mètres. Il ne faisait pas le moindre doute que la moitié des notables de Washington s'était déplacée pour le mariage de la petite-fille du Secrétaire Lawton. Quant aux invités du Patron, ils avaient emprunté un train particulier de dix voitures. Les sièges libres devaient être rares dans la chapelle.

Deux camarades de promotion de Clipper, en uniforme de cérémonie, me saluèrent au passage comme j'escaladais au pas de charge les marches qui accédaient aux grandes portes encadrées de lierre. L'un d'eux me reconnut.

– Mon capitaine, je ne pensais pas que vous seriez là.

– Je considère cela comme un miracle, répliquai-je avant de pénétrer à l'intérieur de la chapelle.

Le chœur de l'école avait achevé l'hymne prénuptial et déjà les demoiselles d'honneur descendaient le bas-côté de droite. Six des filles, toutes vêtues de mousseline orange pâle, trépignaient sur place, en attendant leur tour, non loin des garçons d'honneur portant le sabre en écharpe.

Corrie Billings, au bras de son père, se tourna et son regard de myope me chercha à travers les fines mailles de son voile. Je ne prête généralement que peu d'attention aux robes des mariées, mais celle de Corrie me frappa tout particulièrement : elle était très spéciale – j'avais la certitude que c'était un héritage ancien. Le corsage était de satin crème brodé de perles minuscules, la jupe longue avait une longue traîne. Corrie ne tenait pas un bouquet mais un petit livre de prières entre ses mains gantées. Et tout autour d'elle, il y avait les enfants : les cheveux tressés, la raie bien dessinée, le visage pâle d'excitation et d'orgueil, habillés de velours et de chemises à jabots, comme autant de petits monarques. Deux garçons portaient la traîne, accompagnés de deux filles avec des paniers de fleurs des champs.

Avec son sourire fugace et charmant, Corrie écarta son voile sans montrer la moindre nervosité.

– Champ, venez ici, me dit-elle d'une voix douce, mais plus impérieuse que celle de la plupart des officiers que je connais. Nous sommes tellement heureux que vous ayez réussi à venir.

Je posai un baiser léger sur sa joue et serrai la main de son père : il avait une demi-tête de moins que Corrie et sentait à la fois la sueur et le *bay-rum*. Il faisait une chaleur étouffante dans le petit vestibule, mais Corrie ne paraissait pas en avoir conscience.

– Vous êtes splendide, lui dis-je.

– Merci, capitaine. J'ai laissé maman, ainsi que toutes les cousines et les tantes, s'en occuper. Il n'y a guère qu'ainsi qu'on puisse arriver à se marier. Eh bien, tout le monde est là, ou presque. Nhora a dû retourner jusqu'au train avec de la glace sur le ventre, la pauvre ! Ça pourrait être une appendicite, selon le docteur. Ou bien quelque chose qu'elle a mangé.

– Quel dommage ! Et Nancy ?

– Assise devant, près du Patron. Ces derniers jours, elle a été tout sourire. Elle était *vraiment* heureuse. Je suis sûre que vous êtes heureux de savoir ça. Champ, je suis navrée pour le bébé.

Est-ce que vous ne voulez pas vous y remettre ? Il faut qu'il y ait un petit Champ dans la famille.

– Il y en aura un. Comment va Clipper ?

– Il a été un peu bizarre, ces derniers temps – c'est normal, je pense. Je l'ai entrevu au coin il y a un instant. Seigneur, il est magnifique dans cet uniforme ! Je sais que je vais faire quelque chose de stupide à la dernière seconde. Je vais pleurer. Mais personne ne le verra avec ce voile. Est-ce que vous ne le trouvez pas magnifique ? Il était à mon arrière-grand-mère, Sally Armitage Billings... Eh, mon chou, qu'est-ce qu'il y a ? Tu veux faire pipi ?

L'une des demoiselles d'honneur qui portaient la traîne acquiesça d'un air penaud.

– Est-ce que tu peux tenir encore quelques minutes ? Et quand nous arriverons à l'autel – comme pour la répétition, tu te souviens ? – tu sortiras par la porte du chœur, sur la gauche.

L'organiste venait d'entamer les premières notes de « Here Comes the Bride » et le père de Corrie lui dit d'un ton rogue :

– Corrie, pour l'amour de Dieu, *c'est ton mariage* !

– D'accord, je ferais mieux d'y aller avant que Clipper croie que j'ai changé d'idée, dit Corrie en remettant son voile en place. À bientôt, Champ mon grand frère.

– Gardez-moi la dernière danse, Corrie.

– C'est promis.

Et, au bras de son père, elle s'avança dans la chapelle; et comme les têtes se tournaient vers cette mariée qui arrivait en retard, j'entendis le murmure des voix en même temps qu'un bruissement d'étoffes.

J'empruntai l'escalier jusqu'à la galerie et je constatai avec déplaisir que les marches s'affaissaient et que les fissures dans le stuc s'étaient encore agrandies depuis le temps où j'avais été un « moucheron » – en Classe de Quatrième. La chapelle avait été construite en 1834. Pendant la guerre de Sécession, elle avait été touchée par des obus puis gravement endommagée au cours de la bataille de Rickett's Mill, qui s'était déroulée dans les bois alentour. Reconstruite à l'issue de la guerre, elle semblait avoir sérieusement besoin d'être restaurée. Je me dis que je devrais en parler au Patron : en tant que doyen du conseil d'administration, il avait toute possibilité de décision.

Je dépassai les rangs du chœur des garçons et me dirigeai vers une place libre, parmi les bancs du premier rang, tout au bout de la galerie, juste au-dessus de l'autel.

De toutes parts il y avait des fleurs : des roses, des stéphanotis et des gardénias – dans des paniers, des suspensions, et dans le treillage blanc qui transformait l'autel en une charmante tonnelle. La lumière qui filtrait par une fenêtre octogonale, dans le mur du fond, faisait scintiller les milliers de gouttelettes de la fontaine d'albâtre, créant une esquisse d'arc-en-ciel et des halos surprenants, un peu partout dans le feuillage. L'air portait un parfum doux, presque oppressant. Un peu partout, des éventails battaient, en vain. Peut-être était-ce un effet de mon imagination, renforcé par le fait que je venais des collines en flammes, à l'est, mais j'avais l'impression que tout, ici, était imprégné de fumée.

Corrie, maintenant, s'approchait de l'autel avec son père. Il était possible qu'il y eût des larmes derrière ce voile. À cette distance, je ne pouvais le savoir mais, alors qu'elle franchissait les derniers mètres d'une démarche altière pour aller rejoindre son promis, elle s'arrêta près d'une de ses tantes nonagénaires assise dans les rangs d'honneur du bas-côté. Elle lui adressa quelques brèves paroles et la vieille dame frêle lui répondit par un sourire. Oui, Corrie se dominait totalement, même dans cette circonstance de tension intense. On ne pouvait en dire autant de Clipper, dont l'attitude était plus rigide encore que ne l'exigeait le maintien militaire.

Il était quasi pétrifié, ses grands yeux d'un bleu de porcelaine de Chine fixés sur Corrie.

Je poussai un soupir, de tout cœur avec lui, me souvenant de ma propre terreur absolument irrationnelle juste avant que j'épouse Nancy. Je m'étais avancé jusqu'à l'autel avec ma suite en éprouvant une impatience tranquille, peut-être l'envie d'en finir assez rapidement avec la cérémonie. Mais j'avais succombé dès que mon regard s'était posé sur Nancy dans sa robe de mariée; ma gorge s'était serrée et mon cœur s'était accéléré de façon inquiétante, à tel point que j'avais craint de m'évanouir. Je n'aurais jamais imaginé que le baptême du feu lui-même pût ainsi me faire perdre la maîtrise de moi. Notre mariage remontait à deux ans et, même en cet instant, je n'avais qu'un souvenir flou de notre échange de serments. Nancy m'avait dit que, lorsque j'avais passé l'anneau à son doigt, ma main était si froide qu'elle avait failli crier. Le Patron nous avait éduqués, nous avait élevés pour que nous n'ayons peur de rien, mais il avait oublié quelque part en chemin de nous parler de cette cruelle épreuve : se trouver auprès de celle que l'on aime de toute son âme et ne dire que quelques mots banals devant un prêtre. Le Patron s'était lui-même marié trois fois, et la dernière fois avec une femme plus jeune que moi, et je suppose donc que l'idée du mariage ne l'a jamais particulièrement bouleversé. Mais, à tous égards, mon père est un homme hors du commun.

Peut-être était-ce l'effet de la chaleur étouffante, ou encore la tension de ce trop long voyage, avec ses retards et ses détours, mais la simple évocation de mon mariage en cette circonstance où j'assistais à un autre mariage me plongea dans une léthargie empreinte de tristesse. Au bord du val entre le passé et le présent, j'étais assailli par des ombres, la crainte et la prémonition d'événements enchevêtrés que je n'avais aucun espoir de définir.

Tandis que la cérémonie déployait sa pompe sur

un rythme propre aux rêves, j'avais la vision intérieure et aiguë de certains détails, des fragments et des notations insolites : la marque infime que laissaient les mules de Corrie sur l'épais tapis bleu des marches de l'autel; le chuintement de la fontaine, les gouttelettes, comme indélébiles dans l'air lumineux, pareilles aux Larmes du Christ; la musique majestueuse des orgues qui s'élevait dans la nef; un sourire, un bâillement, un signe de tête : tout m'apparaissait avec trop de netteté, presque douloureusement. Je portai à nouveau mon regard sur Nancy, mais à cet instant précis, un mouvement de sa capeline me masqua son visage. Je ne pus même me consoler en imaginant qu'elle allait se retourner et que, brièvement, je retrouverais son regard attentif, son sourire ravi et étonné, car elle était assise à côté de mon père, ce gentleman puissant, rude, avec son œil blessé et son goût viking pour la séduction.

Mes pressentiments étaient marqués par la crainte d'être dépossédé. C'était à la fois puéril et par trop sexuel : mon père avait une femme jeune, plus gaie et plus effrontée que Nancy, et jamais il n'aurait joué les prédateurs au sein de sa propre famille. Nancy lui parlait. Il pencha la tête sous le bord de son grand chapeau pour mieux écouter. Ses cheveux étaient plus longs que jamais et dépassaient de plusieurs centimètres son col, ils étaient poivre et sel, marqués de mèches jaunissantes, jaunes comme les doigts d'un grand fumeur. Il serrait la main fine de Nancy dans la sienne. Les orgues se turent et le silence fut comme un coup de tonnerre soudain. Comme souvent à l'église, j'avais une érection et je détournai le regard.

Sur l'autel, le père de Corrie s'était reculé; les gouttes de sueur, à l'arrière de son crâne chauve, brillaient dans la lumière. L'enfant qui portait la traîne s'éclipsa pour aller soulager sa vessie et deux photographes essayèrent de prendre discrètement quelques clichés. Quant à Clipper, il s'était placé au côté de Corrie, la démarche roide. Je remarquai l'étoile d'or au col de sa tunique, une distinction qui n'avait été accordée qu'à quelques rares promus de Blue Ridge : quatre années consécutives, Clipper avait été le premier de sa classe.

Je m'étais attendu à ce qu'il porte l'épée que la compagnie remettait à son commandant le jour de la collation, une arme ornementée, avec des incrustations d'or, et peut-être, sur la poignée, un aigle prenant son vol. Je possède ce genre d'épée et j'éprouve toujours une certaine émotion quand je la revois. Mais Clipper avait préféré un sabre droit, une arme de combat qui m'était familière. La lame mesurait plus de quatre-vingt-dix centimètres de long et elle était large de deux centimètres huit à hauteur de la garde. Ce sabre avait été offert au Patron en 1911 par le célèbre Cléry « Monsieur l'Adjudant » (1), maître d'armes et instructeur d'escrime de l'École de Cavalerie de Saumur : une marque d'estime fort rare pour un élève exceptionnel de la part d'un champion professionnel européen dans le maniement du fleuret, de l'épée et du sabre. À présent, ce sabre était revenu à Clipper et il n'était guère surprenant qu'il l'eût choisi pour la circonstance plutôt que celui de Capitaine de compagnie. Les distinctions ne sont pas faciles à Blue Ridge, mais le Patron accorde sa bénédiction avec plus de parcimonie encore.

Les émotions s'affrontaient en moi : sans le moindre doute, j'éprouvais de l'envie, pourtant la boule qui s'était formée dans ma gorge ne disparaissait pas, même lorsque je déglutissais. J'étais tellement fier de Clipper que j'aurais voulu crier – peut-être aussi pour briser cet envoûtement de mélancolie et de langueur qui s'était abattu sur moi,

(1) En français dans le texte. *(N.d.T.)*

pour soulager Clipper aussi, voir revenir un sourire sur son visage tendu.

– Mes bien-aimés, nous sommes réunis aujourd'hui devant le regard de Dieu…

Le pasteur, qui avait passé le capuchon pourpre de docteur d'Oxford sur sa robe noire académique, venait de commencer la cérémonie. Dans quelques minutes, après quelques notes de Mendelssohn et la traditionnelle voûte de sabres croisés, tout serait achevé. Mon esprit partait à la dérive. La réception, je m'en souvenais, devait avoir lieu dans la résidence historique de « Stonewall » Jackson, à proximité du campus, un monument désormais administré par l'État de Virginie. Cela n'avait pas été sans quelques pressions, j'en étais certain, plus quelques débours généreux, mais le local habituel pour les noces des cadets, c'est-à-dire le Club des Officiers, n'aurait été ni assez grand ni assez imposant en la circonstance.

– … une condition honorable à laquelle on ne saurait accéder sans conseil, mais avec discrétion, révérence, et dans la crainte de Dieu.

Du coin de l'œil, je remarquai Hackaliah qui se tenait au fond de la galerie, près de la stalle du chœur haut perchée, bien trop loin pour que ses yeux affaiblis distinguent l'échange des vœux qui se déroulait à trente mètres de là. Mais j'étais certain qu'Hackaliah se satisfaisait d'être là, tout simplement : c'était l'autre « patron » de notre famille et, aussi loin que remontaient mes souvenirs, il avait toujours été là. Il avait trente ans passés lorsqu'il était devenu en quelque sorte l'« aide de camp » du Patron, peu avant le début du siècle, ce qui lui faisait au moins soixante-quinze ans. Mais lui-même ne parvenait pas très bien à déterminer son âge exact. Malgré tout, il restait un homme robuste, aux épaules larges, pourtant, là, dans son complet de lin froissé, il me paraissait hagard, blême, malade, les mains crispées nerveusement sur la paille d'un verre de punch comme s'il souhaitait la casser.

– S'il se trouve quelqu'un dans l'assistance pour apporter la preuve que les deux parties ne soient pas unies...

C'est alors que je reportai mon attention sur Clipper et Corrie que je ressentis la chose pour la première fois : une infime vibration, comme si la chapelle tout entière avait été secouée sans le moindre bruit au niveau de ses fondations. Un arbre de grande taille s'abattant à proximité aurait provoqué la même sensation, et je me souvins d'un jour où, cheminant dans Park Avenue, à New York, j'avais senti la rue vibrer de la même façon à cause des trains qui sortaient des tunnels de la gare de Grand Central. Je ne réagis pas à cette secousse, pas plus que quiconque d'ailleurs.

– Qui accorde cette femme en mariage à cet homme ?

Mais il y eut alors une deuxième secousse, trois secondes peut-être après la première. *Un séisme ?* Possible, mais je doutais qu'on eût enregistré un tremblement de terre d'importance notable dans cette partie de la Virginie depuis un siècle. Et cela se répéta ! Et cette fois, réellement secoués, certains des plus craintifs parmi les invités commencèrent à jeter des regards alentour en murmurant.

– Qu'est-ce que c'était, papa ? demanda une enfant.

Elle ne s'était pas exprimée à très haute voix mais chacun l'entendit. Sur l'autel, le prêtre hésita un instant et se frotta la joue tout en regardant Clipper comme s'il avait oublié son nom. Cette fois, j'avais noté l'intervalle : exactement trois secondes entre chaque secousse. Donc, il ne pouvait s'agir d'un tremblement de terre, car je connaissais le mécanisme des secousses sismiques : la terre grondait, ronflait et vibrait sans discontinuer. Alors qu'ici, dans la chapelle, il y avait un intervalle très net entre les phénomènes, comme si...

– Jebediah Wil... Hhmm, excusez-moi, je vous

prie. William Jebediah Bradwin, acceptez-vous de prendre pour épouse...

La vénérable chapelle fut secouée pour la huitième fois; il était évident que le tremblement était plus accentué, comme si les poutres et les murs avaient du mal à supporter ces mystérieuses vibrations. Un nuage de poussière ténue flottait dans l'air et on le distinguait très nettement comme une pluie fine au fond de la galerie. Dans le chœur, les enfants levaient tous la tête vers le plafond. L'organiste, toujours vaillant à son clavier, appuya par inadvertance sur une touche et les orgues émirent une note assourdissante. Neuf... dix secousses... Les voix, à présent, se faisaient plus fortes dans le saint lieu, comme si l'on oubliait la noce. Ce n'était pas encore la panique, mais une inquiétude générale qui allait grandissant.

– Mesdames et messieurs, lança le pasteur, si vous voulez bien...

Sous l'effet de la brutale secousse, il se tut. Cette fois, un cri jaillit de l'assistance, propre à faire céder les nerfs. Un peu partout, les invités s'étaient levés et j'eus la surprise de voir Clipper s'éloigner de Corrie, le crâne serré entre les mains comme sous l'effet d'une douleur intense.

La main calleuse d'Hackaliah serrait mon épaule droite. Je levai les yeux et rencontrai son regard envahi par la terreur.

– C'est la cloche ! Que Dieu nous vienne en aide : c'est la cloche !

Mais oui : la cloche ! Je n'avais cessé d'y penser mais sans vouloir y croire car aucun son n'accompagnait le balancement destructeur et interdit. Mais pourtant, seule la cloche de quatre tonnes, là-haut dans la tour, au-dessus du chœur et des orgues, pouvait créer une telle pression en oscillant. C'était à cause de l'état de dégradation de la chapelle que la cloche ne sonnait plus depuis vingt ans, et je me demandai avec colère qui avait bien pu avoir l'idée de cette mauvaise plaisanterie. À l'évidence, le battant avait été assourdi afin que l'effet garde toute sa force sans que l'on entende le son.

– Je vais aller arrêter ça, dis-je en me redressant, mais Hackaliah me força à rester en place.

– Vous n'avez aucun moyen de l'arrêter. Ni personne ! Il faut seulement que vous fassiez sortir Clipper d'ici. Et vite, avant qu'il...

Brusquement ses yeux quittèrent mon visage. Surpris, il recula, sa main agrippant toujours mon épaule avec une force telle que la douleur fusa dans mon cou. Puis il me lâcha soudain et me força à regarder dans la direction de l'autel.

Clipper avait tiré son sabre. Il levait un regard éperdu, désorienté; la lame étroite de son arme était à demi levée devant lui, luisant comme un miroir tandis qu'il pivotait sur lui-même et que la chapelle était secouée une fois encore. Au craquement de la toiture répondit le cri unanime des invités de la noce.

La confusion s'ensuivit autour de moi, sur tous les sièges. Je fus bousculé, mais j'étais incapable de détacher mon regard de Clipper, même en sachant que je devais profiter de ce bref instant pour agir et tenter de réprimer la panique. Sur l'autel, nul ne bougeait. Le pasteur, serrant contre lui les Écritures, avait les yeux fixés sur le plafond, pointant la langue entre ses dents. En face de moi, le mur de la galerie était lézardé et un vitrail venait de se briser dans son cadre disloqué. Ce qui eut pour effet de provoquer de nouveaux cris, de nouveaux piétinements et des bousculades car les quelques issues disponibles étaient bloquées par des gens qui tentaient de sortir avant l'effondrement de la chapelle qui semblait inéluctable.

Sur l'autel, Clipper fit un tour complet sur lui-même, brandissant son sabre à deux mains, sans prendre garde à ceux qui l'entouraient, à tel point que le meilleur de ses hommes fut contraint de plonger vers le tapis pour éviter d'être blessé. Je ne pouvais croire ce que je voyais. J'étais pour ma part assez courageux – un courage que j'avais entretenu, renforcé par la volonté, le sens inné du devoir, de l'incapacité à l'erreur et au manquement –, mais Clipper était né sans le moindre sens de la peur. Il pouvait prendre n'importe quel risque, accepter n'importe quel défi et se rire des épreuves les plus cruelles qu'il s'imposait.

Qu'était-il donc arrivé à mon frère ?

Le plancher de la galerie bougeait et j'eus l'impression que je devais lutter pour maintenir mon équilibre comme si je me trouvais sur un tonneau lancé vers le bas d'une colline. Je saisis la balustrade pour éviter de tomber. Hackaliah me hurlait quelque chose, mais je ne parvenais pas à discerner les mots. Une demoiselle d'honneur s'était mise à courir désespérément; deux autres qui étaient tombées parmi le treillis et les fleurs abattus se cramponnaient l'une à l'autre en sanglotant. Quant aux adjoints de Clipper, ils étaient rivés sur place et leur regard reflétait sa folie panique.

Seule Corrie Billings semblait ne pas avoir succombé à ce pandémonium. Tendant la main, elle essayait de calmer Clipper, de le ramener à la raison en maintenant immobile la lame du sabre dans sa main gantée. Je retins mon souffle, le sang battant avec une violence mortelle à mes tempes, car je connaissais l'extraordinaire acuité du tranchant de cette lame.

Nul ne saura jamais ce qu'elle lui dit alors, ni même si elle lui adressa vraiment la parole. Mais je suis certain d'une chose : il y avait de l'amour dans les yeux de Corrie, même à l'instant où l'aversion gela le regard de Clipper et où il dégagea son sabre de la main de sa fiancée. Ce fut un geste vif et facile, en même temps qu'habile, comme s'il l'avait répété bien des fois de façon rituelle. Corrie ouvrit alors la main et, déjà, elle avait la paume rouge de sang. Je crois que c'est la vue de ce sang, alors, en même temps que la cloche continuait à fracasser silencieusement la chapelle et que montaient les cris déchirants des invités, je crois, oui, que c'est le fait inéluctable de ce premier sang versé qui poussa Clipper au paroxysme de la destruction.

Et il excellait au maniement du sabre, ainsi que le Patron le lui avait patiemment appris.

Un geste vif du poignet, un coup subtil, et la lame, très droite, transperça le voile de Corrie, puis sa gorge, à quelques centimètres sous son menton levé. Puis le voile se gonfla derrière sa tête, comme sous l'effet d'une bouffée de vent, un souffle inversé, et je vis la pointe élégante et humide de la lame qui soulevait brièvement le voile sur sa nuque avant que Clipper ne la retire. Il se tint très droit, présentant son sabre très droit, le fil de la lame rougi, comme à l'inspection. Corrie eut un faible hochement de tête, porta les mains à sa gorge, puis se détourna et, la tête haute, le regard perdu dans un rêve derrière son voile, ses doigts crispés sur sa blessure, elle commença à descendre les marches de l'autel comme si elle retournait vers son père, qui s'était déjà précipité, haletant, dans la travée centrale, inconscient, comme presque tous, de ce qui était arrivé à Corrie.

Sur le dernier degré, soudainement, elle perdit le contrôle de sa marche et bascula de côté entre les bras du Patron. Ses mains s'écartèrent de sa gorge et le sang se mit à jaillir de toutes parts, comme d'un tuyau éclaté.

Je poussai un cri – que nul n'entendit – et sautai par-dessus la balustrade sans me soucier de savoir quoi ou qui se trouvait au-dessous. J'atterris tout droit dans un prie-Dieu abandonné, vacillai, repris presque mon équilibre et le perdis finalement : je me tordis la cheville gauche en me dégageant et la douleur fut telle que les larmes me vinrent aux yeux. Mais cela ne m'arrêta pas longtemps.

Nancy appelait à l'aide et Corrie déversait son sang, mourante, entre les bras du Patron, les membres agités de convulsions telles qu'il était difficile de la maintenir. Deux des adjoints de Clipper tentèrent alors de s'emparer de lui, mais ils furent incapables de le maîtriser. Clipper, d'un bond, repoussa l'un des garçons, levant son sabre à deux mains. D'un moulinet gracieux, il trancha net une main qui se tendait vers lui, qui alla retomber dans un treillis, au milieu des plantes vertes, et resta là, privée de son corps. Le deuxième garçon reçut un coup sur la tête, mais Clipper avait frappé avec le plat du sabre et le garçon ne mourut pas.

J'entendis le fracas d'autres fenêtres brisées et entrevis des hommes qui plongeaient vers l'extérieur entre les fragments de verre. Des morceaux de plâtre pleuvaient du plafond. Je sautai par-dessus les sièges en direction du Patron, oublieux des fers rouges qui étaient plantés dans mes chevilles. Une femme s'était évanouie à sa place. Un petit garçon, son fils sans doute, était tombé près d'elle et serrait désespérément sa main en frissonnant. Je dus passer par-dessus et il implora mon aide. Mais, instinctivement, je savais que c'était le Patron qui, en cet instant, avait le plus besoin de moi.

Sur l'autel, Clipper avait de nouveau tournoyé, le sabre au-dessus de sa tête. Son visage, empourpré par le meurtre, était déformé par une fureur démente. Le Patron fut déséquilibré par une femme qui venait de piétiner Corrie agonisante sans même un regard. Le Patron m'aperçut alors et fut un instant cloué par la surprise, avant de réagir en réponse à mon avertissement mimé et frénétique.

Il se retourna, mais Clipper était déjà sur lui. Le long sabre décrivit un arc et cisailla le cou du Patron, et quand sa tête rebondit sur un prie-Dieu (une vision d'horreur que je me refuse à croire), son

expression était encore intriguée, son
presque fermé. Nancy, avec un visage
s'écarta de Clipper, mais quelqu'un qui
le bas-côté derrière elle la repoussa
presque sur le fil du sabre. Je pris alors c
que Clipper avait l'intention de la tuer e aussi.
Et il m'était impossible de parvenir à temps jusqu'à eux.

Mais l'attention de Clipper fut détournée par un énorme fragment du plafond qui tomba tout près de lui. Il lâcha son sabre, puis le reprit. L'une des demoiselles d'honneur avait complètement perdu l'esprit et elle était assise contre l'une des colonnes de l'autel, fronçant les sourcils d'un air concentré en brossant de la main les traces de plâtre qui marquaient sa fine robe de mousseline. Le garçon qui avait eu la main tranchée recevait les premiers soins de ses camarades officiers. Le pasteur avait entraîné deux filles hystériques jusqu'à une porte du chœur à demi dissimulée par les feuillages et s'évertuait à les persuader de sortir. Pour une raison inconnue, elles tenaient absolument à passer par la porte principale, alors que quelques marches d'escalier les séparaient de la sauvegarde.

Je me propulsai par-dessus le dernier siège et saisis Nancy par le bras.

Elle me regarda comme si elle me voyait pour la première fois.

– Tu as vu ce qui est arrivé ? Tu as vu ? (Elle pleurait mais ses yeux étaient étrangement dépourvus de vie.) Je crois que...

Je la secouai et lui criai à l'oreille :

– Nancy ! Suis le pasteur ! Il va te conduire hors d'ici !

– Je ne peux pas partir. Le Patron... Oh... et Corrie... Est-ce que tu ne vois pas Corrie ? (Ses yeux s'agrandirent et sa voix devint un cri aigu.) Tu lui marches dessus !

C'était vrai, mais cela importait peu désormais pour la malheureuse Corrie. Je poussai Nancy en direction des marches toutes proches.

– Cours ! suppliai-je.

Je savais que Clipper tenait à nouveau son sabre. Je me retournai, vulnérable, le bras levé contre l'attaque que j'attendais.

Clipper était prêt à me tailler en pièces, mais en voyant mon visage il s'immobilisa. J'ignore pourquoi.

– Clipper ! dis-je. Arrête ça ! Arrête !

Je bafouillai, mais peu importait. J'étais prêt à tout pour qu'il s'immobilise, pour qu'il baisse son sabre et laisse quelques précieuses secondes à Nancy pour qu'elle puisse s'enfuir. J'avais conscience qu'elle s'éloignait, qu'elle escaladait en trébuchant les marches de l'autel. Et je savais qu'elle aussi épiait Clipper. Mais son regard restait fixé sur moi tandis que la cloche continuait lentement et en silence de démolir peu à peu la chapelle. Celle-ci devait être à moitié vide, maintenant; il n'y avait plus personne à proximité de nous en tout cas et j'entendais à peine la plainte morbide de ceux qui étaient encore prisonniers, menacés. Sans nul doute, cette perception floue était due à l'effet du choc, plus la tension de cet affrontement visuel avec mon frère dément que je tentais de maîtriser avec toute ma volonté.

Il avait les épaules voûtées, il avait incliné la tête et, dans mon angle de vision, la ligne droite du sabre le partageait exactement en deux. J'essayai de deviner ce qui se passait au plus profond de son esprit et je sentis alors que je basculais dans une folie similaire. D'autres morceaux de plafond tombèrent. Et Clipper se mit à parler, mais cela ne voulait rien dire.

– Da-Da-Dom-Danbhalah Ai-da Wédo. Gen-loa ! Mawu !

Sur l'autel, Nancy trébucha et tomba. Clipper se tourna, la pointe du sabre s'écartant de moi. Chancelant sur ma cheville tordue, je le frappai deux fois de mes poings – un une-deux maladroit. Et mes coups n'eurent que peu d'effet. Il esquiva un troisième coup et sauta vers l'autel.

Celui-ci parut trembler sous son poids. Les cierges vacillaient. Des pots roulèrent, déversant leurs fleurs. La cire fumait sur le tapis. Clipper se dressa avec une plainte sonore et s'élança vers Nancy, le sabre levé vers sa tête.

L'un de ses aides avait tiré son arme du fourreau. C'était une épée de parade qui n'était pas faite pour le combat. Il visa le sabre de Clipper, les deux lames se heurtèrent et le coup de Clipper fut dévié. Nancy rampa entre les deux hommes et parvint à se remettre sur pied. Serrant le devant de sa robe d'une main, elle courut vers la porte dérobée de l'autel.

Je bondis sur le dos de Clipper. Nous tombâmes ensemble. L'autre garçon battit en retraite : sa lame avait été cassée. Clipper se releva. Je ne pouvais en faire autant, du moins pas aussi vite, et, dans le même temps, il me semblait que tout le plafond au-dessus de l'autel s'abattait sur moi. C'était surtout du stuc sans danger, mais la chaux était âcre et aveuglante. Je poussai un cri et je sentis quelque chose de dur contre une vertèbre. Clipper était dressé au-dessus de moi, la pointe de son sabre à quelques centimètres de ma veine jugulaire.

– Pas toi, dit-il. Pas ici.

Lugubre message du sommeil; il avait les yeux mi-clos.

Et où penses-tu le faire, si ce n'est ici ? pensai-je. Il promena les yeux autour de l'autel, mais Nancy n'était plus là. Au moins était-elle sauvée pour l'instant.

– Fini, dit Clipper de façon inattendue.

Au lieu de me trancher la gorge, il s'éloigna dans la brume d'eau de la fontaine en direction de la fenêtre octogonale, à l'arrière de l'autel. Le verre était intact. Il regarda au-dehors. Je pleurais. Il prit une pose roide, militaire, et renversa la tête en arrière jusqu'à ce que la pointe de son menton soit presque dans l'alignement de sa gorge. Il leva son sabre. Une goutte d'eau tomba de la pointe dans sa bouche. D'un geste vif vers le bas, Clipper plongea la lame dans son gosier.

Pendant quelques instants, il resta sur la pointe des pieds; puis ses mains retombèrent et je vis l'éclat de l'acier entre ses dents. Les gouttes de sang commencèrent à souiller le devant de son pantalon blanc. Déséquilibré par la souffrance, il tomba contre la fenêtre et passa au travers dans un jaillissement d'éclats de verre.

J'ignore combien de temps mon attention demeura fixée sur cette fenêtre, mais c'était comme le cristal d'une montre brisée et, en enfer, le temps s'immobilise. Puis Hackaliah s'avança parmi les gravats et me redressa. L'air était saturé de poussière mais la chapelle tenait encore debout.

– Ça s'est arrêté, dis-je.

Hackaliah avait une bosse sur le front, son regard était vitreux et il y avait de vieilles taches de sang dans le blanc de ses yeux.

– Venez, me pressa-t-il, ça pourrait quand même s'écrouler.

– Le Patron ? demandai-je en essayant de me retourner, mais Hackaliah n'avait pas l'intention de me lâcher.

– Laissez-le, grommela-t-il. Il ne faut pas que vous le voyiez.

– Mais je l'ai déjà vu. Sa tête est tombée.

C'était comme un méchant dessin animé, avec des ogres. Son œil malade qui se fermait quand il riait, parce qu'il avait un peu trop bu et faisait le malin : *Regardez-moi ! Je parie que vous ne pouvez pas faire la même chose !* Il avait perdu sa tête. Mais alors ce que Clipper avait fait… La poussière m'étouffait et je vomis.

Je pris ensuite conscience de l'air frais, de ce que

ma tête reposait dans l'herbe. Des spasmes me nouaient l'abdomen. Je me levai et, privé du soutien d'Hackaliah, je retombai, ce qui produisit un choc électrique qui se propagea depuis ma jambe pour remonter mon épine dorsale jusqu'à mon crâne. Ensuite, je luttai pour m'asseoir, le dos appuyé contre un muret.

La pelouse était envahie par les invités de la noce, dont certains étaient aussi désemparés que moi. Sous les arbres, des femmes aux dentelles en lambeaux s'abandonnaient à l'hystérie. Toute la violence concentrée dans la chapelle semblait s'être déversée par les portes ouvertes et se dissipait, à présent, lentement, sous le ciel bas. Le soleil était absent, mais pourtant il régnait une chaleur brûlante, pareille à celle que dégage une lampe à gaz. Dans la lumière, les feuillages prenaient des teintes de bronze patiné quand ils n'évoquaient pas de vieux os blanchis. Les blessures ouvertes, saignantes, avaient l'éclat des tissus pailletés. On sortait des corps de la chapelle et, plus loin, des hommes surveillaient un mur de brique qui s'inclinait dangereusement, sur le point de s'effondrer. Le lierre arraché pendait follement. Nombreux étaient les hommes en uniforme, mais nul ne semblait avoir pris le commandement. Les portières des limousines claquaient. Elles démarraient toutes avec leur plein de passagers, à toute allure, sur l'antique Parade, pareilles à des scarabées s'évadant d'une boîte. Je savais que certaines ne s'arrêteraient pas avant d'avoir rallié Washington.

Tyrone, le plus jeune fils d'Hackaliah, sauta pardessus le muret contre lequel je me trouvais et s'agenouilla auprès de moi, son visage sacerdotal presque violet à force d'épuisement, le regard nerveux mais vigilant comme il observait la scène tragique qui nous entourait. Dans le lointain, j'entendais la sirène d'incendie qui appelait les volontaires qui n'étaient pas déjà sur le front des incendies de Blue Ridge.

– Capitaine, dit Ty, venez avec moi.

Il passa un bras autour de moi. Il avait deux ans de moins que moi, mais il était grand et mince avec des muscles noueux.

– Où est Hackaliah ?

– Il est parti pour l'hôpital avec miss Nancy. Et vous devez y aller aussi.

– Je ne suis pas si gravement blessé, protestai-je. Il faut que quelqu'un ait le bon sens d'installer les secours d'urgence dans le casernement des cadets. Aide-moi à aller jusque là-bas.

– Vous avez besoin d'un docteur, dit Tyrone en me soulevant.

– Et Clipper ? Je ne peux quand même pas laisser mon propre…

Les yeux d'homme blanc de Tyrone avaient la couleur d'un crachat sur un trottoir, ils étaient assez perçants pour voir dans les bois par la plus sombre des nuits; et ces yeux, qui à certains moments semblaient exprimer un ressentiment ouvert, lui avaient valu bien des malheurs jusqu'à ce qu'il eût appris à masquer son regard, à cacher ses yeux, prenant l'attitude humble du vilain négro que jamais il ne serait. Il me regarda bien en face, calmement, et dit, sans chercher à ménager mes sentiments :

– À quoi bon ? Pour Clipper, c'est fini, capitaine. Il est tombé en roulant plusieurs fois avec cette épée plantée dans la tête.

– Mais, pour l'amour de Dieu, nous pourrions au moins le couvrir et…

– Faites ce que je vous dis d'abord. Pour le moment, vous n'êtes pas en mesure de savoir ce dont vous avez besoin. Votre esprit est encore chamboulé, capitaine. Vous allez venir avec moi et je m'occuperai de vous.

Un camion de l'académie arrivait à toute allure. Une bonne dizaine de cadets en tenue de combat, le visage noirci par des heures de lutte contre le feu dans les collines, en descendirent et s'alignèrent.

L'air épuisé, bouleversé, ils attendaient qu'on leur dise ce qu'ils devaient faire. Dans la chapelle, les poutres grinçaient et une bonne partie du toit s'inclinait de façon menaçante. La cloche étouffée sonna encore une fois, lugubrement. Tyrone tourna la tête et son regard se porta sur le clocher, comme hypnotisé. Des hommes surgissaient encore de l'intérieur de la chapelle mais, pour le moment, le toit ne cédait pas. Il y avait parmi eux le commandant en chef Jack T. (« Erié Jack ») Bucknam, surintendant de l'école et ami de longue date de la famille. On avait à l'évidence considéré qu'Erié Jack était trop âgé pour le service actif dans cette guerre mais il me parut toujours aussi alerte et vif tandis qu'il inspectait les cadets alignés tout en époussetant son uniforme.

– Général Bucknam ! appelai-je en repoussant Tyrone sans ménagement.

Erié Jack accourut vers nous.

– Champ ! Je ne savais pas que vous étiez ici ! Quelle abomination ! Une épouvantable tragédie ! Je ne sais même pas encore exactement comment ça s'est passé. Il faut nous organiser. Dieu merci, je crois que tout le monde a été évacué. Vous n'avez pas l'air bien, Champ.

– Ça va, ça va...

Il se retourna et fit signe à deux des cadets.

– Lieutenant Jenner, vous trouverez une jeep de patrouille devant ma porte. Prenez-la pour le capitaine. Veillez à ce qu'il s'installe chez moi et qu'il ne manque de rien.

– Général, je ne peux pas...

Il y avait des larmes dans les yeux du vieux soldat, à cause de la poussière ou du chagrin. Son regard se portait au-delà de moi, comme s'il observait la ruine d'une carrière aussi longue que riche. Quelles que soient les explications que l'on trouverait, il serait tenu pour responsable au bout du compte.

– Qu'est-ce que vous pouvez faire, Champ ? Sinon

ramasser les morceaux, comme nous ? La chapelle aurait dû être restaurée depuis des années. Mais personne n'écoutait. Il n'y avait jamais suffisamment d'argent. Bon, il vaut mieux évacuer ce secteur. Et prendre en charge les blessés. Capitaine, suivez ces cadets. C'est un ordre.

– Oui, général.

Je regardai Tyrone, qui s'était éloigné lentement et qui me regardait, immobile maintenant, les mains dans les poches de son blouson, les sourcils froncés.

– Ty, dis-je en pointant le doigt vers les bois, dans le creux de Rickett's Mill qui séparait la ville de l'école, l'hôpital est à six blocs de là. Essaie de savoir comment va Nancy. Puis procure-toi une liste complète des gens qui accompagnaient le Patron. Il va nous falloir des témoins.

– Oui, capitaine, dit-il sans enthousiasme, mais, déjà, il s'éloignait, sans trop de hâte.

Pendant ce temps, le nommé Jenner courait en direction de la jeep du général, et l'autre cadet, qui se nommait Brakestone, s'approcha de moi et me prêta son épaule pour m'accompagner jusqu'à la maison du général qui dominait la promenade, près de la porte ouest.

Nous rencontrâmes Jenner à mi-chemin de la Parade. Entre-temps, il m'était revenu à l'esprit que Nhora, l'épouse du Patron, était restée dans le train et qu'elle n'avait certainement pas entendu parler du drame.

– Allez jusqu'au dépôt, dis-je à Jenner quand Brakestone m'aida à m'installer dans la jeep.

J'avais des sueurs froides et, à chaque mouvement, la douleur se réveillait dans ma cheville. Dans mon esprit, des images chaotiques de folie se succédaient; le visage déformé de Clipper se changeait en un insecte noir qui rampait à l'intérieur d'un crâne blanchi.

– Capitaine...

– Oui, je sais ce que le général a dit, bon sang !

Mais il faut que je m'occupe de ma famille ! Ça ne peut attendre !

La ligne de chemin de fer de la Southern Railroad et la gare de marchandises de Gaston étaient dans une vallée longue de deux kilomètres, à un jet de pierre des terrains de jeux de l'académie. Au sud, la vallée butait contre l'une des collines abruptes qui culminaient avec les sommets, à présent calcinés et ravagés de Blue Ridge, à quelques kilomètres de là. Depuis le pic isolé de Railroad Ridge, le lieu de pique-nique préféré des cadets et de leurs petites amies, on avait une vue particulièrement nette de la ville et de l'école, sur les collines jumelles, immédiatement au nord.

À l'extrémité est de la vallée, l'autoroute de Roanoke croisait la voie ferrée sur un pont métallique noirci par la fumée. Le dépôt en grès ainsi que les quais étaient situés sous le pont. Quand nous arrivâmes, le célèbre rapide Washington-La Nouvelle-Orléans, le « Jean-Lafitte », était en gare. Une nappe dense de fumée – fumée de bois et de locomotive – recouvrait le site. Le grand train du Patron avait été garé au sud, tout contre Railroad Ridge. La locomotive était une impressionnante Missouri Pacific de montagne, telle qu'on n'en rencontrait pas sur les lignes de l'Eastern Arkansas, du Delta, de St. Francis et de Dasharoons. Il y avait dix wagons au total, dont deux à plate-forme prévus pour les invités qui avaient tenu à amener leurs limousines personnelles. Derrière, il y avait un fourgon à bagages, un pullman plus une voiture-restaurant, un wagon-salon, d'autres pullmans de luxe en acier avec le maximum de confort, et la voiture personnelle du Patron, longue de près de trente mètres.

Nous franchîmes le pont avant de nous engager en cahotant sur une route aussi mauvaise qu'étroite qui accédait au train.

Les serviteurs qui n'avaient pas mis à profit ces quelques heures de liberté pour aller prendre un verre et jouer aux cartes à Fowtown, le quartier noir de Gaston, avaient appris la tragédie. Ils étaient rassemblés sur la voie et, de loin, leur agitation était visible. Une servante se trouvait au centre d'un cercle et elle montrait l'académie, au sommet de la colline. Je me dis qu'elle avait dû attendre sa maîtresse à la chapelle et que, peut-être, elle avait risqué un œil sur la cérémonie par une porte du vestibule. Quand le carnage avait commencé, elle avait dû retourner en courant jusqu'au train, poussée par la panique.

Bull Pete était là, bien sûr. C'était le seul Noir en qui le Patron avait assez confiance pour l'autoriser à porter une arme, et le seul assez volumineux, à ma connaissance, pour se promener avec un .45 automatique dans la poche arrière sans que cela se remarque trop. Tant qu'il serait à son poste, la compagnie ferroviaire ne risquait rien et les cinquante nègres – ils avaient certainement été cinquante à bord du train, si l'on comptait l'orchestre de jazz – seraient le décorum incarné.

Bull Pete se précipita sur nous. Derrière lui, quelques-unes des femmes pleuraient et gémissaient en dévalant le ballast noir entre les rails.

– Seigneur, m'ssié Champ ! (Bouleversé, Bull Pete écarquillait les yeux.) Que s'est-il passé là-bas ? Dubretta dit que Clipper a perdu l'esprit ! Elle dit que…

– Bull Pete, est-ce que Nhora a entendu parler de ça ?

Il mit un certain temps à répondre. Le choc des nouvelles pesait sur son esprit. Meurtre, destruction, calamité. Et le Patron était mort. C'était pis que tout. Je lisais tout cela dans son regard. Depuis vingt ans, jour et nuit, il avait veillé sur le Patron.

– Sûr ! Sûr !

Les larmes roulèrent sur ses joues. Il se maintint contre la jeep, les genoux vacillant comme sous l'effet de la boisson. Je craignis un instant qu'il ne tombât.

– Il faut me dire, m'ssié ! Ça ne peut pas être vrai, sûr ! Oh, non ! Pas le Patron ! Pas lui !

– Le Patron est mort, dis-je, la voix sèche, avec un goût de fiel dans la bouche. Clipper… et Corrie Billings aussi. Je ne sais comment expliquer ça. Pour l'amour de Dieu, Pete, essaie de te contrôler ! Et de calmer ces femmes. J'ai quelque chose à faire. Bull Pete, est-ce que tu veux m'écouter ?

Il eut encore un sanglot, et puis ce fut fini, mais je doutais que le chagrin pût jamais disparaître de ses yeux. Il n'avait pas été là-bas. Il n'avait pas pensé qu'on pût avoir besoin de lui, pas le jour du mariage de Clipper. Pourtant, il se le reprocherait.

Je donnai l'ordre à Jenner de reculer jusqu'au wagon privé.

– Essayez de me trouver quelque chose qui puisse me servir de béquille.

Ce fut Brakestone qui m'aida à grimper à bord. Il faisait sombre et frais dans la voiture du Patron. L'office était désert. Je frappai, attendis, et frappai de nouveau avec le poing. Personne ne répondit. Je dis à Brakestone d'attendre et j'entrai.

Le grand wagon était divisé en deux parties : le salon et la chambre. Le salon, le domaine du Patron, était vide. Il y avait là des peintures, des livres et des tables de jeu prévues pour les amateurs de cartes dont le Patron se plaisait à s'entourer quand il était en voyage. Le parfum des cigares. Je circulai péniblement entre les meubles victoriens, traînant ma jambe gauche. La plus légère pression provoquait une douleur extravagante. Et mon visage était encore brûlant de la poussière de chaux.

Je m'appuyai enfin contre la porte de la chambre et frappai du poing le battant.

– Nhora, c'est Champ. Je vous en prie, laissez-moi entrer.

A nouveau, je ne reçus aucune réponse.

Tournant la poignée dorée, je m'aperçus que la porte n'était pas fermée à clé. Je pénétrai dans la chambre. Tout y était de style baroque vénitien. Il était interdit d'y fumer et l'air que je respirais était certes frais, mais quelque peu vicié. De nombreux parfums s'opposaient : celui du bois brûlé, du savon, un léger antiseptique, des fleurs séchées, l'odeur pénétrante de l'eau de Cologne que Nhora utilisait parfois. Les chérubins peints sur le plafond semblaient se prélasser dans le crépuscule artificiel et gris de ce palace sur roues. À l'extérieur de l'absurde tonnelle tendue de tissu où Nhora et le Patron avaient installé leur lit, je découvris des draps de soie froissés, ainsi que des poches à glace. Une jambe nue pendait à l'abandon entre les rideaux diaphanes. Soudain inquiet, je me sentis au bord du malaise, imaginant qu'un autre malheur s'était produit, car cette jambe semblait appartenir à un corps sans vie.

Et puis, tout à coup, Nhora se redressa, alarmée.

– Que se passe-t-il ? Qui est-ce ?

– Champ, dis-je, et ma voix fut comme un croassement.

Je dus m'éclaircir la gorge avant de poursuivre :

– Nhora, il faut que je vous dise... Il s'est produit...

Je voulais aller vers elle mais, en m'appuyant sur un fauteuil de brocart dont j'avais surestimé la solidité, je brisai le dossier et tombai. Avec un cri étouffé, Nhora sortit du lit et vint s'agenouiller auprès de moi. Posant la main sur elle, je m'aperçus qu'elle était complètement nue. Un léger frémissement parcourut le velours de sa peau, mais elle ne se déroba pas.

– Champ, est-ce que tu es blessé ?

– Non. Juste un peu étourdi. Ça va.

– Champ... je n'ai rien sur moi. Attends...

Elle me laissa là, assis, et se dirigea vivement vers le fond de la chambre; je l'entrevis qui enfilait une robe. Puis elle alluma un luminaire de cristal. Même ainsi, pieds nus, elle était très grande, presque un mètre quatre-vingt-cinq.

Elle se tourna alors vers moi, me regarda et prit un air horrifié. Ses mains se portèrent à son ventre et je me souvins de cette crise d'appendicite qui, peut-être, lui avait sauvé la vie aujourd'hui. En me redressant péniblement, je m'imaginais quelle devait être mon apparence.

– Qu'est-ce que... mais... Du sang ! Mon Dieu, tu as eu un accident, Champ ?

Je la fis asseoir dans un fauteuil à bascule de boudoir bien trop petit pour elle. Puis je lui racontai toute l'abominable histoire. Il n'y avait aucune raison pour nous deux de taire quoi que ce fût mais, pour Nhora, c'était une opération chirurgicale sans anesthésie. Sans doute à cause de sa taille et de ses proportions, je suppose que je m'étais attendu à une réaction différente : une sorte de stoïcisme d'amazone. Mais j'avais peut-être toujours sous-estimé la profondeur des sentiments qu'elle éprouvait pour le Patron. Elle pleurait comme une enfant. Elle se balançait d'avant en arrière, gémissait et, finalement, elle me hurla de me taire. Mais elle ne cessa pas pour autant de se balancer, bien qu'elle fût presque pliée en deux dans le fauteuil.

Il y avait une carafe à demi pleine de whisky irlandais sur la table de marbre à piédestal qui me soutenait. Mes gestes étaient maladroits et j'en répandis sur nous deux mais je parvins quand même à lui en faire boire quelques gorgées. Ce n'était peut-être pas ce qu'il y avait de mieux pour quelqu'un qui avait un problème d'appendice, mais le whisky eut vite un effet réparateur. Elle inspira avidement par deux fois, l'air vague, puis marmonna une excuse et se précipita vers la salle de bains modèle réduit. Je remarquai alors qu'elle avait les pieds très sales, comme si elle avait fait un tour dehors sans chaussures avant de se mettre au lit.

Une glace fumée confirma mes pires craintes quant à mon allure, et je n'avais pas apporté d'uniforme de rechange. Pour l'heure, il ne me restait qu'à supporter de vivre dans cet état.

Nhora revint, et ses grands yeux verts reflétaient toujours le choc qu'elle avait éprouvé.

– Il s'est passé autre chose, me dit-elle d'un ton accusateur, au bord de la panique. Quelque chose que tu ne m'as pas dit. Les gens ne deviennent pas fous comme ça !

Puis elle vit mon expression, elle sentit la pression de ma main sur son bras, et elle se tut. Je lus de la douleur dans ses yeux et compris alors seulement avec quelle force je la serrais. Je libérai son bras et elle fit un pas en arrière, ses traits adoucis reflétant la sympathie.

– Oh, Champ… Je ne sais plus ce que je dis. Pardonne-moi.

Les gens ne deviennent pas fous comme ça… Mais un frisson me courut sur la nuque. L'odeur du sang revenait. Je dus lutter contre une envie soudaine, violente, de me laisser aller, de tomber sur place pour dormir. Ce dont j'avais besoin, c'était d'action, de mouvement. Il fallait que j'écarte Clipper de mes pensées pour le moment. C'est ce que je dis à Nhora.

– Qu'allons-nous faire ? me demanda-t-elle, et c'est à peine si ses lèvres bougeaient.

– Vous feriez mieux de rester ici. Moi, j'ai certaines choses à accomplir, mais je vous enverrai l'une des Noires pour…

– Non ! Ne me laisse pas !

Elle promena autour d'elle un regard envahi par l'effroi comme si cette chambre exquise et luxueuse lui faisait penser à une tombe.

– Nhora, je ne crois pas que vous soyez en état de sortir.

– Ça ira, me dit-elle d'un ton sérieux. (Elle noua ses grands cheveux brun clair en arrière et les maintint avec un bout de velours.) J'ai déjà eu ce genre d'attaque auparavant, depuis que j'étais une petite fille. Je m'en sors toujours avec de la glace. Je n'ai plus très mal maintenant. Je le jure !

C'était dans ce genre de circonstance particulière, quand elle se mettait à parler plus vite, trébuchant de façon charmante sur certains mots, que ses origines françaises devenaient perceptibles.

– Attends-moi, s'il te plaît, Champ. Je vais m'habiller. Il y a certainement quelque chose que je peux faire. Tu m'as dit qu'il y avait des blessés. Est-ce qu'ils ne vont pas avoir besoin de renforts, à l'hôpital ? Mais ne me laisse pas seule, Champ ! J'ai besoin de toi.

Tandis qu'elle s'habillait, j'allai attendre au-dehors. Jenner surgit brusquement en brandissant une béquille dont le bois ressemblait à un os rongé par un chien. La potence rembourrée était tachée par les ans et puait la vieille sueur, mais c'était exactement ce dont j'avais besoin.

– Je l'ai achetée à ce vétéran de la Grande Guerre qu'on voit toujours au dépôt. Pour cinq dollars. Il n'a sûrement pas vu autant d'argent depuis des années.

Je le remboursai et j'appelai Bull Pete pour lui donner mes ordres. Je m'étais dit que nous étions à moins de deux heures de voiture de la capitale, que nous ne tarderions pas à être assiégés par tous les représentants de la presse mondiale et qu'il fallait protéger la vie privée de nos invités dont certains étaient plutôt vulnérables. Je voulais que le train reprenne la route du Sud avec autant de passagers que possible, de préférence avant la nuit. Un vilain scandale n'allait pas tarder à éclater et il fallait à tout prix protéger la famille. Entre-temps, Bull Pete ferait son travail : rassembler tous les serviteurs éparpillés en ville. Le sous lieutenant Jenner, qui grandissait très vite dans mon estime depuis le peu de temps que nous nous étions rencontrés, se porta volontaire pour assurer une garde armée à proximité du train afin de décourager les importuns.

Brakestone nous conduisit, Nhora et moi, jusqu'à l'hôpital local : l'hôpital Robert-E.Lee. Des pelouses immenses et bien entretenues entouraient le bâtiment. Malheureusement, l'infirmerie, trop petite, n'était pas à même d'accueillir les survivants d'un désastre. Un détachement de cadets commandé par des officiers de l'état-major de l'académie avait entrepris de rétablir l'ordre, quoique les environs immédiats de l'hôpital fussent encombrés de véhicules de toutes sortes. On avait même affrété une calèche comme ambulance. Avec toutes ces trompes, ces klaxons et les cris des gens, le tintamarre était assourdissant. On aurait dit que la guerre de Sécession ravageait de nouveau la petite ville.

J'ordonnai à Brakestone de nous laisser et de retourner au train au cas où Jenner aurait besoin d'aide. Un léger vent du nord s'était levé et des pétales de cornouiller dansaient dans l'air comme Nhora et moi remontions le trottoir de brique entre les civières improvisées et les victimes claudicantes, en larmes, de la cloche de la chapelle. On déchargeait des tentes pour les premiers soins d'un camion de transport militaire et on les dressait hâtivement sur la pelouse du devant.

Les portes de l'hôpital étaient gardées par des cadets et nous nous retrouvâmes bousculés par une masse de gens qui échangeaient leurs plaintes et leurs larmes, implorant pour avoir des nouvelles de leurs parents, de leurs amis. Nhora, le visage d'une pâleur surnaturelle, regardait autour d'elle, effrayée. Je ne l'avais pas préparée à affronter cette scène car ma description du semi-effondrement de la chapelle avait été brève, rapide, incomplète et en grande partie incompréhensible.

– Mais pourquoi ? demanda-t-elle. Pourquoi tout ça ?

– Laissez-nous passer ! Laissez-nous passer ! Ce garçon va mourir si vous ne nous laissez pas passer !

Il y avait dans la voix de l'homme une terreur

animale et mes cheveux se hérissèrent. Un groupe d'hommes arrivait, traînant une pauvre chose qui se débattait dans un drap souillé. Des fermiers de la région, en salopette et casquette. À l'instant où ils passaient devant nous, je pus nettement voir le garçon dans le drap qui hurlait comme un chat que l'on aurait arrosé d'essence avant d'y mettre le feu. Il devait avoir dix ans et il était complètement nu.

– Je brûle ! hurlait-il. Arrêtez de me brûler ! Arrêtez !

Des murmures couraient dans la foule, des cris étouffés; les rangs s'ouvrirent pour permettre aux hommes d'accéder aux portes que les cadets ouvraient déjà de l'intérieur. L'un des fermiers abandonna son fardeau, peut-être le frère du jeune garçon qui souffrait dans le drap, et il resta en arrière, me regardant avec cette expression douce et déchirante de celui qui est sur le point de craquer émotionnellement. Il avait le visage luisant de sueur.

– Je ne comprends pas, dit-il, comme s'il devait chercher une explication pour nous deux. On l'a trouvé comme vous l'avez vu. Sans un vêtement sur le corps. Il descendait Railroad Ridge vers la maison, il tombait, il se roulait par terre comme s'il était en flammes. Vous l'avez vu. Et pas une marque sur la peau. C'est vrai, non ? Il est même pas brûlé... Non, pas que j'aie pu voir, ça, sûr. (Les larmes roulèrent sur ses joues.) Je pouvais plus supporter de l'entendre crier comme ça. Dites à papa que je l'attends au camion, vous voulez bien, monsieur ?

– Docteur ! appelait le père dont l'enfant continuait de se débattre en glapissant. Un docteur, vite !

Avec une fascination horrifiée, Nhora suivit lentement le groupe au-delà des portes. J'hésitai, puis lui emboîtai le pas. Mon attention fut alors attirée par Hackaliah que je venais juste d'apercevoir, se dirigeant à grands pas vers l'hôpital. Il portait une boîte de médicaments marquée d'une croix rouge. Je l'appelai mais il ne parut pas m'entendre. Nhora avait rejoint les fermiers et l'enfant hystérique au mal mystérieux. On le déposait sur l'herbe fraîche. Nhora observa un instant la scène, immobile, puis elle se pencha sur le garçonnet et essaya de le calmer en le caressant. Il tressauta, donna des ruades sans cesser de hurler. Nhora tressaillit et recula comme si elle avait reçu un coup. L'un des hommes, désemparé, secoua la tête et, doucement, l'attira à l'écart.

Nhora revint vers moi en observant son poing serré.

– Ce garçon…

– Oui, je sais, c'est affreux.

– Je voulais seulement l'aider, mais je crains de l'avoir égratigné.

Timidement, elle ouvrit les doigts et me montra ses ongles impeccables et sans vernis. Il y avait des lambeaux de peau sanglante sous l'un d'eux. Nhora eut une crispation nerveuse.

– Je n'ai rien pu faire.

Tout à coup, elle se retourna. On avait trouvé un docteur qui accourait vers le garçon avec sa trousse.

– Ils vont lui donner de la morphine, dis-je. Il s'en tirera. Il faut que je trouve Nancy.

Nhora acquiesça, l'air soucieux.

– Je voudrais rester près de ce garçon jusqu'à ce qu'ils trouvent ce qui ne va pas. Nous nous retrouverons.

À l'intérieur de l'hôpital, ce n'était pas le pandémonium que j'avais redouté. Apparemment, parmi les invités du mariage, il y avait cinq docteurs et ceux qui étaient valides étaient venus renforcer le personnel de l'hôpital. Et les infirmières volontaires ne manquaient pas, non plus que les nègres, comme Hackaliah, qui couraient de tous côtés, portant des paquets ou nettoyant. Regardant autour de moi, je vis des visages familiers : des tantes, des oncles et des cousins plus ou moins éloignés. Ils étaient rassemblés en groupe; certains avaient la tête ou les mains bandées et, en me voyant approcher avec ma béquille, ils essayèrent d'évaluer mon état.

– Charles, c'est vous ?

– Mon Dieu, vous avez pris du poids : c'est tout juste si je vous ai reconnu.

– Charles, que faisons-nous à présent ? Croyez-vous que nous puissions tous rentrer ?

Je leur demandai à tous d'être patients pendant que je m'entretenais avec Tyrone qui, dans le hall, pointait les noms sur la liste des invités.

– Votre femme est dans une salle au troisième, me dit-il. Elle est sonnée mais calme. La tante Clary Gene est auprès d'elle.

– La tante Clary Gene ? Le Patron l'avait amenée ? Elle est à demi aveugle.

– Si je tombais malade, je ne voudrais pas l'avoir à mon chevet, déclara Tyrone d'un ton sévère.

Nhora venait d'entrer à son tour, elle était calme mais pleurait. Des parents et des relations se rapprochèrent d'elle. Ils l'embrassèrent et la serrèrent tour à tour dans leurs bras, sans brusquerie. Cette démonstration d'affection et de sympathie parut lui rendre quelque force. Elle avait une tête de plus que tous les autres et, quoique je ne l'eusse jamais trouvée particulièrement belle, elle me stupéfia en cet instant, dans son chagrin. Tyrone, lui aussi, la regardait. Parfois, il pouvait être si calme qu'on avait l'impression que son cœur s'arrêtait de battre.

– Tyrone... les corps, dis-je.

– Oh... (Ses yeux pâles ne quittaient pas Nhora, sa voix était lointaine.) Ils sont déjà là. Ils sont arrivés avec une escorte militaire. (Il se tourna vers moi.) J'ai noté le numéro des pompes funèbres locales.

– J'ai encore beaucoup de gens à voir avant que je... Et puis, je dois m'occuper de Nancy avant tout.

– Il vaudrait mieux vous calmer un peu, capitaine. Vous avez l'air complètement épuisé vous-même.

Sans tenir compte de son conseil, je me glissai tant bien que mal dans l'unique ascenseur.

La salle du troisième comptait huit lits, tous occupés. On en avait rajouté dans le hall, à l'extérieur. Nancy était à l'autre bout de la salle, installée sous une fenêtre orientée au nord. La lumière était si intense que son corps semblait luire en retour, répandant une clarté diffuse, comme ces saints que l'on apprête pour l'inhumation, dans les chefs-d'œuvre de l'École de Florence.

La tante Clary Gene, qui nous avait servi d'infirmière – à Beau, à Clipper, aussi bien qu'à moi – était assise dans un grand fauteuil à dossier droit, portant le chapeau noir rigide à voilette de dentelle qu'elle réservait pour toutes les grandes « sorties » : baptêmes, mariages ou enterrements. Elle avait sa bible dans une main, fermée puisqu'elle ne pouvait plus lire. Mais cette vieille femme noire avait appris par cœur de nombreux passages des Écritures. À mon approche, elle leva la tête : car, en fait, ma béquille couinait affreusement. Derrière la voilette, ses lunettes qui captaient l'ultime rayon de soleil entrant par la fenêtre prenaient un aspect d'opaline cernée de rouge ardent.

– Oh, Champ, tu n'as pas été tué. Dieu soit loué !

Nancy s'agita dans ses draps et murmura vaguement. Elle portait une chemise de nuit d'hôpital en coton mince. Je lui pris la main et observai son petit visage fermé. Ses lèvres pâles étaient entrouvertes sur ses dents. Un long filet de maquillage avait coulé d'un œil sur sa joue. Elle avait de la poussière dans les cheveux. J'avais l'impression que l'on pouvait compter tous ses os au travers de sa peau. Elle n'avait jamais été particulièrement robuste. L'éclat de vie que j'entrevoyais sous ses paupières semblait à des années-lumière de distance de ma voix, de ma présence. Pourtant, j'insistai.

– Nancy, dis-je, je suis là.

J'ajoutai qu'elle était désormais en sécurité, et que je l'aimais. Mais sa main était froide et inerte dans la mienne.

– Il y a une malédiction sur notre maison, dit tout à coup la tante Clary Gene de sa voix claire, légère. Beau. Clipper. Et le Patron. Est-ce que c'est vrai, pour le Patron ?...

– Tante Clary, ne dites rien.

– J'ai prié pour que tu sois épargné, Champ. Puisse le Seigneur Se satisfaire de cette dîme de sang. Et que Sa paix revienne dans notre demeure.

Ce n'était qu'une vieille femme dont les pensées s'éparpillaient comme la paille dans le clocher de son esprit, mais pourtant, l'idée que nous, les Bradwin, étions les victimes d'un sort redoutable me frappa comme un coup physique, avec violence. Une fois encore, je dus affronter le souvenir de cette cloche silencieuse, de la chapelle ébranlée, à demi détruite, du massacre dément, et une fois encore ma raison hésita, comme secouée, paralysée, incapable de fournir des réponses logiquement acceptables. Je n'éprouvais que le simple et rudimentaire désir de continuer à suivre le flot complexe de la vie. Mais si un tel sort existait, comment avais-je pu échapper à un destin aussi ignoble et inadmissible que celui de mon frère ? Si la démence devenait chose commune, si de telles crises étaient naturelles, pourquoi ce bâtiment tout entier ne s'effondrait-il pas sous moi ? Pourquoi un arbre ne tombait-il pas du haut du ciel, pourquoi un tigre ne viendrait-il pas me déchirer dans mon lit par quelque nuit paisible et douce ?

– Champ ?

Je l'entendis à peine quand il m'adressa la parole pour la première fois. Puis je sentis sa main qui se crispait sur mon bras libre et je tournai la tête.

Oh, mon pauvre vieux, on dirait que vous en avez reçu un sacré coup.

Je secouai la tête, irrité. Everett John Wilkes n'avait pas l'air mieux que moi. Il y avait du sang dans ses cheveux blond terne, on pouvait presque le confondre avec les taches de rousseur qui constellaient son nez camus et ses joues. Il se tenait très raide, une épaule plus haute que l'autre. Son complet d'été était déchiré et les restes pathétiques d'un œillet rouge pendaient à son revers gauche. On avait bandé l'un de ses gros poignets.

Il lâcha enfin mon bras et regarda Nancy.

– Comment va votre petite chérie ? Elle dort ? Bon Dieu, la dernière chose dont je me souvienne, mon garçon, c'est de Clipper avec cette grande épée. J'aurais peut-être pu réussir à l'atteindre à temps, mais je suis tombé, et j'ai eu l'impression qu'une bonne centaine de dingues me piétinaient. Pire que notre match en Alabama en 1926... Et pourtant, mon vieux, après ils avaient dû m'expédier à Tuscaloosa. Je ne suis plus qu'une plaie ambulante. Mais je ne vais pas vous ennuyer avec mes problèmes. Je suis juste venu pour vous dire qu'on s'est organisés. On a des tas de gens qui nous donnent un coup de main. Je crois que je pourrai m'en sortir, Champ. Occupez-vous de vous. On peut prendre les choses en main à partir de maintenant, Champ. Allez vous faire examiner. Et restez en réserve pour plus tard, vu ? On reparlera de tout ça quand vous serez prêt. Sur le plan de la loi, il y a pas mal de questions auxquelles il faudra répondre, mais on a tout notre temps, Champ.

C'est volontiers que je lui pardonnai aussitôt de déverser ainsi toutes ces paroles; on aurait pu le juger insensible au premier abord mais c'était dans la nature d'Evvy de parler quand il n'y avait en fait rien à dire. Il était associé dans le cabinet d'avoués qui gérait les affaires de Dasharoons. Il était licencié en droit d'Harvard, troisième de sa classe, je crois bien. Il émanait de lui une sorte de charme paresseux, mais en fait son cerveau ne s'arrêtait jamais de penser. Le Patron avait imaginé qu'avec quelques bonnes années d'endurcissement, il ferait un très bon gouverneur d'Arkansas. Ce n'aurait jamais été que le troisième gouverneur formé par le Patron.

Tout à coup, j'étais trop fatigué, j'avais trop de chagrin. Je n'avais pas besoin de passer tout le reste de la journée au chevet de Nancy.

Je me tournai vers la tante Clary Gene :

– Ne quittez pas Nancy. Dès qu'elle aura repris conscience, dites-lui que je vais bien. Et répétez-le-lui pour être bien certaine qu'elle comprend.

Je descendis et acceptai une bouffée d'ammoniac qui m'éclaircit nettement les idées, mais je refusai par contre tout analgésique, de crainte de me sentir assoupi à un moment ou à un autre. Le docteur qui examina ma cheville conclut qu'il n'y avait aucune fracture mais une déchirure des ligaments. Il me prescrivit des compresses aux sels de magnésie et me recommanda de ne pas marcher pendant quelques jours.

Evvy Wilkes me dit que Nhora, encore bouleversée mais maîtresse d'elle-même, avait regagné le train, considérant qu'elle serait certainement plus utile là-bas. Hackaliah me reconduisit à la maison du surintendant. Je me fis prêter un uniforme tout neuf par mon vieil instructeur de français, le colonel Ben Giles. Il était presque parfaitement à ma taille, seulement un peu trop ajusté aux épaules. Puis Hackaliah m'accompagna jusqu'au Stonewall Jackson Hotel où tous les invités de la noce avaient été hébergés.

Je voulais exprimer mon chagrin aux proches de Corrie Billings. Je ne savais pas à quelle réaction je devais m'attendre; je pense que j'aurais été soulagé s'ils m'avaient craché dessus. Mais ils se montrèrent pour la plupart aussi abattus et bouleversés que moi. Pour eux, la crise homicide de Clipper était un « accident ». Apparemment, aucun d'entre eux ne conservait une vision claire de la tragédie. Le père de Corrie, qui restait plutôt lucide, ne parvenait pas à se remémorer les événements qui avaient suivi son entrée dans la chapelle. Il ne cessa de tourner un verre entre ses doigts pendant tout le temps où nous fûmes ensemble et, à plusieurs reprises, il m'appela « commandant », me prenant pour je ne sais qui.

La mémoire peut se montrer capricieuse dans les meilleures occasions; la panique que ces gens avaient vécue avait transformé pour eux la réalité en images affreuses qui correspondaient mieux aux rêves, à leur sécurité. Mais, pour Clipper et moi, le Patron avait toujours insisté sur « la qualité de notre sens de l'observation ». Si nous devions être de bons soldats, disait-il.

J'ai retrouvé le général Bucknam à six heures moins le quart. Les journalistes s'étaient agglutinés et bloquaient complètement l'accès de la porte. C'était un comportement scandaleux. Malheureusement, la maison est située à l'écart de la garnison, dans une rue publique. Pour éviter d'être photographiés, nous avons dû emprunter une issue dérobée. Je n'ai pas voulu souper. Il est à présent quatre heures du matin. Ce sera bientôt l'aube. Les oiseaux ont commencé à chanter. J'ai presque terminé une deuxième bouteille de whisky qu'Hackaliah m'a apportée il y a deux heures. Mais ma tête tient bon et mes yeux restent

Lundi 25 mai
6 h 30 du matin

Tous, nous sommes prêts à agir parfaitement avec l'indifférence des anges, mais l'animal primitif est présent en chacun de nous et nous avons tous besoin d'apaisement pour tous les coups que nous subissons, le sacrifice absolu de notre dignité, de notre honneur et même du sens commun. Et il advint ainsi que je couchai avec la femme de mon père guère plus d'un jour après son décès.

Le dimanche à midi, je me réveillai dans la baignoire, malade et pissant, à cause d'une carence en potassium dans le sang. On guérit la pire des gueules de bois avec un régime de pommes sèches, un remède à la fois sûr et long et, aux environs de cinq heures, j'étais à peu près en forme pour accompagner Nhora à la messe spéciale de l'église épiscopale. Nhora elle-même souffrait encore de douleurs abdominales intermittentes, mais le docteur pensait à présent que c'était un symptôme typique de *Mittelschmerz,* des règles douloureuses dont elle avait souffert depuis son adolescence. Nancy était revenue à elle mais elle était encore trop affaiblie pour quitter son lit d'hôpital. Nhora et moi parvînmes à lui rendre visite pendant quelques minutes malgré les journalistes et photographes qui devenaient de plus en plus envahissants depuis qu'ils accouraient à Gaston avec la mission de couvrir un scandale qui se partageait la une des journaux américains avec les nouvelles de la guerre. J'ignorais ce qui avait pu être écrit jusque-là et je ne voulais pas le savoir. Je ne pouvais supporter que mes pensées effleurent Clipper.

En revenant de l'hôpital et de l'église vers la demeure du général Bucknam, nous aperçûmes même des caméras de cinéma. Depuis que le train avait remporté la plupart des invités de la noce vers l'Arkansas tandis que je cuvais les effets désastreux de ma consommation exagérée de bourbon « sour mash », la presse avait apparemment choisi de se concentrer sur Nhora et moi. Everett John Wilkes avait décidé qu'il était sans doute plus raisonnable qu'il s'exprime en notre nom et il avait rédigé quelques brèves déclarations que j'approuvai.

Mais je savais très bien que les journalistes ne s'en contenteraient pas aussi facilement. C'était une histoire absolument sensationnelle, avec un massacre sanglant, de la folie au beau milieu d'une belle cérémonie religieuse, alors qu'un couple allait être uni, et il y avait en plus le mystère de cette cloche silencieuse. Le battant, nous le savions, était certes ancien et usé, mais intact. On avait enlevé la corde quelques années auparavant afin de décourager les malfaisants. Donc, il avait fallu faire bouger la cloche à la main, et quelqu'un s'était trouvé dans le clocher. Quelqu'un doué de la force surnaturelle de Quasimodo, ce qui bien entendu était absurde. Cela ne nous laissait plus comme explication que la main de Dieu – ou du diable, si l'on considérait les résultats. Encore plus absurde.

C'est Evvy Wilkes qui nous proposa une réponse sensée alors que nous prenions un petit dîner aux chandelles et que la pluie continuait au-dehors, obligeant les journalistes agglutinés comme des chiens de chasse à ouvrir un véritable toit de parapluies noirs. Un phénomène étrange, peut-être exceptionnel, s'était produit dans l'atmosphère, une bizarrerie météorologique sans doute provoquée par des masses d'air en collision : l'air chaud venu de Blue Ridge contre le courant froid du nord. Le résultat avait été une sorte de tempête extrêmement localisée, une tornade stationnaire qui avait secoué la cloche géante de l'église tout en dérangeant à peine les feuilles des arbres alentour. Et, parce que cette tempête miniature s'était produite à quinze mètres du sol, elle n'avait pas attiré l'attention des nombreux serviteurs et chauffeurs qui attendaient le long de la Parade.

– Mais il n'y a eu aucun bruit, fis-je remarquer.

– Parce que le battant a été enveloppé il y a des années. Le général Bucknam ne s'en souvient pas très précisément mais on a sans doute utilisé de la grosse toile ou quelque chose de ce genre pour protéger le métal de la rouille. Quand la cloche s'est balancée, la toile a dû simplement tomber parce qu'elle était pourrie par le temps. C'est pour ça que vous l'avez entendue à l'instant où le clocher s'est incliné avec la cloche. Si vous cherchez bien, vous trouverez sûrement de vieux sacs de toile sur le plancher du clocher. Mais je ne conseillerais à personne d'aller farfouiller dans cette vieille ruine près de s'effondrer.

– Je ne crois rien de tout ça, dit Nhora, très calmement.

Evvy avait une sorte de sourire intermittent, aux instants les moins opportuns, comme s'il souffrait d'une affection quelconque.

– On a vu pleuvoir des cailloux, des crapauds, des glaçons par un ciel absolument clair. Une petite météorite qui avait traversé je ne sais combien de milliards de kilomètres est tombée sur une maison à Bogalusa, en Louisiane, et une femme a été brûlée vive dans son lit. C'est du moins ce que m'a raconté ma grand-mère, qui collectionnait les histoires de ce genre.

Nhora retint son souffle d'un air glacé et je compris alors seulement, en surprenant le reflet d'une bougie dans son œil brun, qu'elle n'aimait guère Everett John Wilkes.

– Comment peut-on expliquer que des petits garçons meurent en hurlant de souffrance alors que visiblement ils ne souffrent de rien ?

Il était évident qu'elle ressassait le souvenir du garçonnet nu dans son drap qui était mort avant que le docteur eût pu faire quoi que ce fût, le corps déformé par la douleur, les lèvres retroussées comme les babines d'un chien enragé, la gorge enflée, crachant le sang.

Evvy secoua poliment la tête.

– Miss Nhora, je l'ignore, dit-il, avec une politesse marquée et insultante, mais peut-être réagissait-il aussi aux anciens usages de la servitude des Noirs. Nhora, après tout, était la veuve du Patron, son héritière, quoique la propriété de Dasharoons et autres biens me revinssent.

Nhora but un peu de vin et se tourna vers moi avec un air sombre.

– Ce matin, je suis allée rendre visite aux parents, pour leur dire à quel point j'avais de la peine. Jimmy. Jimmy, c'était son nom… Et te souviens-tu de l'autre garçon, plus âgé, du frère ? Il s'appelle Custis. Nous avons fait une longue promenade ensemble, sur la colline, de l'autre côté de Railroad Ridge. Samedi, Custis labourait un champ qui se trouve juste au-dessous de la crête, de l'autre côté d'un petit ruisseau. Il a entendu Jimmy avant de le voir. Il m'a dit que lorsqu'il était arrivé près de lui, Jimmy était presque hystérique mais qu'il ne souffrait pas encore au point de ne plus pouvoir s'exprimer. Et Jimmy a tenté de lui expliquer. Il avait voulu cueillir un bouquet de fleurs des champs pour sa mère, qui est alitée, quand quelque chose est sorti des bois.

– Un animal ?

– Non. Ce n'était ni animal ni humain. C'était lumineux, comme une grosse boule verte, et le vent soufflait. Avec une telle violence que ses vêtements ont été arrachés et qu'il a été projeté à plus de trois mètres de là. Custis m'a dit qu'il avait retrouvé des lambeaux de sa salopette ainsi que des boutons en cuivre.

– Mais peut-être qu'il a goûté des champignons des bois et qu'il a eu une crise tellement douloureuse qu'il a cru…

– Non, Ssshamp ! Écoute-moi ! Custis m'a montré l'endroit où Jimmy aimait cueillir des fleurs. Tout est mort, tout est flétri, sur près de vingt mètres. Les feuilles sont mortes sur les branches, desséchées, et les buissons sont tous recroquevillés, et l'herbe est brunie… On dirait que ce n'est plus le printemps là-bas mais l'automne, avec les premières gelées.

– On trouve souvent des sites de ce genre au milieu d'un bois parfaitement sain, remarqua Evvy. Sans doute les effets de la foudre.

– Mais la foudre provoque des brûlures, elle noircit ce qu'elle frappe, et particulièrement la peau.

Or Jimmy ne portait pas la moindre marque. Je crois qu'il a dit la vérité à propos de ce qui lui est arrivé. Et cela s'est passé presque au même moment que le mariage…

Et puis Nhora détourna brusquement les yeux, ses lèvres se retroussèrent, et elle lâcha son verre. Elle poussa un hurlement qui me glaça. En même temps, Evvy et moi nous nous tournâmes vers les portes-fenêtres qui ouvraient sur une petite terrasse. Un homme était là, dehors, qui nous regardait fixement. Il portait un imperméable et un chapeau à large bord dégoulinant d'eau. La lueur des chandelles était suffisante pour illuminer ses yeux profondément inscrits, luisant d'intelligence et de cruauté. Il regarda Nhora, puis me regarda ensuite, avec un sourire mauvais qui ne déformait qu'une moitié de son visage, comme la trace d'une torture intérieure.

À la seconde où la chaise d'Evvy Wilkes s'écroulait en arrière, l'intrus disparut. Je me levai très lentement. À l'instant où le général Bucknam surgissait dans la pièce, Evvy atteignit les doubles portes en quelques bonds et les ouvrit toutes grandes. L'un et l'autre se retrouvèrent au-dehors sous la pluie battante. Nous entendîmes des appels et des lampes s'allumèrent dans l'ombre. Nhora demeurait immobile, le visage blême. Je posai ma main sur son bras.

– Ce n'était qu'un paysan, je crois. Un curieux. Ne vous inquiétez pas.

– Mais on aurait dit que…

– Que quoi ?

– Ssshamp… Je crois que je l'ai déjà vu.

– Où cela ?

– À la maison. À Dasharoons. Oui. C'est bien ça. Je n'ai fait que l'entrevoir.

– Alors comment pouvez-vous en être certaine ?

– Comment oublier un tel sourire ? dit-elle d'une voix blanche. (Puis elle me regarda tandis qu'une servante s'activait à éponger la nappe souillée.) Quelle honte… Je crois que mes nerfs…

– N'importe qui aurait eu peur.

Evvy rentra dans la pièce avec le général.

– Bon Dieu ! s'exclama-t-il. Rien. Je me suis dit que c'était peut-être un de ces journalistes, mais…

– Comment un homme a-t-il pu réussir à se faufiler entre les sentinelles ? demandai-je au général.

On avait en effet placé des cadets de l'académie tout autour de la demeure afin de prévenir toute intrusion.

Erié Jack ne comprenait pas. Il présenta ses excuses à Nhora. Nous discutâmes encore durant de longues minutes à propos des outrages que nous pouvions subir de la part de tous ces gens inconscients et vampiriques qui nous assiégeaient littéralement, puis Nhora s'excusa et se retira. Je l'imitai peu après en emportant une liasse de télégrammes, émanant pour la plupart de vétérans de la nation qui exprimaient leur sympathie et qui, tous, avaient très bien connu le Patron. En particulier, il y avait un message très touchant de Roosevelt lui-même, qui avait été envoyé par porteur. Le Patron avait voué une admiration sincère au Président, quoique au tout début du New Deal, il se plût à décrire Roosevelt comme le « clystère du peuple ».

Très vite, je m'aperçus que j'étais dans l'incapacité de me concentrer et me laissai emporter dans un rêve nostalgique et douloureux du passé. Nous chassions la caille dans les pâtures blanchies par le givre. Nous étions trois, avec nos fusils, plus un ou deux meneurs de chiens avec nos setters au poil soyeux, qui aboyaient dans l'averse dense du feuillage, au bord de la St. Francis. Je me souvenais de ce nœud qui se noue dans la gorge à l'écho des fusils.

Le Patron, qui n'était plus très bon tireur à cause de sa vue, était un compagnon extraordinaire : un homme à la fois sage, lettré, acerbe et espiègle. Il était plus superstitieux que religieux, il révérait tous les saints, les dieux du passé et les ancêtres valeureux. Il respectait les mausolées, les images gravées et le pouvoir de la boule de cristal. Pourquoi prendre des risques ? avait-il coutume de dire. C'était un visionnaire; un pragmatique; un sceptique. (« Il n'y a pas de grands hommes. Il n'y a, parfois, que des hommes de valeur qui visent plus haut que leur tête. ») Il aimait l'amour, et il aimait la guerre. Ce n'était pas sa faute s'il avait manqué la Grande Guerre, ce qui n'avait fait qu'augmenter son désir d'être un héros. Il avait été forcé de se résigner à moins que cela, à investir tous ses espoirs dans ses trois fils, dont deux l'avaient trahi. Un fils lui avait retiré son amour; un autre, vingt ans plus tard, l'avait tué d'un coup plus rude encore. Et moi...

Je tressaillis en voyant Nhora apparaître sur le seuil et mon crâne, à cause de ce brusque mouvement, se mit à battre douloureusement.

– Je suis navrée. J'ai frappé deux fois. Il fallait que je te voie cette nuit.

Je lui dis qu'elle était la bienvenue. Elle était de nouveau pieds nus mais portait une élégante robe longue en soie de Chine verte, avec un col tunique. Ses pommettes saillantes étaient marquées par le rouge de la fièvre, mais le vert de sa robe donnait une certaine pâleur à son teint. Elle avait apporté un peu de café, ce dont je lui fus reconnaissant, même si sa présence à cette heure ne me ravissait pas absolument.

En sirotant les premières gorgées de ce café, j'eus la surprise d'entendre la pendule de mon salon sonner dix heures; cela signifiait que deux heures s'étaient écoulées sans que j'en eusse conscience. La demeure était calme et silencieuse. Au-dehors, la pluie s'était mise à tomber régulièrement, ce qui était un bienfait car, ainsi, les grands incendies de Blue Ridge seraient jugulés.

– Nous ne nous connaissons pas bien, dit Nhora.

Elle se tenait auprès des fenêtres du balcon, dessinant machinalement sur la vitre humide, du bout de son doigt.

– Non.

– Je sais comment tu me vois… Un moment tu approuves, et puis le suivant c'est *comme ci, comme ça* (1). D'accord. Est-ce que tu considères comme tous les autres que j'aurais mieux fait de ne pas épouser le Patron ?

– Non, parce que j'en ai été heureux pour lui. Et vous l'avez rendu heureux.

– C'est vrai, et lui aussi m'a rendue heureuse. Tu veux bien le croire ?

– Ce n'est pas difficile à croire. Quoi que les hommes eussent pu jamais penser de lui, les femmes étaient…

– Fascinées ? acheva Nhora en souriant.

Sa bonne humeur atténuait ce qu'il y avait de quelque peu prognathe dans ses traits, de même que ses sourcils qui, à mon goût, étaient trop fournis pour une femme. Mais il émanait d'elle en permanence un charme sensuel indéniable. Elle avait des yeux de chatte, verts comme la soie de la robe qu'elle portait, avec de grandes pupilles. Son regard suffisait à adoucir tout ce qu'il y avait de dur, d'acéré dans son visage.

– Mais non, je n'avais pas des étoiles plein les yeux, continua-t-elle. Dès le lendemain de notre rencontre, nous nous sommes querellés. Mais il aimait tellement me voir en colère ! J'étais toujours à attendre ce qui allait venir, avec lui, et je me suis trompée tellement souvent. Mais je n'ai jamais été ridiculisée. Tu comprends ?

– Oui, j'ai été élevé comme ça. Vous avez eu droit à la leçon rapide.

– Mais je n'ai jamais été sa fille. Pourtant, cela existait en partie, pour l'un et l'autre. Et pourquoi pas ? Puisque tout le reste existait aussi.

Elle avait débité ces derniers mots sur un ton très vif et, fugacement, elle détourna le visage avant de gémir :

(1) En français dans le texte. *(N.d.T.)*

– Je ne sais où aller. Je ne sais pas quoi faire maintenant...

Il y avait une terreur bien réelle dans sa voix.

– Mais vous faites partie des nôtres, dis-je, et j'étais sincère. La mort du Patron n'a rien changé à cela.

Elle se retourna pour me fixer.

– Nous n'avons été mariés qu'un an. Je ne crois pas que je fasse vraiment partie de la famille. Pas à Dasharoons.

– Une partie de Dasharoons vous appartient. Un huitième exactement, je crois bien. Si vous vous remariez, cela représentera une somme honorable, environ trois cent mille dollars...

Nhora eut un haussement d'épaules et laissa retomber ses bras.

– Mais cela ne signifie rien. Grâce au Patron, j'ai déjà de l'argent. Dasharoons est à toi, désormais, et à Nancy. Et c'est juste. Ce que j'essaie de te dire... Sais-tu quel genre de vie j'ai eue ? Mon père était un fonctionnaire d'État français, avec des idéaux très élevés qui n'ont cessé de lui ronger le cœur en Afrique équatoriale. Ma mère, elle, venait de Boston. Elle était un de ces esprits romantiques tels que vous en comptez beaucoup, assez jolie malgré son ossature, mais aussi dépourvue de sang qu'un papillon de nuit, et jamais elle n'a eu le moindre but dans l'existence. Nous errions de pays exotique en pays exotique, nous inventions des jeux entre nous, nous nous lisions des poèmes à haute voix sur des terrasses infestées de lézards. Seigneur, est-ce que tu peux seulement imaginer ça ? Ma mère s'est remariée plusieurs fois, jusqu'à ce que nous soyons dépouillés de tout à l'exception du petit héritage que mes grands-parents avaient gardé pour moi. Je suis devenue grande juste à temps pour sauver ma santé mentale. Je me suis installée à Paris pour étudier l'architecture; six mois après, les nazis arrivaient. Par une nuit lugubre et affreuse, j'ai débarqué à New York d'un cargo libre, et tout ce que je possédais tenait dans une mallette. Le Patron a dû littéralement me porter : je ne parvenais pas à quitter le quai, j'avais tellement peur que je ne pouvais pas mettre un pied devant l'autre. Que Dieu le bénisse ! Dasharoons est le seul foyer que j'aie vraiment connu.

– Et j'ai besoin de vous, ici, ai-je insisté, avec Nancy.

– Oui, mais… Et toi, Champ ?

– Nhora, je suis un soldat. Durant toute ma vie, je me suis préparé à faire la guerre.

– La guerre ! Pour le Patron ! lança-t-elle, avec un peu trop de perspicacité et de finesse pour mon goût. Mais tu n'as plus besoin de son approbation. Qui va s'occuper de Dasharoons ?

– Nos contremaîtres ont toujours fait marcher seuls la plantation. Nous allons manquer de main-d'œuvre, mais le Patron, depuis trois ans, avait senti venir la guerre et il avait commencé à remplacer les mules par des machines…

En fait, j'allais dans le sens de Nhora. Il eût été idiot de nier que des difficultés allaient surgir en l'absence du Patron, et je savais très bien que, si j'en faisais la demande, je serais muté de la cavalerie à un poste plus proche de la maison, le Camp Joseph-T. Robinson par exemple, et ce pour toute la guerre. Personne ne me le reprocherait, mais ma carrière d'officier en serait ralentie d'autant : plus de promotions au front, plus de bonds rapides vers cette étoile que je convoitais. Je m'étais déjà consolé par avance à la pensée que Dasharoons serait toujours là quand je le voudrais, après que j'aurais fait mes preuves au feu. Je n'étais pas prêt pour la vie de gentleman-farmer, pas plus que le Patron ne l'avait été quand la tuberculose avait mis un terme à sa carrière. Le Patron avait reporté tout son goût de l'action dans une créativité littéraire considérable doublée d'un don certain pour les combinaisons politiques, et il s'en était fort bien tiré. Pour ma part, j'étais moins inspiré pour écrire, j'étais loin d'être son égal aux jeux de la politique et les forums ne m'intéressaient pas.

Quant à mes motivations, Nhora avait à la fois raison et tort. J'avais besoin de la guerre parce que j'entrevoyais un avenir trop prévisible : une promotion sans lutte, une suite monotone de jours et d'événements sans rien pour faire vibrer le cœur et – pis encore – je devais en ce moment faire des concessions sur mes ambitions, accepter le pourrissement lent mais sûr qu'engendrerait la marque d'un égoïsme coupable. Et si j'avais besoin de la guerre, également, c'est parce que j'étais convaincu que, dans le combat, je comprendrais enfin quelle part du Patron je portais en moi. Il fallait que je me prouve que j'étais supérieur à ce frère qui avait fui, honteux – et à cet autre frère qui, incapable de croire en lui-même et en sa promesse suprême, était devenu fou le jour de son mariage.

J'essayai d'expliquer cela à Nhora. Elle se révéla attentive, intéressée et absorbée. Les minutes s'écoulaient, ponctuées par le tic-tac de la pendule, nous approchions de minuit, et elle m'encourageait à lui en raconter un peu plus sur Dasharoons, tirant sans doute quelque réconfort dans le fait que, durant 121 années, à travers les décès et toutes sortes de désastres, Dasharoons avait grandi et prospéré au point de devenir un État souverain à l'intérieur de l'État.

– Le Patron a même fait sa propre guerre, me dit Nhora. La révolte des gens de couleur. Comment l'appelle-t-on ?...

– En dehors de la famille, on appelle ça la Guerre du Comté de Chisca. Mais nous avons essayé de laisser tout cela derrière nous.

– Est-ce que tu te souviens de quoi que ce soit sur cette... Guerre du Patron ?

– Je n'avais que six ans. Je me souviens des coups

de feu, de l'incendie, des cris... Ça a duré toute la nuit. Ce qui est tragique, c'est que nos Noirs à nous étaient si peu nombreux à y participer. Le Patron disposait de soixante hommes à cheval. Le lendemain, il m'a conduit jusqu'à l'endroit où l'on avait disposé les corps en rangs sous des toiles. Il y en avait quarante-huit. Les femmes pleuraient, de tous côtés. Elles suivaient les fourgons à coton où l'on avait mis les corps. Je me souviens du grincement des roues sur la route de Chisca Ridge. C'était lamentable. Tout ce qui restait d'une rébellion absurde.

– Ce n'était pas une rébellion : ils n'étaient pas des esclaves.

– Appelez ça comme vous voulez.

– Et c'est à la suite de ça que Beau a quitté Dasharoons.

– Après avoir frappé le Patron d'un coup de crosse en pleine figure. Vous connaissez les cicatrices.

– Oui, fit-elle, d'un air vague.

Elle gagna la salle de bains pour prendre un verre d'eau. La pluie mitraillait les fenêtres par salves. Nhora revint et s'assit sur le tapis, près de mon fauteuil, ramenant ses jambes sous elle. Sa robe était légèrement fendue et je pouvais voir sa jambe gauche généreusement révélée. D'un geste désinvolte, elle essaya de la cacher.

– Tu veux un peu d'eau ? me demanda-t-elle.

J'étais encore passablement déshydraté à la suite de mes libations de whisky de la nuit. Je pris son verre. Je retrouvai le goût de ses lèvres, presque sucré, sur le bord. J'entendais le tic-tac de la pendule. Nous étions las l'un et l'autre, mais n'avions nullement envie de nous séparer, et nous nous regardions avec une gravité empreinte de curiosité.

– Est-ce que tu crois que Beau est mort ? demanda Nhora.

– C'est probable. Cela fait vingt-deux ans que

nous n'avons pas eu la moindre nouvelle de lui.

– Mais le Patron croyait qu'il était encore vivant. Il disait que sa chair et son sang ne pouvaient disparaître, où que ce soit dans le monde, sans qu'il le sache.

– Beau était l'aîné. Le préféré. Après son départ, dans la famille, il a été interdit de prononcer son nom, et de parler de lui, même hors de la présence du Patron. Je suis surpris qu'il vous l'ait dit...

– Il avait confiance en moi, dit Nhora, un peu sèchement. Il m'aurait tout dit sur Beau quand il aurait jugé le moment opportun.

Nous restions assis l'un près de l'autre, oublieux du temps qui nous grignotait, molécule par molécule. Tous les morts avaient été emportés, et seule manquait la clé de leur disparition.

– La dernière fois que vous avez vu Clipper, comment était-il ? demandai-je.

– Pour le dîner de répétition ?... Il était... fatigué, plutôt tendu, à mon avis. Il en faisait trop pour essayer de paraître de bonne humeur. On avait l'impression qu'il aurait préféré se trouver ailleurs. Corrie et lui avaient dû se quereller, mais sans gravité.

– Et moins de vingt-quatre heures après, il l'a tuée.

– Champ, il était évident qu'il aimait profondément Corrie !

– C'est la façon dont il l'a fait qui me trouble avant tout. Jusqu'alors, je me suis dit qu'il avait été pris d'une crise de démence. Mais le meurtre de Corrie a été accompli de manière trop délibérée. Avec ce sabre, il aurait pu mutiler une demi-douzaine de ses hommes. Il a frappé un garçon seulement, qui tentait de s'interposer, et il s'est servi du plat de la lame pour en repousser un autre. Oui, il avait l'intention précise de tuer certaines personnes seulement. Il y avait un plan derrière ce déchaînement de fureur.

– Dieu tout-puissant ! Tu ne parles pas sérieusement ?

– La deuxième fois, j'étais étendu sur le dos, sur l'autel, à moitié aveuglé par la poussière de plâtre. Et la pointe de son sabre était juste sur ma clavicule. Et il a dit : « Pas toi. Pas ici. » J'ai pris cela au sens littéral, j'ai pensé qu'il avait quelque raison, dans sa folie, pour ne pas répandre mon sang sur l'autel. En vérité, pour Clipper *je n'étais pas là du tout.* Je ne faisais pas partie de son... de sa fête sanglante.

– Mais... on aurait presque pu croire qu'il était drogué.

– Ou bien dans un état psychique proche de l'hypnose. Il est évident qu'il avait l'intention de massacrer tous ses proches. Si vous aviez été assise à votre place, auprès de Nancy et du Patron... C'est un pur hasard que nous n'ayons pas été tous assis dans le chœur à l'attendre comme l'ange de la mort.

– *Mais pourquoi ?*

– Il est probable que nous ne connaîtrons jamais la réponse.

– Je n'en suis pas certaine. Est-ce qu'il tenait un journal intime ?

– Je l'ignore. Mais le Patron l'avait encouragé à le faire.

– Toutes les affaires de Clipper sont dans une chambre au troisième étage, dit Nhora.

La petite chambre en soupente était glacée. Sur la cheminée, dans un coffre de cuivre, il y avait du petit bois et Nhora m'aida à allumer du feu. La pluie tombait à grand fracas sur le toit. Nous nous mîmes à chercher dans les bagages de Clipper, dans l'espoir de découvrir son journal. Le fait de violer ainsi l'intimité des biens de mon frère me mettait mal à l'aise, bien que pour lui cela ne pût avoir la moindre importance désormais. Mais il était tard, et j'avais plus peur que je n'osais me l'avouer de tous ces pressentiments inexplicables. De façon obscure, je percevais dans cette chambre la colère de Clipper. En dépit du feu, Nhora claquait des dents par intermittence. Il advint que je touchai ses mains pendant nos recherches et elles me parurent moites et glacées. Elle s'efforça de sourire et voûta les épaules. Je la serrai contre moi et, sans un mot, nous nous arrêtâmes afin de reprendre souffle et courage.

Et c'est alors que nous découvrîmes le journal de Clipper, dans un coffret fermé à clé.

Je commençai à tourner les pages et Nhora s'assit à côté de moi sur le lit. L'écriture était d'une réelle beauté calligraphique. Les notes de Clipper étaient très détaillées et personnelles, marquées par la conviction mais aussi, et cela était absolument inattendu, particulièrement choquantes. Il y était peu question de ses progrès scolaires, de ce qu'il pensait quant à l'évolution de sa vie. Il ne mentionnait que rarement le Patron ou même Dasharoons. La chasse, l'équitation ou le football étaient absolument ignorés. Clipper avait préféré parler de ses aventures sexuelles. Il était difficile d'arriver à croire qu'il avait pu être aussi actif durant les deux années que couvrait son journal, et avec autant de filles. Cela allait d'une jeune fille que je connaissais et qui devait avoir à peine quatorze ans, jusqu'à des femmes mûres et pour la plupart mariées.

Dès que j'eus compris ce que j'allais lire, ligne après ligne, je voulus refermer le journal, mais Nhora m'en empêcha.

– Non, fit elle. Continue. Lis tout. Est-ce que tu ne comprends donc pas à quel point c'est important ?

Non, je ne comprenais pas, mais nous continuâmes néanmoins à lire ensemble. Clipper orthographiait mal les noms latins mais son anglais était très lisible. Je ne parvenais pas à tenir le compte de ses conquêtes. Les filles de son âge, ou plus jeunes, étaient nommées et décrites avec des raffinements scatologiques. Elles venaient de tous les milieux : de pauvres filles noires de Dasharoons aussi bien que des fréquentations de Sweetbriar. Il était clair que celles qui avaient voulu lui résister avaient été violées. Quant à celles qui s'étaient soumises à lui, et qui apparaissaient fréquemment dans cette chronique brûlante, elles avaient été soumises à des sévices particulièrement immondes que, selon Clipper, elles avaient appréciés.

– Quatre-vingt-dix pour cent d'affabulation, dis-je.

Nhora me jeta un regard bizarre.

– Je ne crois pas. Allons jusqu'au bout.

– Des filles qui ne sont pas faibles d'esprit ne pourraient accepter d'être souillées de…

– Pourtant, ça s'est passé comme ça. Chut…

Après un moment, je fus incapable d'ingurgiter les saletés de Clipper et je restai simplement là, à regarder le feu. Tranquillement, Nhora me prit le livre des mains et continua à tourner les pages, aussi sereine qu'une nonne à l'heure des vêpres, jusqu'à la fin. Puis elle se leva et fit le tour de la pièce en soupirant, le livre serré dans sa main.

– Jetez-le dans la cheminée, dis-je.

– Pas encore. La dernière note remonte seulement à quatre nuits. Il s'agit de la sœur aînée de Corrie Billings, Angela.

Clipper avait été précoce. À dix ans seulement, il était venu me voir, très excité, et m'avait raconté qu'il avait espionné le Patron pendant qu'il prenait son plaisir avec l'une des Noires les plus attirantes de Dasharoons.

« Elle était sur le dos et elle sautait comme une grenouille quand un chien joue avec », m'avait-il dit avec un enthousiasme lubrique évident.

Oui, il était vrai qu'à cet égard il ressemblait tout à fait au Patron, et j'en fis la remarque à Nhora.

– Non, Sshamp. Le Patron aimait vraiment, lui. Il avait de l'adoration pour les femmes. Clipper, lui, les haïssait. C'est évident quand on lit ce qu'il a écrit. Ce n'était pas le plaisir sexuel qu'il recherchait, c'était la jouissance de leur humiliation, de leur souffrance.

– Mais qu'est-ce que cela prouve à propos de Clipper ? Comment cela fait-il de lui un assassin ?

– Ça ne prouve rien. Si ce n'est qu'il existait un aspect de lui dont personne ne soupçonnait l'existence. Sur le plan sexuel, c'était un pervers. Il était dominé par son démon personnel. Et il y a une omission de taille dans ce journal.

– Vous voulez dire Corrie ?

– Oui, il n'y a pas un seul mot à son sujet.

– Toutes les femmes plus âgées sont identifiées par une lettre de code. Il aurait pu faire la même chose pour Corrie, à cause de... eh bien, disons, comme vous le suggérez, d'une certaine forme de perversité.

– Je doute qu'il soit jamais allé plus loin qu'un simple baiser avec Corrie, dit Nhora d'un air pensif. Pauvre Corrie ! Impossible pour elle de savoir de qui elle était amoureuse. Elle a été dupée. Comme nous tous. Quelle que soit la façon dont on regarde les choses, elle était condamnée. Oh... et au cas où tu te poserais la question, je ne figure pas dans le journal de Clipper.

– Je ne le pensais pas, dis-je en rougissant.

– Il ne m'a jamais adressé le moindre regard équivoque.

– Nous n'en savons toujours pas plus qu'avant. Je veux dire à propos des raisons qui l'ont poussé à tuer.

Je m'étendis sur le lit, la tête vide, le cœur battant follement.

– Je vais faire un peu de thé, proposa Nhora.

Elle se tenait près de l'âtre. Elle se pencha et jeta le journal ouvert au milieu des flammes. Soulagé, je fermai les paupières.

Je dus m'endormir presque aussitôt. Mais je ne cessais de m'abîmer puis de remonter, entre l'inconscient et une fausse réalité faite de vent, de pluie, de feu et d'ombres, comme si je lévitais. Je percevais la présence de Nhora, qui allait et venait près du lit, vigilante. Elle me força à absorber un peu de thé. Il s'en dégageait un parfum léger d'hibiscus, avec un arrière-goût amer.

– Pourquoi ne fermes-tu pas vraiment les yeux ? me demanda-t-elle à un moment en posant la main sur mon front. Tu as peur, n'est-ce pas ? Ne crains rien, Ssshamp. Je veille sur toi. Ferme les yeux et dors.

Mais je ne me sentais pas à l'aise dans cette chambre. Plutôt que de dormir, je glissai en m'affaiblissant. Le plafond ne cessait de se gondoler, comme le couvercle d'une boîte sur laquelle tapait un enfant coléreux, ou qui s'ennuyait. J'étais sous la menace de la magie. Nhora bâilla et je vis ses dents parfaites et son palais rose. Un frisson me parcourut. Elle était si grande et moi trop petit. Elle roula paresseusement la langue dans sa bouche. Comme elle cessait de bâiller, ses yeux au regard secret accrochèrent un reflet du feu. De verts, ils devinrent dorés comme ceux d'une idole, scintillants, iridescents. Le journal libidineux de mon frère se consumait lentement, l'épaisse liasse noire de feuillets rougissait parfois sous l'effet d'un souffle d'air qui ravivait le feu.

Nhora me caressa et j'eus la chair de poule. Je faisais des songes fantasmagoriques.

Le feu crépitait, comme vivant. Clipper et ses maîtresses-victimes surgirent en tourbillonnant entre les flammes où achevait de brûler le journal. Elles s'agitaient, grotesques, nubiles, mais la plupart étaient à peine sorties de l'enfance, elles se tordaient et se lovaient comme des anguilles en délire, au seuil de l'orgasme. Et les cris d'orgie éveillaient mon désir honteux.

D'autres monstres apparurent : des hommes noirs, la peau calcinée, trouée de blessures sanguinolentes. Ils chantaient dans leur langue. Le Patron avait la tête de Nhora posée sur ses épaules ensanglantées, ses doux yeux assombris, cernés d'une noirceur effrayante. Ses cheveux étaient emmêlés en boucles épaisses autour du corps âgé mais encore noueux de mon père. J'entendais le craquement des os. Les démons de l'âtre chassèrent Corrie des flammes. Perdue dans une rêverie, elle observait, le regard atrocement brisé, Clipper qui martelait frénétiquement son ventre, entre ses genoux. J'appelai au secours, pour nous tous.

– Ce n'est rien, dit Nhora en se penchant sur moi, dans le froissement doux et sec de sa robe de soie verte qui tombait. (Sa poitrine était plus petite que je ne l'avais cru, ses seins pointaient à peine, modestes.) Regarde, fit-elle.

Durant un instant, il y eut deux Nhora, l'une m'embrassait, la langue vive, l'autre était une image au miroir, auprès de la cheminée où le feu n'était plus que brandons et cendres. Cette Nhora-là était dénudée jusqu'à la taille, telle une déesse de marbre, et, la tête inclinée, observait pensivement notre intime union.

Mon pantalon était ouvert maintenant et ma chemise déboutonnée. Délicatement, Nhora s'était mise à califourchon sur moi, quelque peu hésitante, précautionneuse, devant ma vigoureuse érection, touchant doucement du bout des doigts, reculant puis, avec l'ombre d'un soupir, se relaxant enfin comme dans un bain de mousse, et disant : « Je ferai attention. Tu n'auras pas mal. » Elle m'avait entendu retenir mon souffle, brièvement, et s'était méprise, prenant cela pour une expression de douleur. Alors que le désir me faisait tourner la tête.

Au creux de ma paume, je soupesai le mamelon d'un sein, puis l'autre, et je lui dis :

– Je croyais que vous aviez...

– Ça s'est arrêté. Ne t'inquiète pas. Laisse-moi te faire l'amour. Étends-toi. Ne fais rien ; c'est moi qui vais tout faire.

Ainsi, je rêvai à nouveau, mais ce n'était plus de la démence, cette fois cela venait du centre de mon ventre, et le plaisir que j'éprouvais était plus profond et plus intense à cause de cette perversion paresseuse. Nhora se balançait sur le tronc de ma virilité, ses yeux semblables à deux oiseaux de nuit en cage, les cheveux répandus sur mes cuisses comme un voile, son nombril s'ouvrant dans un mouvement de succion, les lianes de ses jambes me rivant au lit dans un bruissement soyeux. Des ongles habiles couraient au long de mes os, suivaient les volutes des veines. Les mains étaient froides mais plus froids encore étaient ces ongles à l'ovale parfait qui s'acharnaient jusque dans mon cerveau comme luisent des poissons dans la glace dense, pareils à des comètes figées. Cédant à son exigence, je m'ouvris alors, d'abord avec peine, comme un bouton de rose, puis comme un abricot mûr à point, offrant la pulpe, le sang, le plasma, la moelle pour enfin emplir l'obscurité frémissante qui nous cernait, en un nuage dense et froid au sein duquel nos deux souffles unis avaient l'éclat du radium.

Longtemps après, elle était étendue, répandue sur moi, assoupie, ses seins écrasés contre ma poitrine, et léchait mes oreilles. C'était étrange et cela me chatouillait, mais j'aimais. J'aimais tout ce que Nhora pouvait me faire.

– À présent, fit-elle en gloussant, tu entendras les pensées des animaux. Comme le Melampus des légendes, tu comprendras leurs langages.

J'embrassai ses lèvres humides.

– Et toi ?

– Parfois.

Elle soupira. Son cœur palpitant était chaud contre ma peau, mais, sur tout le reste de mon corps, je ressentais une moiteur froide.

Lorsqu'elle s'endormit pour un temps, je regagnai ma chambre et pris un bain aussi chaud que possible. Mais, dès que je me fus séché, la sensation de glace revint. Il y avait si peu de vitalité en moi que j'avais de la peine à me mouvoir. Je retrouvai un regain de force après avoir bu une gorgée de whisky, mais je me fis la réflexion que jamais plus je ne me réchaufferais. Et que je ne retrouverais pas l'état de grâce. Dans mon esprit tournaient des images de paysages flétris, de mers chargées de glace. Seul le cœur de Nhora était chaud. Seule comptait sa passion.

Elle a surgi nue dans la chambre, avec une brosse à cheveux. Elle sourit furtivement sans me regarder vraiment. Elle se dirige vers mon lit et s'assied de telle manière que je peux la voir par l'embrasure, rien qu'en levant à peine les yeux.

Elle se brosse les cheveux en les dispersant sur ses seins. Ses seins adorables qui tressautent et tremblent. Dans un instant elle aura fini, et elle me désirera. Et j'irai à elle.

2

Les marais de Hawkspurn

Yorkshire, Angleterre
16 juin 1942

Le vieux domaine de Hawkspurn, à cinq kilomètres au sud du village de Nuncheap, sur une colline qui domine les marais paisibles, s'enorgueillit d'une vaste demeure géorgienne dont la façade de dolomite reste d'un blanc lumineux sous l'effet de la pluie et des vents mordants de la mer du Nord toute proche. Le toit en dôme est considéré comme ayant quelque valeur architecturale et la bibliothèque particulièrement bien fournie, au rez-de-chaussée, ne mesure pas moins de trente mètres de long. Une partie du domaine est en fermage, quadrillé en tous sens de haies luxuriantes de cassis et de loganberry qui sont parfois recouvertes par des filets, en été, pour décourager les oiseaux, car les 270 hectares des marais constituent l'une des plus importantes réserves ornithologiques d'Angleterre.

Un ruisseau, alimenté par une source, partage le domaine. L'eau de la source est depuis longtemps particulièrement estimée pour ses vertus médicinales. À l'endroit où le bief s'élargit, il y a un moulin. Derrière, les eaux claires se déversent dans le cours vert de la rivière Ouse. On trouve aussi un monastère en ruine datant du XIVe siècle ainsi qu'un parc ornemental entretenu plus ou moins bien par la Société Fullerite de Missions Médicales qui a hérité du domaine et en a fait le dernier refuge de tous ces hommes et femmes qui se dégradent, souvent prématurément, après de longues années de service dans la chaleur épuisante de l'Afrique.

C'est au matin que la bombe explosa dans le parc de Hawkspurn. Un vieil homme fut tué sur le coup et la peur se répandit dans le voisinage. Les enfants de la ferme proche furent particulièrement affectés : ils avaient été évacués des quartiers les plus menacés de Londres et de Manchester. On comptait au total huit retraités fullerites et un personnel de quatorze personnes, composé surtout de femmes d'âge moyen, vivant là en permanence.

Peu après onze heures, on appela le bureau local de la Défense Civile. Le Centre de Déminage de l'aéroport de Driffield fut alerté à son tour et, dans l'heure qui suivit, le camion de l'équipe de déminage arriva.

Le lieutenant Ronald Kellow, ingénieur, découvrit bientôt qu'il s'était produit quelque chose d'unique. Un éclair assez puissant pour avoir été vu à plus de cinq cents mètres par une belle journée ensoleillée ne pouvait être dû à une bombe ou à tout autre engin parachuté connu des experts. Il n'y avait aucun cratère visible, ce qui signifiait que l'explosion s'était produite au-dessus du sol, et cela excluait bien sûr l'hypothèse d'un engin enterré. De plus, il n'existait pas le moindre rapport concernant une bombe non explosée dans le secteur de Hawkspurn. Une explosion au-dessus du sol était certes possible mais, à si courte distance de la résidence, n'importe quelle explosion, même avec une charge minimale, aurait provoqué une onde de choc assez forte pour pulvériser toutes les vitres. Ceux qui étaient présents à l'intérieur n'avaient pas ressenti la moindre secousse. Quelques carreaux présentaient des fêlures mais, à l'examen, il apparut que celles-ci existaient depuis plusieurs semaines.

Quant au témoignage des nombreux enfants qui se baignaient au même instant dans l'étang, à deux cents mètres du parc, il était pour le moins confus. Ils avaient tous vu un éclair vert, et deux d'entre eux, qui étaient tournés vers le parc, souffraient de brûlures de la cornée superficielles mais douloureuses. Comme s'ils avaient essayé de regarder longtemps le soleil en face. Deux autres affirmaient qu'il y avait eu une détonation terrible et un grondement comme ceux qu'ils avaient l'habitude d'entendre en ville. Mais tous les autres démentaient leurs dires avec véhémence : ils n'avaient remarqué qu'un souffle de vent très fort, comme un ouragan, mais très bref.

Le nez particulièrement sensible du caporal-chef McDougal ne décela pas la moindre odeur de T.N.T. dans le parc. Il n'y avait pas la plus infime trace d'éclats, pourtant les arbres, les bosquets, l'herbe elle-même avaient été blanchis, flétris dans un cercle d'environ quinze mètres de diamètre. Et avant tout, il y avait une victime, un malheureux défiguré dont tous les vêtements avaient été arrachés par le phénomène inexpliqué.

Le lieutenant Kellow ne comprenait pas. Il n'avait qu'une crainte : qu'il y eût aux alentours d'autres bricoles du même genre, une de ces petites nouveautés concoctées par les artificiers chleuhs et que les gars du déminage appelaient les « joujoux du génie ». Mais il n'y avait rien d'amusant dans le spectacle des ravages causés par des bombes-papillons en forme de tarte et peintes en jaune vif pour attirer les enfants curieux, ou par les engins plus gros qui pleuvaient du ciel pour se planter dans le sol sans exploser jusqu'à ce qu'un malheureux particulièrement malchanceux survienne et déclenche le détonateur à vibrations, sans parler des sapeurs du génie qui se faisaient sauter en essayant de désamorcer un détonateur de type encore inconnu.

Après avoir fait son rapport par téléphone à son capitaine, le lieutenant Kellow fit établir un cordon de sécurité autour du domaine de Hawkspurn et entreprit d'enquêter à partir d'exemples antérieurs d'engins destructeurs – comme les torpilles à longue portée – que les avions allemands qui opéraient au-dessus de la mer du Nord pouvaient larguer hors de portée des radars.

Du renfort survint au début de l'après-midi, des renforts particulièrement stylés. Levant la tête pardessus une haie qu'il explorait, Kellow eut la surprise de découvrir une Rolls-Royce Phantom III, du type coupé de ville, qui s'avançait lentement vers lui. Sa première impulsion, coléreuse, fut d'intimer l'ordre au chauffeur de faire demi-tour. Puis il découvrit les garde-boue rouges et le filtre bleu posé sur le feu latéral et comprit qu'il avait devant lui une légende vivante.

Sir John de Roke Massengil, quatorzième comte de Luxton, dixième de Sattersfield, membre du Parlement et de la Royal Society, était un homme d'allure encore jeune à cinquante ans, qui s'était porté volontaire pour le Département de la Recherche Scientifique et qui était à la tête d'un groupe important d'experts de l'Unité Expérimentale de Déminage. Il s'était fait une spécialité d'enquêter sur les cas inhabituels et de désamorcer les bombes non explosées dans les conditions les plus dangereuses. Récemment, il avait opéré sur un engin qui était tombé sur le terrain des Laboratoires Nationaux de Physique, menaçant un certain nombre de projets ultra-secrets. Il avait l'habileté d'un perceur de coffres-forts, une intuition et une patience hors du commun et, avant tout, une chance inouïe qui lui avaient permis, avec l'aide de Dieu, de ne pas être réduit en poussière d'innombrables fois. Il lui était même arrivé une fois de neutraliser un détonateur en tirant une balle de pistolet dessus. Ça, c'était du cran.

Lord Luxton n'avait rien d'un personnage téméraire : si ses traits étaient assez réguliers, ses sourcils étaient mal dessinés et sa moustache trop pâle semblait tracée au pinceau. Son sourire timide, douloureux, détournait l'attention de son regard intelligent, doux et attentif. On avait coutume de dire que Sa

Seigneurie détestait le protocole sur le terrain, mais le lieutenant Kellow ne s'en mit pas moins au garde-à-vous jusqu'à ce que lord Luxton lui rendît les honneurs en le saluant. Ce qui sembla l'embarrasser au plus haut point.

– J'avais entendu dire que vous étiez à Cardiff, Votre Seigneurie.

– Je me suis transporté en voiture jusqu'à Ripon hier, pour consulter un article à l'École Technique. On parle déjà de votre phénomène et je me suis dit que je devrais venir jeter un coup d'œil par ici.

– Vous m'en voyez ravi, Votre Seigneurie. (Kellow eut un geste vague en direction de la demeure et des terrains.) Mais je dois avouer que je n'arrive à rien.

Il devait faire un sérieux effort pour ne pas regarder les mains de lord Luxton qui étaient étrangement dépourvues d'ongles, l'extrémité de chaque doigt, rose et lisse, évoquant le mufle d'un veau. Sa Seigneurie, d'ordinaire, ramenait les bras contre son torse, presque dans une position fœtale. Certes, ces doigts-là ne semblaient pas doués de la moindre sensibilité mais, pourtant, ils étaient venus à bout de mécanismes de mort particulièrement complexes.

Luxton observait avec intérêt la grande maison blanche tandis qu'ils s'avançaient dans le parc. Sur la terrasse, abritée par la véranda, un homme dans une chaise roulante venait d'être placé au soleil par une infirmière qui portait un uniforme ecclésiastique sévère, bleu pâle et noir.

– Des Fullerites, n'est-ce pas ?

– Oui, Votre Seigneurie. C'est une secte presque éteinte aujourd'hui, mais qui est restée très active parmi les païens. Ils possèdent encore de nombreuses propriétés comme celle-ci.

– Je sais. L'un de mes cousins leur a légué des sommes énormes il y a bien des années.

– Si Votre Seigneurie veut bien ne pas dépasser

les drapeaux : nous n'avons pas encore déterminé s'il y avait des engins dangereux dans le sol.

– Veuillez m'excuser.

Luxton, à l'intérieur du cercle de destruction, s'attarda longuement, triturant les feuilles du bout des doigts, examinant de près les brins d'herbe roussis, puis finalement le ciel d'un bleu limpide avant d'appeler Kellow.

– Mr Kellow, où a-t-on retrouvé le corps ?

Kellow désigna un chêne, à une dizaine de mètres de distance.

– Il était à peu près la tête en bas, dans le creux de ce tronc. Tous ses vêtements avaient été emportés, et on a retrouvé des fragments d'étoffe dans sa peau. Il avait les épaules et les bras en partie écorchés, sans doute à cause de la force du vent qui l'a poussé jusque dans l'arbre.

– Avez-vous une description de cet éclair, de cette explosion ?...

– L'un des enfants a réchappé à une mine parachutée qui a explosé non loin de chez lui, à Manchester. C'est une petite fille. Selon elle, ça s'est passé de manière quelque peu semblable, mais sans bruit, sans qu'elle éprouve cet effet de choc sur les tympans.

Lord Luxton hocha la tête.

– Oui, une grosse boule de lumière aveuglante avec, peut-être, des cercles colorés. Toutes les teintes de l'arc-en-ciel, du violet au rouge...

– Eh bien, je dois dire que c'est ça presque mot pour mot. Comment avez-vous pu...

– J'ai survécu moi-même à l'explosion d'une mine magnétique. Mais, à l'évidence, ici il ne s'agissait pas d'une mine magnétique. Pas non plus d'une bombe à mélange magnésique pour un repérage photographique de nuit. Dans un cas comme dans l'autre, nous aurions retrouvé des traces chimiques. Donc, nous avons affaire à quelque chose de fondamentalement nouveau, une arme expérimentale redoutable qui dépasse tout ce que nous pouvons imaginer. À moins que tout cela… (il balaya d'un geste le cercle de végétation flétrie) ne soit le résultat d'un acte pervers et spontané de la nature…

– Un éclair venu de nulle part ? demanda Kellow, incrédule.

Lord Luxton ne se donna pas la peine de répondre, mais se dirigea vers le chêne. Il ne toucha le tronc qu'après un instant, comme s'il avait affaire à une bombe végétale.

– Qui est la victime ?

– Un certain Dr Eustace Holley, dit Kellow en consultant son carnet de notes.

– Et il n'y avait personne d'autre dans le parc ? Une chance !

– Eh bien, la plupart des… des pensionnaires, Votre Seigneurie, ne sont pas en état de… de se promener seuls à l'extérieur.

Lord Luxton promena son regard alentour.

– Vous voulez dire les patients, n'est-ce pas ?

– Le personnel ne leur donne jamais ce nom, mais je dois dire que la plupart sont devenus fous alors qu'ils étaient encore dans la brousse. Même dans les régions les plus hospitalières du littoral d'Afrique tropicale, le taux de maladie est particulièrement élevé chez nos fonctionnaires.

– Oui, certes. Mais peut-être ferais-je bien d'examiner le corps. Est-il encore à l'intérieur ?

À la surprise de Kellow, lorsqu'ils demandèrent à voir le cadavre, ils se heurtèrent à une certaine résistance, et même à un antagonisme évident. Nul ne semblait avoir une seule minute à leur accorder. Une activité fébrile mais étouffée régnait dans les salles plongées dans la pénombre. Les pensionnaires pleuraient et gémissaient, hébétés, apeurés. Les gens du Déminage se reposaient depuis un temps incroyable dans le bureau de l'administrateur et Kellow dut se résoudre à hausser le ton et à les menacer d'une enquête de la commission de sécurité ministérielle. Lord Luxton, alors, retrouva son sourire timide et douloureux et s'éclipsa en s'excusant.

Dans le hall, au rez-de-chaussée, il rencontra deux ouvriers qui montaient des seaux de chaux et des pinceaux jusqu'à l'étage.

– Impossible de tout nettoyer, lui dit l'un d'eux. Du charbon de bois sur ces vieux murs, ça peut rester une éternité.

– Et si on repeignait, ce serait du temps perdu, ajouta son compagnon. Il faut juste remettre une couche de stuc, c'est tout.

– Ce vieux croûton… Écrire sur les murs, ça ne lui ressemble pas, Thomas. Il a toujours été le plus chouette. Toujours propre sur lui. Il ne s'est jamais laissé aller.

– Est-ce qu'on est seulement sûr que c'est la bombe qui l'a tué ?

– Et quoi d'autre ? Georgie, crois-moi, il n'y a plus un seul lieu sûr. Tu vas voir : on ne tardera pas à en recevoir une par le toit.

Lord Luxton suivit du regard les hommes qui montaient l'escalier de chêne, puis, mû par une impulsion, il les suivit jusqu'au second étage, dans une chambre avec une petite cheminée de brique. Des étagères garnies de livres, un confortable fauteuil de style Morris, une lampe de lecture et un prie-Dieu, au pied du lit de fer, constituaient le mobilier principal. Sur une table de jeu octogonale, des pièces d'échecs étaient alignées. Dans la bibliothèque, on trouvait la plupart des classiques en trois langues. Le parquet sans vernis était couvert de tapis épais tels que l'on en trouvait dans les foires de campagne. La pièce semblait à la fois typique et ordinaire, sans traces de souvenirs, ne reflétant rien de la personnalité de celui qui avait pu y vivre.

À une seule exception près, bizarre : une invocation (probablement) avait été inscrite grossièrement sur le mur, à la tête du lit, sans doute avec un bout de bois calciné pris dans l'âtre :

DAME
DANS TA DEMEURE-PRISON
DE SERPENT
DAIGNE MONTRER PITIÉ

Luxton remarqua dans la paroi des tasseaux qui avaient dû supporter quelque chose pendant un temps très long. Une grande croix ? La chaux était jaunie à l'intérieur des trous et cela confirma son hypothèse.

– Qui vivait dans cette chambre ? demanda-t-il.

Les ouvriers se retournèrent, surpris.

– Vous n'devriez pas êt' là, gouverneur, dit Georgie.

– Puis-je savoir qui vivait ici ? répéta Sa Seigneurie sans se départir de son affabilité.

– Celui qui a été réduit en pièces ce matin même, dit Thomas. Holley. Le Dr Holley.

– Quand a-t-il écrit ça sur le mur ?

– J'vous d'mande pardon, gouverneur, mais on n'a pas le droit d'parler à propos des pensionnaires. Ici, le règlement c'est le règlement.

– Tout à fait d'accord. En fait, j'étais à la recherche des toilettes.

– Ah, bien. C'est juste dans le hall, en bas à gauche.

Il était en train de se laver les mains quand, par la fenêtre ouverte, il aperçut une femme boulotte avec un sac noir qui traversait la pelouse et se dirigeait vers sa voiture. Sa Seigneurie ouvrit la fenêtre toute grande pour se pencher à l'extérieur.

– Docteur, puis-je vous dire deux mots ? J'arrive.

Le docteur s'appelait Mary Burgess. Elle était chirurgien à Nunchcap et, depuis plus de vingt ans, elle était responsable de la santé des pensionnaires de Hawkspurn House. Elle avait un visage revêche criblé de grains de beauté et des yeux comme des boutons noirs, toujours en mouvement. Elle avait la tête droite en permanence, légèrement penchée en avant, comme si elle défiait quiconque de la trouver un rien aimable. Elle était toute de froideur et d'acidité mais ses lèvres ne pouvaient rester roides en permanence et, quand lord Luxton lui demanda humblement de voir un bref instant le corps du Dr Holley, ses mains se mirent à trembler.

– Mais il est dans un état pitoyable.

– Je crains de devoir insister, dit lord Luxton.

– Puis-je vous demander pour quelle raison, Votre Seigneurie ?

– L'état du cadavre pourrait m'apporter des éclaircissements. Nous n'avons virtuellement aucune donnée pour commencer.

– Mais que soupçonnez-vous ? demanda la femme, avec le sourire le plus glaçant que Sa Seigneurie eût jamais vu. (Cependant, ses mains ne cessaient de trembler.) Une espèce d'arme secrète ? J'ai cru comprendre qu'on a vu des bombes pénétrer dans le sol pour s'enterrer au bord des routes. Et ensuite elles percent la surface quand elles se dirigent vers leur cible.

– Bien entendu, vous ne croyez pas à ces fables populaires...

– Je n'imagine jamais rien. Et c'est mon bon sens qui me dit que vous n'avez rien à gagner à fouiller dans le domaine de Hawkspurn. C'est une simple bombe perdue qui a explosé dans le parc ce matin...

– Et qui a tué un monsieur que vous aimiez tout particulièrement.

– Il a bien assez souffert durant son existence. Le moins que je puisse faire est de lui épargner l'affront des étrangers.

– Ceci constitue une affaire officielle, madame, dit lord Luxton en s'efforçant de parler sur un ton autoritaire.

Mais, inconsciemment, ses doigts roses tapotaient son plexus, atténuant l'effet recherché.

Elle eut l'air d'abord méprisant, puis triste.

– Si vous partez de cette base...

– Oui.
– Alors, suivez-moi.
La femme le conduisit dans la cave de la demeure. Le corps du Dr Eustace Holley, enveloppé dans un linceul, reposait sur une table à tréteaux dans une pièce étanche et sèche, attendant les employés des pompes funèbres. Mary Burgess n'eut qu'une brève hésitation avant d'ôter le drap. Elle recula en le pliant machinalement, les yeux fixés sur la paroi nue. Lord Luxton se pencha sur le mort.
Eustace Holley était grand, dans les un mètre quatre-vingt-dix, avec un torse lisse et un pied déformé, sans doute à la suite d'un abcès : les cicatrices d'une opération étaient visibles. Le visage était intact, les yeux clos. Sous les sourcils épais, on devinait des globes oculaires particulièrement importants, gros comme deux œufs de pigeon. Lord Luxton imagina un regard lourd et pensif. Le front, net et droit, était celui d'un homme honnête et diligent. La moustache était fine et bien taillée. Quelqu'un, Mary Burgess probablement, avait soigneusement peigné le défunt. Le haut de la poitrine, ainsi que l'avait indiqué Kellow, avait été gravement touché. Holley portait également une plaie béante au bas du ventre, et les organes génitaux avaient été arrachés.
Lord Luxton eut quelque peine à déglutir et son regard rencontra celui de la femme.
– Docteur, voulez-vous le retourner ?
Elle eut l'air furieux mais, néanmoins, elle lui obéit et retourna le corps noueux. Si l'on exceptait quelques légères cicatrices laissées par des ulcères tropicaux, la peau du dos et des jambes était intacte. Les fesses étroites, pourtant, étaient marquées de traces de lacération très nettes. Quatre sur chaque fesse, sans doute récentes.
– Merci, marmonna Luxton, et il quitta la pièce, laissant Mary Burgess recouvrir le corps.
Lorsqu'il retrouva le grand air, il reprit quelque couleur et il planta une pipe non allumée entre ses

dents, à l'envers, à la manière de Ronald Colman dans un film où il pleuvait sans cesse. Sa Seigneurie admirait énormément Ronald Colman.

– J'espère que vous en savez maintenant un peu plus qu'avant, dit le docteur d'un ton glacé, en passant près de lui.

Il eut un sourire désarmant.

– Je suis complètement dérouté, fit-il.

Et il emboîta le pas à Mary Burgess, au grand dépit de cette dernière.

– Que pensez-vous de l'état du corps ? Je veux dire de l'absence totale de…

– Une blessure par éclats, bien sûr.

– Docteur, croyez-moi : je suis certain d'une chose. Il n'y a jamais eu de bombe dans le parc. Il a été tué par autre chose.

– Ah, fit-elle, absente.

– J'ai plutôt l'impression que ses organes génitaux ont été arrachés par la base.

Elle trébucha comme si on l'avait poussée, puis baissa la tête d'un air résolu et se dirigea vers sa voiture décapotable, une petite De Dion Bouton avec des pneus pleins et un grand pare-brise à linteau. Luxton ne l'aurait jamais imaginée conduisant ce genre de véhicule. Était-elle un rien francophile ?

– Je vous souhaite une bonne journée, Votre Seigneurie.

– Je me demandais… N'est-ce pas l'heure du thé ?

– J'ai trop de travail pour prendre le thé aujourd'hui. Mes patients m'attendent et…

Lord Luxton posa la main sur la portière, puis l'ôta avant de mettre le docteur en colère. Mais cela eut un résultat : l'attention de miss Burgess se porta entièrement sur lui pendant quelques instants.

– Docteur Burgess, dit-il, il s'est passé ce matin quelque chose de très bizarre. Étrange, devrais-je dire. Je ne suis pas satisfait de mon enquête, et il est évident qu'il est possible qu'une autre enquête plus approfondie soit décidée, peut-être par les Renseignements Militaires. Il se peut que vous ayez à accorder une bonne part de votre précieux temps à ces messieurs. Je sais que je vous importune à l'extrême mais, en m'accordant ne serait-ce qu'une heure ou deux, vous pourriez vous éviter, grâce à moi, bien des inconvénients.

– Que voulez-vous donc savoir ?

– Tout ce qui concerne le Dr Eustace Holley. Et plus particulièrement ce qui le hantait pour qu'il ait écrit ces mots sur le mur de sa chambre, au-dessus de son lit. Je veux savoir ce qu'ils signifient.

– Vous avez donc vu ça ! fit-elle, irritée à l'idée qu'il allait encore fureter un peu partout.

Mais elle ne pouvait contenir son indignation. Ses yeux se voilèrent et ce fut comme si quelque force élémentaire s'évadait de son corps.

– Oui.

– En ce cas, je vais vous dire ce que je peux savoir, fit-elle, d'un ton pour une fois amène.

– Puis-je vous raccompagner jusqu'à Nuncheap ? Mon chauffeur suivra.

– Très bien.

Pendant les trois premiers kilomètres, ni l'un ni l'autre ne parlèrent, car Mary Burgess consacrait toute son attention à l'automobile qui avait tendance à dévier à gauche et tressautait de façon désastreuse sur le moindre accident de terrain. Elle jeta plusieurs fois un regard à lord Luxton qui jouait avec sa pipe et tapotait ses poches d'un air absent en quête d'allumettes. Elle grogna enfin :

– Vous pouvez fumer si vous en avez envie, ça ne me gêne pas.

– Oh, non... J'ai laissé tomber le tabac. C'est une mauvaise grippe, l'hiver dernier, qui m'a décidé. Mais je crois bien que je n'arrive pas à me passer de ma vieille pipe.

– En tant que médecin, je n'ai pas pu m'empêcher

de me poser des questions au sujet de vos doigts. Est-ce héréditaire ?

– C'est le mal des Massengil. Cela resurgit toutes les trois générations et les femelles ne sont pas plus épargnées que les mâles. Avec tout cet argent qui va et vient sans cesse, on peut admettre qu'il faut bien payer un prix, de quelque façon que ce soit.

– D'autres hommes porteraient des gants jour et nuit.

– Il y a bien longtemps que j'ai cessé d'éprouver de la honte à cause de cette absence d'ongles. C'est vraiment sans importance, quoique mes doigts soient plus vulnérables ainsi. Bien sûr, je reconnais que mon enfance n'a pas été facile avec toutes les cruautés gratuites que j'ai subies, mais l'école est finie.

Après un moment, Mary Burgess reprit l'échange de confidences en disant :

– On me trouvait plutôt bizarre, moi aussi. Découper des grenouilles pour voir comment elles fonctionnent, ce n'est pas très habituel chez une jeune fille. Mais je n'ai jamais été d'égale à égale avec les filles de mon âge. Je n'éprouvais aucun intérêt pour leurs grands airs et leurs bouderies, toute leur vanité. J'ai commencé mes études médicales en 1904 – après avoir passé cinq ans à essayer de m'engager.

– On doit se sentir plutôt seul, j'imagine.

– Oui, mais j'étais décidée à faire quelque chose de ma vie. Qu'on veuille ou non de moi.

Elle tourna dans une ruelle qui s'amorçait à angle vif au début de la rue principale de Nuncheap et s'arrêta devant un immeuble de trois étages à pignons qui dominait un petit étang. De la vapeur s'échappait du bouchon du radiateur de la voiture.

– Ah, bon sang ! C'est encore le radiateur !

– Pourquoi n'allez-vous pas retrouver vos patients ? Je vais jeter un coup d'œil là-dedans avec mon chauffeur. Medwick s'y entend à merveille en ce qui concerne les moteurs.

– Merci... Votre Seigneurie.

Medwick intervint avec sa précieuse petite trousse de réparations qu'il gardait en permanence dans la Rolls et une pointe de soudure vint à bout de la fuite du radiateur de la De Dion Bouton de Mary Burgess. Vingt minutes plus tard, Sa Seigneurie fut donc admise dans le salon d'attente des docteurs, au deuxième étage. La servante écossaise, une femme âgée, parut l'ignorer complètement tout en poursuivant son monologue incompréhensible.

La pièce avait de hautes fenêtres par où pénétrait à flots le soleil. Lord Luxton comprit aussitôt que Mary Burgess avait la passion des travaux d'aiguille et des manuscrits enluminés. Il attendit en se promenant de long en large, essayant d'identifier les traces d'odeurs médicinales qui filtraient de la salle de chirurgie : iode, camphre, soufre. Il se pencha par une des fenêtres et vit que le jardin était florissant : des cygnes se pavanaient sur l'étang. Cette vue semblait appartenir à un autre siècle, et la guerre, qui occupait tant l'esprit de Luxton, semblait lointaine, ici. Un groupe de bombardiers bimoteurs Hampden surgit en formation dispersée à l'horizon, volant vers Driffield, et l'esprit de Luxton revint aussitôt aux problèmes qui le préoccupaient. Soudain mal à l'aise, il racla la pipe entre ses dents et repensa au Dr Eustace Holley.

C'est à cet instant que Mary Burgess réapparut, suivie par la vieille femme marmonnante qui poussait un chariot. Elle dit avec une désinvolture qui ne lui ressemblait guère :

– Je crains de ne rien avoir à vous offrir, si ce n'est quelques biscuits en boîte. Le rationnement, vous comprenez...

– Vous n'avez pas besoin de vous excuser.

Elle s'affaira un instant pour qu'il s'installe plus à son aise et ils se firent bientôt face dans deux canapés, de part et d'autre de la cheminée. La clarté du soleil avait pris une teinte orangée, à présent.

Mary Burgess avait dû se débarbouiller le visage. Sa peau luisait comme du vélin malgré les boutons pareils à des taches d'encre faites par un porte-plume. Pourquoi tolérait-elle ça ? se demanda-t-il. Ou était-ce parce qu'une opération était impossible ? Elle avait changé de robe. Celle-ci était d'un bleu pâle alors que l'autre était d'un gris sombre et sévère. C'était sans doute ce qu'elle avait de plus gai dans sa garde-robe. Elle avait un éclat trouble dans le regard, comme si elle avait eu recours à quelque substance puissante, de la morphine, par exemple, pour calmer ses nerfs.

Lord Luxton s'interrogea : ce tonique du soir était-il une habitude chez elle ? Puis il éprouva quelque honte à cette pensée. Elle avait perdu un ami proche aujourd'hui et, malgré son habitude professionnelle, elle avait dû être secouée de le voir ainsi mutilé.

Elle lui avait demandé s'il ne voyait pas d'inconvénient à ce qu'elle allumât la radio qui jouait maintenant « Don't Do It Under The Apple Tree (with anyone else but me) ». Luxton esquissa un sourire en sirotant son thé et battit du bout du pied en suivant le rythme de la chanson.

– Vous avez reçu la George Cross récemment, dit tout à coup Mary Burgess.

– Oui, c'est exact.

Elle hocha la tête.

– Vous savez, j'ai vu ça dans le *Pictorial*. L'un de mes patients l'avait aujourd'hui. Ça m'est tombé sous les yeux tout naturellement. La photo tenait une certaine place...

– Oui, oui... Mais je n'ai pas encore lu l'article.

– Il y a combien de temps que vous faites cela ? Je veux dire : démonter des bombes non explosées ?

– Il y a deux ans... Disons un peu plus...

Du fond de sa sincérité, le visage de pierre, elle remarqua alors :

– Cela fait trop longtemps. Vous allez être tué.

Sa Seigneurie eut un sourire lumineux :
– Certes non. Je n'en ai pas la moindre intention.
– Hhmm… Je vais vous dire clairement à quel point j'admire votre courage. Vous avez affronté des risques incalculables, et il ne fait aucun doute que vous allez continuer, jusqu'à ce qu'on n'ait plus besoin de vous. C'est le courage qui compte. Eustace vous ressemblait un peu. Il faisait partie d'une petite poignée de docteurs qui étaient seuls contre l'énorme masse hostile et malade de l'Afrique.

Luxton sut gré à Mary Burgess d'avoir changé aussi rapidement de sujet.

– Depuis combien de temps connaissiez-vous le Dr Holley ?
– Près de vingt deux ans.

Ça, pour une surprise, c'en était une.

– Mais il y a si longtemps qu'il était à Hawkspurn ?
– Oui.
– Alors, il était encore jeune quand il…
– Quand il est devenu fou ? Il venait d'avoir quarante-quatre ans.
– Et il était dément, fit lord Luxton avec une inclinaison douloureuse de la tête.

De façon surprenante, Mary Burgess sourit.

– J'ai dit qu'il était devenu fou, mais il s'en est remis après un traitement approprié. Durant la plus grande partie de ces années où nous nous sommes connus, il était parfaitement lucide. Bien sûr, il avait ses hantises et ses manies, mais comme chacun de nous, n'est-ce pas ? Mais c'est l'être le plus charmant, le plus sensible et le plus cultivé que j'aie connu.

Sa tasse heurta la soucoupe. Elle avait été surprise par l'émotion, mais sa voix ne tremblait pas quand elle reprit :

– Il m'a fallu du temps et de la patience pour gagner sa confiance. Il y avait certaines choses dont il n'aurait parlé à aucun prix, parce qu'il ne pouvait pas, ne voulait pas, y compris sa pratique de la médecine. À cette époque, je souffrais de zona. Un jour où je me trouvais à Hawkspurn en visite de routine, particulièrement souffrante, il insista pour m'examiner afin de se prononcer sur un diagnostic. J'ai accepté et il m'a prescrit une lotion à base d'huile de chaulmoogra, extrêmement rare, que l'on ne trouve qu'en Inde. Il m'a indiqué l'adresse d'un fournisseur en Suisse et le traitement a eu un effet miraculeux. C'est ainsi qu'il m'advint par la suite, lorsqu'un cas difficile se présentait, de demander conseil à Eustace. Mais... (elle semblait à la fois hautaine et languide...) il n'a jamais fait d'autre diagnostic.

– Il me semble évident qu'il avait peut-être retrouvé son équilibre mental, mais qu'il n'avait plus l'intention de pratiquer la médecine.

– Eustace était estropié, vous l'aurez sans doute remarqué, et il n'a jamais été très fort après son accident, en tout cas certainement pas assez pour supporter ces longs mois de séjour dans les forêts du K'buru. Non plus que des pressions émotionnelles auxquelles il n'était pas accoutumé.

– Pas de famille ?

– Il a un fils. La dernière fois que je l'ai rencontré, il était encore très affaibli par une grave blessure à la tête, compliquée par la malaria. C'était en automne 1921.

– Et il vit encore ?

– Oui. Jackson m'écrit deux fois par an pour prendre des nouvelles de la santé de son père.

– Il écrit mais il ne lui rend jamais visite ?

– Ce serait lui causer trop de peine, fit-elle en regardant en face lord Luxton.

– De la peine ? Que voulez-vous dire ?

– Tout cela à cause d'une... obsession d'Eustace. Il pensait que son fils était mort, et qu'il en était responsable. On a essayé une fois de les réunir, en 1921, après que Jackson fut revenu de son long séjour au dispensaire de Kisantu. Il avait alors dix-huit ans. Mais Eustace a refusé de le voir. Il ne cessait de répéter : « Mon fils est mort. Je l'ai tué. C'était pour nous sauver tous. » Évidemment, Jackson en a été traumatisé. En une année, il avait perdu sa mère et sa plus jeune sœur. Et voilà qu'il était rejeté par son père, qu'il aimait profondément.

– Affreux.

– Finalement, nous nous sommes arrangés pour que Eustace rencontre Jackson face à face, « accidentellement »... Nous espérions que, sous l'effet du choc, il retrouverait la mémoire. Mais cela n'eut pas l'effet escompté. Il ne le reconnut pas. C'était un cas désespéré. Et Jackson lui-même dut admettre que son père, en ce qui le concernait, était perdu.

– Mais quelle était la raison de l'obsession du Dr Holley ?

– Difficile à dire. On ne sait pas grand-chose de la tragédie de Tuleborné. Les souvenirs de Jackson lui-même ont toujours été incomplets. Si Eustace a su ce qui s'est passé là-bas, il n'en a jamais soufflé mot à personne.

– Pas même à vous...

– Non.

– Mais cette... tragédie de Tuleborné, qu'était-ce donc ? Je crois savoir que cela se situe quelque part en Afrique...

– À ce que l'on m'a dit, Tuleborné n'existe plus. Et aucun des nègres qui vivent dans la forêt ne se risquera jamais à moins d'un kilomètre de l'ex-bourgade. En 1909, lorsque Eustace est arrivé en poste au service des Fullerites, Tuleborné était un village en expansion, tout en amont de la rivière K'buru, en Afrique équatoriale du Nord, au-dessus de l'équateur, et à plus de trois cent cinquante kilomètres de la mer. En plus des moulins, des scieries et des entreprises forestières, il y avait une mission avec une école et un hôpital. Le Dr Holley est resté plus de dix ans dans cette forêt et il a beaucoup apporté à l'hôpital. Il avait sa femme et son fils avec lui. Son fils avait alors six ans. Plusieurs mois après leur arrivée, Mrs Holley a regagné l'Angleterre, et elle a donné le jour à une fille. Celle-ci avait un an quand Eustace a demandé le seul congé qu'il ait jamais obtenu pour que la famille soit à nouveau réunie.

»C'est au printemps de l'année 1912 qu'ils sont tous retournés à Tuleborné. Il semble qu'ils y aient été plutôt heureux malgré la dureté des conditions de vie et du climat. Les enfants ont été élevés à l'école de la mission. Très tôt, Jackson a montré un goût prononcé pour la médecine et, avec les ans, il a été un aide très efficace auprès de son père. Tout ce qu'ils voulaient, c'était se rendre utiles. Mais, si bons qu'aient été les motifs qui les poussaient, ils ont fini par succomber.

– Mais comment ?

– De nos jours, un homme blanc peut survivre durant des périodes plutôt longues en Afrique tropicale. Il sait comment se protéger de l'humidité comme du soleil, des insectes et des animaux, et même de la forêt primitive qui, lorsqu'on la néglige, est capable de venir à bout de la plus solide des bases civilisées en quelques mois. Cependant, lorsque cet homme blanc est confronté à la superstition et au mal, il lui faut battre en retraite ou mourir. Mais que savez-vous de l'Afrique, Votre Seigneurie ?

– Virtuellement rien. Oh, bien sûr, j'ai dévoré les écrits de Rider Haggard et de sir Richard Burton durant ma jeunesse.

– Alors, vous avez lu *She* ?

– Captivant, palpitant... J'étais comme tous les gosses de douze ans, fasciné par l'aventure.

– Les matriarcats apparaissent fréquemment dans les sociétés primitives. La Grande Mère de l'Antiquité était tout à la fois une prêtresse et une sorcière. C'est un fait réel, indéniable, tout comme les déesses des romans populaires et des films. Rider Haggard qui, durant un temps, a été en service colonial dans le Transvaal, peut avoir entendu des récits à propos d'une femme blanche qui était à la tête d'une tribu de redoutables guerriers de la Côte des Esclaves. Des capitaines et des négriers ont prétendu avoir eu affaire à elle. Ses guerriers étaient membres d'une société secrète, comme celle des « hommes-léopards » du Dahomey et du Gabon, mais les divinités qu'ils révéraient étaient des esprits du fleuve : des crocodiles, d'affreux animaux antédiluviens, des êtres reptiliens appartenant à l'enfer. Bien sûr, nous n'ignorons pas que la violence naturelle, dans un monde dominé par le fétichisme, se transforme aisément en sauvagerie, conduisant aux diverses formes de cruauté : sacrifice humain, anthropophagie. Massacre de femmes et d'enfants pour l'offrande du sang.

» On dit que Gen Loussaint réussit non seulement à survivre dans un territoire réputé pour l'impôt qu'il prélevait sur les autres races, mais qu'elle acquit presque autant de pouvoir que l'Ayesha imaginée par Haggard. Au fur et à mesure qu'elle trouvait son plaisir dans la cruauté et qu'un excès sanglant en amenait un autre, elle prit une apparence inhumaine, une sorte de créature fabuleuse qui n'appartenait plus vraiment à cette terre mais plutôt à la face obscure de l'*anima mundi* où se trouvent les dieux qui lui étaient propices.

– Intéressant. Et dans quelle mesure doit-on accepter ces racontars ?

– J'ai mené des recherches durant plusieurs années. Il n'existe que peu de faits vérifiés. Gen Loussaint était la fille aînée du soldat-explorateur Trojan Loussaint. Elle était née à Chartres en 1736. Toute jeune, elle se révéla comme une athlète douée, un esprit aventureux, à l'âme libre, sans aucune des inhibitions propres à son sexe et aux diktats de la société. Physiquement, elle avait une peau très belle que même le soleil tropical, des années plus tard, ne parvint pas à brunir ou à tanner, des cheveux auburn et des yeux au regard troublant, presque triste, comme ceux d'une louve. Elle avait des talents étranges. Par exemple, elle pouvait copier un vers des deux mains à la fois, la main droite créant une image au miroir de ce qu'écrivait la main gauche. Enfant, elle vécut des expériences religieuses particulièrement profondes. Elle avait le don des langues. Elle refusait de manger quand on pouvait la voir. Son tempérament l'empêchait de maîtriser un intellect qui était celui d'un génie. Son sens de l'humour était dévastateur et jamais elle ne pardonnait un affront. Les autres enfants évitaient sa compagnie. Son père, qui ne savait rien lui refuser, l'appelait avec désespoir *la petite folle sympathique.* Il se peut que leurs rapports aient eu des aspects contre nature. Quand Trojan Loussaint partit à la recherche des sources du K'buru en 1755, Gen l'accompagna. Elle était déguisée en jeune officier et jouait le rôle d'adjudant de son père en se faisant appeler Jules.

– *Quoi ?*

– Ce fut le premier contact de Gen avec l'Afrique. La dernière exploration de Trojan Loussaint. Si l'on en croit le journal du sous-lieutenant qui avait été volontairement épargné dans le massacre du Lagon d'Ajimba, où toute une compagnie du corps expéditionnaire de Loussaint fut décimée par les Ajimba reptiliens, Gen, afin d'être acceptée par ceux qu'elle devait bientôt gouverner, se nourrit avec eux de la chair de son père. Plus précisément d'une partie précise de sa personne qui flottait à la surface de la marmite, encore attachée à l'os du bassin. Du moins si l'on en croit le lieutenant...

– Pour l'amour du ciel ! Tout ça ne peut pas être vrai !

– Je le crois pourtant, déclara Mary Burgess, très calmement. Cette atroce expédition est rapportée de nombreuses fois dans les archives du Service Colonial Français. J'en possède tous les exemplaires ainsi que la biographie très précise que je vous ai citée. Cela m'a pris beaucoup de mon temps libre durant ces dix dernières années. Je me suis rendue régulièrement en visite à Paris jusqu'aux derniers jours avant l'Occupation. Je me suis usé les yeux en fouillant dans de vieux grimoires oubliés. Tous les témoignages attestant que Gen Loussaint a régressé jusqu'au stade de sauvagerie de nos plus lointains ancêtres sont, selon moi, irréfutables. De tout ce qui apparaît de son extraordinaire carrière, le peu qui soit mis en lumière peut être vérifié.

– Mais pourquoi êtes-vous à ce point obsédée par…

– Parce qu'il y a un point encore plus net et essentiel à son propos. Elle a été aperçue pour la dernière fois vivante dans la région du Lagon d'Ajimba par le Dr Eustace Holley, en août 1920.

– En 1920 ? Et elle était née en 1736 ? C'est absurde.

– En termes médicaux, oui. À notre époque moderne, même ces paysans géorgiens qui sont encore pères à quatre-vingt-dix ans et qui dépassent sans effort le siècle ne sauraient espérer atteindre l'âge de cent quatre-vingt-quatre ans. Ce que le Dr Eustace Holley a rencontré sur le rivage d'Ajimba, c'était un cadavre vivant, qui régnait encore sur les restes d'une tribu : un être aveugle, décharné, fragile, avec une perruque de couleur, costumé comme au XVIIIe siècle, et qui ne s'exprimait que par de vagues murmures. Il ne restait plus rien de la ravissante créature de légende. Néanmoins, c'était bel et bien Gen Loussaint. Qui suppliait le docteur de prolonger sa misérable existence.

– Comment a eu lieu cette… remarquable rencontre ?

– En 1920, l'hôpital de Tulcborné était très célèbre. Les nègres faisaient quarante-huit heures de piste avec un brancard pour amener tel ou tel de leur parent malade au Dr Eustace Holley. Il serait difficile pour vous d'imaginer quel pouvait être l'impact de sa réputation dans un district où la disette avait toujours régné avec des maladies endémiques. Je ne trouverais pas les mots pour vous décrire les horreurs du *cancrum oris,* des enfants enflés par l'hydropisie, des hommes mourant de hernies étranglées. Eustace Holley savait guérir ces fléaux, par la médecine ou le bistouri. Pour les nègres, il était un peu comme un dieu. Même Gen Loussaint, qui se trouvait à plus de trois cents kilomètres de là, à l'endroit où le K'buru jaillit de la terre, dans les hauteurs du Cameroun, avait entendu parler des pouvoirs de sa médecine. Elle avait envoyé une vingtaine de ses *gardes indigènes* (1) pour ramener le docteur.

– Ils l'ont kidnappé ?

– Oui, ce qui leur causa un tort énorme. Leur aspect devait être terrifiant car ils avaient coutume, pour ces expéditions, de s'accoutrer de peaux de serpents venimeux et de masques de têtes de lézard ou de crocodile. Il se peut aussi qu'ils n'aient pas été aussi féroces et brillants que cela dans l'accomplissement de leur mission. En tout cas, l'enlèvement d'Eustace Holley attira l'attention du gouverneur général qui décida d'en finir une fois pour toutes avec les Ajimba. Pendant tout le dernier siècle, les soldats français multiplièrent les escarmouches avec les Ajimba, les repoussant de la côte. Mais jamais ils ne réussirent à pénétrer jusqu'à leur sanctuaire, sur les berges de ce lagon sulfureux où ils vivaient dans un luxe surprenant, entourés de leurs nombreux esclaves qui cultivaient pour eux et leur construisaient ces demeures de boue qui sont la réplique des villas romaines.

» Cette fois, le gouverneur général donna le commandement d'un corps expéditionnaire à son *chef de cabinet militaire,* le colonel Charles Delafosse. Celui-ci avait sous ses ordres des vétérans de l'infâme *Bataillon d'Afrique,* une unité disciplinaire qui était

(1) Les termes figurant en italique sont en français dans le texte. *(N.d.T.)*

l'équivalent de la fameuse Légion Étrangère. On les appelait ironiquement *Les Joyeux*. C'étaient des soldats bien équipés, avec des armes automatiques et des explosifs. Ils se déplaçaient dans des embarcations de patrouille à fond plat capables de pénétrer les grandes herbes coupantes du lagon. Et c'est ainsi que le Dr Holley fut sauvé. Des avions vinrent mitrailler et bombarder les villages ajimba. Il n'en resta quasiment rien, au grand désespoir des ethnologues qui se passionnaient pour le cas unique que représentaient les Ajimba, cette société de prédateurs.

– Et Gen Loussaint ?

– Il est possible qu'elle ait disparu avec ses gardes du corps et quelques autres survivants dans l'un des tunnels naturels qui se prolongent durant des kilomètres sous ces massifs rocheux. Toutes les entrées qui avaient pu être repérées par les soldats furent dynamitées et l'on ne revit jamais Gen Loussaint.

– Vous dites que Holley a été sauvé. Dans quel état se trouvait-il ?

– Le rapport du colonel Delafosse dit qu'il était amaigri mais plutôt en bonne santé. Au début, il semblait avoir l'esprit troublé, comme s'il avait été drogué. Il pensait que trois semaines tout au plus s'étaient écoulées depuis son enlèvement. En fait, il ne fut libéré que le 29 octobre. Il avait passé près de trois mois en captivité, à soigner une Gen Loussaint agonisante. Il en parla à cœur ouvert au colonel. De façon plutôt surprenante, il semblait séduit par cette goule terrifiante. Il ne voyait en elle qu'une pauvre femme âgée et malade. Mais une chose est certaine : c'était bien Gen Loussaint, et non pas une éventuelle descendante. Ses souvenirs ne semblaient pas avoir souffert de son grand âge. Elle avait évoqué des heures durant son enfance en France à Eustace. Dans ses nombreuses lettres, la mère de Gen avait fourni le détail de ses marques de naissance et de ses traces de fractures, et sa description correspondait parfaitement aux examens faits par Eustace en 1920.

– Ce n'est donc pas à cause des Ajimba ou de Gen Loussaint qu'il avait perdu l'esprit. Comment cela est-il arrivé ?

– À son retour de Tuleborné, on somma Eustace de prendre un congé. Si l'on excepte quelques rares expéditions sur la rivière et quelques jours de vacances à Ténériffe, il n'avait pas quitté son cher hôpital depuis huit années, ce qui était fou, vu les conditions de travail et les horaires. Son épouse, lorsqu'il la retrouva, n'était pas au mieux : elle avait passé toutes ces semaines à se demander s'il était vivant ou mort et cela semblait avoir drainé toutes ses forces. Plutôt que de retourner en Angleterre, Eustace se mit en devoir de reconstruire une partie de son hôpital qui avait souffert du raid. Sans cesser pour cela de recevoir ses patients, cette fois sans ses deux assistants noirs, qui étaient retournés dans le bush pendant son absence. Durant une semaine, peut-être deux, chacun se laissa abuser par son énergie et son dévouement. Mais ce n'était qu'un mieux trompeur. En fait, il consumait les années qui lui restaient à vivre en un déchaînement d'activité. Il insistait sur le fait que les Ajimba l'avaient bien traité, mais il était évident qu'il avait été atteint profondément lors de sa captivité là-bas. À la seule vue du plus bénin des serpents d'eau, il se mettait à crier et à trembler. Il refusait de dormir la nuit et préférait monter la garde auprès de sa lampe à acétylène, frissonnant en dépit de toutes les couvertures dans lesquelles il s'enveloppait. Il semblait attendre la venue du démon. Il absorbait de fortes doses de morphine, de scopolamine, de chloral ou de bromure de potassium.

– Pour ses nerfs ?

– On se sert plutôt de ces substances dans les cas de maladie mentale. Il savait qu'il était en grand danger de perdre totalement contact avec la réalité.

– Et c'est ce qui lui est arrivé.

– Ce fut d'abord Tuleborné qui perdit contact avec la réalité, dit Mary Burgess d'un ton sec.

– Expliquez-moi.

– Vous devez bien comprendre que vivre à Tuleborné en 1920, c'était comme d'être en prison. Il n'y avait pas encore de ponton d'atterrissage pour les avions, pas de télégraphe. On était coupé du monde. La vie n'était rythmée que par la visite, deux fois par mois, du bateau à aubes qui remontait la rivière. Et la rivière était la seule liaison avec le monde extérieur : sept heures de voyage pour atteindre le poste le plus proche. La population permanente de Tuleborné n'excédait pas quatre cents personnes, les nègres y compris. Le comptoir principal comportait l'école catholique avec l'église, les bâtiments de l'hôpital, les bungalows de la mission, le casernement, un moulin, plus quelques baraques à usage administratif ou commercial au bord de la rivière. Cent mètres à peine séparaient la berge de la lisière de la forêt vierge, particulièrement dense dans cette région, et on ne cessait de pratiquer des coupes pour éviter que la végétation ne revienne. Les arbres de cette forêt dépassent toujours les trente mètres de haut et ils sont tellement rapprochés les uns des autres que jamais la moindre brise ne passe dessous. De rares pistes tracées par les nègres pénètrent à l'intérieur de la forêt. À la saison sèche, quand le lit de la rivière se rétrécit jusqu'à venir au-dessous des berges, une brise souffle parfois vers l'amont. Mais Eustace était revenu durant la saison des pluies, à l'époque où le ciel devient incandescent, quand des tonnes d'eau s'abattent en cataracte sur les toits de métal rouge du poste. La rivière, alors, se met à fumer, ses eaux gonflent et toute la vie de la forêt en est affectée, des tueurs les plus microscopiques jusqu'aux énormes hippos, la nature devient frénétique.

» Quelle que soit son expérience et si forte que

soit sa foi, un homme ne peut alors que se résoudre à essayer de survivre. Mais, dans le cas de Tuleborné, tandis qu'Eustace luttait pour remplir ses devoirs de médecin tout en affrontant ces fantasmes qui le hantaient nuit et jour, on dirait que Dieu avait décidé de concentrer toute Sa colère sur ce malheureux petit poste perdu, et ce de façon inexplicable. Le déluge de l'après-midi était accompagné de vents cycloniques, d'éclairs et de tonnerre qui secouaient la terre. Lorsque la pluie s'interrompait, les fourmis sortaient en force et les hippos attaquaient avec rage tous les canoës indigènes qui sortaient. Même le bateau à vapeur ne faisait pas peur à ces grosses brutes et il dut faire relâche à Tuleborné pour réparation. La même nuit, deux des membres de l'équipage furent frappés de folie furieuse et assassinèrent un de leurs compagnons à coups de *sjambok* (1). Les soldats les abattirent. À l'école, les enfants sombraient un à un dans un coma mortel, pour une raison indéterminée. La sœur de Eustace fut touchée. Les tempêtes se succédaient, de plus en plus violentes, et déracinaient les arbres qui s'abattaient sur les bâtiments de la mission.

» Un *féticheur* local fit son apparition et parla d'un lourd châtiment qui allait frapper l'homme blanc. Ce fut assez pour que la majorité des nègres commencent à fuir vers la forêt. En l'espace d'une nuit, l'hôpital fut pratiquement vide. Le commissaire de district réussit à s'arracher à son habituelle torpeur alcoolique et ordonna l'évacuation du poste. Eustace refusa d'obtempérer, à cause des quelques patients qui dépendaient encore de lui, de même que le prêtre jésuite et les nonnes de l'école.

– Et le jeune homme ? demanda Luxton. Jackson Holley. Est-il resté avec son père ?

– Non. Il le voulait pourtant, mais sa sœur avait besoin d'une surveillance médicale constante à

(1) Fouet en peau d'hippopotame ou de rhinocéros. *(N.d.T.)*

laquelle il pouvait subvenir si elle restait en vie jusqu'à ce qu'ils atteignent l'hôpital militaire de Libreville. Aussi le vapeur, lourdement chargé, presque jusqu'à la ligne de flottaison, quitta-t-il Tuleborné sous une pluie battante. Des heures après, alors que la sirène retentissait en vue de la ville de Zenkitu, le bateau heurta des troncs géants venus d'un affluent de la rivière et coula rapidement. Près d'une vingtaine de passagers trouvèrent la mort, noyés ou écrasés entre les troncs. Jackson, serrant sa sœur contre lui, réussit à gagner un banc de sable. Mais on ne revit jamais sa mère.

– Affreux. On en arriverait à croire qu'un sort pèse sur leur existence.

– Pour ma part, je ne veux croire qu'à la simple et impartiale hostilité de la nature, à une tragédie de coïncidences et non au surnaturel ou à la malveillance. Cependant, peu après qu'on les eut récupérés sur leur banc de sable, la petite fille devait mourir entre les bras de Jackson sans rouvrir les yeux. La première pensée de Jackson, bien qu'il eût contracté la fièvre à la suite de son immersion, fut de remonter la rivière. Il était convaincu que son père lui aussi était condamné et qu'il mourrait à moins qu'il ne le persuade de fuir à tout jamais la forêt. Sans bateau, il semblait difficile de regagner Tuleborné avec tous les courants traîtres et les crues de la rivière. Il dépensa les quelques pièces qui lui restaient pour rassembler des provisions et acheter un canoë indigène. Seul, il partit pour un voyage de près de deux cents kilomètres. Le *chef de poste* de Zenkitu, un jeune lieutenant, promit de le suivre quelques heures après. Et il tint sa promesse, heureusement pour Jackson.

– Et Jackson réussit à atteindre Tuleborné ?

– Ce fut un véritable exploit de navigation pour un jeune homme de son âge, si l'on tient compte aussi de sa faiblesse, de la fièvre. Il était au seuil du délire et le récit qu'il a fait des premières heures de son retour au poste ravagé est certes passionnel, bien rédigé mais très certainement déformé par des hallucinations. Il aborda sur la grève à l'heure où les ultimes rayons du soleil brillaient sur la rivière avec cette violence héliographique qui marque la fin du jour sous les tropiques. La nuit s'abattit sur lui avant qu'il eût fait plus de dix pas et il se retrouva complètement seul dans le cercle éblouissant de sa lampe à acétylène. La terre, sous ses pieds, était humide et chaude comme un cœur, mais l'air, sur sa peau, était pareil à un blizzard glacé. Il appela son père, pendant longtemps, tordu par la peur. Sans réponse. Pourtant, il avait la conviction qu'on l'observait. Il avait grandi dans la forêt, dans son ambiance calme et lourde, celle du sommeil de la bête. Cela faisait partie de la texture de sa peau, c'était comme le pouls profond de son esprit. Il savait à quel moment la forêt pouvait changer, s'éveiller au mal, exsuder la malveillance et le danger. Et, au milieu de cette nuit-là, il percevait une senteur de carnivore, tous ses sens étaient excités par des murmures, des grondements sourds, et un sifflement fascinateur qui courait de feuille en feuille et se lovait autour de lui comme une invisible créature.

»Tremblant d'épuisement, tourmenté par des visions de cauchemar, percevant la menace de la forêt entière comme une masse noire autour de la fragile lumière qu'il brandissait, il n'en continua pas moins à fouiller le village. De toutes parts, il découvrait des images d'horreur. Le prêtre et les nonnes étaient morts en prière, le corps boursouflé, entourés de la lueur bleuâtre de la transmutation. Plus loin, d'autres morts encore : les nègres qui avaient eu la malchance d'être trop malades pour être rapatriés auprès de leur famille et dont les cadavres pourrissaient dans le dortoir de l'hôpital. Et puis, Jackson vit son père.

La voix de Mary Burgess, peu à peu, était devenue

rauque et très basse. Lord Luxton dut se pencher pour qu'aucune parole ne lui échappât.

– À la limite de la clarté vacillante de la lampe, Jackson voyait des yeux, sous des orbites béantes. Il ne pouvait se tromper, c'était bien son père, mais, dans son regard, il ne restait qu'une infime trace d'intelligence, de conscience humaine. Quant au reste de son visage, frangé d'un blanc glacé, desséché par le chagrin et la maladie, il était étranger et le garçon, à l'instant où il avançait la lampe, en fut bouleversé. La dernière fois qu'il avait vu son père, moins d'une semaine auparavant, il n'avait que quelques mèches grises dans les cheveux et la moustache, et ses traits, quoique austères et douloureusement marqués par les tourments spirituels, n'avaient rien de cette épouvantable apparence d'absence totale. « Va-t'en ! » cria Eustace comme Jackson faisait un pas de plus vers lui. Il est trop tard. On ne peut rien faire. Elle m'a en son pouvoir !

» Et, ayant dit cela, il s'élança vers la forêt.

» Jackson courut derrière lui, levant haut sa lampe dans les ténèbres chuchotantes, dans l'encre des troncs d'armoise et de belladone. Plus loin sous les frondaisons, la lumière n'était plus que le reflet d'une étoile sur le mur végétal, et des sons nouveaux s'élevaient, presque des rires. Des rires affreux, effrayants, qui stoppèrent net la course du malheureux garçon. Maintenant, son père avait disparu. Il sentit soudain qu'on le tirait par la manche et il pivota sur lui-même – mais il ne vit rien. La sueur se mit à ruisseler sur son visage. Il tremblait tellement que ses genoux s'entrechoquaient. Et puis une lueur apparut au-dessus de lui, se scindant en formes attrayantes, en lianes et gouttes de lumière, de part et d'autre du tronc d'un majestueux mandarin.

» Un rire extatique éclata à l'instant où cette lumière redevenait une seule forme. À la fois serpent et femme.

» Jamais Jackson n'avait rencontré de tels yeux :

ils étaient comme des larmes, grands comme deux anges de mer, mais emplis de cloaque. Puis la bête grandit, elle se garnit de chair et d'écailles. Épouvanté, il la vit se déployer, se nouer, tournoyer tandis que glissaient doucement ses anneaux scintillants, qu'elle dardait sa langue vive et agile, sans cesser de pointer sa tête plate vers Jackson, avec la légèreté d'un nuage, dans le même rire fluide et attirant.

Lord Luxton faillit bien choir du canapé quand une lampe s'alluma à quelques centimètres. Il n'avait pas eu conscience du temps et il faisait à présent très sombre dans le salon. Au-dehors, quelques lueurs subsistaient, tels des reflets d'amadou sous la lourde paupière à demi baissée de l'éternité. La lune, qui s'était levée d'un horizon de sang, était un croissant à l'éclat laiteux de perle, découpé par les carreaux de la fenêtre. La vieille servante, qui avait remarqué le sursaut nerveux de lord Luxton, grommela en s'éloignant pour aller baisser les stores.

En face de Sa Seigneurie, Mary Burgess semblait hypnotisée, les yeux éteints, le corps roide à peine agité de quelques brefs mouvements.

– Docteur Burgess ?

– C'est tout.

– Je vous demande…

– Le garçon n'a rien pu dire d'autre, si ce n'est ceci : quelque chose de vif derrière lui, une présence, une ombre rapide, un coup violent sur la tête à la seconde où il se retournait. Mais il n'en a jamais été vraiment certain. Il ignore de quoi il a pu rêver durant son coma, et l'expérience qu'il a pu réellement vivre.

– Mais il vit encore. Il y a donc eu des secours…

– Le jeune *chef de poste* de Zenkitu est arrivé tard le lendemain avec des hommes. Ils ont trouvé Jackson à l'hôpital. Il respirait à peine. Son crâne trépané était enveloppé dans des bandages qui auraient pu être plus propres. Ils ont aperçu son père qui errait au hasard, dans un état pitoyable, à peine couvert, un pied blessé et infecté. Il n'a pas opposé la moindre résistance et n'a rien dit, pas un mot.

– Trépané ? Vous voulez dire que le garçon avait eu le crâne trépané ?

– Oui. Ouvert chirurgicalement. On avait ôté deux disques de l'os du crâne, chacun comme une pièce d'un shilling.

– Mais pourquoi ?

– Pour en faire un fétiche.

Une clochette tinta dans le hall obscur. Mary Burgess releva la tête.

– Il y a quelqu'un en chirurgie, fit-elle, avec dans la voix un accent de malaise nettement perceptible.

Elle se leva et s'approcha des fenêtres donnant sur le devant du bâtiment.

Elle resta là une longue minute et Luxton attendit, impatient, se demandant ce qu'il pouvait bien faire pour accepter cette histoire inachevée qui venait d'affecter profondément son imagination, ce récit de mythologie vivante au cœur de la forêt primitive. « À la fois serpent et femme. » Et ce qu'avait écrit Eustace Holley sur le mur de sa chambre, vraisemblablement dans un moment de peur atroce ? Luxton aurait aimé avoir relevé exactement les mots. Ils éveillaient en lui une espèce de résonance familière et vague tout à la fois. DAME/DANS TA DEMEURE-PRISON/DE SERPENT/DAIGNE MONTRER PITIÉ. Oui, c'était ça. Ainsi, le bon docteur était mort, terrassé par une force inconnue, et obsédé par... par quoi, au juste ? Il avait cru à toute une galerie de monstres, un bestiaire qui allait des androgynes aux vampires et aux dévoreurs de cadavres du *Livre des Morts*. Sa Seigneurie aurait voulu demander...

La clochette tinta de nouveau.

Mary Burgess tourna brusquement la tête dans sa direction.

– Il faut que j'y aille. Veuillez m'excuser.

– Bien sûr. Ça ira ?

– Pourquoi cela n'irait-il pas ? fit-elle d'un ton revêche. C'est un patient. Reprenez du thé si vous le voulez : je ne serai pas longtemps absente.

Mais, pour Luxton, cela parut interminable. Il essaya de se distraire en feuilletant quelques-uns des ouvrages entassés sur le bureau recouvert de cuir : *Les Métamorphoses* d'Ovide, *Les Monstres mythiques* de Charles Gould, Keats, Coleridge... Elle avait récemment traduit une épître du XIe siècle adressée par le réformateur chrétien Bernard de Clairvaux à l'abbé Guillaume de Saint-Thierry et dans laquelle il critiquait l'ornementation excessive des églises médiévales et plus particulièrement la représentation de créatures hybrides. Une partie de cette lettre pouvait très bien se rapporter au cas du Dr Eustace Holley quand on connaissait les circonstances de sa fin.

Quel est donc le sens de ces singes obscènes et de ces lions féroces ? De ces centaures affreux, de ces hommes sauvages, de ces chasseurs claironnant ? Ici, on voit des corps multiples qui n'ont qu'une unique tête et là plusieurs têtes pour un seul corps. Là encore, une bête traîne un cheval qui traîne à son tour une chèvre, et là c'est un animal à cornes qui forme la partie antérieure d'un cheval. Partout, il y a profusion de formes animales diverses, aussi étonnantes que bigarrées, et c'est ainsi que le peuple préfère déchiffrer les pierres plutôt que les écrits et qu'il passe des journées entières à scruter le moindre détail de ces bizarreries plutôt qu'en méditation ou prières(1).

Intéressant, songeait Luxton tout en arpentant de long en large le plancher aux lames grinçantes. Le Dr Holley avait certes survécu à cette épreuve, qu'elle eût été imaginaire ou réelle, mais il était évident qu'il n'avait jamais retrouvé le XXe siècle,

(1) Extraits de *Fabulous Beasts and Demons,* de Heinz Mode.

non plus que sa foi en Dieu ou en l'ordonnance sacrée du cosmos. Mais était-il présomptueux de conclure que le fait de croire à des entités physiologiquement fantastiques était caractéristique d'un esprit primitif ? L'imagination créatrice foisonnait de monstres, bons ou mauvais, mais qui tous possédaient un lien avec la réalité, avec le monde des formes naturelles. Des êtres humains à tête de serpent, par exemple, des demi-dieux que les Indiens appelaient Naga. Et que penser des griffons-crocodiles du Nil que l'on voyait sur les anciens papyrus ? Étaient-ils vraiment plus fantastiques que ces créatures du début des temps, pourvues d'ailes et de griffes, dont les ossements fossiles attestaient de l'existence antérieure ? Les Égyptiens cultivés adoraient des êtres fabuleux, semi humains... mais ils n'en connaissaient pas moins l'existence de créatures comme le poisson électrique qu'ils utilisaient comme une pile vivante, capable de tétaniser un cheval...

– Dieu tout-puissant ! fit Sa Seigneurie à haute voix.

Lord Luxton avait la vision d'un éclair éblouissant, le choc d'un influx électrochimique équivalant peut-être à... un billiard de watts, durant un millionième de seconde. Une décharge suffisamment puissante pour créer une onde de choc focalisée qui pouvait dépouiller un vieil homme de ses vêtements et le projeter dans un arbre. Jamais Luxton n'avait entendu parler d'un appareil quelconque capable de développer une puissance pareille sans provoquer alentour un effet de destruction généralisée. Il était donc possible d'imaginer qu'une source naturelle, une sorte de générateur vivant, pouvait être responsable de ce qui s'était passé. Après tout, songea lord Luxton, nous sommes tous des êtres régis par des impulsions électriques. Pourtant, comment cette force élémentaire, énorme, pouvait-elle s'exercer dans le cadre des lois naturelles ? Oui, comment ? Et combien y avait-il de morts en suspens dans une seule goutte de venin de cobra, ou bien encore dans une colonie de bacilles de la pneumonie ?

Tout en bas, dans la salle de chirurgie, Mary Burgess poussa un hurlement de terreur.

Lord Luxton fut arraché à ses spéculations. Les nerfs secoués, désemparé, il se mit néanmoins en mouvement sans aucune pensée consciente. Il découvrit la servante écossaise en haut des marches, une main sur la rambarde, ses yeux rétrécis par l'âge papillotant sous l'effet de l'inquiétude. Derrière la porte de verre dépoli, en bas, une pâle lueur était visible. Lord Luxton n'entendait rien.

– Docteur Burgess ? appela-t-il.

– Descendez, dit la servante sans esquisser le moindre mouvement.

Il obéit, ouvrit la porte. À l'autre extrémité du hall du rez-de-chaussée, il y avait un vestibule, vide, à peine plus grand qu'une cabine téléphonique. Sur la gauche s'ouvraient deux portes. La première était fermée à clé, la seconde entrebâillée.

Alors qu'il s'avançait dans l'ombre de la salle d'attente du service de chirurgie, Medwick, son chauffeur, entra bruyamment dans le vestibule.

– Tout va bien, monseigneur ? Je revenais de dîner quand j'ai entendu...

– Je ne sais pas. Venez avec moi.

Un mince rai de lumière apparaissait sous la porte de la salle d'examen. Ils perçurent un bruit de crissement, comme si l'on balayait du verre brisé. Luxton alluma le lampadaire qui était à proximité.

– Docteur Burgess ?

Le bruit s'interrompit.

– Entrez, dit-elle.

Lord Luxton jeta un regard à Medwick, qui opina et prit place dans un fauteuil pour l'attendre. Sa Seigneurie entra donc dans la salle d'examen et fut saisie par la chaleur qui y régnait. Pour une raison quelconque, Mary Burgess avait allumé un feu de charbon dans le vieux poêle. Il n'y avait personne avec elle. Elle était penchée pour ramasser du verre brisé qu'elle poussait dans une pelle avec une balayette. Il n'existait apparemment aucune autre issue à cette pièce.

Elle portait une blouse blanche qui lui arrivait aux genoux, non boutonnée. Elle avait un stéthoscope dans la poche.

– Qu'est devenu votre patient ? demanda lord Luxton.

– Mon patient ?... Oh...

Elle alla verser les débris de verre dans une poubelle et rassembla les autres fragments plus importants. C'était une bouteille de contenance moyenne. Mary Burgess avait des gestes hésitants, elle se déplaçait comme une convalescente entre des appareils bizarres et de grands placards. Son visage marqué renfermait des chagrins et des tourments soigneusement cachés.

– C'était Simon Temple, dit-elle. Il saignait du front. Il boit trop de gin, comme tous les lads, et il ne fait pas assez attention aux sabots des chevaux. Mais ce n'était pas bien grave. Il est rentré chez lui.

Le téléphone sonna. Mary Burgess tressaillit mais décrocha cependant.

– Oui. Ah, oui... Très bien... Non, rien. Ça m'a fichu un drôle de coup, c'est tout. Je vous remercie d'avoir appelé, commissaire.

Elle raccrocha, les yeux clos, l'air exaspéré, et s'appuya contre le mur.

J'ai réveillé tout le village, on dirait bien, non ? Je ne suis qu'une vieille femme stupide.

– Pourquoi avez-vous crié, Mary ?

– Je suppose... que si l'on a trop souffert de l'angoisse, on est capable de visualiser en esprit des choses qui sont une insulte à la raison. L'image de morts vivants. J'ai cru voir... (Elle s'interrompit.) ...quelque chose, là-bas, dans l'ombre de la salle d'attente.

– Eustace Holley ?

Elle battit des paupières en signe d'acquiescement.

– Mais je ne délire pas. Je ne crois pas aux fantômes. Jamais je n'ai crié comme ça auparavant. Je pensais même que j'en étais incapable.

– Je suis certain que tout ira bien maintenant. Je vous ai fait vivre sous tension et je... Mais qu'est-ce que c'est que ça ?

Avant que Mary Burgess ait pu protester, Luxton se pencha sous la table capitonnée et, avec soin, ramassa un certain nombre d'objets qui s'étaient apparemment échappés d'une petite bourse en cuir de confection grossière dont les coutures s'étaient défaites. Il y avait trois clochettes vernies de style XIXe siècle telles que l'on en utilisait pour les décorations de Noël, des griffes d'animaux et un croc assez long, quelques plumes et, pour finir, deux disques d'os de la taille d'une pièce d'un shilling. Le tout était recouvert d'une sorte de poussière rouge. Les disques d'os portaient des traces sombres d'origine indéterminée, peut-être du sang.

– Brûlez ça, déclara Mary Burgess quand il eut examiné un à un chacun de ces éléments. Jetez-les dans le feu, je vous le demande.

– Est-ce que vous voulez bien me dire d'abord de quoi il s'agit ?

– Ce sont les éléments d'un fétiche. Il est censé être le plus puissant qu'on trouve dans la forêt africaine. Ces griffes et cette dent proviennent d'un léopard noir. Quant à la poussière rouge, elle a un sens secret. Je l'ignore.

– Et les morceaux d'os ?

– Ils sont d'origine humaine. Ils proviennent d'un os pariétal.

– Ce sont ceux qu'Eustace Holley a fait prélever sur le crâne de son propre fils ?

– Oui, je le crois.

– Et pourquoi a-t-il fait cela ? demanda Luxton en contemplant l'étrange ramassis d'objets dont l'histoire était si tragique. Pourquoi a-t-il risqué l'existence de son fils pour confectionner un fétiche ?

– À mon sens, lorsqu'une âme immortelle est menacée, on ne peut qu'avoir recours à un sacrifice. Mais ce n'est pas Eustace Holley qui s'est livré à cette opération cannibalesque. C'est l'œuvre d'un fou, d'un homme détruit à la fois physiquement et émotionnellement.

Elle marcha jusqu'au poêle et souleva le couvercle.

– Allez, jetez tout ça là-dedans, dit-elle d'un ton impérieux. Je vous ai dit que je ne voulais plus le voir !

Lord Luxton s'exécuta. Dès qu'il eut fait tomber la dernière plume de sa paume moite de sueur, Mary Burgess referma le couvercle du poêle. Puis elle appuya les doigts contre ses tempes. Il s'aperçut qu'elle claquait des dents.

– Un stimulant vous ferait peut-être du bien, suggéra-t-il.

– Non.

– Je suis stupéfait que le garçon ait survécu à une opération aussi sauvage en pleine forêt.

– Les primitifs de l'Antiquité survivaient à des trépanations semblables accomplies dans de pires conditions. C'est sa jeunesse et son exceptionnelle constitution qui l'ont sauvé, cependant. D'autres interventions étaient nécessaires. La dure-mère était infectée. Si la moelle épinière avait été touchée... En tout cas, durant des semaines après son sauvetage, Jackson a porté des drains dans le crâne en permanence.

– Selon vous, alors, le Dr Holley n'aurait été victime que de son imagination fatiguée ?

– Il était épuisé, anéanti de fatigue, et il vivait en état de cauchemar éveillé. Dans chaque forme naturelle, il voyait une apparition épouvantable. Et lorsque ses convictions de chrétien, sa connaissance du salut et de l'amour absolu de Dieu l'ont abandonné, il s'est tourné vers la magie des Noirs, qui lui était familière. Et il le fallait, s'il voulait réussir dans sa mission qui était de les soigner.

– Il ne fait pas de doute qu'il a été victime d'une autre dépression récemment. Pour quelle raison ?

Elle secoua la tête d'un air désespéré.

– Je n'ai aucune certitude. Je n'ai pas observé de changement marquant de sa personnalité. Il est resté comme d'habitude courtois et distant à la fois dans ses rapports avec le personnel comme avec les autres pensionnaires de Hawkspurn. Il poursuivait la même routine... Je veux dire qu'il faisait ses exercices matinaux, qu'il écoutait sa musique, jouait aux échecs et lisait ses livres. Mais il était inquiet à cause de la guerre, de la menace d'invasion, quoique les raids aériens, comme vous le savez, ne nous aient guère affectés dans East Riding. Mais je pense qu'avec sa fragilité émotionnelle, c'était largement suffisant. Et puis, il y avait les bulletins d'informations à la T.S.F. et les effets du blitz qu'il lisait très bien sur le visage des malheureux enfants qu'on nous amène sans cesse. Il m'a dit une fois : « La bête est lâchée. Et nous serons terrassés car nous avons invoqué la bête de l'esprit enterré et à présent plus rien d'autre ne compte : l'ange, la vision, le corps, la lumière. Non plus que les petits enfants qui sont le soleil de nos âmes. »

– Ça ne reflète pas les sentiments d'un fou, à mon avis. Mais plutôt la certitude de la fin prochaine.

– Il s'intéressait aux poètes romantiques dernièrement. C'était devenu sa lecture préférée. Il y cherchait sans doute une assise dans cette période de crise. Mais il se passionna ensuite pour les œuvres de Keats.

– Comme c'est bizarre ! Ce jeune génie malheureux... Voyons, laissez-moi deviner. Le Dr Holley dut se passionner avant tout pour ce poème narratif intitulé *Lamia*.

– Belle déduction.

– J'avais des indices. *Dame dans ta demeure prison de serpent*... Absolument keatsien. Est-ce que c'est une citation du poème ?

– Je ne sais pas. Je ne le connais pas assez.

– Mais c'était uniquement ce poème qui l'attirait vers Keats ?

– Il pensait que ce poème était le fruit d'une expérience vécue et non de l'imagination.

– En d'autres termes, il pensait que Keats croyait vraiment que...

– Non, non, il pensait qu'il avait bel et bien *rencontré* une telle créature et que cela avait signifié sa fin.

– Si je me souviens bien, Keats est mort de consomption. De même que son frère. Comment s'appelait-il déjà ?

– Tom Keats. Oui, Keats est mort de l'épidémie, à Rome, en 1821. Mais Eustace prétendait que sa mort avait été précipitée par cette femme-serpent dont il était tombé amoureux et qui, nuit après nuit, dans leurs étreintes impies, absorbait la substance vitale du poète.

Lord Luxton sourit.

– Ce qui n'est pas sans analogie avec l'existence maudite de Holley. Mais la vie de Keats a été explorée à fond et il a écrit une quantité prodigieuse de lettres. Il a eu deux passions dont on connaît tout, l'une pour Isabella Jones et l'autre pour Fanny Brawne. Comment le Dr Holley expliquait-il ce troisième amour dont on ignore tout ?

– Il n'en a jamais discuté avec moi. Mais il avait la conviction que *Lamia* avait existé, que ces créatures existent, qu'elles sont aussi répandues que les chats de gouttière.

– Ou que les esprits frappeurs ?

– Il y a un mois de cela peut-être... Non, plus récemment encore, vers la fin mai, il s'est produit un événement qui a profondément déprimé Eustace. J'ignore de quoi il s'agit, d'une nouvelle qu'il a lue, ou entendue. Mais en tout cas son obsession a pris un nouveau tour, particulièrement désastreux. Et le fétiche est apparu, dans une bouteille bouchée. Il l'avait confectionné Dieu sait quand durant toutes ces années. Bien entendu, cela a éveillé ma curiosité. Il ne possédait rien, il n'avait pas un seul carnet de notes, pas une photographie comme souvenir de son long séjour dans la brousse africaine. Et brusquement il y a eu cette chose affreuse qu'il avait confectionnée de ses mains ensanglantées, et qui ne le quittait plus, nuit et jour. « La bête est lâchée, répétait-il. Cela la tiendra éloignée de mon lit. » Je suis persuadée qu'il ne faisait que personnifier la crainte de la guerre qui nous entourait. Moi aussi j'avais peur, je craignais surtout que cette hantise ne provoque un dérangement permanent de ses facultés. Et j'avais peur de ce fétiche, qui semblait être le moteur essentiel de son état morbide.

– Vous le lui avez donc dérobé.

– Oui, j'ai obéi à une impulsion, la nuit qui a précédé sa mort. (Elle se retourna et pointa le doigt vers le poêle.) Mais si vous pensez vraiment que cette atroce chose a quelque chose à voir avec sa mort...

– Je ne le pense pas. Néanmoins...

– Eustace le pensait, lui. Vraiment. Et il était terrifié parce qu'il était convaincu qu'il avait perdu son unique moyen de défense, son arme personnelle contre un subconscient destructeur.

– Et, pour cette raison, il a écrit ces mots sur le mur de sa chambre.

Mary Burgess émit un son étouffé et détourna les yeux.

Lord Luxton l'observa attentivement. Il s'aperçut que son pouls s'était accéléré, qu'il avait le visage empourpré, et que cela ne pouvait être uniquement dû à la chaleur du poêle par cette douce nuit de juin. Il se sentait toujours ainsi à l'instant du geste décisif : lorsqu'il allait arrêter le mouvement d'horlogerie d'une bombe – ou mourir, peut-être. À la pointe d'un hasard miraculeux, non pas terrifié mais dans une sorte d'état d'excitation, comme sous l'effet d'une drogue ou d'un grand plaisir, comme s'il possédait, brièvement, mystérieusement, les secrets éternels de l'univers. Un sentiment de liberté totale et le désir profond d'affronter n'importe quelle vérité, quelle qu'elle fût.

– Et quelles sont donc vos conclusions quant à la façon dont le Dr Holley a trouvé la mort ? demanda-t-il enfin.

– Un pur hasard. Une bombe non explosée. Mon Dieu, ne pouvez-vous donc le laisser en paix ?

– Mary, j'ai observé la flore qui a proliféré dans certains cratères de bombes, au centre de Londres. Elle ne ressemble à rien de connu sur terre. Les plantes ont subi des mutations dues à la chaleur intense et sans doute à une radiation très brève dont nous ignorons tout. Et je sais que la nature humaine peut fréquemment subir d'abominables mutations en temps de guerre. Est-il si difficile de croire à l'existence de formes animales étranges, issues de cette énergie colossale que représentent cette haine et cette agressivité qui sont en train de nous détruire tous ?

– C'est impossible à croire. Et je ne *veux pas* le croire...

– Vous acceptez cependant l'idée de l'exceptionnelle longévité de Gen Loussaint et ce que l'on a rapporté de sa férocité. Au mieux, elle pouvait être à demi folle, et au pire une mutation à forme de Gorgone, née de ce culte du serpent qu'entretiennent les sauvages.

– Elle était vieille, presque au seuil de la mort. Elle ne peut avoir aucun rapport avec la crise d'Eustace Holley.

– À moins qu'il n'ait été séduit par elle, par cette femme-serpent qui devenait de plus en plus grande, de plus en plus forte au fur et à mesure que croissait son désir sexuel.

– C'est… complètement dément !

– Que lui est-il donc réellement arrivé dans le parc ce matin même ? Pourquoi ses parties génitales ont-elles été ainsi sauvagement arrachées ? Et qu'est-ce qui a bien pu provoquer ces marques sur ses fesses ? Comme si des ongles acérés s'étaient plantés dans sa chair en un instant d'extase… avant qu'elle ne l'envoie définitivement au ciel.

Des larmes roulaient sur les joues de Mary Burgess sans qu'elle parût en avoir conscience.

– Pourquoi… mais pourquoi aurait-elle dû revenir à lui, après tout ce temps ?

– Peut-être par vengeance. Ou bien parce que c'était un achèvement nécessaire : elle avait besoin qu'il meure pour être libre d'errer à sa guise.

Ils échangèrent un long regard. Mary Burgess avait les yeux rougis par le chagrin. Les larmes, à présent, coulaient sur son menton.

– Même dans un monde devenu fou furieux, ensanglanté, je ne pense pas qu'une pareille chose puisse exister. Dieu ne le permettrait pas. Il doit y avoir quelque chose à quoi nous raccrocher. Quelque chose de familier, de sûr. Il est déjà tellement difficile de guérir ceux qui sont malades, d'apaiser la souffrance des incurables. Cela m'a usée jusqu'au bout. Je ne suis plus en très bonne santé. Je vous le demande. Je n'ai pas la force d'accepter la responsabilité de sa mort. Cette chose n'a pas de sens… Ces griffes, ces os, ces plumes… C'était une bombe. Il est mort à cause d'une *bombe*. N'est-ce pas, Votre Seigneurie ?

Le silence se prolongea entre eux. Le sens profond de sa mission était déjoué par des facteurs qui échappaient à son contrôle. Son pouls se calmait et il soupira enfin :

– Oui, Mary. À cause d'une bombe. C'est ce que je dirai dans mon rapport au Département de la Recherche Scientifique.

Elle acquiesça vaguement et, inconsciemment,

essuya son visage d'un revers de manche. À cet instant, on frappa à la porte et sir John alla ouvrir. Medwick se tenait sur le seuil.

– Le jeune lieutenant, Votre Seigneurie. Il dit que c'est urgent.

Luxton se tourna vers Mary Burgess afin de s'excuser puis quitta la salle d'examen. Mary Burgess referma la porte sur lui. Elle se rendit ensuite droit jusqu'à l'autoclave et y prit une seringue hypodermique. Elle ouvrit l'armoire à pharmacie et prépara une injection de morphine, les doigts tremblants. Elle retroussa sa manche gauche, puis reposa la seringue. Ensuite, après avoir éteint, elle s'approcha de la fenêtre, souleva le store et contempla les toits de Nuncheap sous la faible lueur des étoiles boréales.

Quelques minutes plus tard, lord Luxton était de retour. Il entra après avoir frappé et Mary Burgess regarda la seringue, hésita, esquissa une grimace, rabaissa sa manche et le suivit dans la salle d'attente.

– Je crains de devoir repartir tout de suite, dit-il.

– Une bombe ?

– Quelque chose qui possède un détonateur d'un type nouveau que j'ai déjà pu examiner une fois. C'est le deuxième engin que l'on retrouve intact.

Elle ne savait pas si elle devait éprouver du soulagement ou de l'appréhension mais, tout à coup, elle redevenait maîtresse d'elle-même. Ils sortirent ensemble.

– Mary, je vous remercie de m'avoir accordé votre temps.

– Je suis heureuse que nous ayons pu parler. Malgré toutes ces absurdités.

– Oui, je crois que cela a éclairci un peu les choses.

– Nous ne sommes plus des enfants, après tout. Nous n'avons pas le droit d'avoir peur des ombres, des présages, des signes. Vous allez loin ?

– Jusqu'à Portsmouth. Ça fait un bon petit voyage.

– Mais n'iriez-vous pas plus vite en avion ?

Il eut un sourire penaud.

– Non, parce que je refuse d'aller en avion. Je suis pétrifié à la seule idée de quitter la terre ferme.

Elle lui sourit. Elle était sceptique mais séduite par cet aveu.

– Vous êtes un homme vraiment bizarre, Votre Seigneurie. Si jamais vous repassez par ici...

– Mais certainement.

– Je vais dire une prière pour vous.

– Eh bien, au revoir.

Elle croyait qu'il venait de disparaître mais, comme elle s'apprêtait à ouvrir la porte de devant pour rentrer, elle l'aperçut qui revenait en courant, sans même se servir de sa lampe-torche.

– Mary, à propos...

– Oui ?

– Le jeune homme, Jackson Holley. Pouvez-vous me dire ce qui lui est arrivé ?

Elle sentit déferler sur elle une vague de frayeur irrationnelle.

– Oui... Il... il est devenu docteur lui aussi. Mais je crains qu'il ne soit très loin actuellement. Il exerçait dans les provinces de l'ouest du Canada. Ou bien était-ce aux États-Unis ? Je peux rechercher son adresse si vous le désirez.

Luxton parut réfléchir. Mary Burgess ajouta :

– Si j'en juge par le ton de ses lettres, il semble avoir retrouvé la paix. Il a vécu durant des années sans se fixer. Il est d'ailleurs peut-être marié, à présent. Bien sûr, la mort de son père va lui causer un choc. Mais je suis convaincue que s'il peut accepter cela comme une conséquence de la guerre, il surmontera le choc très rapidement et qu'il n'y aura pas d'autres effets à craindre.

Le clair de lune était discret et, à cause du black-out, aucune lumière ne filtrait de la demeure. Mary Burgess ne pouvait lire l'expression de lord Luxton quand il releva enfin la tête et la regarda.

– Oui. Ça me semble logique. Je me disais d'ailleurs que... en fait, je n'avais nul besoin d'entrer en contact avec lui.

Ils ne se dirent pas au revoir à nouveau. Mary Burgess demeura un instant immobile tandis que lord Luxton montait dans la grande Rolls Phantom. Quand la voiture eut démarré, elle verrouilla soigneusement la porte et repensa aussitôt à la seringue. Elle avait la bouche sèche à force d'attendre. Tout son corps était douloureux, ses nerfs semblaient des filaments portés au rouge qui pendaient de ses os vieillis. Ce serait seulement la deuxième fois aujourd'hui. Mais non, elle ne devait pas se mentir à elle-même. Cela ferait trois. Mais elle en avait besoin, *vraiment besoin*. Le crépuscule limpide, le plaisir trompeur. Elle savait ce qu'elle faisait après tout... Mais non. Non, vraiment non. Il fallait absolument qu'elle se trace des limites nettes, sinon tout serait perdu. Elle pouvait très bien faire sans une troisième injection. Sa tête menaçait d'éclater sous la pression de l'anxiété. Si elle montait s'étendre à l'étage, cela passerait. Jusqu'au matin. Le pire était derrière elle maintenant. Non ? Seigneur, faites que je puisse attendre jusqu'au matin. Sa tête était déchirée par la douleur de la nuque au front.

L'après-midi suivant, à deux heures et quart, Mary Burgess était dans le jardin, pulvérisant ses rosiers à l'arséniate de plomb pour tuer les larves de coléoptères lorsque le lieutenant Kellow se présenta au portail. Mary se redressa, ôta ses gants et leva la main devant ses yeux pour se protéger du reflet du soleil sur le pare-brise du camion.

L'ingénieur artificier vint jusqu'à elle.

– Docteur Burgess ?

– Bonjour, Mr Kellow. Vous cherchez toujours des engins dans le parc ?

– Non, nous avons fini et tout remballé. Nous retournons à Driffield, mais je me suis dit que...

Eh bien, vous n'avez peut-être pas entendu les informations.

– Si, c'était à la B.B.C., ce matin. Affreux.

– Oui. C'est un coup terrible. Pour nous, c'était un héros.

– Le rapport était plutôt bref. Comment cela est-il arrivé ?

– Une nappe de brouillard non prévue, dans les collines de Chiltern, et une vache sur la route. Le chauffeur de lord Luxton a réussi à l'éviter, mais on peut penser qu'ils roulaient trop vite. Il a perdu le contrôle du véhicule et ils ont percuté un arbre. Sa Seigneurie est morte un peu avant l'aube, la nuque brisée, à l'infirmerie de Radcliffe.

– J'avais comme un pressentiment – un vilain pressentiment – peu avant qu'il parte. Mais c'était de la bombe que j'avais peur, comprenez-vous. Celle qu'il était tellement impatient d'examiner.

– Un mauvais tour du destin, dit Kellow, le regard soudain lointain, comme s'il venait d'entrevoir son propre destin et qu'il le trouvait manquer d'élégance, un peu minable même.

Une vache sur une route… Il effleura de la langue un coin de sa bouche : il était désemparé. Mary Burgess le laissa prendre congé avec un sourire placide et un vague signe de tête en guise de remerciement.

Puis elle remit ses gants et s'agenouilla pour étudier de plus près un plant de chrysanthème malade. Avec soin, elle prit un plantoir et dégagea la plante attaquée. C'est stupide, songea-t-elle, d'être à ce point éprise des fleurs alors qu'elle devrait plutôt faire pousser des choux. Mais nul ne pouvait espérer survivre sans une dimension supplémentaire à l'existence, un domaine frivole où tous les sens pouvaient s'apaiser et se dépenser. En fait, elle n'éprouvait pas la moindre satisfaction à voir pousser des rangées bien nettes de choux. Elle avait son aiguille et ses fleurs, et pour elle cela représentait la paix, et l'apaisement. Et même une certaine consolation. À présent, Eustace était à jamais protégé. Une vache sur la route. Pas d'enquête. Pas de médisance possible sur sa compétence. Cette année, le lilas serait splendide après la taille sévère qu'elle avait pratiquée l'automne précédent. Elle regarda autour d'elle et acheva de composer le bouquet qui serait posé sur le cercueil : des dizaines et des dizaines de pivoines qu'il avait soignées avec amour, et aussi beaucoup de grimpantes. Ensuite, il faudrait prévoir des roses et des chrysanthèmes sur la tombe, tous les trois jours, et ce jusqu'à l'automne. Ce qu'elle deviendrait sans lui cet hiver, elle l'ignorait encore. Il y aurait de longues nuits, il y aurait la piqûre de l'aiguille. Sans Eustace. Elle surprit une chenille verte qui s'apprêtait à attaquer un bouton de rose tout neuf et tout tendre, une chose abominable qui allait s'engraisser et se faire pousser des ailes sur un autre cœur, et elle l'écrasa méthodiquement avec un caillou. Ce faisant, son grand chapeau de jardinier tomba. Soudain, la caresse du soleil devint une brûlure sur son front. Mais en même temps lui parvinrent tous les parfums du jardin. Et elle se mit à fredonner doucement tout en continuant de frapper avec le caillou.

3

Kansas City, Missouri

2-3 août 1944

C'était une ville du Centre, et les habitants prenaient les vagues de chaleur qui se succédaient en été avec forfanterie, mais la fin du mois de juillet et les premiers jours d'août étaient assez exceptionnels. À six heures du matin, il faisait déjà presque aussi chaud que dans l'après-midi. L'horizon restait cerné de nuages qui engraissaient comme des eunuques au fur et à mesure que le soleil suivait son cours. À l'approche du soir, ils se gonflaient de bleu, lourds de pluie, mais ils se maintenaient à distance et la pluie ne venait jamais. Le tonnerre roulait parfois, comme si l'on frappait sur une vitre géante. Les rues, dans la chaleur, sentaient l'asphalte, les enfants jouaient dans l'ombre, mais, à l'abri des porches les plus profonds, le ciel semblait encore peser des tonnes. Pendant les week-ends, leurs pères réclamaient une trêve-bière avant midi. Il faisait *tellement* chaud, il fallait les comprendre. Ils assuraient même que les records de 1936 étaient battus. En vérité, c'était une année hors de l'ordinaire. Le fleuve était à son plus bas niveau, et son cours se perdait en tourbillons. Une puanteur de parc à bestiaux, de prairie calcinée, avait envahi les beaux quartiers. Le soleil rendait les chiens frénétiques et terrassait les hommes qui avaient le cœur trop faible. Les gens s'agglutinaient dans les files d'attente des cinémas climatisés et évitaient de se toucher. On avait l'impression de cuire, de pourrir lentement, comme un melon. Les gens semblaient avoir perdu toute passion, mais pourtant, paradoxalement, au cœur de la nuit moite, dans les quartiers barbouillés de néons, grésillant de mouches, de mauvaises bagarres éclataient, des rasoirs tailladaient la chair, et des armes crépitaient entre les mugissements des sirènes de police.

Cependant, Kansas City n'était plus comme jadis. C'était devenu une ville nettoyée, avec moins de fripouilles, presque morale, bien moins effrontée, qui avait divorcé d'avec son passé épique et canaille, que les grands jazzmen avaient fuie pour aller chercher ailleurs des emplois stables. Occasionnellement, quand des musiciens noirs revenaient à K.C., pour un pèlerinage nostalgique ou bien parce qu'ils allaient du nord au sud dans leurs vieilles guimbardes, il leur arrivait de se retrouver pour jouer toute la nuit dans les mornes hôtels des vieux quartiers, au sud de Grandview, de l'autre côté de la voie ferrée, dans le Comté de Cass.

Jackson passait la plupart des après-midi à Union Station, quoiqu'il n'eût l'intention d'aller nulle part, et au moins trois ou quatre nuits par semaine, on le trouvait dans des lieux comme le Starr's Turquoise ou le Buster's Roxy Club (où les écrevisses étaient particulièrement délicieuses), où il écoutait les musiciens de passage : Big Joe Turner et le nouvel orchestre fracassant de Billy Eckstine avec Sarah Vaughan et Diz, et un petit gars costaud du coin qu'on appelait Yardbird et qui était le saxo alto le plus extraordinaire que Jackson eût jamais entendu. Ces nuits-là, lorsqu'il dormait seul, Jackson regagnait la maison où il louait une chambre pour l'été. Il se mettait au lit vers quatre heures du matin et dormait jusqu'à ce que le premier tramway passât en grinçant sous ses fenêtres à 6 h 24, en route pour le nord, vers le grand dépôt de Pershing Road.

À 6 h 45, Maman Trutler était sur pied et s'activait, mais si discrètement qu'il lui arrivait rarement de l'entendre. À sept heures, Papa Trutler se levait dans un grand tohu-bohu et passait une bonne demi-heure dans la salle de bains à tenter de libérer ses sinus qui lui causaient bien des tourments dès que l'air devenait plus humide. Un matin sur deux, c'était son frère Rawley qui lui succédait, un célibataire de cinquante et un ans qui avait des problèmes d'alcoolisme et de tension. Les deux frères Trutler tenaient ensemble une pharmacie sur Locus Street, en bas de Hospital Hill, une affaire qui leur rapportait plus de soixante-quinze mille dollars par an.

Peu avant huit heures, tout le monde se retrouvait pour le breakfast et cette partie de la maison était calme, à l'exception des tramways qui passaient plus fréquemment et Jackson, s'il le voulait, pouvait s'offrir un petit somme supplémentaire.

Il dormait dans la chambre de Lindy. Lindy, le cadet de la famille, s'était engagé dans les Marines juste après avoir passé son diplôme, à l'issue de ses études au collège, et il était quelque part dans le Pacifique. Maman et Papa Trutler avaient trois autres fils, tous dans l'Armée. Bob était pilote-instructeur à la Base Aéronavale de Pensacola. Kenyon était à l'arsenal de Frankford, en Pennsylvanie. Donnie Trutler, qui s'était montré assez bon au base-ball pour être engagé dans l'American Association en 1941 et 1942, s'était battu en Italie avant de se retrouver à l'hôpital militaire de Memphis. Il avait perdu les deux yeux : un chargeur lui avait explosé en pleine figure parce qu'une balle avait touché la culasse de sa carabine M-1.

La chambre, la plus petite des cinq qui occupaient le second étage de la maison, était encore telle que Lindy l'avait laissée l'an passé. Maman Trutler avait proposé de nettoyer les placards et de descendre tous les souvenirs de collège, mais Jackson avait fermement refusé. Il ne louait que pour une semaine, après tout. Il était seulement de passage.

C'était en juin. À présent, il faisait partie de la famille. Trois semaines auparavant, ils étaient tous partis ensemble rendre visite à Donnie, qui habitait dans le Sud, et ils avaient laissé Jackson seul à la maison avec Sirje, la bonne qui était là depuis des années et qui était devenue une sorte d'invitée permanente. Jackson avait la disponibilité de la cuisine et il pouvait se servir de la Pontiac Six de la famille quand il le désirait. Ils lui faisaient une confiance absolue mais Jackson avait l'habitude d'être instantanément accepté sans réserve par tous les étrangers.

Papa Trutler avait posé des questions à droite et à gauche et était revenu avec un certain nombre d'emplois possibles pour lui. La veuve d'un roi de l'emballage avait besoin d'un docteur personnel. Elle avait été frappée par la maladie de Parkinson, du type paralysant, et avait quelques autres problèmes mineurs. Jackson n'aurait pas grand-chose à faire : prendre sa tension plusieurs fois par jour, tester ses réflexes, faire appel aux médicaments autant qu'à son inspiration du moment pour lui éviter par-dessus tout de mourir d'ennui. Jackson l'avait rencontrée et l'avait aussitôt trouvée sympathique. En fait, cela avait accroché tout de suite et il ne faisait pas de doute qu'il terminerait sur son testament. Mais, par la même occasion, il avait fait la connaissance du fils et de la fille, redoutables gardiens, et leur implacable et immédiate hostilité ne lui avait pas échappé. Ils n'avaient pas du tout l'intention de laisser une espèce d'étranger faire copain-copain avec leur chère maman. Ils allaient passer sa vie au microscope. Si rien de suspect n'apparaissait, ils s'arrangeraient pour bricoler quelque chose afin de jeter le discrédit sur lui. Ils en avaient tout à fait le genre.

Il y avait aussi les éminents Drs Meadow et McShane, qui possédaient une clinique prospère mais avaient besoin d'un troisième associé, plus jeune, pour porter une part du fardeau. Les jeunes docteurs de valeur étaient devenus une rareté avec la guerre. Ils avaient besoin de Jackson pour la médecine générale ainsi que pour quelques opérations de chirurgie mineure qui ne lui poseraient aucun problème. Il apprit à connaître Meadow et McShane pendant qu'ils passaient au peigne fin ses connaissances médicales et l'interrogeaient. Ses diplômes parlaient pour lui : le Collège Royal de Médecine de St. Bartholomew, la Faculté de Médecine d'Edimbourg. Jackson fut invité chez l'un et chez l'autre, on lui présenta les amis, les collègues, qui tous se montrèrent aussi curieux les uns que les autres.

Pour cette phase d'un rite d'initiation qui lui était devenu familier, il était toujours à son avantage. Jackson allait sur ses quarante et un ans, mais il en faisait dix de moins. Il avait hérité d'une constitution robuste et mesurait près d'un mètre quatre-vingt-dix. Les dames de la ville étaient à la fois surprises et séduites, tout particulièrement par ses bouclettes poétiques et ses yeux bleus, son humour aigre-doux et ses manières plutôt franches. Elles ne se lassaient pas de l'entendre parler de ses jeunes années sur le Continent noir. Jackson, charmé en retour par la compagnie féminine, avait décidé que Kansas City, après tout, n'était peut-être pas un mauvais choix, vu que l'éventail qui s'offrait à lui était assez restreint. Tout semblait confirmer cela. Il évitait de trop penser à son compte en banque qui dépérissait rapidement et attendait la proposition de Meadow et McShane.

Mais l'horrible incident qui eut lieu dans le meilleur country-club de Kansas City lui fit apparaître à l'évidence que cette situation qu'il espérait était loin d'être idéale.

Meadow, le digne Meadow, le praticien, le maître de l'impertinence étudiée, devint complètement fou dans les douches alors qu'ils se savonnaient ensemble, après quelques sets de tennis. Il n'avait pas bu et, dans ses avances soudaines, il ne se montra pas particulièrement subtil. Il avait peut-être pris l'exubérance joyeuse de Jackson, après le match, pour de la séduction. En tout cas, ils étaient seuls à ce moment-là. Tout à coup, Jackson eut le sentiment d'être enfermé avec un taureau en rut. Il se débattit frénétiquement pour ne pas se retrouver sodomisé sous la douche, et en quelques secondes les deux hommes se blessèrent en se battant sur le sol glissant. Meadow éjacula sur les dalles et, au lieu de retrouver son calme, il devint obscène et hystérique. Il accusa Jackson d'avoir des rapports sexuels clandestins avec le bon gros McShane. Il suivit Jackson en courant dans le vestiaire sans se soucier du scandale et plusieurs membres du club ne perdirent pas une bribe de ses vociférations. Meadow tentait de façon pathétique de noircir McShane pour essayer de briller aux yeux de Jackson. Il se mit à hurler que son vieil amant et associé s'était rendu coupable de fautes professionnelles graves.

Pendant que Meadow exhumait des cadavres, Jackson, l'air sombre, se rhabilla et quitta les lieux avec ce qu'il pouvait préserver de dignité. Il savait qu'il était fini pour Kansas City car, au bout du compte, c'était sa réputation qui serait menacée, certainement pas celle de Meadow. Il n'aurait pas dû en être aussi abattu. Après tout, qu'était pour lui Kansas City ? Un arrêt, quelque part sur une ligne qu'il avait choisie au hasard, trop vite. Mais il se saoula durant trois nuits et les germes de la malaria qui étaient en sommeil dans ses veines se réveillèrent et il eut de la fièvre.

Il n'existait pas de traitement efficace contre cet état chronique et Jackson passa deux jours au lit, trop malade pour bouger la tête et encore plus pour se rendre à la salle de bains.

Mais un ange veillait sur lui, tandis qu'il délirait,

le corps secoué de frissons convulsifs, oscillant entre un sommeil agité et des crises de désespoir. L'ange était une petite fille de dix ans et demi appelée Nellie Trutler. Elle vidait son bassin, le nourrissait à la cuiller avec des potages et de la gelée de cerises, ajoutait des couvertures quand il le fallait, ou bien de la glace, et lui épongeait doucement le visage. Nellie était une petite blonde aux grands cheveux, avec un visage rond et lisse, des yeux ronds. Elle était jolie, semblait sortir d'une comédie, et faisait preuve d'un esprit rationnel désarmant. Elle était sous l'effet de sa séduction, ce qu'il pouvait accepter volontiers. Tout au fond de la cour, sous les grands ormes, elle entretenait toute une ménagerie, dans les cages et les enclos, une population sans cesse renouvelée de chiens, de chats, d'oiseaux, de tortues, de lapins, de cobayes et de skunks non désodorisés. Il lui arrivait fréquemment de venir au chevet de Jackson avec une bestiole nichée dans sa petite robe d'été, mais elle n'oubliait jamais de se laver les mains avant de jouer son rôle d'infirmière.

La fièvre tomba le 3 août, un jeudi, et ce fut comme si la malaria n'avait jamais existé. Seuls subsistaient une certaine apathie ainsi qu'un léger tremblement des mains. Jackson retrouva suffisamment d'intérêt pour l'existence pour réussir à s'asseoir au bord du lit et à se raser. Nellie lui avait apporté un miroir et avait posé une cuvette d'eau chaude sur une étagère, près de lui. La lumière du soir était teintée de bronze et de rose mourant. Dans le miroir, il surprit un jaillissement d'étincelles bleues au passage d'un tramway. Il entendait des enfants sauter à la corde en chantonnant et l'écho lointain de quelques radios, des informations sur l'évolution de la guerre, Bing Crosby. Les Trutler avaient fait griller un carré de côtes de bœuf pour le dîner et l'odeur subsistait dans l'air torpide. Après une brève querelle avec son frère, Rawley Trutler était sorti prendre un verre.

Nellie surgit dans la chambre, toute en sueur à force de jouer, ses joues tachetées de grains de cannelle rougies par l'excitation. Une demi-douzaine de piqûres de moustiques marquaient sa peau tendre. Elle avait capturé des lucioles dans un pot pour amuser Jackson. Elle installa le pot devant la fenêtre en rampant au pied du lit, puis se laissa aller dans un fauteuil pour le regarder se raser.

Déployant ses longues jambes, elle tapotait une de ses sandales déchirées pour voir si elle allait craquer complètement.

– Tu vas bien ?

– Ça s'arrange, fillette.

– Tu veux que je te lise le journal ?

– Non, merci.

Nellie ouvrit néanmoins le *Star* du soir et le feuilleta.

– Dorothy Dix prétend que les femmes qui font exprès de pleurer pour parvenir à leurs fins sont *mé-pri-sables*.

– Eh bien...

– Est-ce que je peux éteindre pour que tu voies mieux les lucioles ?

– Je risque de me trancher le nez.

– Pourquoi tu n'utilises pas un rasoir de sûreté Gillette ?

– Ils sont bien trop chers.

Le téléphone sonna dans le hall et Nellie se précipita. Elle revint doucement tandis que Jackson essuyait le savon dans son oreille.

– C'est encore elle.

– Qui ?

– La dame qui a déjà appelé cet après-midi. Je lui ai dit que tu étais malade. Tu veux que je lui redise ?

– Mais de quelle dame parles-tu ?

– Oh, j'ai oublié son nom ! Je vais lui demander.

– Je vais lui demander moi-même, dit Jackson.

Il faisait très chaud, mais il n'en passa pas moins un peignoir par-dessus son pyjama pour aller jusqu'au téléphone, en haut de l'escalier. Nellie lui emboîta le pas et s'assit sur la dernière marche, ouvrant ses oreilles toutes grandes.

– Jackson, dit la voix de Beggs, comment vas-tu ?

– Ce n'était qu'un coup de malaria. Mais je me…

– La malaria ? Ici, à Kansas City ? Mon Dieu !

– Je l'ai ramenée d'Afrique équatoriale. Ça date de pas mal de temps, mais je n'arriverai jamais vraiment à me débarrasser des microbes.

– J'ai déjà vu des garçons qui avaient ça. Ils tremblaient de partout. Ça a dû être affreux.

– Je me remets, réussit-il à achever, d'un ton sans doute trop calme et patient.

Il s'ensuivit l'inévitable silence gêné. Jackson entendait le souffle de Beggs, comme si elle fumait à l'autre bout du fil. Il percevait aussi une rumeur, des annonces par haut-parleur, à l'extérieur de la cabine. Elle était sans doute à la gare.

– Je suppose que tu te demandes pourquoi je t'ai appelé. Je ne voudrais pas que tu te fasses de fausses idées. Je ne tiens pas à remettre ça. C'était… Je suis désolée de t'avoir traité de sale rat. Tu comprends, je suis allée trop loin sans m'en rendre compte et… On a été surpris autant l'un que l'autre, non ?

– Beggs, tu sais que je t'adore.

Nellie titillait une égratignure récente sur sa jambe. Du bout de sa pantoufle, Jackson lui donna un petit coup pour qu'elle s'arrête. Nellie se retourna et le regarda avec une grimace impossible, comme si elle louchait et clignait de l'œil en même temps. Va pour un clin d'œil, se dit Jackson. Nellie était intelligente et exaspérante. Il était soulagé qu'elle ne fût pas d'âge à se marier. *Et il en sera ainsi aussi longtemps que les enfants seront gais, innocents et sans cœur*, se dit-il (1). Il essaya de se concentrer un peu plus sur sa conversation avec Beggs, tout en se demandant avec résignation si elle allait se mettre à pleurer.

Mais elle dit d'un ton désenchanté :

– Je le crois. Autrement, je n'aurais pas... Mais pour en revenir à la raison de mon appel, je voudrais te demander un service.

– Oh, oh... Immense ou petit ?

– C'est peut-être un peu compliqué à expliquer au téléphone, et puis il faut que je retourne travailler : les trains militaires arrivent en masse ce soir. Je pourrai me libérer un peu sur le coup de neuf heures et demie. On se voit à Westport ? Je ne plaisante pas, Jackson. Cette fois, je me tiendrai tranquille.

Elle avait l'air calme, et puis il était ennuyé et n'avait pas l'intention d'amuser Nellie jusqu'à l'heure du coucher.

– O.K., Beggs ! dit-il.

– Et n'oublie pas ta trousse médicale, ajouta-t-elle.

Et elle raccrocha avant qu'il ait pu lui demander pourquoi.

– Un rendez-vous ? fit Nellie.

– Oui, la dame de la Croix-Rouge, Nellie-Nell.

– Oh... Tu vas travailler pour la Croix-Rouge ?

– Je le pense.

– Eh bien, c'est une bonne nouvelle, déclara Nellie. (Elle employait cette expression à tout propos ces derniers jours.) Tu sors ?

– Oui, un moment. Il faut que je parle à cette dame.

Nellie s'appuyait nonchalamment contre la rampe en dodelinant de la tête.

(1) In *Les Aventures de Peter Pan*, de sir James M. Barrie. *(N.d.T.)*

– Tu la connais bien ?
– Disons que c'est une bonne amie.
– Tu disais que tu l'adorais, fit-elle en accentuant la prononciation « chic ». (Puis son pied dérapa sur une marche et elle faillit bien dévaler l'escalier. Elle reprit son équilibre, vexée. Mais il n'y avait pas une ombre dans son regard quand elle se retourna vers Jackson qui, fort heureusement, ne souriait pas.) Je ne me couche pas avant minuit, annonça-t-elle.
– Et qu'est-ce qui te vaut ce privilège ?
– C'est papa qui l'a dit. Est-ce que tu crois que tu seras de retour avant ?
– Oui. Pourquoi ?
– Pour rien de particulier. Je viendrai peut-être te voir. Amuse-toi bien.
Elle descendit l'escalier, d'un pas raide.
– Et tu vas où ? demanda-t-il.
– À Saint-Joseph, faire brûler un cierge pour Donnie. Chaque fois que je pense à lui, j'ai envie de *vomir*. Il vaut mieux que quelqu'un prie pour lui dans cette famille. Et pour Lindy aussi.
C'est à cet instant qu'elle ouvrit les grandes fontaines de ses yeux.
– Nell ?
– Oui, quoi ?
– Merci pour les lucioles.
Elle était arrivée en bas des marches et elle ouvrit la porte sans se retourner.
– Et un porc-épic, ça te plairait comme oreiller ?
Elle avait presque murmuré, suffisamment haut, cependant, pour qu'il l'entende. Puis elle sortit sous le porche et claqua la porte derrière elle.

Un orchestre jouait un boogie-woogie passable dans Washington Square quand Jackson descendit du tramway sur Grand Avenue. Il n'avait pas l'intention d'arriver ruisselant de sueur et traversa lentement Pershing en direction de la gare. Mais il fut en sueur en quelques minutes.

À cette heure de la nuit, il y avait encore une double file d'attente devant Harvey House, qui se trouvait à l'entrée est d'Union Station. Jackson traversa le grand hall dallé de marbre fantaisie jusqu'au hall de Westport où il déposa son chapeau et sa trousse au vestiaire.

Beggs, en uniforme gris et bleu, attendait dans un endroit discret, à la table pour deux qui lui était réservée quand elle le voulait, et ce en dépit du fait que Westport était la salle de restaurant la plus fréquentée de Kansas City. Jackson refusa le menu et commanda un double scotch à Joe Maceil, le maître d'hôtel. Beggs sirotait déjà un gin-fizz à la prune.

Elle n'avait qu'un ou deux ans de plus que Jackson, mais son mari aimait les filles très jeunes et, à vingt ans, Beggs était déjà mère de deux bébés, deux filles. Elles étaient mariées à présent et vivaient sur la côte Ouest. Le mari de Beggs était colonel d'active. Il servait sous les ordres de Patton et elle ne l'avait pas vu depuis plus d'un an. Seize heures par jour, Beggs dirigeait le service de la Croix-Rouge d'Union Station, ce qui suffisait à peine à entamer son trop-plein d'énergie. C'était une fille solide, avec une taille étonnamment fine, des cheveux épais coiffés en chignon dont la teinte allait du brun roux au fauve. Elle avait un visage aux traits pleins, avec des lèvres gourmandes et des dents de félin dont on entrevoyait l'éclat cruel, parfois. Quant à ses yeux, sous des cils denses, ils avaient cet éclat de ruse, de brutalité sexuelle que l'on prête aux sorcières des campagnes.

Ils contredisaient d'une certaine façon la vraie nature de Beggs. Elle avait besoin d'hommes mais ne se montrait jamais agressive dans sa façon de les séduire, laissant simplement opérer la chimie du contact. Pas plus qu'elle n'était aussi frénétique au lit qu'on pouvait le supposer au premier regard. Beggs avait simplement le cœur tendre et grand, elle avait besoin de caresses, de tendresse, de flatteries, et tout le reste n'était pas essentiel à son bien-être, quoiqu'elle fût prête à employer n'importe quel subterfuge érotique dans son désir éperdu de plaire. Malheureusement pour elle, Jackson, qui n'était jamais qu'un parmi la centaine d'hommes qu'elle avait rencontrés en trois ans, l'avait fait souffrir. Et elle avait très mal réagi au dilemme habituel de l'amour délaissé : elle avait exprimé des exigences auxquelles il ne pouvait se soumettre, même s'il l'avait voulu.

En s'asseyant, il vit au premier coup d'œil que cela se passerait bien, qu'ils n'allaient pas ressasser le passé proche.

– Je m'attendais à ce que tu sois parti, dit-elle.

– Ce n'est pas la faute de Kansas City si les choses sont moches.

Elle haussa les épaules.

– Et tu te rends utile ?

– J'ai envisagé un ou deux emplois. Mais je ne sais pas encore.

Elle l'étudia un instant avec ses yeux avides et il eut l'intuition de ce qu'elle serait à soixante ans, les cheveux blancs mais avec tous ses souvenirs de coucheries intacts, et toujours prête à en regoûter.

– Je me demande ce qui te pousse à traîner comme ça, dit Beggs. Tu aurais pu très bien t'en sortir, là-bas, dans le Washington…

– Dans l'Oregon.

– Mais tu aurais pu exercer n'importe où. Peu importe quel genre de docteur tu peux être. Je ne pense pas que tu sois mauvais, d'ailleurs.

– Je te remercie.

– Quand tu dors… quand tes cheveux tombent

d'une certaine façon, on peut voir tes cicatrices. Ces affreuses cicatrices que tu as sur le...

– Beggs, je t'en prie. Tu veux bien ?

– Est-ce que tu as eu un accident ou bien est-ce quelqu'un qui t'a fait ça ?

– Ce sont des cicatrices d'opération chirurgicale.

Beggs pêcha une autre Raleigh dans son étui à cigarettes et Jackson la lui alluma.

– Si vous cherchez quelqu'un dans Kansas City, dit-elle d'un ton rêveur en lâchant une longue bouffée de fumée bleue, vous le trouverez tôt ou tard à Union Station. Surtout s'il est du genre à traîner et particulièrement séduisant.

– Où veux-tu en venir, Beggs ?

– Il y a deux types qui te cherchaient, qui posaient des questions sur toi. Ils ont une photo. Très ressemblante, et la fille qui est avec toi est une vraie beauté.

Une serveuse en uniforme blanc et nœud papillon noir apporta son scotch à Jackson. Ils échangèrent quelques mots à propos de leurs familles. Jackson but une bonne moitié de son verre et passa la langue sur ses lèvres, désinvolte.

– De quoi avaient-ils l'air ? demanda-t-il à Beggs dès que la serveuse se fut éloignée.

– Laids comme des poux, mais pas dans le genre gangster. Ils avaient l'air un peu roide. Et ils ne portaient pas très bien le costume de ville. Leurs vêtements étaient froissés, et leurs chemises bon marché, à col ouvert. Ils travaillent sûrement à l'extérieur. Sur un bateau, peut-être... Oui, je dirais que ce sont des pêcheurs. Ils avaient des mains calleuses, comme cassées dans des bagarres. Un air de famille, aussi. Et l'un d'eux avait le dos voûté.

– Un arbre lui est tombé dessus, il y a des années. Il souffre constamment mais il appartient à une espèce de secte et il refuse de prendre des aspirines ou même un whisky pour calmer la douleur. Je suis parvenu à le soulager un peu par l'hydrothérapie.

– J'aurais juré que tu les connaissais très bien.

– L'infirme s'appelle Adam Easterlin. L'autre pourrait être un frère ou un cousin proche. (Il finit son scotch et en commanda un autre.) Il y a de fortes chances pour qu'ils soient sur mes traces. C'est une grande famille. Ce sont des hommes des bois, des bûcherons, avant tout, mais à un niveau quasiment épique. Ils ne montrent jamais leur richesse. Blanchis sous le harnais.

– On dirait que tu ne les aimes pas trop.

– Non, pourquoi devrais-je les aimer ? J'ai failli épouser une Easterlin.

– La fille de la photo ?

– Oui, Evelyn. Mon... ex-fiancée.

– Vraiment ?

– On dirait que ce maudit clan tout entier ignore la différence qu'il y a entre une fiancée et une épouse. C'est *fini*.

– Et elle, c'est ce qu'elle pense ? Non, bien sûr que non, si l'on admet qu'elle a toute sa raison.

– Ne me cherche pas, Beggs. J'ai déjà assez d'ennuis comme ça. La vérité, c'est que nous n'en avons pas parlé. J'ai fichu le camp.

– Quand tu as senti venir la prison ?

– Je ne voulais pas faire de chagrin à Evelyn, dans un sens. Et c'est ce qui serait arrivé, tôt ou tard.

– Mais pourquoi, chéri ?

– Toute ma vie a été hantée... par des accidents inexplicables. Comment dit le poète ? J'attire les drames comme les sommets attirent la foudre. Au dernier moment, je me suis dit que je n'étais pas prêt à ce que quelqu'un partage mon destin. Je risquais de détruire l'existence de quelqu'un que j'aimais.

– Que tu aimais ?

– Oui... Mais oui.

– Oh, Jackson... Tu sais, il y a quelque chose de tellement triste, de si désolé en toi. Cela fait partie de ton charme. Je pense que nous nous disons toutes que nous aimerions bien guérir ça. Mais pour quelle raison t'ont-ils couru après à travers tout le pays ? Pour te ramener pieds et poings liés et te marier à coups de revolver ? Il est impossible que tu aies été à ce point imprudent.

Jackson promena son regard dans le vestibule du Westport : toute une foule attendait pour une table. Avec une certaine tristesse, il se demanda si quelqu'un l'épiait, qu'il ne voyait pas. Les Easterlin étaient nombreux et il ne les connaissait pas tous. C'était un pur hasard s'il avait été cloué au lit depuis deux jours, désertant pour une fois ses repaires habituels : le restaurant du Westport, ou le bar à cocktails.

– Non, elle n'est pas enceinte, si c'est ce à quoi tu penses. C'est une question d'honneur familial. J'ai manqué de temps. Ils avaient presque préparé les bans à l'église quand je me suis éclipsé. Ils ne retrouveront leur dignité que lorsqu'ils m'auront attaché à un arbre dans un endroit perdu pour me faire pisser le sang à coups de fouet.

– Eh bien, ne t'en fais pas. Ils ont dû quitter Kansas City à l'heure qu'il est.

– Ça dépend de ce que tu leur as raconté.

– Je leur ai dit que nous nous étions vus parfois en juin. Et que je ne t'avais pas revu. La vérité, en fait. Oh, et je leur ai laissé entendre que tu avais peut-être décidé de partir pour Chicago, juste faire un tour.

Jackson fronça les sourcils, préoccupé, guère convaincu.

– Il t'aurait été facile de les mettre sur ma piste.

– Pourquoi ? fit Beggs en haussant les sourcils, avec cependant un sourire fugace. Mais non, calme-toi.

Elle porta avec ostentation la main à son cœur et tira une dernière bouffée, une habitude contre laquelle il l'avait mise en garde après lui avoir ausculté les poumons.

– Je croyais que j'étais venu pour essayer de te rendre un service, dit Jackson.

Il réussit à attirer le regard de la serveuse et leva son verre.

– Il vaudrait mieux manger quelque chose, tu ne crois pas ?

– Les bestioles de la brousse me donnent encore des nausées.

– D'accord... Mais à propos de ce service, puisque tu en parles...

– Humm...

– Il faut que je fasse quelque chose pour cet homme qui est chez moi.

– Chez toi ?

– Il dort dans mon lit quand je ne suis pas là. Mais ce n'est pas le problème. Il est malade. Il a besoin de soins.

– Un militaire ?

Elle acquiesça.

– Eh bien, est-ce que tu n'appartiens pas à la Croix-Rouge ?

– Écoute, ce n'est pas aussi simple. Si tu veux bien m'écouter.

– Qui est-ce, alors ?

– Le major Charles Bradwin, de la Cavalerie de l'Armée des États Unis.

– Je ne savais pas que la Cavalerie existait encore.

– Elle est mécanisée, je crois. En tout cas, il était dans le Pacifique et il s'est pas mal battu au début de l'année. Il a dû briller, parce qu'il a la Silver Star, la D.S.C.(1). C'est MacArthur lui-même qui les lui a remises. J'ai trouvé les médailles dans ses bagages. Il ne les portait pas quand je l'ai trouvé dans le hall.

(1) Distinguished Service Cross. *(N.d.T.)*

– Tu l'as trouvé ou tu l'as levé ?

– Oh, ce n'est pas du tout ce que tu crois. En fait, je l'ai littéralement arraché aux mains de la police militaire hier soir vers sept heures. Ils croyaient qu'il était ivre et il est certain que sa tenue laissait à désirer. Quelques secondes de plus, et ils l'embarquaient.

– Qu'est-ce qui a pu te pousser à te mêler de...

– Il avait l'air d'avoir eu son compte d'ennuis. Écoute, Jackson, merde, je n'ai pas pu faire autrement.

– Mais quel genre de problème a-t-il ? Fatigué de se battre ? Ça peut être très dangereux.

– Il a été blessé. Un coup de baïonnette. Apparemment, son régiment s'est battu au corps à corps avec les Marines de la Flotte Impériale Nippone sur un îlot perdu dont personne n'a jamais entendu parler mais que nous devons occuper à tout prix. Jusqu'à une date récente, il était à l'hôpital Letterman. Et maintenant, il rentre chez lui.

– Où ça ?

– Chisca Ridge. Dans l'Arkansas. Mais il n'y arrivera pas tout seul.

– Ça regarde sa famille. Est-ce qu'il a une femme ?

– Je le pense. Il était à moitié endormi, la nuit dernière, et il a prononcé un prénom : Nancy. Mais... je me demande si elle peut l'aider.

– Pourquoi pas ?

– Ce n'était pas très clair, mais il semble croire qu'elle court elle aussi un grave danger. C'est pour ça qu'il doit rentrer très vite chez lui et qu'il a fait ce scandale parce qu'il ne pouvait pas acheter un billet pour le Sud hier soir.

– C'est la règle dans les trains : les militaires blessés ou malades ont la priorité. Et le Département Fédéral de la Croix-Rouge se fera un plaisir de procurer au major une compagne de voyage.

La serveuse revint avec un autre verre pour Jackson et un sandwich au rosbif pour Beggs.

– Tu es sûr que tu n'en veux pas un aussi ?
– Non, mange, je n'en ai pas envie.
– D'accord.
– Beggs ?
– Mmoui ?
– Ton major, il est en absence illégale, n'est-ce pas ?
– Je crois. Je n'ai pas trouvé le moindre document sur lui : ordre de mission ou autre.
– Ce qui veut dire que son état justifiait qu'il ne quitte l'hôpital en aucune circonstance.
– Il n'est pas très bien, admit Beggs entre deux bouchées, mais je ne crois pas non plus qu'il va nous claquer entre les bras. Peut-être qu'il n'a pas demandé de permission, après tout ? Il etait tellement pressé de rentrer qu'il est parti comme ça. Il a sauté dans le premier train qui quittait Oakland vers l'est. Et j'ai comme l'intuition qu'il ne voulait pas... qu'une certaine personne sache où il allait.
– Mais c'est absurde. Il est major dans l'Armée des États-Unis, c'est même probablement un militaire de carrière. Même si c'est un héros de la guerre, même s'il est blessé, il ne peut pas ignorer le règlement et risquer comme ça sa carrière et la cour martiale.
– C'est parce qu'il a des problèmes plus graves.
– Tu as parlé de sa femme. En admettant qu'elle coure un danger, est ce qu'il ne suffirait pas d'envoyer un télégramme ou de donner un coup de fil ? Tout n'est peut-être pas aussi urgent qu'il le croit.
– Jackson, j'ai passé presque tout l'après-midi au téléphone ! On aurait dit que j'appelais au Tibet. Chisca Ridge doit être un vrai trou perdu. Ici, on ne connaît même pas ce nom. Mais l'opératrice du coin, quand j'ai réussi à la joindre, m'a dit que quelqu'un qui connaissait le major Bradwin allait me rappeler. J'ai attendu, attendu. Vers cinq heures, il y a eu un appel longue distance. Presque inaudible.

C'était une femme. Je n'ai pas compris son nom, mais je suppose que c'est une proche parente. Elle avait un accent, mais elle ne parlait pas du tout comme les péquenots du coin. Un accent européen, je dirais. Elle m'a dit qu'elle était soulagée d'apprendre que « Champ » – c'est comme ça qu'elle appelle apparemment le major – était à Kansas City et qu'il s'apprêtait à partir pour l'Arkansas. Elle va prendre ses dispositions pour attendre l'Ozark Scenic quand il s'arrêtera en gare de… J'ai oublié le nom du patelin mais je l'ai écrit quelque part. Demain soir, à sept heures quarante-cinq.

– Et la femme du major ?

– Essaie de comprendre que la communication était vraiment mauvaise. J'avais l'impression qu'elle était à des millions de kilomètres. Et il y avait du fading sans arrêt. Je crois qu'elle m'a dit : *Mais comment savait-il ? Comment pouvait-il savoir ?* Et elle a ajouté aussi : *Dites à Champ que nous faisons tout ce qu'il est possible de faire. Dites-lui…*

» Et à ce moment-là, nous avons été coupées. Ensuite, j'ai eu au bout du fil un officier de l'intendance de Camp Shelby, dans le Mississippi, qui croyait être en communication avec le Département de la Défense.

– En fin de compte, tu n'en sais guère plus qu'avant d'avoir eu ce coup de fil.

– Mais je sais, *je sens*, qu'il se passe des choses terribles là-bas, et qu'on l'attend. Demain soir, à sept heures quarante-cinq. Le train quitte Kansas City à la première heure du matin.

– Beggs, la seule chose que tu puisses légalement faire maintenant, c'est de contacter ton directeur et de lui demander une permission exceptionnelle pour le major.

– Jackson, pense à la police militaire ! Ils vont exiger de tout savoir sur lui. Il est en situation illégale depuis trois jours au moins, peut-être plus.

Dans les circonstances actuelles, il ne peut qu'espérer terminer à la prison de l'hôpital. Il lui faudrait attendre longtemps avant de pouvoir rentrer. Il est arrivé jusqu'ici et…

– Mais, Beggs, il est plus que probable que sa place est à l'hôpital. Tu crois vraiment lui rendre un service ?

– Oui, fit-elle d'un air entêté en mordant dans son sandwich.

– Il y a quelque chose que tu ne m'as pas dit.

– Mmm… rien… Juré.

– Et qu'attends-tu de moi ? ajouta-t-il d'un ton soupçonneux.

– Que tu ailles chez moi pour te rendre compte s'il est en état de prendre l'Ozark Scenic demain matin. Je m'occupe du reste.

– Et c'est tout ?

– Promis.

Jackson finit son whisky.

– Et si je ne peux pas lui délivrer de certificat de voyage ?

– Eh bien… je suppose que je devrai en référer aux autorités.

– Je l'espère. Je ne peux pas me permettre la plus petite histoire avec le gouvernement. Je ne suis pas un citoyen légal, ici.

Beggs se tapota les lèvres avec une serviette et prit son porte-monnaie.

– Je te laisse ma voiture, dit-elle. Elle est sur la plaza.

Elle lui remit les clés de contact ainsi que celles de son appartement.

Jackson, ostensiblement, tira un dollar de sa pince à billets. La liasse était mince et Beggs le poussa en souriant :

– Fiche le camp. C'est pour moi.

Il regarda sa montre.

– Je devrais être de retour dans une heure.

– Pourquoi ne restes-tu pas sur place ? Cela te permettrait de garder un œil sur le major. J'irai faire un tour vers une heure du matin.

Jackson alla récupérer son chapeau et sa trousse et quitta la gare. De tous côtés, des militaires avec leurs compagnes affluaient en direction du Liberty Memorial. Entre les buissons et les grands arbres, on y trouvait de nombreux refuges discrets et pas chers. Des éclairs zébraient le ciel en silence, au-dessus de la ville; mais l'orage n'était pas encore là.

Beggs avait garé sa voiture du côté ouest de la plaza, en face de Broadway. L'endroit était mal éclairé et Jackson dut se mettre en quête du coupé Ford noir 39 que chaque citoyen de Kansas City devait posséder apparemment. D'autres voitures, de plus en plus nombreuses, faisaient le tour de la plaza. Le bruit familier répondait à son humeur plutôt morne. Il aurait tellement aimé poser ce billet d'un dollar sur la table, même si cela le mettait au bord de la ruine. Une simple note d'harmonie qui serait venue en contrepoint pour soutenir sa dignité.

Ah, il l'avait trouvée ! Il reconnaissait la bosse sur l'aile avant droite, juste sous le phare. De la taille d'un œuf.

Bien sûr, il n'avait jamais eu vraiment l'intention de payer l'addition, et Beggs le savait parfaitement. La vie n'était pas rongée par les fautes graves mais bien par les petites morsures de la trahison et de la lâcheté qui usaient l'âme jusqu'à ce qu'elle atteigne un degré de ravage irréparable.

Jackson entendit un moteur vrombir bruyamment à la seconde où il se penchait sur la portière du coupé de Beggs. Son esprit revint à cette histoire de vétéran blessé. Il ressentait de l'agacement et de la gêne à ce propos. À l'évidence, Beggs avait eu une réaction purement glandulaire devant la détresse du major Bradwin. Personne ne pouvait savoir avec certitude ce que ce type avait vécu au combat et il était fort possible qu'il représentât un danger. Est-ce qu'elle avait seulement pensé à ça ? Non. Nom de Dieu ! Avec ce fichu temps, il avait la tête qui battait comme une culasse.

Une Lasalle 36 modèle 8 tourna en crissant des pneus devant la gare et Jackson redressa brusquement la tête quand la clarté des phares lui arriva de plein fouet.

Il resta immobile bien trop longtemps, paralysé, clignant des yeux, ébloui. Puis il se jeta littéralement dans le coupé, perdant son chapeau. La Lasalle bleue freina brutalement devant lui, lui bloquant la route. Jackson claqua la portière et la verrouilla.

L'intérieur de la luxueuse Lasalle s'éclaira et les quatre portières parurent s'ouvrir simultanément. Un certain nombre d'individus grands et costauds en jaillirent. La voiture paraissait avoir roulé dans des bourbiers pendant des kilomètres. Sur le siège arrière, au milieu, il y avait une jeune femme qui serrait convulsivement sa tête aux grands cheveux soyeux dans une pantomime hystérique, tragique et minuscule prima donna. Jackson éprouva une bouffée violente de mépris pour les Easterlin.

Il fallait que vous l'ameniez avec vous, hein ?

Cette nuit semblait bien devoir être celle de la vengeance. Il remonta à fond la vitre et lança le moteur quoique les hommes fussent tous groupés devant lui, à moins d'un mètre de son pare-chocs avant. Il ne pouvait avancer sans les blesser sérieusement. Mais ce n'étaient plus des paysans primitifs qu'il avait en face de lui, c'étaient des sadiques décidés. Il se demanda brusquement si Evelyn n'était pas enceinte. Mais non : il était clair qu'ils l'avaient amenée ici de force.

– *Non !* cria-t-elle en passant à moitié le corps à l'extérieur, une lueur folle dans le regard.

Ce visage qu'il avait tant adoré, heureux et

énigmatique, frémissant de jeunesse, était maintenant gonflé au point d'en être méconnaissable.

– *Ne lui faites pas de mal ! Je l'aime !*

C'était pire que du sel sur ses blessures, plus cruel que des cristaux d'acide. Pour mettre un comble à sa honte, alors, elle se mit à vomir, aspergeant la chaussée de liquide jaune, comme une ivrogne. Voilà ce qu'était devenue cette fille rêveuse dont les nerfs n'étaient pas très solides, qui avait besoin de temps, d'espace et de songes pour mettre sa vie en ordre. Les Easterlin, à présent, secouaient le coupé en donnant de grands coups de poing sur le toit, hurlant des menaces incompréhensibles.

Mais où étaient les policiers, ce soir ?

Jackson n'avait plus peur d'être blessé. Il souffrait tellement au spectacle de celle qu'il avait abandonnée, que la perspective d'une correction lui importait peu. En fait, il éprouvait une sorte de chaleur qui envahissait ses veines, mais il savait qu'il paierait cher sa colère, qu'il ne pouvait guère espérer donner plus d'un coup ou deux avant d'être transformé en un tas inerte qu'ils piétineraient.

La voiture fut secouée encore plus violemment et son crâne cogna douloureusement contre le plafond. *Sors de là, tantouze !* Charmant. Je ne peux pas épouser votre sœur et ça suffit pour qu'on me traite de… Dans une seconde, quelqu'un allait faire éclater le pare-brise. *On va te faire sauter les couilles !* Grands dieux ! Evelyn, si seulement ils me laissaient une seconde pour te dire à quel point je suis désolé… *Enculé ! On va t'avoir !* Il entrevit Adam, le bossu, qui brandissait une énorme clé. Ils allaient briser un carreau et le sortir de la voiture comme une pièce d'une tirelire. Une pièce de cinq *cents*, il ne valait pas plus depuis quelques jours. Pauvre Evelyn, enfermée avec ces monstres pendant des jours ! À écouter leurs menaces. On va lui faire pisser le sang pour toi, ma chérie… Elle avait baigné dans leur sale sueur pendant tous ces kilomètres, dans la fournaise des hautes plaines. Pas étonnant qu'elle eût vomi.

Immédiatement derrière la Ford, une voiture démarra et recula à toute allure jusque dans l'allée centrale, basculant sur son châssis dans cette manœuvre frénétique. Dans le rétroviseur, Jackson entrevit brièvement un couple, deux visages effrayés. Un moment auparavant, ils avaient dû se câliner dans l'ombre et maintenant ils fuyaient pour sauver leur peau, stimulés par la perspective d'un nouveau Massacre de Kansas City.

Jackson, de la main droite, passa en marche arrière en écrasant la pédale d'accélération. Deux des énormes Easterlin durent se rejeter en arrière pour éviter d'avoir les pieds broyés quand le coupé recula dans l'espace libre. Jackson freina à fond pour éviter de percuter la voiture suivante dont le chauffeur semblait avoir quelques difficultés. Un grincement de métal, et le véhicule s'éloigna enfin, laissant deux sillons de gomme brûlée.

Lancée à toute volée, la clé vint fracasser la vitre du côté passager et Jackson baissa la tête pour tenter d'éviter la pluie de verre brisé. Il redémarra, droit sur les Easterlin qui faisaient mine de se lancer à sa poursuite. Ils eurent un éclair de bon sens et comprirent qu'il n'avait pas l'intention de s'arrêter, ce qui leur laissa quelques précieuses fractions de seconde pour reculer en se bousculant. Mais Jackson heurta quand même une des brutes, de plein fouet à hauteur de la hanche, et l'envoya rouler jusque sur la roue de secours d'un roadster.

Comme il accélérait, il eut une ultime vision d'Evelyn qui le surprit. Elle était près de la portière avant gauche de la Lasalle, le corps plié à la taille, la main désespérément tendue comme en signe d'adieu. Mais elle n'était pas tournée vers lui et il fallut un instant à Jackson pour comprendre qu'elle avait dû s'emparer de la clé de contact et l'avait lancée au hasard. Il faudrait plusieurs minutes aux Easterlin pour la retrouver, toute la nuit peut-être. Mais Jackson n'avait besoin que d'une ou deux minutes pour prendre le large et Evelyn lui avait donné ce délai.

Tout tremblant, il serra plus fortement encore le volant tout en descendant à vive allure vers Pershing, en bas de Signal Hill. Puis les larmes affluèrent et roulèrent sur ses joues. Il eut des sanglots déchirants et sa vision fut brouillée à tel point qu'il gardait à peine le contrôle de la petite voiture. Il avait vu des hommes mourir de terreur mais jamais encore il n'avait pensé qu'il fût possible de mourir de chagrin. Pourtant, la certitude s'installa en lui que, s'il s'abandonnait à ce chagrin convulsif, très vite il en mourrait, d'étouffement ou bien encore parce que ses artères éclateraient. À moins qu'il ne se transforme peu à peu en un amas de chair et d'os.

Il réussit à s'extraire de son état alors qu'il roulait sur Wyandotte, au sud de la 46e Rue, bloquant le passage du tramway qui actionnait frénétiquement sa sonnette pour réclamer le passage. Au virage, il se rangea sur une zone de stationnement interdit en face du théâtre Fox Plaza et resta là, affaissé dans son siège, le pouls affolé, le rythme de son sang résonnant dans sa gorge et dans sa tête, les doigts gourds. Il avait pensé un instant être au bord de la crise cardiaque, mais il connaissait aussi très bien les symptômes de la crise aiguë de culpabilité. Non, il n'allait pas mourir, du moins pas maintenant. Il prenait ses désirs pour des réalités. Les passants jetaient parfois un regard inquiet sur les restes de la vitre de droite et aussi sur Jackson qui comprit après un moment qu'il avait dû lancer des jurons à haute voix. Il décida qu'il valait mieux redémarrer.

Beggs habitait non loin de là, dans la 51e Rue, un appartement dans une maison de brique typique de l'architecture du coin, avec de grosses colonnades grecques et des balcons à balustrade. La rue n'était pas particulièrement calme, il y avait trop d'enfants dont les mères travaillaient. Tout le monde se couvrait de pommade pour chasser les moustiques et on dormait dehors en été. Quand les voisins ne faisaient pas la sieste, ils se mêlaient des affaires des autres.

Jackson trouva un emplacement, gara la Ford et se dirigea vers la maison avec sa trousse. Les éclairs d'orage semblaient encore plus proches, au ras du toit et des fenêtres de l'étage supérieur. Il franchit la porte à moustiquaire, escalada l'escalier et ouvrit la porte de Beggs dans un silence presque parfait avec la clé qu'elle lui avait confiée.

À l'intérieur, sur un mur de l'entrée, brillait un candélabre électrique. Jackson entrevit son reflet dans un miroir sombre et franchit la porte cintrée qui ouvrait sur le living. L'ameublement se composait de chaises basses capitonnées, d'un divan en forme de traîneau recouvert d'un tissu vert qui avait exactement la couleur d'un étang à sec, de lampadaires dont les abat-jour ronds étaient orientés à angle droit, et d'une collection de vases de Murano disposés sur des étagères, au-dessus de la cheminée, devant les fenêtres. Sur la cheminée, également, une horloge égrenait les minutes entre des photographies dans des cadres d'ébène : Beggs et les filles, qui toutes avaient ces mêmes yeux crépusculaires, cette même attitude prometteuse et candide, cette sûreté naturelle. Le mari de Beggs, ses lunettes de tankiste sur le front, un cigare entre les dents, l'air ravi d'être au combat, l'image du héros insouciant. Des rideaux de tissu floche étaient tirés sur les fenêtres et les portes d'accès au balcon, les stores avaient été baissés de même. Il n'était guère étonnant que la température fût proche des trente-cinq degrés. Jackson alluma une lampe avec une ampoule de

40 watts, se demandant pourquoi Beggs avait ainsi tout fermé.

En face de lui, il y avait une autre porte cintrée, masquée par ce même tissu vert qui recouvrait le divan et dont Beggs semblait raffoler. Au-delà, c'était la salle à manger, avec une petite cuisine sur la gauche et un autre couloir qui conduisait à la chambre du fond. En écartant le rideau, Jackson se glissa dans la salle à manger, pensant aux alcools qui se trouvaient dans le buffet. Les vieux de Kansas City appelaient ça l'Huile des Ignorants. Une ombre allongée apparut sur le seuil de la cuisine, suivie par une silhouette, celle d'un homme grand et mince, presque nu, qui tenait une bouteille de Coca-Cola dans une main et un .45 de l'Armée dans l'autre.

Il braqua l'arme sur Jackson qui resta figé sur place, la sueur ruisselant de tous les pores de son visage. Était-ce bien le major Charles Bradwin, de la cavalerie démontée des États-Unis ? Oh, grands dieux, oui, il n'y avait pas d'erreur possible.

– Beau ? fit le major d'une voix rauque qui ne dépassait guère le niveau d'un murmure. Beau, s'il le faut, je te tuerai.

Il y eut alors un moment de flottement, sous l'empire de cette menace, où ils s'observèrent comme deux vieux amants. Les yeux du major ne cillaient pas, mais il ne semblait pas vraiment regarder Jackson, signe évident qu'émotionnellement il était quelque part ailleurs, au fond de son esprit, errant dans le noir, sur un fil ténu, à peine guidé par une très faible clarté.

Tout en essayant d'échafauder une réponse qui ne risquerait pas d'éveiller la peur du major ni de renforcer ses pires soupçons, Jackson fit un inventaire professionnel des blessures récentes. Il y avait d'abord une cicatrice de six centimètres dans le quart supérieur droit de l'abdomen : blessure par pénétration, sans doute un coup de baïonnette. À l'évidence, la pointe de l'arme avait transpercé le diaphragme et la plèvre et touché le poumon et un pneumothorax avait été nécessaire. C'était grave mais pas nécessairement fatal si l'on intervenait assez vite.

L'autre blessure, celle qui était visible à la gorge et qui expliquait l'état de sa voix, avait bien failli le tuer. Étant donné qu'il était encore en vie, cela signifiait qu'il y avait eu une antenne médicale à proximité du champ de bataille parce qu'un chirurgien, même avec beaucoup de talent et de chance, avait dû faire vraiment très vite pour ligaturer la jugulaire. Même ainsi, si le cerveau du major n'avait pas été irrigué pendant plus de quelques minutes, il serait devenu un végétal inerte. Hommage à la rapidité du toubib qui s'était précipité sur le major sans doute à l'instant où il tombait, crachant le sang par sa gorge tranchée.

Bien qu'il fût en état de marcher et parût avoir des réflexes normaux, il pouvait aussi souffrir de folie permanente à la suite de cette épreuve et aussi d'une mauvaise oxygénation de son cerveau. Jackson avait immédiatement compris qu'il ne fallait pas plaisanter avec le personnage.

– Major, dit-il, je suis un ami de votre amie Beggs. Un docteur. Elle m'a demandé de venir ce soir pour m'assurer que tout allait bien.

– Je vois, fit le major Bradwin, mais rien, pas plus dans sa voix que dans son expression, n'indiquait qu'il avait vraiment compris.

C'était plutôt mauvais signe. Il donnait toujours l'impression, sans avoir dit un mot de plus ou battu des cils, qu'il était prêt à abattre Jackson sur place rien que pour le sport. Le chien était armé et au moindre faux mouvement le coup pouvait partir. Jackson sentit ses lèvres se plisser, il allait sourire, ou bien se laisser aller à l'hystérie. Jackson Holley, chirurgien sans emploi, est mort la nuit dernière à

Kansas City à cause d'un faux mouvement. Ses dernières paroles, qui seront léguées à l'Armée du Salut en même temps que ses effets personnels, ont été : *Je ne sais même pas ce que je fiche ici.*

Avec des gestes lents et une habileté qui prouvait qu'il connaissait intimement son arme, le major Bradwin pointa le .45 sur le plafond et, du pouce, rabaissa le chien. Puis il posa le revolver sur la table, à portée de sa main cependant.

– Vous êtes britannique, n'est-ce pas ?

– Oui, fit Jackson.

– Comment vous appelez-vous ?

– Holley. Jackson Holley, major...

– Laissez tomber. Appelez-moi simplement Champ, si vous le voulez bien. C'est le nom qu'on m'a donné toute ma vie.

– O.K.

– Qu'est-ce que vous diriez d'un Coca ?

Il y avait, dans la façon dont il avait posé la question, le ton indiscutable d'un homme de qualité, sans doute sorti de West Point, quoiqu'il ne portât pas de bague, mais une simple plaque d'identité autour du cou, comme n'importe quel soldat.

– Il n'y a pas de glaçons, ajouta-t-il en buvant une gorgée. J'ai appris à aimer ça sans glace quand j'étais à Oro Bay. C'est en Nouvelle-Guinée.

– Ah... oui.

– Il fait trop chaud ici pour vous ?

– Oui, je crois bien.

– J'ai tout fermé après son départ hier. C'était la seule façon pour moi de dormir. En sachant que tout était fermé.

– Qui est Beau ? demanda Jackson oubliant toute prudence.

S'il y avait des glaçons, c'était dans le regard de Champ, tout à coup. Puis il sourit, mais son sourire était en rupture avec son attitude méfiante.

– Quelqu'un avec qui j'ai des ennuis, dit-il. Et

ce verre ? Un whisky ? Elle en a probablement quelque part.

– Dans ce buffet, là.

– Parfait. Mais pourquoi ne pas vous servir vous-même ? Vous devez mieux connaître les lieux que moi. Excusez ma voix. Elle s'est améliorée, remarquez bien. Ils travaillent pas mal en chirurgie, à Letterman, spécialement sur les cordes vocales.

Il s'éclaircit la gorge, faillit tousser et réprima la quinte par un effort de tous les muscles de son corps. Puis il fixa son verre comme si quelque chose de rare et de précieux venait d'y tomber. Jackson s'approcha doucement du buffet, posa sa trousse, ouvrit les portes et s'empara d'une bouteille de Teacher's et d'un verre.

– On va aller s'asseoir dans le living, déclara Champ quand Jackson se fut versé un verre.

Jackson leva les yeux.

– Allez, passez devant, ajouta Champ, le regard inexpressif, le pli de la bouche sinistre, en reprenant son arme.

– Major, vous pouvez me faire confiance, protesta Jackson dans un élan d'espoir.

– Je sais. Vous êtes l'ami d'une amie, c'est ça ? Allez, mon ami, passez devant.

Ils pénétrèrent dans le living-room et, après quelques escarmouches silencieuses, le Britannique et l'homme aux yeux vagues choisirent des fauteuils face à face. Champ, dans son maillot de corps olive, tournait le dos à la cheminée. Les objets de verre faisaient comme un vitrail autour de sa tête. Il avait posé le .45 entre ses cuisses. Il n'y avait pas un centimètre carré de son corps qui ne fût pas luisant de sueur. Ses mains, tout comme ses avant-bras et son visage, étaient nettement plus bronzées que le reste de son corps. Au creux des pommettes, le brun se teintait de jaune. Il était parfaitement rasé. Les yeux semblaient soudés dans leur profondeur noire, le front était haut et large, ce qui lui conférait une apparence d'aristocrate intellectuel. Ç'aurait pu être un prêtre d'autrefois, un archidruide, mais le corps anguleux était celui d'un homme de la terre, de même que la bouche large, sévère, le menton marqué et l'épi dans ses cheveux coupés ras.

Il palpa sa gorge où la cicatrice, tel un point d'exclamation rose, allait presque jusque sous l'oreille : d'abord le coup sur la clavicule gauche, puis l'entaille, large, remontant vers le haut. Son assaillant avait à l'évidence voulu lui trancher proprement la tête. Et il était tout aussi évident que sa fièvre montait, car il avait le souffle court.

– Pourquoi êtes-vous là ? fit-il d'une voix rauque.

– Je suis l'ange de miséricorde, etc.

– Je peux m'en tirer sans toubib. Ce qu'il me faut…

Il eut une quinte, son visage se colora sous l'effort et l'angoisse. Jackson prit une gorgée de whisky et regarda calmement l'homme qui luttait contre le mal. Des larmes coulaient sur son visage.

– J'essaie… j'essaie de retourner chez moi. Elle a dit… qu'elle ferait ce qu'il faut. En confidence… Alors, pourquoi êtes-vous là ?

Jackson se leva, ôta sa veste froissée et se dirigea vers la salle à manger.

– Où croyez-vous donc aller ?

– Restez assis, dit Jackson, et fermez-la. (Il revint aussitôt avec la bouteille de scotch et un verre.) Buvez. Ça ne vous fera pas de mal. Ensuite, on se mettra au travail.

Il retroussa ses manches, ouvrit la trousse et en sortit ce dont il avait besoin. Avec précaution, Champ but une gorgée de whisky, avant de se laisser aller dans son fauteuil. Jackson alla prendre une serviette propre dans la salle de bains, découvrit une ampoule plus forte que Beggs avait rangée et la mit en place sur le lampadaire qui se trouvait près du fauteuil de Champ. Ensuite, il se lava soigneusement les mains à l'alcool, prit la température de Champ, puis l'ausculta. Il ouvrit à nouveau sa trousse, en sortit une seringue et une ampoule emplie d'un liquide trouble.

Champ regarda tout cela d'un air inquiet.

– C'est quoi ?

– Cela s'appelle de la pénicilline. Ce n'est pas légalement en vente. C'est l'Armée qui s'en est assuré l'exclusivité, ce qui a permis de sauver pas mal de vies. Ils auraient pu vous éviter cette infection s'ils en avaient eu à l'hôpital militaire quand vous avez eu la gorge tranchée.

– Je n'ai pas besoin de drogues. Je vous ai dit que je voulais rentrer chez moi et...

– Écoutez, major, je pense que vous avez une pneumonie particulièrement grave; aux deux poumons. Avec un traitement à la pénicilline et du repos, vous vous en sortirez. Sinon, dans une semaine vous serez mort.

– Mais si la pénicilline est tellement rare, comment vous êtes-vous procuré ça ?

– Il existe un petit marché noir pour les médicaments. Très petit. Il faut connaître les individus véreux qui s'en occupent.

Il emplit la seringue à moitié, passa un peu d'alcool sur le biceps de Champ et enfonça l'aiguille dans le muscle. Champ plia le bras et but un peu de whisky.

– Vous n'avez pas une tête à fréquenter des types véreux, dit-il.

– Je pourrais pourtant en être un moi-même. Maintenant que je vous ai sauvé la vie, je dois dire que c'est un truc vachement cher... Et si vous me confiiez votre flingue ?

– Pourquoi ?

– Je ne tiens pas à ce que vous vous tiriez une balle dans la tête au milieu d'un rêve. Et je ne suis pas le Péril Jaune, compris ?

Champ acquiesça, prit l'automatique, ôta le chargeur et tendit l'arme à Jackson.

– Si ça ne vous fait rien, dit Jackson, donnez-moi aussi la cartouche qui est dans la chambre.

Avec un sourire, Champ fit fonctionner la culasse et éjecta le projectile.

– On dirait que vous connaissez les armes.

– Je connais pas mal de choses, dit Jackson en glissant la cartouche dans une poche. Major, vous prendrez un autre verre ?

– Je voudrais bien un peu d'eau, cette fois. (Champ fut pris d'une nouvelle quinte, mais pas aussi violente que la précédente.) Alors, j'ai une pneumonie. C'est comme si un cheval m'avait planté son sabot dans la poitrine.

– Mais je vous ai donné un remède miracle. Les miracles prennent du temps. D'ici peu, vous serez un autre homme. Disons dans les quarante-huit heures.

– Seigneur, je l'espère bien...

Ils restèrent ainsi pendant une heure, sans échanger plus de quelques paroles. Champ voulut savoir pour quelle raison Jackson n'était pas au service de sa Patrie, et Jackson dut lui montrer les cicatrices qu'il portait sur le crâne et lui parler de sa malaria. Alors, pourquoi ne travaillait-il pas chez lui ? Jackson avait ses raisons personnelles. Il continua d'arroser d'eau le whisky de Champ qui, lui, continuait de boire à petites gorgées.

Au bout d'un moment, il ferma les yeux et Jackson l'entendit enfin ronfler. Doucement, il traversa la pièce et alla entrouvrir les rideaux puis les fenêtres. Une bouffée d'air entra, étrangement frais. Un éclair zébra le ciel, plus brillant qu'auparavant. Il se dit que peut-être il allait enfin pleuvoir.

Il revint auprès du fauteuil. Champ avait laissé aller sa tête en arrière. Il prit son verre presque vide dans sa grosse main. À cet instant, le major ouvrit les yeux et ses doigts se refermèrent avec violence sur le poignet de Jackson. Il semblait éveillé mais Jackson comprit qu'il était au seuil du somnambulisme.

De son autre main, très doucement, Champ se serra la gorge. Il y avait de la terreur dans ses yeux. Il cracha d'une voix rauque :

– Ce n'était pas le Jap. J'ai tué le Jap. C'est Clipper qui m'a fait ça. Clipper est revenu, et il avait le sabre du Patron ! Vous croyez que je suis fou, mais je le jure. Je sais ce que j'ai vu. Clipper est sorti de sa tombe pour avoir ma tête, à moi aussi !

Jackson le secoua.

– Major, vous rêvez. Major… vous allez me briser le poignet !

Champ se redressa à demi dans son fauteuil, tout tremblant, sans lâcher Jackson qu'il regardait sans paraître le reconnaître.

– J'ai eu des ennuis avec tous. Est-ce que vous pouvez comprendre ça ? D'abord Clipper, et maintenant Beau. Je me demande ce que Beau va faire. S'il touche à Nancy, je lui ai dit que je le tuerai.

– Réveillez-vous, major.

– Je n'ai jamais rien fait à Beau. Je ne le connais même pas. Mais qu'est-ce qu'il peut bien me vouloir, *lui* ?

Jackson parvint à se dégager de la poigne de Champ, laissant un peu de sa peau sous les ongles crispés.

Champ regarda autour de lui, bouleversé, stupéfait.

– Mais qu'est-ce que je fais là ? marmonna-t-il en mordillant sa lèvre inférieure. Nhora ? Dieu, aide-moi, *aide-moi*, Nhora ! Tu es la seule sur qui je peux…

Major Bradwin !

Jackson le secoua. Mais, plutôt que de se réveiller,

Champ demeura perdu dans une brume, tel un zombie.

– Nom de Dieu, revenez à vous, major ! Je suis le Dr Holley et je dois veiller sur vous. Vous n'avez à craindre personne. Vous m'entendez ? Parlez-moi. Dites-moi que vous m'entendez.

– Je vous entends, dit Champ dans un souffle.

Il eut un début d'érection dans son short, porta la main à son sexe avec une expression songeuse, puis ses yeux, tant bien que mal, se posèrent sur le visage de Jackson.

– Il faut que j'aille pisser.

Jackson l'accompagna jusqu'à la salle de bains et attendit, craignant que Champ ne perde connaissance et se blesse dans sa chute.

– Et maintenant au lit, fit-il en sortant, avec un sourire éteint.

Il contourna Jackson et marcha rapidement jusqu'à la chambre de Beggs. Il se laissa tomber en diagonale sur le lit, le visage enfoui dans les draps.

Jackson ouvrit une fenêtre et recouvrit Champ. Puis il tâta sa nuque, une aisselle, et constata que le major suait moins, que sa peau était presque fraîche. Il regagna alors le living-room, ôta sa cravate, ses vieilles chaussures, ses chaussettes et se versa un autre verre.

Beggs arriva à deux heures moins le quart.

– Qu'est-ce qui est arrivé à ma voiture ? demanda-t-elle d'un air furieux.

– Ah, Beggs, bonjour.

Il agita les orteils dans sa direction.

– C'est une soirée chic, ici ? Je t'ai posé une question à propos de ma *voiture* !

– Je suis tombé sur les Easterlin, près d'Union Station. Tu ne me croiras jamais, mais ils se sont montrés très grossiers à mon égard, Beggs.

– Ça, j'en suis certaine.

Mais elle était trop en colère pour en dire plus. Elle s'éclipsa dans la salle à manger et revint dix minutes après, un peu plus calme et aimable, vêtue d'un corsage de mousseline, d'un pantalon de toile et de sandales de corde. Elle s'était également préparé un Tom Collins avec une orange pressée et du gin qu'elle se mit à siroter tout en cherchant un disque dans son impressionnante collection de jazz. Elle choisit « Vine Street Boogie », par Jay McShann, que Jackson affectionnait tout particulièrement et plaça le disque sur le Victrola en baissant le volume au minimum.

– Je suppose que ces péquenots ne t'ont pas fait de mal. Ils s'en sont seulement pris à ma voiture.

– Oh, ils n'ont jamais brisé qu'une vitre. Je te rembourserai la réparation.

– Laisse tomber. Tu es fauché comme les blés. Et puis, je suis assurée. (Elle esquissa quelques pas de danse et sourit.) Il dort comme un môme. Ça veut dire qu'il va mieux, non ?

– Pneumonie blues, Beggs.

– Oh, merde...

– J'en suis certain, presque à cent pour cent. J'aimerais qu'on lui fasse des rayons X.

– Tu vas y arriver ?

– Je lui ai fait une injection de pénicilline, c'est autrement plus efficace que les sulfamides. Qu'est-ce que tu veux dire ?

– Est-ce que tu vas arriver à le remettre sur pied ? À le ramener chez lui ?

– Eh, Beggs, attends un peu...

La nuit, tout à coup, devint incandescente et le tonnerre secoua toute la maison. Les portes-fenêtres s'ouvrirent avec violence, une brève rafale de pluie crépita sur les ormes de la rue, puis un silence lourd tomba. Alors le ciel s'ouvrit et l'eau se déversa en cataracte. Beggs se précipita pour fermer les portes du balcon.

Elle revint auprès de Jackson, s'assit sur le bras de son fauteuil et se pencha tendrement jusqu'à s'appuyer contre son épaule. Tout en faisant tourner doucement son verre entre ses doigts, elle le regarda et dit :

– Mon amour, tu as besoin de faire un petit voyage.

– Vraiment ?

– Ces Easterlin t'ont peut-être raté à la gare, mais je crois qu'ils vont fouiller toute la ville pour remettre la main sur toi. Si jamais ils voient la plaque d'immatriculation de ma guimbarde... Mais comment est-ce qu'ils fonctionnent par rapport à leur bled ? Est-ce qu'ils ont la loi pour eux ?

– C'est une relation parfaitement symbiotique. Le shérif doit être un de leurs cousins.

– Ça n'arrange pas tes affaires. Ça ne devrait donc pas poser de problème au shérif de... c'est quoi, le nom de leur ville ?

– Big Sugarpine.

– ... de te coller un mandat d'arrêt aux fesses. Je suis même certaine qu'il s'arrangera pour qu'elle soit juste un petit peu plus jeune, non ? Comme ça, il pourra mettre la police de K.C. sur le coup. Ils viendront me voir et qu'est-ce que je pourrai bien leur raconter ?

– Evelyn a eu dix-huit ans le 4 juillet dernier. Qu'est-ce que tu veux leur dire d'autre ?

Elle lui adressa un regard de défi, les yeux mi-clos.

– Et le major, chéri ?

– Il a besoin d'une surveillance médicale et de repos, pendant une semaine au moins.

– Mais il ne mourra pas pendant le voyage.

– Ce serait stupide de le laisser voyager avec...

– Est-ce qu'il peut s'en tirer ? C'est tout ce que je te demande.

– Il y a des risques de complications multiples.

– Il est solide, même s'il souffre un peu de malnutrition pour le moment. Mais je sais qu'ils s'occuperont de lui, là-bas, dans la vieille plantation.

– Quelle plantation ?

– Oh, j'ai oublié de t'en parler. Pendant que je bavardais avec cette opératrice de Chisca Ridge, elle m'a laissé entendre que la famille du major était propriétaire de toute la ville...

– Ça veut dire peut-être une pompe à essence et une épicerie.

– ... Et aussi des trois comtés qui entourent la ville. J'ai ensuite appelé un ami qui est dans le commerce des céréales, ici, à K.C. Il lui a fallu deux minutes à peine pour trouver leur nom dans son index Dun et Bradstreet et plus de cinq pour lire ce qu'on dit sur la famille du major. La plantation fait dix mille hectares, auxquels il faut ajouter quatre mille hectares de terres en fermage. La compagnie Bradwin a été fondée en 1823. La plantation principale fait vingt-cinq kilomètres sur quinze. Elle est desservie par une ligne de chemin de fer privée, elle possède une station agronomique expérimentale, un marché de mules qui traite dix mille bêtes par an, plus des ateliers pour le coton. Ce que je veux dire, c'est que si tu t'occupes du major, ces braves Sudistes te le rendront au centuple.

– Beggs, il y a trop de choses que je n'aime pas, dans cette histoire.

– Tu n'aimeras pas non plus la taule du comté de Jackson. C'est pourtant ce qui t'attend si tu ne deviens pas plus raisonnable.

– Jamais je n'aurais cru que tu profiterais de nos relations pour...

– Oh, là, vraiment, je me sens toute chose ! Quand tu prends tes airs comme ça et ton accent anglais... Rien qu'à t'écouter, je me sens tout émoustillée. Tu sais, je crois bien que tu vas me manquer.

– Je refuse catégoriquement de me laisser embobiner dans cette...

Beggs se serra un peu plus fort contre lui, ravie.

– Continue comme ça et je vais enlever ma culotte.

– Beggs, écoute...

– On va jouer aux bananes ! Je vais m'en mettre deux, moyennes, bien mûres, dans la chatte, et quand on se sera bien excités, on aura de la crème de bananes !

Jackson s'arracha à son fauteuil et prit sa veste. Il l'enfila, se rassit et laça ses chaussures avant de glisser sa cravate dans une poche. Beggs fit tinter son verre vide contre ses dents. Elle était absolument ravie. Puis elle s'approcha de lui avec ses yeux gourmands et brumeux et il eut soudain l'impression d'être pris dans une couche douce et collante de vernis. Mais il ne pouvait lui en vouloir. Elle avait deviné qu'il voulait être violé. D'une façon ou d'une autre.

– Me faire sortir par ce temps, grommela-t-il.

– Essaie d'être de retour d'ici une heure.

– Ne t'inquiète pas.

– Et essaie d'être aussi discret qu'une petite souris, comme ça, demain, quand j'aurai envoyé les Easterlin ou les flics se balader, les Trutler ne pourront rien leur dire. Tout le monde pensera que tu as disparu comme ça au milieu de la nuit.

– Quelle honte ! fit Jackson.

– Et si le major se réveille, qu'est-ce que je fais ?

– Tu lui donnes à téter.

Elle lui montra un petit bout de langue.

– J'ai mis un bout de toile sur la vitre. Comme ça, il ne pleut plus dans la voiture. Et maintenant, décampe.

Jackson roula vers l'ouest. Quelques blocs le séparaient de la maison des Trutler. Les rues étaient inondées de pluie. Il était trois heures moins le quart et il ne rencontra que quelques rares voitures. Il passa une première fois devant la maison sans s'arrêter, essayant de repérer à travers la vitre embuée la présence éventuelle des Easterlin qui avaient pu retrouver sa trace. Mais il ne vit nulle part la Lasalle bleue. Au second passage, il tourna dans un jaillissement d'eau et alla se garer dans l'allée d'accès, sous le petit toit en auvent qui surmontait la porte latérale.

Les Trutler avaient laissé briller la lampe du porche à son intention. Il aurait préféré, en la circonstance, qu'ils se soient abstenus. L'obscurité était plus propice pour se glisser jusqu'à sa chambre. Ce n'était pas tant à cause de l'argent de la location qu'il se sentait coupable, mais il les regretterait, Nellie surtout. Elle allait se trouver dans une situation désagréable par rapport à lui, la police sonnerait à la porte, poserait des questions, et la réputation de Jackson à ses yeux serait mise à mal. Plus tard, quand il y aurait moins de risques, il lui écrirait sans doute une lettre. *Chère Nellie, un bon conseil n'est jamais trop cher. Prends soin de toi. Sois triste un peu si tu le veux mais pas plus. Et ne t'attache plus au sourire de celui qui passe. Ton copain...*

Un éclair creva le ciel juste au-dessus de lui et il sursauta. Il quitta la voiture, franchit rapidement le seuil et éteignit le porche. Dans le roulement du tonnerre, il grimpa l'escalier, prudemment. Il tourna à droite. Traversa la moquette du hall jusqu'à la chambre de Lindy. La porte était entrouverte. Comme il entrait, un nouvel éclair illumina les fenêtres. La première chose qu'il distingua, ce fut Nellie, en pyjama, blottie dans le fauteuil, profondément endormie, les orteils recroquevillés, sa petite tête blonde auréolée de lumière. Lorsque l'ombre revint, il distingua les lucioles qui tournoyaient dans le bocal et les gouttes d'eau qui tombaient entre la vitre et l'appui de la fenêtre. Nellie posait un problème, mais il savait aussi qu'elle avait le sommeil particulièrement lourd à cette heure de la nuit. Et il n'avait après tout que quelques affaires à prendre dans le placard.

Son propre pyjama avait été soigneusement plié et posé au pied du lit. Il tendit la main pour le prendre. Un nouvel éclair crépita et, dans la clarté bleue, il vit alors le serpent, lové sur la courtepointe, sa tête aux écailles huileuses dardée vers sa main.

Il lui était arrivé de garder le silence, un bref instant, dans ce genre de situation. Cette fois-ci, il hurla aussitôt. Il avait jeté les mains en avant et il restait paralysé dans cette attitude, incapable de bouger un muscle. Du coin de l'œil, il discernait son ombre crucifiée et celle de Nellie, qui s'extrayait de son fauteuil tandis qu'il continuait de hurler, sentant déjà les anneaux lisses et chuintants se refermer autour de lui, l'enserrant des genoux à la taille, de plus en plus vite, la tête énorme glissant sous son aisselle, plus haut encore, libre et vivace, touchant la base de sa gorge nue. Son hurlement cessa et il resta sans voix, sans souffle, paralysé à partir des hanches, les jambes perdues dans la gelée. Ses intestins et son sphincter le trahirent, il lâcha un nuage d'excréments, et la température de ses extrémités chuta vers le zéro absolu.

Nellie se précipita entre le lit et lui et saisit son serpent familier, le serra contre elle; loin de l'énergumène. Trop tard. Jackson mourait déjà dans une autre étreinte, d'autres anneaux musculeux.

– Dehors, souffla-t-il, tremblant. Peur. Emporte. Loin.

Nellie sortit de la chambre en courant et, lentement, il commença à s'affaisser, ses genoux heurtèrent le sol et sa tête vint cogner le bord du lit. Il lutta vaguement pour tenter de se redresser mais glissa plus vite encore et resta effondré, les genoux serrés, collé dans son pantalon. Il étouffa un cri.

Le plafonnier fut éclairé. Des Trutler surgissaient de toutes parts. Des voix posaient des questions. Nellie gémissait.

– Je voulais seulement lui *montrer*...

Jackson releva la tête et parvint à la regarder. Nellie s'essuyait le nez. Elle avait emporté le serpent et elle était revenue. Elle était là, toute tremblante, sur le seuil. De grosses larmes dévalaient ses joues. Mais elle était ravie de cette peur. Comme n'importe quel enfant, elle adorait les mauvais tours terrifiants.

– Jackson, il ne mord pas.

Il s'efforça de sourire.

– Désolé. C'est une phobie. Ophidiophobie. Je n'y peux rien. Moi. Sortez. Laissez-moi. S'il vous plaît.

Nellie renifla l'air empuanti, porta les mains à sa bouche et battit en retraite. De même que les adultes Trutler, avec des murmures de regrets et des encouragements maladroits. Ils refermèrent la porte.

Une pensée flotta dans son esprit brumeux. *Une petite souris. Je ne suis qu'une petite souris.* Mais l'emprise se relâchait. Il n'y avait plus de danger à présent. Le téléphone sonna. Papa Trutler s'excusait auprès des voisins. Il raccrocha et peu après Nellie poussa des cris de douleur et d'indignation. On lui donnait une très grosse fessée. Quand la maison retrouva enfin son calme, Jackson se remit sur pied et se traîna jusqu'à la salle de bains pour se nettoyer.

La pluie tombait toujours et il fit ses bagages dans un vide émotionnel presque total, ses glandes adrénales retrouvant peu à peu leurs fonctions mais aussi inutiles encore que la parole pour un homme dont on a tranché la langue. Il était 4 h 5 lorsqu'il quitta la maison. Il oscillait comme un mât dans le vent. Il avait l'impression que tout le monde était encore éveillé et l'écoutait. Tous sauf la petite Nellie, qu'il imaginait sur son oreiller, abîmée dans ses rêves perdus, le cœur sauf, la petite chérie, chaste mais avec déjà une trace de sensualité cruelle aux plis de la bouche. Les yeux émerveillés et froids derrière ses paupières aux longs cils. C'était lui qu'elle voyait. Et son souffle suscitait à présent des écailles, un filigrane venimeux qui se déployait dans la calme clarté, pareil à une brume dense.

Telle était sa vision. Jeunes ou vieilles, toutes à la fin lui étaient néfastes.

4

Vers le sud
Kansas City – Chisca Ridge

4 août 1944

L'Ozark Scenic de la Missouri Pacific Railroad, qui allait de Kansas City à Memphis en passant par Little Rock, était le plus ancien train de la ligne. La locomotive noire, du type « montagne », traînait quatre voitures mixtes, avec gril et fourgon à bagages. Deux voitures étaient réservées aux Blancs, deux aux Noirs. Le train était omnibus et il s'arrêtait à presque toutes les gares entre l'aube et le soir. Les villes s'appelaient Cricket, Yellville ou Zinc. Il lui fallut douze heures pour couvrir les 550 kilomètres qui séparaient Kansas City d'un nœud ferroviaire de l'est de l'Arkansas où l'on attendait le major Bradwin. Les wagons étaient combles et aucun n'avait l'air conditionné. Quant au repas servi au gril, il était plutôt maigre.

À intervalles réguliers, ils traversaient des zones de pluie. Parfois, il n'y avait qu'un nuage dans le ciel et la pluie était comme un cylindre gris autour du train, alors que tout était chaud et lumineux un peu plus loin. Au-dessous de Carthage, dans le Missouri, ils découvrirent un paysage spectaculaire. Là, l'air avait été rafraîchi par son passage entre les montagnes. Le train entraînait avec lui la chaleur torride des plaines à la façon d'un tourbillon thermique, entre les pentes vertes des Ozarks. Au sommet des pics, de la vapeur s'élevait dans l'air doré. Elle se faisait plus dense encore en certains endroits où les rivières semblaient blanches et visqueuses comme de la peinture. Des camps de bûcherons apparurent, des voies de chemin de fer sur le flanc escarpé de la montagne, une scie miaula dans l'ombre des troncs. Des hommes étaient stationnés sur des plates-formes de bois devant lesquelles l'Ozark Scenic passait sans ralentir. Ils portaient des chapeaux de feutre brun ou noir qui semblaient avoir été grignotés patiemment. Les infirmes étaient nombreux. On voyait beaucoup de béquilles, de manches repliées, et il y avait dans les regards une sorte de froid éternel, le reflet d'une solitude arctique. Quant aux femmes, elles portaient des paniers et des balais, elles allaient tête nue, l'air triste dans l'éclat rouge du soleil. De sombres ravins, plus loin, le train qui sifflait, un faucon solitaire, et le jour s'éteignait.

Le dîner ne fut pas plus brillant que le déjeuner. Jackson se contenta d'une orange tiède, de quelques céréales et s'installa entre deux wagons pour contempler la nuit. Lentement, les collines cédaient la place à des terres cultivées, riches, alluviales. L'air devenait différent, marqué par le faible relent du delta qui approchait, la senteur de l'eau dormante, de la putréfaction, de l'écrasante chaleur. Le train franchissait un étroit marécage et la lumière des wagons éclairait des silhouettes d'arbres brisés. L'atmosphère n'était pas vraiment tropicale mais Jackson ressentait un certain malaise.

Depuis un certain nombre de kilomètres, les arrêts étaient devenus moins fréquents. Dans le wagon, Champ Bradwin dormait paisiblement. Il était resté ainsi durant la plus grande partie du trajet, bourré de pénicilline et d'aspirine, ne s'éveillant que pour aller aux toilettes ou prendre quelque nourriture sous forme liquide. Les militaires étaient rares à bord du train, et personne n'approchait de son grade. Tous les regards étaient empreints de respect lorsqu'ils se posaient sur la cicatrice à son cou et la

Silver Star qu'il portait parce que Beggs avait décidé que ce serait mieux pour son retour. Elle avait soigneusement repassé son uniforme et le major avait fière allure.

Quant à l'état de Jackson, il avait évolué. Il était sorti de son abattement total et parvenait à redresser à nouveau la tête pour regarder les gens dans les yeux. Il portait son plus beau complet d'été et Beggs lui avait prêté l'un des chapeaux de son mari, un Stetson Baku en paille, très chic, pour remplacer celui qu'il avait perdu à la gare de Kansas City en échappant aux Easterlin dans le plus pur style Dillinger. Le chapeau était un peu trop grand, mais il avait ressenti l'impérieuse nécessité d'en porter un. Tête nue, il se sentait perdu, vulnérable. À l'équateur, en Afrique, un homme sans chapeau pendant plus de quelques minutes était condamné. Il y avait des années qu'il n'avait plus vécu dans un pays torride, mais l'habitude était en lui, aussi tenace que celle du tabac.

Il avait espéré faire plus ample connaissance avec Champ pendant le voyage mais, durant ses périodes d'éveil, le major ne parlait pas. Il demeurait tendu, nerveux, en dépit des médicaments, et peu satisfait, à l'évidence, de la compagnie de Jackson. Jackson avait consacré une heure, dans l'appartement de Beggs, peu avant leur départ, à parcourir le journal que le major avait tenu durant son séjour dans le Pacifique. Il avait eu la confirmation qu'il avait bien une épouse du nom de Nancy, qu'elle ne lui écrivait guère et qu'elle avait été récemment malade, quoiqu'il ne fît aucune mention de la nature exacte de cette maladie. En fouillant un peu plus avant ses affaires, il avait découvert un portrait de la dame, une photo prise en studio, avec des couleurs tellement saturées que sa peau avait la teinte d'une pêche bien mûre et que ses yeux étaient d'un bleu d'une intensité impossible. Mais elle était jolie, sans trop d'attrait cependant, avec une pointe de tristesse dans son sourire. Elle semblait douce, patiente, obéissante, du genre à servir et adorer un gaillard comme Bradwin.

Dans le journal du major, il n'y avait aucune allusion à ce mystérieux « Beau », qui semblait pourtant exercer une menace pressante, dans l'esprit de Champ tout au moins. À chaque ligne ou presque, il n'était question que de la guerre, ou plutôt de l'absence de combat, car le régiment du major avait été tenu éloigné de la bataille durant près d'une année après avoir quitté Fort Bliss, en juin 1943. Au début de 44, ils avaient travaillé avec le génie au déchargement des navires, en Nouvelle-Guinée. Selon le major, c'était une tâche dégradante, indigne du plus ancien régiment de cavalerie américain, qui avait été sous les ordres de Robert Lee lui-même et qui s'était glorieusement illustré durant les guerres indiennes, à la frontière.

Mais, pour finir, ils avaient été comblés et avaient connu le feu dans de petites îles montagneuses, l'archipel de l'Amirauté, au seuil de la mer de Bismarck, un peu au-dessous de l'équateur. L'escadron du major avait été le premier à débarquer sous une pluie battante à Los Negros. L'objectif choisi par le général Douglas MacArthur, un terrain d'aviation appelé Momote, était puissamment protégé par les Japonais. Les soldats ennemis étaient pour la plupart des Marines du Corps Impérial, des combattants d'élite, choisis tout spécialement pour leur taille exceptionnelle, leur entraînement et leur courage fanatique. La plupart s'exprimaient assez bien en anglais, ce qui devait se révéler un problème ultérieurement. Apparemment, le major Bradwin avait fait de l'excellent travail en consolidant la tête de pont car, le lendemain, MacArthur l'avait nommé capitaine sur le terrain et lui avait décerné la D.S.C.

La bataille, pourtant, était à peine engagée. Les

affrontements les plus durs eurent lieu nuit après nuit, durant des semaines, avec des combats au corps à corps dans les tranchées, entre les palmiers éclatés, sous un ciel sans cesse sillonné de tirs traçants. Des milliers de boyaux se succédaient en enfilade, sous le feu des deux camps. Même lorsqu'une position avait été reprise, il y avait un risque que les Japonais réussissent à s'y infiltrer à nouveau à la faveur de la nuit. Certains des Marines japonais avaient des bandages serrés autour de leurs bras, sur les principales artères, afin de pouvoir continuer à se battre même s'ils étaient touchés.

Durant les trois premières semaines de mars, la cavalerie américaine, aidée de renforts, avait péniblement nettoyé l'île. Champ s'était battu régulièrement, avait été légèrement blessé par deux fois quand, selon ce qui était rapporté dans son journal, rédigé deux mois plus tard, il avait eu une hallucination qui avait failli lui coûter la vie.

Journal, 19 mars

À 22 heures, les Japonais ont percé notre flanc gauche, à la limite du boyau. C'est leur plus dure contre-offensive depuis les premiers jours, à Hyane Harbor. Ils ont dû récupérer des armes et des munitions dans une de leurs caches de la jungle, dans les hauteurs, à l'ouest de notre position. Les troupes au sol ont subi de lourdes pertes et le poste de commandement a été débordé en quelques minutes. Tout s'est produit soudainement, sans que nous ayons la moindre possibilité de retraite. Il fallait tenir, se battre et mourir jusqu'au dernier. Mais jamais encore nous n'avons connu ça. Ç'a été la confusion absolue, la ruée, des corps emmêlés, des coups de feu, des cris, du sang. Nous en sommes venus très vite au corps à corps dans l'obscurité, avec la lueur étrange des rafales, les éclairs des mitrailleuses. Dans leur panique, je crois, des Américains ont tué d'autres Américains. J'espère seulement qu'il en a été de même chez l'ennemi. J'ignore combien de temps cela a duré. Après le premier affrontement, il n'est resté qu'une dizaine de survivants de part et d'autre. Les combats ont repris plus loin, au fur et à mesure que les renforts arrivaient et repoussaient la vague japonaise hurlante. Nous sommes restés dans notre petite poche perdue dans la jungle, dans la puanteur du massacre et des armes, les cris des blessés, les plaintes dans l'ombre. Nous, les survivants, nous essayions de nous rapprocher, tirant au hasard, fouillant avec nos baïonnettes dans la chair des autres, frappant parfois uniquement parce qu'une odeur plus forte montait soudain dans la nuit, quelque part devant nous.

Il se peut que j'aie tué un homme, plusieurs même. Je sais aussi que j'ai été blessé, qu'à un moment mes jambes ont refusé de me porter plus longtemps. Je suis tombé, et une ombre s'est dressée devant moi. Je l'ai frappée avec ma baïonnette, de toutes mes forces, et j'ai été aspergé de sang sur tout le corps.

Puis j'ai rampé encore, sur plusieurs mètres, et j'ai perdu connaissance.

Avant la lumière, il y a eu les chants des oiseaux, des tirs sporadiques dans le lointain, un craquement de statique dans la radio. Un homme pleurait. C'était moi. Je sanglotais alors même que je n'étais pas complètement éveillé, frissonnant dans le froid de l'aube tropicale. J'avais la poitrine en feu et, à chaque souffle, j'entendais un son rauque, comme si l'air parvenait à mes poumons à travers une cage thoracique transpercée.

J'eus le sentiment que quelqu'un m'observait. Je parvenais à peine à distinguer une silhouette qui se détachait sur le fond du ciel sans étoiles, vaguement plus sombre que les arbres qui cernaient la clairière. Il y avait comme une clarté sourde, malsaine, à l'endroit où devait se trouver sa tête; c'était probablement une illusion due à ma vision défaillante. Mais cette présence ne m'inquiétait guère car j'étais en train de mourir. Les rafales reprirent, plus proches. C'était un tir de mitrailleuse lourde. Il y eut un cri déchirant, puis le silence revint. Je tentai de me lever et perdis connaissance une fois encore, non pas à cause de la douleur mais parce que le sang, tout à coup, ne parvenait plus à mon cerveau.

Les oiseaux, avec leurs chants perçants et joyeux, m'éveillèrent une seconde fois. Mon uniforme était raidi par le sang séché. On était au début de la matinée et une brume argentée flottait à quelques centimètres au-dessus des cadavres qui jonchaient le sol, tout autour de moi. La radio cassée faisait entendre des sifflements et des voix parlaient en langage sioux. Il y a six Indiens dans notre régiment et nous les avions mis à la radio car les Japonais ne cessaient d'émettre de faux messages pour nous tromper.

Il était encore là, présence mauvaise qui m'observait toujours, à quelques pas de distance, bouffi de putréfaction, affreusement lumineux, une main sur la hanche, portant tout son poids sur le sabre qu'il avait planté dans une souche pourrie. La lame était émoussée et tachetée, mal entretenue, mais je la reconnaissais. La poignée était faite d'or de 18 carats et ne pouvait se ternir. L'uniforme de Blue Ridge dans lequel il avait été inhumé était souillé de boue. Le visage était vieilli, grisâtre, poilu, il en émanait cet éclat écailleux, venimeux que j'avais vu. Mais ce n'était pas un fantôme. Il était aussi présent que la malédiction qui nous écrasait. Pourtant, curieusement, je n'avais pas peur. Je me demandai si j'étais mort sans m'en rendre compte. Mais je savais qu'il n'en était rien car je n'aurais pas cherché ainsi à reprendre douloureusement mon souffle.

– Mon frère, dit Clipper, tu as eu de la chance au combat. (Il promena les yeux sur le terrain.) Mais je ne peux attendre plus longtemps.

– Que veux-tu ?

En ce même instant, j'avais le cœur brisé, car ses yeux étaient tels que je me les rappelais. Ils n'avaient pas souffert de la longue nuit de la tombe, ils étaient clairs, pleins de jeunesse. C'étaient bien les yeux du Vieux Nick, comme l'appelait le Patron. Et pourquoi pas ? Il y avait du Patron dans ce regard-là. La peur s'insinua en moi.

– J'ai besoin que tu viennes avec moi. Je ne t'ai pas eu dans la chapelle et tu peux juger par toi-même des conséquences. Je ne suis ni là ni ailleurs. Avec ton aide, je pourrai finir le travail maintenant.

Et il fit un pas en arrière, dégageant la pointe du sabre.

J'entendais des voix. Des Américains approchaient, entraient dans la clairière en remontant la piste. J'ouvris la bouche mais je n'avais pas assez de souffle pour appeler. Clipper prenait sa distance pour frapper et son regard était plein de haine.

– Tu ne comprends donc pas que nous avons tous ce que nous méritons ?

Je tournai la tête et je pris alors conscience que la baïonnette gluante de sang était encore dans ma main droite. Je trouvai la force de me dresser et de lui porter un coup. La lame s'enfonça mollement dans son flanc. D'un geste dédaigneux, Clipper la fit tomber et me taillada la gorge. Tout d'abord, après le premier choc du fer, je ne sentis rien. Puis une sensation diffuse d'étouffement monta de ma poitrine. Instinctivement, je refermai ma main gauche sur ma gorge pour tenter d'endiguer le sang. Clipper avait agrippé ma main droite et me tirait impatiemment.

– Allons, fit-il.

Mais je luttai, tandis que le flot de ma vie s'écoulait, et je réussis à lui échapper. Au même instant, il perdit tout pouvoir, sa force cessa de s'exercer et il se modifia sous mes yeux pour devenir une atroce momie calcinée.

– Prochaine gare, Bonefort, annonça le conducteur en passant de wagon en wagon.

Il prononçait « Bonifaure ».

– On est dans les temps, hein ?

– Non, m'sieur. On a près d'quarante minutes dans l'nez ce soir. Vous faites la correspondance avec le train du Texas ?

– J'ai rendez-vous avec quelqu'un, dit Jackson. Je l'espère, du moins.

– C'est mieux comme ça, parce que le train du Texas n'est pas encore arrivé à Bonefort.

– Et il y a d'autres trains après ?

– Ça dépend d'où vous allez. Il y a le Sunshine Special qui va vers le sud, jusqu'à Houston, à 12 h 5, ensuite le Sunshine du nord une heure après, qui arrive à Saint Louis le lendemain matin à 8 h 30…

– Merci, dit simplement Jackson, et il suivit le conducteur jusqu'à la voiture où il avait abandonné Champ.

Le major était tout à fait réveillé, à présent, mais Jackson, en le voyant, s'inquiéta de son apparence, de sa pâleur de citron fraîchement coupé, de ses yeux profondément enfoncés dans les orbites.

– Je croyais vous avoir entendu dire que je me porterais mieux, dit-il sur un ton de reproche.

– Il se peut que vous ayez une mauvaise réaction à la pénicilline. À moins que ce ne soit un simple malaise.

Jackson lui fit absorber un cachet de Dramamine avec un peu d'eau.

Champ se passa la langue sur les lèvres.

– Et vous étiez où ?
– Je prenais l'air.
– Vous avez parlé à quelqu'un ?
– Au conducteur seulement.
– Je veux dire : est-ce que vous avez rencontré quelqu'un ?
– Je ne comprends toujours pas où vous voulez en venir.
La conversation était difficile. Champ déglutit péniblement, une fois encore, et insista :
– Vous n'avez pas vu quelqu'un qui pourrait nous avoir suivis ?
– Parce que vous pensez qu'on a pu nous suivre ? Depuis Kansas City ?
– Je l'ignore. Je posais seulement la question.
– Major, nous tournons en rond, vous ne trouvez pas ?
– Allez au diable, fit Champ en fermant les yeux.
L'instant d'après, Jackson sentit le train ralentir. Il secoua prudemment le major.
– C'est Bonefort. Nous allons descendre. Vous pouvez marcher ?
Le porteur remonta dans le train pour aider Champ à débarquer. Mais, apparemment, personne n'était là pour attendre le major et il n'y avait pas d'orchestre en vue.
Qu'est-ce que j'ai entendu dire, Ezzard ? Tu es né avec cinq mois de retard parce que ta mère n'arrivait même pas à te réveiller ?
– Ça pourrait bien êt'vrai, patron. Ça s'pourrait.
Jackson donna un dollar au porteur. L'Ozark Scenic se mettait en branle. La gare redevenait calme et silencieuse.
Champ se tenait immobile sur le quai. Il ne regardait ni à gauche ni à droite.
– Il n'y a personne, major. Qu'allons-nous faire ?
D'une certaine façon, mystérieuse et complexe, il semblait soulagé que nul ne fût venu l'attendre.

– Demandez à l'intérieur, dit-il. S'ils ont vu un wagon privé.

– Oui, major, dit Jackson, envahi brusquement par une colère disproportionnée.

Ce qu'il avait vu et entendu jusque-là du Sud ne lui plaisait guère et il avait toujours un homme malade sur les bras, alors qu'il avait à moitié espéré s'éclipser. C'était une nuit de pleine lune mais le paysage n'en était pas plus beau pour autant. Bonefort, Arkansas, puait comme une bauge à cochons. D'un coup de pied, il ouvrit la porte de la salle d'attente, entra, et se retourna pour la refermer d'un autre coup de pied.

Un employé lui jeta un coup d'œil avant de regagner sa cabine envahie de billets et de papiers. Il ne releva les yeux que lorsque Jackson s'approcha de lui.

– Ça va ? fit-il.

– Je vous demande pardon ?

Le regard de l'employé se porta au-delà de Jackson, vers la silhouette de Champ, immobile sur le quai.

– C'est notre héros de la guerre ?

– L'un d'eux. Vous connaissez le major Bradwin ?

L'employé consulta une liasse de télégrammes et de notes accrochée à un tableau et brandit un papier.

– Le major Charles R. Bradwin de Chisca Ridge ?

– Oui.

– Sa famille est désolée mais elle n'a pas pu venir l'attendre. Ils ont envoyé un wagon privé depuis le Delta, via St. Francis et Dasharoons.

– Et où est-il à présent ?

– Rangé sur la voie de garage, avec les wagons d'ammoniaque. Mais vous ne savez pas où ça se trouve. Vous allez faire la chose suivante : retournez sur le quai et trouvez un négro. Walter, c'est son nom. Ne vous donnez pas la peine de chercher. Vous appelez seulement « Walter ! » et il viendra.

Il est toujours à traîner dans le coin. Il vous conduira jusqu'au wagon, vous et le major. Je pense que le 127 l'accrochera vers onze heures ou minuit.

– Merci, dit Jackson, rasséréné.

Il prit le télégramme des mains de l'employé et alla le donner au major. Puis il se mit en quête de Walter. Il avait le choix entre six nègres. Il n'en avait vu aucun en quittant le train, mais il avait comme l'idée qu'ils devaient rester chacun dans sa cachette personnelle pendant des heures, sinon toute la journée. À présent qu'il avait besoin d'eux, ils se montraient.

Walter était un pauvre nabot d'allure rachitique qui se révéla plein d'allant dès qu'il se mit en mouvement. Il rassembla rapidement les bagages et les plaça sur un chariot, de l'autre côté des voies. Jackson et Champ le suivirent lentement et péniblement. Champ ne pouvait guère fournir plus d'efforts et il soufflait à tel point que Jackson en était irrité.

Le wagon privé, qui, à n'en pas douter, datait du début du siècle, était énorme et crasseux. On distinguait à peine la peinture bleu et or sous la couche de boue. Les fenêtres avaient été masquées, ce qui les isolait de la plate-forme avant, mais il y avait des lanternes en tête. C'est dans cette direction qu'ils portèrent leurs pas, accompagnés par le ferraillement du chariot et Walter, qui chantonnait et gémissait parfois comme s'il avait mal aux dents.

Jackson ressentait une indicible mélancolie. Il haïssait Bonefort, Arkansas, et il ne voulait pas monter dans ce vieux wagon qui attendait le train 127. Il ne croyait pas aux fantômes et n'était guère enclin aux hallucinations. Pourtant, il éprouva un élan de sympathie quand Champ, qui traînait le pas, chercha sa main parce qu'il avait besoin d'aide ou de réconfort. Jackson l'aida à escalader les marches et à entrer.

Un certain nombre de surprises l'attendaient à l'intérieur : des odeurs de bonne cuisine flottaient dans l'office, le salon était lambrissé de bois de rose, parfaitement propre, bien éclairé et meublé avec le goût parfait des meilleurs clubs londoniens, avec une touche d'exotisme créole. Aux murs il y avait des tableaux de divers peintres inconnus du Quartier Français de La Nouvelle-Orléans ainsi que de nombreuses œuvres dues à des post-impressionnistes français dont les noms étaient vaguement familiers à Jackson.

Il faisait chaud mais l'air ne sentait pas le renfermé. Le major Bradwin, cependant, mit en marche la climatisation sans perdre un instant. On avait disposé des tasses en porcelaine et des verres en cristal sur une table, ainsi qu'une carafe de vin rouge. Sur le buffet proche, il y avait du whisky et du sherry. Jackson ouvrit la porte de la chambre et jeta un coup d'œil à l'intérieur. Elle était de style Renaissance italienne, parfaitement en ordre.

– Inutile d'entrer, dit Champ d'un ton sec.

Jackson referma. Walter venait de monter à bord avec les bagages qu'il déposa dans l'office. Jackson le paya. Quand il regagna le salon, il trouva Champ affalé dans un fauteuil, les paupières closes.

– Comment vous sentez-vous ?

– Un peu étourdi.

Jackson lui fit une autre injection de pénicilline. Sa réserve commençait à diminuer sérieusement. Il espérait que l'état du major s'améliorait au moins car il lui faudrait des semaines pour se procurer le médicament, même en y mettant le prix.

– Un verre, major ?

Champ ouvrit un œil.

– Qu'est-ce que je peux boire ?

– Un sherry, si ça vous dit.

– Parfait. Mais ce que je veux avant tout, c'est rester allongé.

Jackson trouva des couvertures dans un placard

et disposa des coussins sur le sofa. Champ ôta ses chaussures et déboutonna le col de sa chemise.

– Il fait trop chaud, protesta-t-il quand Jackson voulut le couvrir.

– Mais non, et je ne tiens pas à ce que vous rentriez chez vous avec des frissons. Vous n'avez pas la malaria, n'est-ce pas ?

– Non. J'ai pris régulièrement de l'Atabrine.

Jackson lui servit un sherry et prit lui-même un whisky. Il y avait une feuille pliée sur la table. Il ne l'avait pas remarquée la première fois. Le papier était épais, roide, de couleur crème, avec des bords pareils à des rasoirs. Il le déplia et commença à lire : *Chéri*, puis s'interrompit aussitôt et tendit la lettre à Champ en même temps que son verre de sherry.

– C'est de votre femme, je pense.

Champ n'émit pas le moindre commentaire. Il prit simplement la lettre et lut.

– Je vais manger un morceau, dit Jackson.

Dans l'office, il trouva un jambon encore tiède dans le four, du pain frais, ainsi que plusieurs roues de fromage étranger. Il finit son verre, se confectionna un sandwich puis alla s'asseoir à l'extérieur, sur les marches du wagon, pour manger. À cause de la fumée des locomotives, les moustiques n'étaient plus un problème ici. Un long train de marchandises passait sur la voie principale, en route vers le nord. Au loin, on entendait un juke-box. Jackson avait moins faim qu'il ne l'avait cru. Il avait l'impression d'être épié, mesuré soigneusement. Les lumières de la gare de triage étaient soudain plus douces et floues. Bizarre, mais il ne se rappelait plus comment on mâchait. Sa langue ne lui obéissait plus et il avait du mal à avaler. Est-ce qu'il couvait une maladie ? Mais non, il se sentait plutôt bien, un peu paresseux, désœuvré, c'est tout, avec aussi un certain manque de coordination dû à la tension, sans doute.

Il jeta la dernière moitié de son sandwich dans un caniveau proche et regagna le salon avec quelque peine, clignant des yeux pour essayer de voir plus nettement. Il y avait une espèce de brume à l'intérieur. L'air, à présent, était agréablement frais et sec. Champ ronflait sur le sofa; une de ses mains effleurait le tapis, son verre vide à proximité, la lettre pliée dans son autre main. Jackson se frotta les yeux et consulta sa montre. Une demi-heure s'était écoulée rapidement. Il prit la lettre dans la main inerte de Champ et essaya de la lire. Mais les lignes semblaient courir en travers, fuyant son regard, pour tomber par-dessus bord avant même qu'il eût trouvé quelque sens aux mots. Il jeta la feuille sur la table et se tourna avec l'intention de s'asseoir. Au lieu de cela, il sentit ses pieds se dérober sous lui et tomba.

Mais ce n'était pas une chute très grave : il n'avait pas à s'inquiéter de cette maladresse parce que, instantanément, il avait appris à flotter dans l'air. *Chloral ?* La question venait du professionnel qui était encore éveillé au fond de lui, et qui paniquait un peu. Mais je vais me relever très vite, se dit-il, et Ego et Superego vont comprendre qui je suis. Oui, c'était plutôt agréable comme expérience. Il flotta pendant quelque temps au-dessus du tapis la tête en bas, puis se retourna et dériva lentement, moelleusement, dans l'air agité de courants doux. C'était une situation absolument confortable. Il porta une main devant ses yeux et en étudia les lignes marquées, tout particulièrement la ligne de vie. C'était comme une route qui sillonnait avec des courbes gracieuses le creux de la vallée de sa paume. Il s'y imaginait très bien; marchant seul dans le soleil, sa veste jetée négligemment sur l'épaule, pas vraiment pressé, sifflant tranquillement. Tout seul, sans le moindre souci à l'horizon et, pour une fois, sans rien ni personne à ses trousses.

À minuit moins le quart, une locomotive MoPac qui traînait un wagon de marchandises et trois voitures de voyageurs vides avec tous leurs stores tirés vint prendre en remorque le wagon privé, sans douceur, avant de reprendre sa route vers le sud, quittant Bonefort, Arkansas, dans l'ahanement de sa machine.

Un homme, qui était jusqu'alors demeuré immobile, assis sur un bloc de ciment à l'ombre des réservoirs d'ammoniaque, se leva et éteignit son cigare à demi consumé dans une tasse d'étain où il restait encore un peu de café froid. Il jeta le tout à quelque distance, mit le restant de cigare dans la poche de sa chemise, la tasse dans son sac et s'avança à la rencontre du train qui quittait la gare.

Early Boy Hodges mesurait environ un mètre quatre-vingt-dix. Il avait les épaules larges et la taille mince. Il boitait un peu, portait une casquette brodée et une chemise de G.I. dont il avait retroussé les manches au-dessus du coude. Elle était tellement imprégnée de crasse et de sueur qu'elle en était devenue imperméable. Pour Early Boy Hodges, monter à bord d'un train en marche ne présentait aucune difficulté, et il le fit encore une fois avec une sorte d'élégance détachée qui en disait long sur son expérience.

Avant d'ouvrir la portière du wagon du milieu, il s'interrompit pour tirer un couteau de poche d'une trousse passée dans sa ceinture. Le manche en corne de cerf était décoré d'incrustations profondes. Les deux lames, longues de quatorze et de huit centimètres, étaient parfaitement affûtées. Avec son couteau, Early Boy pouvait trancher l'oreille d'un homme d'un seul coup, ou même un pouce. Il le glissa dans le ruban de son chapeau, là où il pourrait le prendre aisément, et il entra dans le wagon qui commençait à brinquebaler au fur et à mesure que le train prenait de la vitesse.

Early Boy était certain que les seuls autres passagers étaient les voyageurs endormis qui occupaient la voiture privée, mais il ne s'en déplaçait pas moins avec prudence dans la pénombre. Les quelques reflets mouvants du clair de lune lui montraient le chemin à suivre. Dans ce premier wagon où il était monté, il n'y avait rien qui présentât quelque intérêt, pas plus que dans le suivant. Il utilisa son couteau pour s'introduire dans le fourgon à bagages.

Le wagon était presque vide, à l'exception d'un cercueil d'ébène posé au beau milieu, entre les deux portières roulantes.

Early Boy prit son courage à deux mains et se pencha sur le cercueil, troublé, au bord du chagrin. Il remit son couteau dans son chapeau et entreprit d'ouvrir le couvercle du cercueil. À la clarté de la lune et des quelques réverbères qui défilaient au bord de la voie, il examina la dépouille. Le train allait maintenant de plus en plus vite et il ne s'arrêterait probablement pas avant d'atteindre Dasharoons. Early Boy était obligé de se tenir à deux mains au cercueil pour ne pas perdre l'équilibre. Mais, dans les courbes, la lourde boîte d'ébène avait tendance à pencher de façon précaire.

– 'jamais eu la moindre chance, grommela Early Boy.

Il se sentait gagné par une émotion qui ressemblait beaucoup à la peur, bien qu'il fût persuadé d'être le moins peureux des hommes. Il n'avait rien à perdre, rien à gagner, et personne à qui penser.

Il referma le cercueil et retourna au wagon du milieu où il se choisit un siège. Il releva légèrement le store afin de pouvoir regarder dehors si nécessaire. Puis il prit une pomme dans son sac et entreprit de la peler avec son couteau. Elle se révéla amère, mais il la croqua néanmoins jusqu'au trognon, très lentement à cause de ses dents cariées. La colère montait en lui et, au bout d'un moment, il dut se mettre à chanter. Il entonna deux des airs préférés de la famille Carter d'une voix étouffée qui portait jusqu'à l'autre bout du wagon : « Little Darlin Pal of Mine », et « Thinking Tonight of My Blue Eyes ». Cette dernière chanson, elle était plus particulièrement pour elle et le regret perçait à chaque parole. Mais la colère était toujours en lui, c'était elle qui le forçait à sortir régulièrement son couteau et à en dresser la lame avant de le rentrer. Peu à peu, sa gorge devint de pierre et sa chanson ne fut plus qu'un murmure.

Finalement, la colère triompha. Comme toujours.

Le bruit du train qui filait à vive allure ramena Jackson à la conscience, peu à peu. Sa tête avait cogné régulièrement contre un des pieds de la table du salon et il s'éveilla avec un mal de tête qui aurait pu être pire encore après ce supplice répété. Il avait les yeux ouverts mais ne parvenait pas à faire le point. Il se sentait comme après une longue nuit de libations. Il dut fournir un effort intense pour changer de position, mais il se trouva néanmoins un peu mieux quand il fut sur le ventre, les doigts incrustés dans le tapis, car il n'était plus soumis au balancement du train.

Durant une demi-minute, avant d'être malade, il réussit à se demander où il pouvait bien aller et ce qu'il faisait dans ce train. Mais un poids énorme de culpabilité pesait sur lui, entravant ses pensées et les mouvements de son corps, une culpabilité qu'il ne pouvait définir en accusations précises. Ainsi, il avait encore fait fausse route. Il avait choisi le mauvais chemin. Si seulement ce maudit train pouvait s'arrêter pendant une ou même deux minutes... Est-ce qu'il ne comprenait donc pas à quel point il était malade ?

Il vomit et la douleur, dans sa tête, devint intolérable. Les larmes jaillirent de ses yeux mais le supplice diminua quand il resta étendu, immobile, impuissant, glacé, au seuil de la syncope. La culpabilité parut refluer également, remplacée par la peur. Une peur qui semblait venir de très loin, l'effleurer, comme si elle émanait de quelqu'un d'autre.

Cela eut sur lui un effet galvanisant. Il parvint à se lever et à s'appuyer sur une chaise. Le sofa était vide. Champ avait disparu.

Les couverts et les cristaux tintaient sur la table. Jackson s'humecta la bouche avec un peu d'eau prise dans une carafe et renifla le verre dans lequel il avait bu son scotch. Il ne détecta aucune odeur anormale mais il décida qu'il était préférable de n'en pas reprendre.

Physiquement, son état commençait à s'améliorer et sa vision se faisait plus nette en même temps que les battements de son cœur redevenaient réguliers. Il pouvait se déplacer sans trébucher. Il prit quelques serviettes en damas pour nettoyer plus ou moins sa chemise souillée et versa un peu de whisky sur le tapis pour masquer l'odeur. Mais, à présent que ses sens se réveillaient, il percevait un autre relent, tenace et désagréable, celui d'un corps humain mal lavé.

Il se demanda si le sherry qu'avait bu Champ était drogué. Si tel était le cas, le major ne se serait pas levé, puisqu'il avait bu tout son verre. Ce qui amenait une question intéressante : pourquoi avait-il été drogué, lui, et pas Champ ? Peut-être parce que Champ, et lui seul, savait ce que Jackson allait prendre et avait en conséquence drogué le whisky.

Tout ce qu'il lui restait à trouver maintenant, c'était un motif plausible. À moins qu'il ne décide de faire une croix sur tout ça, de tirer le signal d'alarme et de fiche le camp de ce train avant d'affronter un destin qui lui faisait regretter ses nausées et son mal de tête.

Il n'avait aucune raison de s'inquiéter de la disparition de Champ. Pourtant, il s'inquiétait.

Le verre de sa montre Marks & Spencer avait été cassé mais la coûteuse breloque marchait encore. Il était près d'une heure du matin. Il était donc resté inconscient durant trois heures et demie. Durant ce laps de temps, quelqu'un avait fort bien pu pénétrer dans la voiture et s'emparer de Champ en piétinant Jackson comme un malheureux chien crevé.

Jackson releva un store et observa le paysage. Le train traversait à grande vitesse une petite ville aux toits de zinc. Il se mit tout à coup à tanguer en abordant une courbe et Jackson sentit revenir son malaise. Il distingua brièvement le foyer de la locomotive et les formes obscures des wagons vides.

Il retourna dans la chambre du wagon privé afin de s'assurer que Champ n'y était pas tout simplement allé pour se rafraîchir. Il vérifia ensuite la porte qui ouvrait sur la plate-forme d'observation, mais elle était fermée de l'intérieur et le verrou, apparemment, était corrodé par le temps.

Tout en se dirigeant vers l'avant, Jackson se dit qu'il était possible que Champ eût quitté le train qui avait pu s'arrêter une bonne dizaine de fois pendant son sommeil. Pourtant, il éprouvait le besoin impérieux de fouiller tous les wagons sous l'effet de son inexplicable anxiété.

La voiture de voyageurs, devant, semblait vide, ainsi qu'il s'y était attendu, mais l'obscurité le mit mal à l'aise. Il retrouva dans l'air moite la puanteur d'un corps crasseux, si forte que celui qui la laissait avait dû passer là quelques minutes à peine auparavant. Un employé du train, peut-être, ou bien un clochard qui profitait de ce luxe qu'il n'avait jamais connu.

Jackson se pencha par-dessus un siège pour relever

un store et faire entrer un peu de lumière, mais il se ravisa très vite. Un clochard ordinaire, qui serait entré dans le wagon privé, n'aurait pas su résister à la tentation d'un verre. Donc, ou bien il dormait, inconscient, dans l'un des trois wagons, ou alors, malgré son odeur, ce n'était pas un clochard ordinaire. Dans ce cas, songea Jackson, il était plus en danger qu'il ne l'avait cru jusqu'alors. Mais, s'il devait poursuivre le voyage, il lui était impossible de passer d'un wagon à l'autre sans attirer l'attention. C'était un risque à courir. À présent, il avait la conviction – ce qui ne faisait que renforcer encore son angoisse – que Champ était encore à bord du train et qu'il avait un urgent besoin de lui.

Le wagon central. Jackson, à tâtons, déséquilibré par le balancement du train, marcha sur quelque chose de glissant, au milieu du passage, et tomba en arrière dans un siège, glacé par l'inquiétude, les mains levées sur son visage, attendant le coup. Mais il était seul, une fois encore, et sa panique s'estompa. Il palpa la semelle de sa chaussure : de la pomme écrasée, du jus et des pépins. Sur le siège dans lequel il était tombé, il y avait des épluchures, et le wagon sentait l'asile de nuit.

Jackson se redressa en luttant contre le mouvement incessant de la voiture. La locomotive siffla longuement et les lumières d'une nouvelle bourgade filtrèrent entre les stores fatigués. Jackson s'était tordu le cou en tombant et la douleur persistait. Il essaya de masser le muscle roidi.

C'est alors qu'en se tournant il vit que le store de la fenêtre avait été lacéré à coups de couteau. Cela formait un dessin complexe. À la clarté brève des phares d'une voiture arrêtée au bord de la voie, il reconnut un serpent lové. Les yeux jaunes, brillants, semblaient dangereusement vivants. Il imagina que le serpent se dressait pour l'hypnotiser.

Il jaillit hors du siège et il était déjà au milieu

du wagon quand ses poumons libérés laissèrent enfin entrer de l'air.

Devant lui, il savait qu'il n'y avait plus que le fourgon à bagages. Il hésita, mais il valait mieux continuer que rebrousser chemin, même s'il devait repasser devant l'emblème du serpent, maître de sa vie ravagée.

La porte non vitrée qui le séparait du fourgon était apparemment verrouillée, mais la poignée répondit à sa pression. Il appuya de tout son poids. C'est alors que le wagon tressauta et que la porte s'ouvrit, Jackson tomba à l'intérieur à la seconde précise où le clochard qu'il cherchait s'apprêtait à pousser Champ hors du train.

C'est du moins ce qu'il sembla à Jackson, mais il n'eut pas le temps de préciser cette impression. La portière du fourgon était ouverte, le train franchissait un pont à toute allure, et les deux hommes luttaient tout près du vide. Par-dessus le fracas du train, Jackson entendit le cri de Champ.

Il se dirigea vers eux mais fut arrêté par la vision d'une jeune femme aux cheveux bruns dans un cercueil tendu de satin, ainsi que par le cercueil lui-même, qui se balançait en cadence avec le train, comme s'il était monté sur des roulettes pivotantes.

Early Boy, dont la casquette dissimulait la moitié du visage, avait pris le torse de Champ dans un étau, avec son bras, et tentait de l'étouffer tout en l'obligeant à mettre un genou au sol. La prise de Champ se relâchait et il suffisait d'une poussée violente pour l'envoyer par-dessus bord.

Jackson agrippa Early Boy par le col de sa chemise et le frappa dans les reins. Surpris, l'autre lâcha Champ et se retourna avec une grimace de douleur.

– Pas moi, doc ! éructa-t-il, mais Jackson le frappa une deuxième fois et il s'effondra sur le plancher du fourgon.

Sa casquette tomba. Jackson, momentanément

paralysé par la surprise, le regardait. Quand il se tourna enfin vers Champ, il vit que celui-ci était sur le seuil du wagon, à quatre pattes, dans une position telle qu'il suffisait d'un autre balancement pour le projeter dehors.

Il se précipita aussitôt pour le retenir, mais la réaction de Champ le prit totalement au dépourvu. Le major se mit à se débattre frénétiquement tandis qu'il luttait pour le ramener au milieu du wagon. Jackson se heurta au cercueil et Champ en profita pour se dégager et se ruer vers l'extérieur, dans le clair de lune. Il ne faisait aucun doute qu'il avait l'intention de sauter, mais Jackson réussit une fois encore à l'arrêter. Les deux hommes se colletèrent avec violence près du seuil et Jackson entrevit brièvement les yeux de Champ. Son regard était celui d'un être rendu fou par le chagrin.

– Qu'est-ce que vous voulez faire ? cria Jackson.

Le train abordait une longue courbe. Le cercueil glissa sur plus de cinquante centimètres, vers la portière ouverte. Champ le regarda, horrifié. Early Boy se relevait. Il plongea la main dans une poche, les yeux rivés sur Champ. Le major et Jackson s'étaient précipités ensemble sur le cercueil pour le retenir.

Early Boy fit un pas en avant et frappa Champ, avec retenue, juste derrière l'oreille gauche.

Champ s'effondra sur le plancher à l'instant où le lourd cercueil tanguait contre la portière, presque à la verticale, écrasant Jackson contre le chambranle. Jackson vit le visage de la jolie morte monter vers le sien, comme un camée dans un écrin de bijoutier, ses longs cheveux noirs flottant dans la fumée et le vent du dehors. Puis le train fut secoué et les roues grincèrent sur la voie, au milieu de la courbe. Jackson fut soudain libéré du poids qui menaçait de lui briser les os. Le cercueil venait de tomber au-dehors.

Abasourdi, le souffle coupé, il mit un genou au

sol et vit le cercueil qui heurtait le talus en pente raide. Le fond fut arraché par le choc et la femme, dans sa robe blanche, parut se dresser de toute sa hauteur au-dessus de son lit de satin, pivoter en l'air, les mains levées en un geste dramatique d'adieu, avant de disparaître brusquement derrière une rangée d'arbres sombres. Jackson, pris d'une nausée, ferma les yeux. Il ne les rouvrit que lorsqu'une main se posa sur son épaule.

Il leva les yeux sur le visage d'Early Boy Hodges.

– Donnez-moi un coup de main, dit Early Boy.

– Le cercueil... Il faut que nous fassions arrêter le train pour aller chercher le corps !

– Elle était morte avant qu'il ne tombe. Quelle différence ça fait pour elle ? Venez.

Early Boy tendit la main pour refermer la portière. Le fracas diminua. Jackson se releva. Il sentit sa tête tourner et dut se tenir à la rambarde, à côté de la portière.

– Qu'est-ce que tu fais dans ce train ? demanda-t-il.

– Je vais vers le sud.

– J'avais entendu dire que tu étais mort.

Early Boy eut un faible sourire. Seul le côté gauche de son visage souriait, en fait, comme si le coin de sa bouche était pris dans un hameçon invisible. Une blessure par balle lui avait laissé plusieurs muscles faciaux paralysés, quelques années auparavant. Il jeta un coup d'œil à Champ puis se pencha sur lui.

– Je peux le porter seul, dit-il à Jackson. Mais il faut que vous passiez devant.

– Pourquoi l'as-tu frappé ?

– Vous avez bien vu. Il voulait sauter. Il se serait cassé le cou. J'étais juste parvenu à le coincer quand vous êtes arrivé. (Il sourit à nouveau.) Je me suis dit que vous auriez mieux fait de continuer à roupiller quelques heures de plus. Qu'est-ce qui se passe, doc, vous ne tenez plus la boisson ?

Il soupesa Champ, émit un grognement et changea de position afin d'assurer sa prise à la façon des pompiers. Puis il souleva le major sans grand effort. Champ grommela et souffla bruyamment, mais Jackson ne s'inquiétait pas des suites du coup que lui avait donné Early Boy. La technique d'Early Boy était parfaite. Pourtant, il ne bougea pas et insista :

– Pourquoi Champ voulait-il se tuer ?

– À ce que je crois savoir, la femme dans le cercueil était son épouse.

– Pour l'amour de Dieu, je ne peux pas le croire !

– Demandez-le-lui vous-même. S'il a encore toute sa tête quand il se réveillera. Ce qu'il a enduré, c'est suffisant pour rendre fou n'importe qui.

– Il aurait pu souffrir plus que durant ces derniers mois.

– Vraiment ? Pourquoi ne pas le lui dire, doc ? Mais pas maintenant. Il se fait lourd et j'ai mal aux reins.

Jackson pensait que Champ serait réveillé quand ils atteindraient le wagon privé, mais quand Early Boy le déposa sur le sofa, il était toujours inconscient. Jackson examina ses pupilles avec un stylo lumineux et constata qu'elles réagissaient normalement. Il n'y avait pas de bosse à l'endroit où Early Boy l'avait frappé. Jackson prit soigneusement son pouls, écouta son cœur et ses poumons.

– Il dort, c'est tout, fit Early Boy, d'un ton grondeur. Vous devriez le savoir, doc.

– Le major souffre d'une pneumonie, dit Jackson.

Mais il ne pouvait que se rallier au diagnostic d'Early Boy : Champ s'en tirait très bien. Il aurait juste une petite douleur derrière le crâne et un peu mal à la tête.

Il se tourna pour mieux voir Early Boy et lui trouva un aspect encore plus répugnant dans la pleine lumière.

– On dirait que tu as touché le fond, hein ?

Early Boy lui fit un clin d'œil.

– Faut pas en être si sûr que ça, doc. Quelquefois, c'est le meilleur moyen de s'en tirer. Les cons ne regardent jamais de trop près un mec qui pue comme moi.

– Le F.B.I. est toujours à tes trousses ?

– Tout le monde court derrière Early Boy. Mais je vous ai dit une fois qu'il était pas question que je tire de la taule.

– Il y a une douche dans l'autre compartiment. Tu peux te servir de mon rasoir, si tu veux. Mais balance-moi cette foutue chemise.

– Je voyage léger, tous ces temps.

– Le major a un pantalon et une tunique de rechange. Je suis presque sûr que c'est ta taille.

– Et aussi un calecif, doc ?

– Je vais tout préparer, ajouta Jackson. Mais fiche le camp.

Early Boy inclina docilement la tête, mais s'arrêta devant la porte de la chambre.

– Vaudrait mieux plus boire, doc. C'est du poison.

– Comment tu sais cela ?

– Je sais ce qu'il faut savoir pour ne pas me fiche dans la merde. Vous valez peut-être mieux que moi, doc. Vous êtes plus important, disons. Mais vous avez le chic pour vous coller dans les embrouilles. On dirait que vous le faites exprès, ma parole.

Dans la chambre, Jackson disposa un choix de vêtements du major à l'intention d'Early Boy, puis il retint son souffle, le temps de fouiller les quelques affaires d'Early Boy. Ensuite, entre les deux wagons, il fuma une cigarette tout en contemplant le paysage sombre.

Combien de kilomètres restait-il avant d'arriver à cet endroit appelé Dasharoons ? Il n'arrivait pas à oublier le visage de cette jeune morte dans le cercueil qui tombait, ni la terreur qu'il avait lue dans le regard de Champ. Il était évident que ce n'était pas par hasard que le cercueil se trouvait dans le train. Vraisemblablement, quelqu'un de mauvais, ou bien un fou, avait voulu que Champ la vît ainsi. Il se demanda comment Nancy Bradwin était morte.

L'image qu'il avait d'elle, gisant dans un fossé humide à côté de son cercueil, à des kilomètres de là, quelque part sur la voie, lui était insupportable. Il regrettait de n'avoir pas fait fonctionner le signal d'alarme pour arrêter le train. C'eût été un geste simple, raisonnable. Est-ce qu'il avait été en état de choc lui aussi ? Déboussolé par les événements ? Il ne parvenait pas à s'en souvenir nettement.

À moins que le cercueil ne fût tombé à proximité de la route et découvert par une voiture qui passait. C'était une possibilité qui n'était pas vraiment réconfortante, mais il ne pouvait imaginer mieux.

Il regagna le wagon. La lettre adressée à Champ était sur la table et il remarqua aussitôt l'empreinte des doigts sales d'Early Boy. Il se dit qu'il ferait aussi bien de la lire lui aussi.

Champ chéri,

C'est tellement merveilleux de penser que tu seras bientôt de retour ! J'aimerais être auprès de toi dès maintenant, mais j'ai pensé qu'il valait mieux que je ne m'éloigne pas de Dasharoons, même pour quelques heures, au cas où nous aurions des nouvelles de Nancy. Essaie de ne pas te faire trop de souci. Elle sera revenue avant longtemps. Je suis certaine que ce dernier épisode sera vraiment le dernier.

En te retrouvant, elle guérira plus vite.

Avec tout mon amour,
Nhora.

Cette lettre aurait pu avoir été écrite par n'importe qui : la mère de Champ, sa sœur, ou une maîtresse. La personne qui l'avait écrite semblait attristée en faisant référence à Nancy Bradwin, et en dépit du soin apporté au choix des termes, ce n'était pas l'optimisme qui perçait. Il était évident que ce n'était pas la première fois que la femme de Champ disparaissait. *Ce dernier épisode*... Si elle avait été malade, ç'avait été plus sur le plan émotionnel que physique...

Early Boy surgit de la chambre en caleçon.

– Pas mal, commenta-t-il en se séchant les cheveux qui, à présent qu'ils étaient propres, semblaient plus clairs de deux tons, marqués de mèches grises.

Pourtant, Jackson était à peu près certain qu'Early Boy n'était pas plus âgé que lui. Il n'avait pas touché sa barbe, épaisse et blanche autour de la cicatrice, mais on pouvait maintenant respirer près de lui.

Early Boy jeta la serviette et toucha sa cicatrice.

– Vous vous souvenez, doc ?

– Très bien. Tu n'aurais pas dû attendre aussi longtemps avant de venir me voir. Je ne suis pas chirurgien, mais j'aurais quand même pu faire quelque chose.

– Vous vous en êtes très bien tiré. Je vous ai toujours considéré comme un chouette docteur. Vous avez sauvé Jake McGinness, non ? Et Peter Gaïlor aurait pu perdre sa patte. Elle était moche et elle sentait drôlement mauvais. Dites, c'est une drôle de surprise de vous retrouver dans ce piège à rats.

– Où est-ce que tu es monté ?

– Je ne sais pas. J'étais assis, à attendre. J'ai sauté dans le premier train qui s'est pointé. J'avais entendu dire que vous aviez un bon job dans l'Ouest. À Seattle, je crois bien.

– Ainsi que dans quelques autres coins, oui.

– Oh, je vois. Toujours à courir devant les emmerdes, comme moi.

– Pas du tout, Early Boy. Je me suis chargé de ton affaire parce que j'avais besoin d'argent. Mais je n'ai jamais rien gagné avec la loi. Ce sont toujours les desperados qui font les gros titres des journaux.

– On m'a dit que Hoover voulait dresser une liste(1). Celle des dix criminels les plus recherchés. Tu veux que je parie ? Je serai tout en haut.

– Tu te fais trop briller. Tu n'as plus beaucoup de poids, maintenant, Early Boy. Tu es plutôt un cas, une curiosité. Tu as toujours eu un sens frelaté de la publicité.

Early Boy éclata de rire.

– Pour ce qui est des attaques de banques, je reste le numéro un.

– Vraiment ? Et à quand remonte ton dernier coup ? Je crois que je n'en ai pas entendu parler.

Early Boy se mit à compter les années sur ses doigts avec une expression de surprise excessive. Puis il haussa les épaules.

– C'est vrai que ça fait un moment que j'ai rien vu qui me tente. Mais vous lirez ça dans les journaux, le moment venu. *Avant* que le boulot soit fait.

– Ce genre d'acrobatie, c'est ta spécialité. (Jackson montra sur sa lèvre l'endroit où Early Boy avait été blessé dans une de ses attaques désastreuses qu'il s'entêtait à annoncer à la presse.) Je me suis toujours demandé pourquoi tu te débrouillais toujours pour te rendre les choses aussi difficiles.

– Quand j'étais gosse, j'ai vu Houdini. Je ne l'ai jamais oublié.

– Comment ? Ah, oui... Il y a des tas de types qui sont capables de se libérer de menottes, et même d'un corset de chaînes. Mais quand on est obligé de rester sous l'eau sans respirer en même temps...

Disons-le simplement, doc, fit Early Boy d'un

(1) John Edgar Hoover dirigeait le F.B.I. pendant la Seconde Guerre mondiale. *(N.d.T.)*

ton agacé. N'importe quel con avec un flingue peut attaquer une banque.

– Ou s'y prendre la veille. Mais tu ne crois pas qu'il faut un certain sens de la mise en scène et un sérieux goût du drame pour passer une bonne nuit bien tranquille et se présenter devant de braves fonctionnaires avec un costume impeccable, une belle cravate, bien rasé…

– Et avec un corsage pour les dames et de l'eau de Cologne pour les messieurs…

– Et une mitraillette à la hanche. Tu dis que ce n'est pas l'argent qui t'attirait ?

– Est-ce que j'en ai l'air, doc ?

– Oui, c'est la performance qui t'a toujours attiré. La notoriété. Mais on ne te voit plus beaucoup sur scène. Qu'est-ce qui t'est arrivé, l'artiste ?

– C'est le plaisir qui compte. On ne vous l'a jamais expliqué ?

– Je vais te dire : je crois que tu es un menteur. C'est ton défaut principal. Tu es un acteur formidable et un menteur impénitent. Je pense donc qu'il est stupide de ma part de te demander ce que tu fais dans ce train. Mais j'aimerais bien savoir. Et je crois que tu as intérêt à me le dire.

– Vous êtes un peu excité, doc, non ?

– Mais non, je sais me calmer. Et toi aussi. Et si par hasard tu cherches cette merveilleuse matraque qui te sert à casser la tête des autres, je te préviens que je m'en suis débarrassé. Et j'ai aussi trouvé ton couteau. On dirait que tu t'es amusé avec un store du wagon de voyageurs, non ? Mais pourquoi un serpent ?

Jackson prit le sac de Champ et en sortit un automatique de l'Armée. Early Boy eut l'air sincèrement peiné.

– Doc, qu'est-ce qui vous prend ?

– On s'excite, Early Boy ? Non ? Et si tu nous parlais d'Hérodote ?

– Le héros de quoi ?

– Ce n'était pas un héros mais un historien grec spécialisé dans les questions militaires. Une fois, dans ton *delirium tremens*, tu me l'as cité. Parfaitement. Et en grec ancien.

– Vous avez entendu des voix. Ou alors j'avais perdu la tête.

– J'ai moi-même étudié le grec dans ma jeunesse. En plus de la médecine, vois-tu, mon père tenait à m'enseigner les langues. Et j'ai très bien compris ce que tu as dit alors. Early Boy, tu as de la culture.

Avec une pointe de mépris, Early Boy lâcha :

– Entre nous, ça rapporte quoi ? (Il jeta un coup d'œil à Champ, qui gémissait dans son sommeil, puis regarda Jackson.) On peut pas dire que vous teniez très bien ce flingue. Et si vous le posiez ? Je ne vous cache rien. Mais il faudrait être le dernier des crétins pour ne pas voir que toute cette sale histoire n'est pas finie.

– Tu as ta petite idée, hein ?

– Doc, pourquoi vous vous intéressez au major ?

– Je rends service à une amie. Un service difficile.

– Moi, je ne dois rien à personne. Alors, je vais descendre à la prochaine gare et me tirer.

– C'est à moi de décider.

– Vous feriez bien d'activer. Le train ralentit, au cas où vous ne l'auriez pas remarqué.

Jackson avait remarqué.

– On arrive peut-être à Dasharoons.

– Comment je le saurais ? Je vais descendre pour jeter un coup d'œil.

– Je ne suis pas certain de pouvoir me passer de ta compagnie, Early Boy. Laisse-moi ton pantalon.

Early Boy tiqua mais déboucla sa ceinture et baissa son pantalon de combat. Puis il quitta le wagon.

Jackson, mal à l'aise, regarda autour de lui. Champ

avait les yeux à moitié ouverts mais regardait sans voir. Il releva la tête. Le train s'arrêtait.

– Vous m'entendez, Champ ?

Le major ne répondit pas. Il tourna pourtant la tête lorsque Early Boy revint. Les deux hommes se regardèrent.

Il y avait une trace d'appréhension dans les yeux de Champ et une veine se gonflait sur sa tempe. Early Boy lui adressa un sourire crispé.

– On récupère ? Salut, mon grand.

– Champ, vous connaissez cet homme ? demanda Jackson.

Champ, une fois encore, ne répondit pas. Le train s'immobilisa complètement avec une dernière secousse. Le major faillit tomber de sa couche. Jackson le retint d'une main. Champ poussa un soupir et ferma les yeux, apparemment épuisé.

– On est arrivés ? demanda-t-il.

Jackson interrogea Early Boy du regard.

– On est en rase campagne. Il y a un signal sur la voie. On attend peut-être un train de marchandises en face. Qu'est-ce que vous en pensez, doc ? Est-ce que je peux descendre de ce tortillard ?

– Tu peux, dit Jackson en posant le 45 sur la table.

Early Boy, qui remettait son pantalon, ne vit pas son geste. Il acquiesça sans bouger cependant.

– Eh bien ? fit Jackson. Qu'est-ce que tu attends ? Vas-y.

Early Boy dit d'un ton gémissant :

– Je lui ai sauvé la peau, non ? Ça vaut bien quelque chose.

– Combien ?

– Dix dollars.

– Je t'en donne cinq, dit Jackson avec mépris.

– J'ai drôlement travaillé sur la lame de mon couteau.

Jackson glissa la main dans une poche de sa veste

et lui tendit le couteau. Puis il prit cinq billets dans sa pince et les donna à Early Boy.

– Eh, ça ne vous en laisse pas beaucoup.

– Je serai récompensé en montant au ciel.

– Dès que j'aurai récupéré ma casquette et mon baluchon, je vous dis salut.

Un train venu de Californie, arborant des drapeaux blancs, passait sur la voie principale. Quand le wagon cessa de bouger, Jackson et Early Boy sortirent. Les feux arrière du wagon de queue diminuaient, là-bas, et la grosse 440 qui traînait le train de Dasharoons se remit lentement en route pour regagner la voie principale. Early Boy sauta sans difficulté sur le ballast, ajusta son baluchon sur son épaule et se mit à trottiner à côté du train.

– Si le major ne vous claque pas entre les pattes, vous devriez vous en sortir, doc !

– J'y compte bien !

– Il faut faire attention à vous !

– Quand j'aurai besoin de tes conseils, je...

– Vous êtes le meilleur charlatan que j'aie rencontré, toubib !

Early Boy perdait du terrain. Il était presque obligé de courir en boitillant. Il cria plus fort mais la locomotive se mit à siffler. Il parlait des vrais docteurs et de tout ce qu'ils étaient incapables de comprendre en dépit de leur science. Puis il se perdit dans un tourbillon de fumée noire.

Jackson avait reçu une escarbille dans l'œil et il se frotta du dos de la main.

– Fils de pute ! cria-t-il en réponse, mais Early Boy avait disparu.

Furieux, il rentra. Sous l'effet de la colère, son malaise était revenu.

Cette allusion d'Early Boy aux « vrais docteurs » n'aurait pas dû le bouleverser à ce point. Dans l'esprit déformé d'Early Boy, l'existence et les motivations de tous les êtres humains étaient suspectes

La vie n'était qu'une mauvaise pièce de théâtre dans laquelle il était le seul acteur de qualité, toujours fin et maître de lui, capable de brillantes improvisations, dirigeant ses partenaires pour sa plus grande gloire.

Il ouvrit la bouteille de Teacher's encore intacte que lui avait donnée Beggs. Le visage de Champ était chaud et sec au toucher et il ronflait tranquillement. Jackson alla se chercher un verre de cristal dans la chambre du wagon privé et s'installa dans un fauteuil, sous un essaim de chérubins peints au plafond.

Il en était à la moitié de la bouteille quand Nancy Bradwin fit son apparition. Elle avait laissé son cercueil et marchait avec légèreté dans l'air, pareille à une enfant sautant de pierre en pierre au milieu d'un ruisseau. De long en large, devant lui, trébuchant parfois. Mais sa tête penchait bizarrement, comme si elle avait le cou brisé. Il y avait des gens avec lui, qui voyaient cette apparition, comme lui, et qui semblaient l'apprécier. Ils murmuraient dans un dialecte inconnu. Il continua de contempler Nancy sans ciller, combattant son effroi avec de larges rasades de whisky qu'il avait de plus en plus de peine à avaler. À chaque fois, Nancy perdait de sa substance, mais il approchait rapidement du fond de la bouteille et elle se refusait à disparaître tout à fait.

– Je suis désolé, dit enfin Jackson, je ne peux pas ressusciter les morts.

– Debout les morts ! chanta Early Boy.

Il venait de réapparaître, en complet à carreaux, une perruque rouge vif sur la tête. Il brandissait un klaxon de voiture qui faisait entendre des sons affreux. Il avait une fleur artificielle à la boutonnière et Jackson reçut une giclée d'eau en pleine figure au grand ravissement du public.

Jackson affichait un sourire minable. Autour de lui, il y avait des rires, des sifflets.

– Bonnes gens, reprit Early Boy en s'avançant vers le devant de la scène, qu'est-ce qui fait le bruit d'un docteur, qu'est-ce qui palpe comme un docteur, qu'est-ce qui pue comme un docteur ? QU'EST-CE QUE C'EST ?

– UN CHAR-LA-TAN ! hurlèrent les gens.

Early Boy se retourna et, avec une vessie de porc, frappa Jackson sur la tête. Cela fit le bruit d'un pet.

– Dis-moi, fit Jackson d'un ton implorant, dis-moi comment tu en sais autant sur moi.

– Faut suivre le topo, gros nigaud ! siffla Early Boy dans son oreille.

Puis il adressa un nouveau sourire rusé à l'assistance et sa fleur artificielle cracha une nouvelle giclée d'eau.

– Oh, docteur !

– Oui, ça fera cinq dollars.

– Cinq dollars ! Mais vous n'avez même pas écouté ce que j'ai !

– Alors ça sera dix dollars. Maintenant, au moins, vous avez de quoi vous plaindre.

– Mon problème, c'est ma femme.

– Je guéris la scène de ménage.

– Docteur, ma femme se prend pour un réverbère.

– Éclairez un peu ma lanterne, je ne saisis pas.

– Elle reste toute la nuit au coin de la rue.

– Prenez deux aspirines et allez promener votre chien ailleurs.

– *Ils ne rient pas,* murmura Early Boy. *C'est votre faute. Ils ne viendront plus nous voir, après ça. Faites quelque chose !*

Et tout à coup, il disparut, laissant Jackson seul face au public. Il n'y avait qu'une seule et faible lumière qui projetait son ombre vers la fosse d'orchestre.

Il entendait les gens mais il ne pouvait les voir. Ils semblaient dangereusement agités, là, dans l'obscurité tropicale. Jackson était encore tout humide du dernier jet d'eau qu'il avait reçu. Et aussi à cause de toute sa transpiration. Il s'avança avec précaution vers le bord de la scène, certain à présent qu'ils faisaient ce bruit qu'il redoutait entre tous.

Ssss ! Ssss ! Ssss !

– Imprésario ! lança Jackson. Monsieur, s'il vous plaît ! Je désire sortir. Laissez-moi passer, maintenant !

Il distinguait à présent les yeux du vieil homme, ses orbites cruelles qui brillaient d'un éclat froid dans l'ombre. Peu à peu, le reste du visage devint visible, et Jackson resta béant de peur en découvrant les ravages du temps, l'absence d'amour, la souffrance d'un autre jugement.

– Ivrogne, dit l'imprésario.

– Oh non, monsieur ! protesta Jackson.

– Dé-sho-no-ré.

Jackson avait la bouche trop sèche pour émettre le moindre son.

– La honte de ma profession.

– Vous m'avez tout appris, dit Jackson. Je vous vaux bien.

– *Comment oses-tu nous comparer ?*

– Non, coassa Jackson. J'aurais pu *mourir* pour vous. Laissez-moi ce qui me reste de vie.

Sss !

– Jouez ! dit-il à l'orchestre, suppliant.

Mais ils avaient rangé leurs instruments, ils étaient rentrés chez eux, ne laissant que le hautbois bizarre qui luisait dans le noir. Il se tourna frénétiquement vers le fond de la scène.

– Lumières !

On ignora son ordre. Le filament de l'unique ampoule qui éclairait vaguement le mur de brique devenait rouge. Bientôt, il s'éteindrait.

– Early Boy ! cria Jackson.

Quelque part, il entendit le claquement d'une lourde porte d'acier.

Dans l'obscurité, il ne resta plus, bientôt, que l'éclat sourd des yeux du vieil homme outragé.

– Père, aidez-moi !

– Je ne peux pas.

Ssssssss !

– Mais vous n'entendez pas ? Vous ne savez pas ce qui s'approche ?

Il y eut enfin une note de sympathie dans la voix de son père.

– J'ai prié Dieu. Mais elle m'a quand même pris. Tout comme elle te prendra. Je n'ai aucun conseil à te donner. Nous n'avons pas de chance. Mais je ne t'apprends rien.

Jackson se retourna à nouveau. L'ampoule eut un bref éclat, puis éclata.

Dans l'ultime clarté rouge, avant que le monde obscur ne se referme sur lui, Jackson se mit à courir.

Il courait, il était dehors, il dévalait une pente herbue, s'éloignant à toute allure de la voie ferrée, du train arrêté, de la locomotive fumante, sous une lune basse et rouge, au ras des arbres, derrière lui. Des moustiques énormes tournaient autour de lui. Il traversa un fossé de drainage dans l'eau et la boue. Des chiens aboyaient tout près de là. Il atteignit une route de terre et la traversa, tombant par deux fois. Il se redressa et les chiens étaient plus près encore. Il avait peur. Il savait qu'il avait trop bu à bord du train, qu'il avait fait des rêves. À présent, ce n'était plus un rêve, mais il était encore un peu ivre et incapable de reconnaître où il était. Et cela ne faisait qu'augmenter sa panique. Il s'épuisait à fuir ainsi, mais pas question de s'arrêter.

De l'autre côté de la route, il y avait un champ puis, plus loin, se découpaient des arbres qui lui parurent proches. Jackson courut dans cette direction, espérant trouver un refuge dans les fourrés. Mais les chiens accouraient, suivis par des cavaliers qui avaient contourné la locomotive avant de sauter par-dessus le ballast pour se lancer à sa poursuite. Presque à bout de souffle, Jackson pataugea entre les touffes de mousse, les chaussures gluantes de boue. Il oublia la douleur qui avait gagné toute sa poitrine en entendant la détonation d'un fusil.

Il plongea au plus profond du bois sinistre, trop affolé pour se soucier des serpents qui pouvaient être pendus au tronc des arbres abattus. Ses vêtements s'accrochaient aux épines et il s'aperçut bientôt qu'il ne pouvait plus progresser.

Les chiens, eux, n'étaient pas retardés pour autant. Jackson entendait leurs halètements, leurs pattes qui craquaient dans les broussailles, pas très loin de lui, et il abandonna. Il rassembla le peu de forces qui lui restaient pour escalader un tronc qui s'inclinait devant lui, se cramponnant à quelques branches cassées en frissonnant, enfouissant son visage dans sa veste pour tenter de s'abriter des moustiques, tant bien que mal. Les chiens s'étaient déjà rassemblés au pied de l'arbre, aboyant avec colère.

Le cavalier qui venait en tête tenait une lampe. Il dut hurler pour se faire entendre par-dessus les aboiements.

– Tu descends, Early Boy, ou bien est-ce que nous devons tirer ?

Jackson, épuisé, releva la tête. Le faisceau de la lampe l'éblouit. Il cligna des yeux, leva la main et regarda le nègre à cheval. Il avait des yeux pâles comme du verre, et ses traits révélaient un sang-mêlé. Son fusil était niché au creux de son bras droit. Il éclata d'un rire de dégoût, secoua la tête et lança par-dessus son épaule :

– Jetez un coup d'œil sur ce qu'on a trouvé !

Un autre cheval apparut, un grand hongre rouan. Jackson, tournant la tête, regarda le cavalier. C'était une femme de haute taille qui portait une veste de chasse. Ses cheveux étaient tirés en arrière et, en dépit de la faible clarté, on voyait aussitôt qu'elle était d'une beauté extraordinaire. Elle tenait un fusil à pompe, le doigt sur la détente. À l'évidence, elle n'était pas très satisfaite, mais il fallait reconnaître qu'elle semblait par ailleurs contrariée par cette erreur d'identité.

Jackson se donna une claque sur l'oreille où il venait d'être piqué par un moustique et risqua un sourire pitoyable. Mais l'expression de la femme, le regard de ses yeux verts, lui apprirent qu'il avait atteint ses limites pour cette nuit et qu'il ne pouvait pas vraiment sourire. Il sentit une larme rouler sur sa joue.

– Grands dieux, fit Nhora Bradwin, tandis que le nègre faisait taire les chiens, qui êtes-vous ?

5

DASHAROONS

5 août 1944, et ensuite

> Parole, vous n'savez pas que Dieu passe tout son temps à punir les Blancs, à leur envoyer des inondations, des tempêtes et des désastres comme c'est pas possible, et qu'il continuera avec tous leurs enfants et après encore ?
>
> Ishreal Massie, ancien esclave, lors de son interrogatoire à l'hôtel de ville de Petersburg, Virginie, en 1937.

– Docteur Holley ?

Moustiquaire. Chaleur. Une odeur nauséabonde dans l'air. Le visage d'un vieux nègre, à trois pas du lit, à peine distinct dans la lumière perlée qui pourrait être celle de l'aube ou du crépuscule. Les draps étaient encore visqueux de la sueur des cauchemars, sa gorge irritée. Il sentit la fièvre l'effleurer, quelques frissons. Tout cela était trop familier.

– Docteur Holley ?

On avait besoin d'urgence de son père. Mais les hommes terrifiants, avec leurs peaux de serpent et leurs têtes de crocodile l'avaient emmené. Il y avait des semaines de cela. Avec l'aide des infatigables Sœurs de l'Espoir Radieux et les infirmiers noirs, Jackson était parvenu à faire fonctionner l'hôpital, dans une certaine limite. Mais les cas sérieux étaient trop nombreux et les médicaments manquaient. Il n'osait pas tenter certaines interventions chirurgicales en dépit de son talent précoce dans l'excision des tumeurs et la neutralisation des hernies étranglées. Et puis, il y avait sa mère, qui devenait peu à peu folle de peur, inconsolable... Que pouvait-il donc faire pour elle ?

– Que voulez-vous ? demanda Jackson.

– Mon nom est Hackaliah, m'sieur. Miss Nhora m'a demandé de veiller sur vous.

– Miss Nhora ?

Jackson frictionna son crâne douloureux. Les souvenirs de Tuleborné s'effaçaient, mais toutes ses pensées étaient encore imprégnées de l'impression de déjà vu.

– Oh, oui, fit-il en s'asseyant dans le lit. Combien de temps ai-je dormi ?

– Quatorze heures environ, je dirais.

– Quelle heure est-il, Hackaliah ?

– Sept heures et demie du soir, m'sieur. Est-ce qu'il y a quelque chose que je peux faire, docteur Holley ?

– Allumer. Et me passer un peignoir, s'il te plaît. C'est l'odeur du café que je sens ?

– Oui, m'sieur. C'est bien ça.

Jackson écarta la moustiquaire et descendit du lit-coffre. L'air de la pièce était moite comme celui d'un bain turc. Les portes qui ouvraient sur le balcon ne laissaient pas pénétrer le moindre souffle d'air. La lueur des torches se reflétait dans les vitres. Jackson entendit coasser des rainettes. Une automobile roulait sur le gravier de l'allée, devant la maison.

Hackaliah alluma et apporta le peignoir en soie de Jackson qui avait été amoureusement repassé. Hackaliah portait une jaquette grise, une cravate et un pantalon à rayures. Il était robuste, voûté, affligé d'une semi-paralysie. La maladie de Parkinson, diagnostiqua Jackson, mais seules sa tête et ses mains avaient été touchées, apparemment, et il pouvait continuer à travailler. Il était du genre à se laisser mourir s'il devenait inutile.

– Hackaliah, tu as consulté un docteur, récemment ?

– Non, m'sieur. Ça n'vaut pas la peine.

– Pourquoi ?

– Il n'y a plus de bon docteur par ici à présent. Rien que Old Lamb. Il dit que j'ai la tremblote parce que je suis vieux.

Hackaliah gloussa de rire, sans joie.

– Tu as quel âge ?

– On m'a dit que j'étais né le dernier jour de la guerre.

– La guerre de Sécession ? Voyons voir... Ça doit faire dans les quatre-vingts ans.

– C'est ça, m'sieur. Vous m'avez dit : café...

Le pot était en argent massif et la tasse d'une porcelaine très ancienne, fine comme une coquille d'œuf. Quant au café, il était très amer. À cause de la chicorée, lui expliqua Hackaliah. Une tradition du Sud. Jackson se dit qu'il lui faudrait bien s'y habituer.

Pendant que Hackaliah lui faisait couler un bain et préparait ses vêtements pour la soirée, Jackson finit son café sur le grand balcon qui surplombait l'allée. L'animation était encore intense. Des hommes, des femmes, des enfants circulaient sur la vaste étendue de gravier blanc. Ils venaient tous présenter leurs respects à la famille. Des torches brûlaient à intervalles réguliers devant les haies taillées et d'autres, plus nombreuses encore, éclairaient la pelouse. Le soleil s'était couché et le ciel, au-dessus de Chisca Ridge, était jaune. De la fumée dérivait au-dessus d'une mare artificielle. Les clôtures d'un blanc immaculé semblaient aller jusqu'à l'horizon. Jackson distingua au loin des constructions à toiture métallique qui pouvaient être des granges, des hangars à bois, des remises, une boucle de la rivière, à plus d'un kilomètre de distance vers l'est, dans une plaine fertile, dont l'humus noir devait être épais de plus de cinq cents mètres, dans ce secteur alluvionnaire. Un barrage contrôlait désormais les crues du Mississippi et la prospérité de Dasharoons ne serait jamais menacée.

– Hackaliah, est-ce qu'ils ont retrouvé le corps de Nancy Bradwin ?

– Ils l'ont ramené aujourd'hui, avant midi.

– Elle est là, dans la maison ?

– Non, m'sieur. À la chapelle ardente.

– Elle est morte de quoi, Hackaliah ?

Pour la première fois, le regard du vieil homme effleura le visage de Jackson. Puis il se détourna aussitôt, comme s'il craignait la sympathie de Jackson. Il répondit avec réticence :

– Je l'ignore.

– Mais elle a été malade des mois avant de mourir ?

– Oui, m'sieur.

– Elle était alitée ?

La paralysie semblait soudain plus accusée chez Hackaliah.

– Quelquefois, miss Nancy... elle dormait comme une vraie morte. Trois, quatre jours d'affilée. Personne pouvait la réveiller. Et quand elle était debout, c'était comme si rien ne s'était passé du tout.

– Je vois. Qu'est-ce que tu en penses ?

– Je ne sais pas.

Hackaliah semblait décidé à être avare de ses opinions.

– Et son docteur, qu'est-ce qu'il a dit, lui ? Est-ce qu'il a établi un diagnostic ? Oh, j'oubliais : tu m'as déjà dit qu'il n'y avait pas de docteur valable dans le coin. Mais sa famille en aurait sûrement fait venir un si...

– Il y avait un docteur pour les Blancs dans Chisca Ridge, il y a cinq mois de ça encore. Le Dr Talmadge. Il était plus jeune que vous. Il a ausculté miss Nancy pendant des jours et des nuits, c'est sûr. (Hackaliah hésita avant d'ajouter à voix basse :) Il se faisait vraiment du souci pour elle.

– Je suis certain que c'était le cas pour vous tous. J'aimerais beaucoup parler au Dr Talmadge. Peux-tu me dire où il exerce maintenant ?

– Le Dr Talmadge est mort.

– Oh, quel dommage ! Si jeune… Et de quoi ?

Hackaliah hésita une fois encore, puis regarda le plafond. Lentement, il porta une main déformée à sa gorge, la serra, et pencha la tête de façon suggestive. Ses yeux anciens étaient songeurs et regardaient un peu à côté de Jackson. La pantomime était dure, chargée de mystère et de peur.

– Il s'est pendu ! Mais pour quelle raison ?

Hackaliah laissa retomber sa main. Lorsqu'il répondit, sa voix était rauque, comme s'il avait serré trop fort sa gorge.

– Je ne saurais le dire, m'sieur.

– Tu veux dire qu'il n'a même pas laissé un mot ? Est-ce qu'il était en mauvaise santé ?

Hackaliah demeurait songeur mais il n'émit pas un son. Jackson réfléchissait à haute voix.

– Il doit exister un précédent au cas de Nancy Bradwin, quelque part. J'aimerais vraiment savoir quel genre de traitement il a… (Hackaliah s'éloignait à pas lents.) Eh, où vas-tu ?

– Le bain doit avoir refroidi.

– Parfait, c'est exactement comme ça que je le prends.

– Je crois que j'ai oublié votre rasoir.

– Hackaliah, tu m'as dit que Nancy Bradwin était capable de dormir trois ou quatre jours. Est-ce que tu as déjà entendu parler des sorts, Hackaliah ?

– Des sorts ?

– Des sorts magiques. La sorcellerie. Je crois que, dans cette partie du monde, on appelle ça le vaudou.

– Y a rien de pareil de par chez nous, protesta Hackaliah avec une grimace de répulsion. On a tous été lavés dans le Sang de l'Agneau.

– Moi aussi j'ai eu une éducation chrétienne... au milieu de la forêt africaine.

Hackaliah se détourna pour le regarder. Le tremblement permanent de sa tête semblait en contradiction avec l'intérêt que Jackson lisait dans ses yeux.

– J'ai été élevé dans une mission médicale, poursuivit-il, et j'ai connu la magie durant ce temps, la magie noire et la magie blanche. Je respecte leur pouvoir. J'ai vu des hommes forts, apparemment en bonne santé, qui sombraient dans le coma et mouraient sans raison logique. C'est la magie qui les a tués, la puissance de la suggestion. Nancy Bradwin, m'as-tu dit, dormait comme une « vraie morte ». Tu veux dire par là qu'elle avait vraiment l'air morte ?

– Oui, m'sieur.

– Et elle restait dans la même position pendant des heures ? Était-elle froide au toucher ? Est-ce qu'on la voyait respirer ?

– Je ne sais pas. On m'a jamais autorisé à entrer dans sa chambre. Y avait rien que miss Nhora et la tante Clary Gene qui pouvaient la voir.

– Après que Talmadge s'est pendu, elle n'a plus eu d'assistance médicale ? Pourquoi ne l'a-t-on pas conduite à Little Rock ou à Memphis ?

– Personne n'est arrivé à lui faire admettre qu'elle avait besoin de soins. Quand elle dormait pas... ou qu'elle leur faisait pas d'autres choses, elle était bien.

– Quelles autres choses ?

Durant quelques instants, Hackaliah ferma les yeux dans une contemplation intérieure et douloureuse.

– Ça serait pas bien de l'dire.

Il s'éloigna en direction de la salle de bains et Jackson le suivit, vaguement irrité.

– Mais alors, *qui* pourra me le dire ?

Du bout des doigts, Hackaliah vérifia la température du bain, puis força pour fermer à fond le robinet qui fuyait.

– J'crois que vous devriez parler avec miss Nhora. S'il faut vraiment que vous sachiez. Mais quel bien ça peut faire maintenant ? Miss Nancy est partie pour toujours.

– Certaines questions se posent à propos de sa mort, et des derniers mois de son existence – des questions qui exigent des réponses. Bien sûr, cela regarde la famille. C'était l'épouse de Champ. Mais Champ n'est pas en état de mener une enquête.

En parlant de Champ, Jackson se sentit coupable. Il avait dormi toute la journée et Champ avait bien pu faire une rechute sans qu'il le sût.

– Hackaliah, où est le major ?

– Dans sa chambre. Il a passé une bien mauvaise journée.

– Ça ne m'étonne guère. Qui est auprès de lui ?

– La tante Clary Gene.

– Et qui est Clary Gene ?

– C'est elle qui s'occupe de tous les garçons de la famille. Elle est vieille maintenant. Mais elle avait des pouvoirs autrefois. Des pouvoirs spirituels. Elle savait guérir les malades. Faut pas vous en faire pour Champ tant qu'elle est avec lui.

– C'est rassurant, mais il a besoin d'injections régulières de pénicilline. Ça ne prendra que quelques minutes. Hackaliah, je crois que ce rasoir aurait bien besoin d'un petit coup de cuir.

– Oui, m'sieur.

Hackaliah replia le rasoir dans son manche d'ébène et s'éclipsa. Jackson sortait du bain et se séchait les cheveux quand il revint avec le rasoir affûté.

– Miss Nhora demande si vous pouvez descendre jusqu'au salon du devant après avoir vu Champ.

Avec plaisir. Oh, Hackaliah…

– M'sieur ?

– Il y avait un jeune homme avec elle, la nuit dernière. À cheval. Un Noir. Sa peau est pourtant assez pâle, d'une teinte fumée, et ses yeux sont pâles comme le champagne. Sais-tu qui il est ?

– C'est Tyrone. Mon plus jeune fils.

– Oh...

– Il tient de sa maman, ajouta Hackaliah, une seconde avant que le silence ne devienne gênant. (Puis il secoua plusieurs fois la tête.) C'était une quarteronne, m'sieur. Oui, sa peau était plutôt jolie, c'est vrai. Et ses yeux... ils étaient comme ceux d'une abeille. Aussi piquants. Rien de bon pour un homme tranquille. J'avais passé cinquante ans. Seigneur, j'aurais mieux fait de ne pas y toucher, mais le goût me revenait encore, en ce temps-là, et on pouvait voir la chaleur sur sa peau. C'était comme une route au mois d'août, quand le goudron fume.

Le vieux Noir sourit de façon inattendue, un sourire profond et mauvais qui se durcit peu à peu en une expression de dérision à son égard.

– Et que lui est-il arrivé, Hackaliah ?

– Peu après la naissance du bébé, elle est partie. J'ai jamais plus entendu parler d'elle. (Il n'y avait pas la moindre trace de regret dans sa voix.) Si vous avez besoin de quelque chose d'autre, m'sieur...

– Pas pour l'instant, Hackaliah. Où est la chambre de Champ ?

Hackaliah le lui dit et, après s'être rasé, Jackson s'habilla rapidement et grimpa les marches pour aller rejoindre son patient.

La maison avait été construite sur trois étages, avec de vastes halls au centre et de grandes fenêtres palladiennes à chaque extrémité. Un immense tapis d'un vert éclatant occupait presque toute la largeur du grand hall, en haut de l'escalier. Les lames du plancher de chêne faisaient entendre un craquement adouci, confortable. La maison était en cours de rénovation. Les lambris, qui s'étaient ternis en s'assombrissant au fil des années, avaient été poncés et repeints en blanc. Les fenêtres étaient grandes ouvertes et une brise douce, à peine fraîche, entrait. Partout, il y avait des écrans-moustiquaires contre les insectes. Dans la cage d'escalier, on repeignait le fer forgé d'un petit ascenseur. Tout en haut, la verrière par laquelle filtrait à peine le clair de lune était souillée de papillons morts. Jackson entendit des voix au rez-de-chaussée. Les chambres et les salles d'eau du troisième étage, il le découvrit, étaient carrées, de dimensions modestes, mais elles pouvaient correspondre si une suite venait à être aménagée. Une seule porte était fermée et on avait éclairé toutes les lampes.

Comme Jackson s'approchait de la chambre de Champ, une servante en sortit, chargée d'un plateau qu'elle faillit lâcher dans sa surprise. Voyant la trousse médicale de Jackson, elle parut rassérénée.

– A-t-il mangé quelque chose ? demanda-t-il.

– Un peu de soupe. Il a à peine touché son blanc de poulet.

Jackson entra. Une vieille négresse vêtue de noir leva la tête au-dessus de la tasse de thé qu'elle préparait, prélevant une pincée de ci, une pincée de ça dans de petits sacs et des jarres minuscules. Ses bas faisaient des plis et elle portait des lunettes à verres épais. Elle devait mesurer un peu plus d'un mètre cinquante et semblait aussi fragile qu'un cerf-volant de papier. Mais il émanait d'elle une sorte d'aura béatifique d'endurance, et son petit visage rond, dans la vapeur de la bouilloire, avait la pure sérénité d'une sainte, tandis qu'elle se penchait sur le malade.

Champ reposait sur une chaise de pont rembourrée sur laquelle on lisait encore le nom du navire, au pochoir : *Lusitania*. La chambre était celle d'un adolescent, emplie d'objets militaires : cartes de batailles, gantelet fixé sur un mur, lances, épées de la guerre de Sécession, avion modèle réduit suspendu au plafond par des fils, soldats de plomb éparpillés sur une maquette de champ de bataille. Champ avait la tête tournée vers les portes ouvertes sur le balcon. Des véhicules s'éloignaient, à la lumière des torches : une Packard 1933, une camionnette qui crachait une fumée dense, avec des enfants en habits du dimanche debout sur la plate-forme, bien serrés les uns contre les autres comme des quilles. Il n'avait pas bougé à l'arrivée de Jackson.

– Tante Clary Gene ? Je suis le Dr Holley.

– Enchantée, docteur.

Jackson posa sa trousse et sourit à la femme pendant qu'elle prenait la bouilloire et versait l'eau dans la théière.

– Qu'est-ce qu'il y a là-dedans ? demanda Jackson.

– Des feuilles de tussilage, de l'herbe aux sorcières. Avec un peu de menthe poivrée, pour donner du parfum.

– Pas de tanaisie, de l'herbe aux vers ?

Elle lui adressa un regard patient.

– Je n'ai pas envie de le tuer.

– Vous connaissez les plantes, n'est-ce pas, ma mère ?

– Je les ai toujours connues. Ça ne fait de mal à personne. Et ça fait même souvent du bien à des tas de gens.

Jackson sortit son stéthoscope ainsi qu'un thermomètre.

– Champ ? Comment vous sentez-vous ?

Champ bougea la tête. Ses yeux étaient comme embrumés, par le choc ou le chagrin.

– Entier.

– Vous rappelez-vous le voyage de retour, la nuit dernière ?

Champ passa la langue sur ses lèvres.

– Non. (Il regarda à nouveau vers le balcon et

dit d'un ton très calme :) Nancy est morte. Je n'ai pas réussi, hein ? Je ne suis pas arrivé à temps.

– Vous avez essayé.

– Il faut trouver Murph. Murph va arranger ça.

– Murph ?

– Le général Murphy T. Givens, du Département de la Guerre. Il va se charger de ça.

– De quoi ?

– Je suis en absence illégale. Quoique ça ne change vraiment rien.

– Quand ils connaîtront les circonstances, il n'y aura aucun problème. Il y a des choses plus importantes d'abord.

Brusquement, Champ essaya de se redresser et il défaillit presque dans son effort.

– Major, vous ne pouvez pas…

– Laissez-moi aller la voir ! Laissez-moi… Oh, pour l'amour du Christ, Nancy ! Pourquoi ? *Pourquoi*, Nancy ?

Jackson le maintint jusqu'à ce que la décharge de douleur et de panique diminuât. Champ, alors, se laissa aller en arrière, palpitant et faible, baigné de sueur.

– Je n'ai encore rien trouvé, dit enfin Jackson. Mais j'y arriverai. Je vous en prie, essayez de m'aider à présent.

Les poumons ne semblaient pas touchés, mais Jackson avait quand même besoin d'une radioscopie. Il y avait un docteur dans Chisca Ridge jusqu'à une date récente, ce qui indiquait la présence d'une clinique, peut-être même d'une unité chirurgicale bien équipée. Il fit une injection de pénicilline à Champ, en doublant la dose. Il ne lui en restait plus que pour deux jours. Ce serait suffisant, si Champ ne faisait pas une rechute.

– Qu'est-ce que vous lui avez donné ? demanda Clary Gene, l'air sceptique, en examinant le liquide laiteux dans le flacon.

– On appelle cela de la pénicilline, ma mère. C'est une découverte toute récente. On l'obtient à partir de la moisissure du pain.

– Toutes les moisissures sont bonnes pour soigner. Je l'ai toujours su.

– Continuez à lui donner votre thé, ma mère. Autant qu'il pourra en boire. Il a besoin de liquide. Champ, je voudrais jeter un coup d'œil au département médical du coin, s'il en existe un. Je serai de retour dans deux heures environ. Est-ce que vous avez besoin d'aide pour aller à la salle de bains ?

– Non.

– Je préférerais vous voir au lit. Cette vieille chaise de pont n'a rien de très confortable.

– Mais si, fit Champ avec un froncement de sourcils.

Il tira la couverture légère jusqu'à son menton. On aurait dit qu'il percevait l'approche rapide et mortelle des torpilles allemandes qui avaient envoyé le grand navire de ligne au fond de l'Atlantique Nord. Il leva la tête vers un biplan qui semblait planer dans les airs, au-dessus de sa tête.

– J'aime cette chambre, dit-il, et sa voix était à peine plus qu'un murmure. C'est là que nous nous enfermions les jours de pluie. J'ai souvent rêvé de me retrouver ici... Vous comprenez : jouer aux soldats de plomb, à la guerre. Pendant tout ce temps où je voulais foutre le camp de cette saleté d'île jap, à tourner en rond, avec les tirs traçants toutes les nuits... Et les hommes qui sautaient sur les mines... *Merde !* Jusqu'à ce que ça arrive...

Ses doigts se portèrent jusqu'à la cicatrice de sa gorge et ses lèvres s'entrouvrirent. C'était comme un simulacre de blessure, sans la moindre goutte de sang.

– J'ai réparé cette aile deux fois, parce que Clipper l'avait cassée. Clipper cassait tous mes jouets. Et il fallait toujours que ce soit moi qui les répare. Bon Dieu, qu'est-ce que je suis crevé !

– Essayez de vous reposer.

– Comment ? (Deux larmes dévalèrent sa joue, mais sa voix restait composée, sèche, dénuée d'émotion.) Je ne dors pas. Je reviens toujours à cette maudite île que Mac voulait tellement *et je recommence tout.* Pas moyen de m'en sortir. Le seul moyen, c'est d'y laisser sa peau.

– Champ, je reviendrai très vite.

– Oh, vous partez ? Dites à Nancy...

La tête de Champ roula sur le côté et il esquissa un geste vague, comme s'il tentait d'exorciser un démon.

– Ils n'arrêtent pas de me dire. Elle... mais j'oublie.

Il semblait exaspéré, puis se tut, muré dans sa détresse.

– Oh, Champ, miss Nancy est dans le sein de l'Agneau. Bientôt, elle s'éveillera dans Sa gloire. Remets-t'en à Jésus pour chasser le sort de cette demeure. Aie confiance.

Jackson se retourna pour regarder la tante Clary Gene, dont les traits semblaient perdus dans l'obscurité de l'âge. Une pensée glacée lui vint : dans cette maison, il était tourmenté par des rêves – ses propres rêves solitaires, ou bien ceux de Champ, ces versions des cercles de l'enfer. Il y affrontait des visages sombres et sévères. En dépit de sa fragilité, Clary Gene était entourée d'une aura morale aussi puissante que la gravité terrestre. Et Jackson ne put s'empêcher de toucher son bras. Mais elle ne leva pas les yeux et murmura seulement :

– Pauvres garçons. Pauvres garçons...

– De quel sort parlez-vous, ma mère ?

Ce fut Champ qui répondit :

Il n'y a pas de sort. Nous avons eu de la

malchance, c'est tout. Quelle famille n'en a pas ?

Il s'était soudain redressé et son regard affrontait celui de Jackson, à la fois impérieux et grave, traversé pourtant de nuages plus sombres, dont certains étaient chargés d'éclairs.

– Pour Clipper, c'était la malchance. Il n'a pas su se maîtriser. Je connais tout de ça, à présent. J'ai failli céder, moi aussi. Et ça recommencera peut-être.

– Champ, tu seras bientôt sur pied. Ne te tourmente pas.

Tante Clary Gene venait de servir sa tasse de thé à Champ. Elle lui parlait d'une voix si basse que cela faisait songer à une prière, à un hymne presque silencieux de communion. Champ but docilement et laissa reposer sa tête. Elle lui mit une main sur le front. Jackson avait envie de poser d'autres questions, mais il se ravisa pour l'instant. Il quitta la chambre et redescendit vers le hall.

Nhora Bradwin leva les yeux à son entrée.

– Ah, vous voilà, docteur Holley.

La nuit d'avant, son état d'épuisement l'avait empêché d'apprécier pleinement sa beauté. Elle était d'une taille exceptionnelle et dominait les quelques personnes âgées, hommes et femmes, qui se trouvaient avec elle dans le hall. Elle était vêtue de bleu sombre, cette fois, et non de noir. Son ensemble, jupe et boléro, était en jersey. Ses cheveux étaient ramenés en un chignon sévère, et sa peau était à peine colorée, mettant en valeur l'éclat surprenant, minéral, de ses yeux verts. Elle s'approcha de Jackson, quelque peu embarrassée au souvenir des circonstances de leur rencontre, et lui prit le bras, tournant un instant le dos aux autres, ce qui sembla la soulager.

– J'espère que vous avez pu prendre un peu de repos.

– Oui, je vous remercie.

Une servante apparut avec un plateau et Jackson accepta un verre de whisky.

Nhora lui agrippa un peu plus fortement le bras et baissa le ton, comme si elle voulait se montrer plus intime.

– Vous avez vu Champ ? Qu'en pensez-vous ?

– Sa pneumonie ne présente pas de danger sérieux. C'est son état psychique qui m'inquiète. Son système nerveux a souffert de chocs répétés qui remontent jusqu'à ses expériences vécues au feu, il y a quelques mois de cela.

– Je sais. Ç'a dû être terrible pour lui. Cette cicatrice qu'il a à la gorge...

Jackson découvrit que son « whisky » était en fait du bourbon. La saveur plus douce ne le gênait pas, cependant.

– Pour exprimer la chose en termes simples, dit-il, c'est un miracle qu'il soit encore en vie. Mais il a dû être privé d'oxygénation à un point critique, ce qui...

Nhora le lâcha soudain et se retourna, souriante, vers ceux qui étaient présents et les observaient avec attention. Elle n'en poursuivit pas moins, toujours à voix basse :

– Je veux vous parler de ça. De tout. Dieu merci, les visites sont presque terminées.

– Vous aviez prévu une veillée funèbre ? Mais la morte n'est pas présente.

– Non, il fallait un certain travail de maquillage à cause de... de l'accident. Le cercueil est tombé du train. En tout cas, quand tout cela sera terminé, nous pourrons l'enterrer en privé et dans le calme. Laissez-moi faire les présentations. J'espère que j'ai bien retenu tous leurs noms. Je ne les vois pour la plupart que pour les mariages et les enterrements.

La question qu'il s'était posée avant de sombrer dans le sommeil, ce même matin, revint à l'esprit de Jackson. Elle concernait la position de Nhora dans la hiérarchie familiale. À l'évidence, elle était la maîtresse de Dasharoons, bien qu'elle eût à peine trente ans. Elle ne parlait pas à la façon des gens du Sud, mais il n'était plus aussi certain qu'elle fût d'origine française, malgré sa manière de prononcer certains mots, ses inflexions très galliques. Elle avait peut-être reçu une éducation bilingue dans quelque lointain coin du monde.

Oncles, tantes, cousins. Nhora le présenta comme le docteur qui avait accompagné Champ depuis San Francisco. Comment se portait Champ ? Il était trop malade pour descendre l'escalier, mais il se remettait. Non, il ne retournerait pas au combat.

– Dieu merci ! s'écria un vieux gentleman au visage d'ivrogne, avec des moustaches tombantes. Ce dont Dasharoons a besoin, c'est d'un homme. Ce qui ne veut pas dire qu'on ne vous aime pas, ma chérie, ajouta-t-il à l'adresse de Nhora, qui souriait bravement.

Les autres femmes aussi, d'ailleurs, quoi qu'on pût douter de leur sincérité. Et avant peu ce fut fini. Alors seulement Nhora s'autorisa à prendre un verre de vin rouge.

– Vous devez être affamé, dit-elle à Jackson. Le souper est prêt. Je ne crois pas que je puisse manger. Mais si vous n'avez rien contre ma compagnie...

– Certainement pas.

On avait dressé une table dans un petit salon lambrissé de chêne et des servantes s'empressèrent bientôt avec des plats et du vin frais. La pièce était décorée de portraits d'ancêtres avec leurs épouses. Le tableau le plus important, le plus majestueux occupait près de la moitié d'un mur. La scène représentait une parade de cavalerie dans un poste militaire de l'Ouest. Un lieutenant en uniforme du début du siècle était en avant-plan. Son menton volontaire était parfaitement dessiné sur le fond pâle du ciel. Derrière lui, une cour poussiéreuse. Il était monté sur un cheval noir à l'air dangereux, mais il semblait à la hauteur du danger car, en dépit de son apparente jeunesse, il était évident qu'il avait acquis l'arrogance du chef, par le sens du devoir et du sacrifice. C'était un véritable chef-d'œuvre de dureté martiale.

On reconnaissait dans les angles et les méplats de son visage quelques traits de l'homme qui était en haut, dans sa chambre. Mais Champ, bien qu'il eût à peu près le même âge, avait gardé un peu d'humanité, à cause de l'épreuve du feu, du doute, du sang, de la souffrance.

Le style et le talent de la peinture étaient parfaitement reconnaissables, mais Jackson vérifia cependant la signature : Frederic Remington.

– De quand date ce tableau ?

– 1903. Fort Riley, dans le Kansas.

– Qui est-ce ?

– Sylvanus Bradwin le troisième. C'était mon mari. Personne ne l'appelait jamais par son vrai nom. Quand il a quitté l'armée, on disait simplement le Patron. Comme pour son père et son grand-père.

– Le Patron Bradwin. Je pense qu'il n'est plus…

– Le Patron est mort il y a un peu plus de deux ans.

Nhora se versa un peu de vin et regarda les terrines que Jackson n'avait pas touchées avant d'ajouter :

– Vous ne mangez pas ?

Jackson, poliment, ôta le couvercle d'une petite soupière et prit sa cuiller.

– Je ne devrais pas me mêler de vos rapports familiaux, mais je ne peux pas m'empêcher d'être curieux. À l'évidence, vous n'êtes pas la première madame Sylvanus Bradwin.

– Non, la troisième. J'ai épousé le Patron à vingt-quatre ans alors qu'il en avait… voyons voir… soixante-cinq. Il avait déjà trois grands fils.

Ils entendirent une voix au-dehors, des paroles indistinctes. Le paysage s'enfonçait dans la pénombre. Nhora eut un regard acéré vers la fenêtre, revint à Jackson, puis détourna à nouveau la tête.

– C'est une situation pénible pour une jeune mariée, dit Jackson.

– Ç'a été très éprouvant, dans les premiers temps. Je vivais dans l'anxiété, mais Champ et Clipper m'ont traitée avec beaucoup de compréhension et d'intelligence. Jamais ils n'ont essayé de me faire ressentir la moindre culpabilité vis-à-vis de la... passion que j'éprouvais pour leur père.

Elle buvait son vin à petites gorgées tout en marchant de long en large devant les portes de verre.

– Cela vous gêne si je les ferme ?

Elle tira ensuite les rideaux. Il y avait un ventilateur au plafond du salon et la porte qui communiquait avec le hall était demeurée ouverte. Pourtant, Jackson souffrit très vite de la chaleur. Nhora, quant à elle, toujours nerveuse, ne parut pas s'en apercevoir.

– Et quelle a été l'attitude du troisième fils ? Beau, c'est son nom, n'est-ce pas ?

Sa réaction se fit attendre. Elle se montra surprise.

– Où donc avez-vous entendu parler de Beau ?

– Champ a mentionné son nom. Apparemment, il se tourmente à son propos. Il représente comme une menace. Il a dit qu'il avait eu des « ennuis » avec lui. C'est le terme qu'il a employé.

– Mais quand ?

– Il y a de cela deux nuits. À Kansas City.

Nhora revint s'asseoir en face de lui.

– Mon Dieu... Vous croyez vraiment qu'il a *vu* Beau ? Qu'il lui a parlé ?

– Je ne sais pas. Qu'est-ce que cela aurait d'étonnant ?

– Beau a quitté Dasharoons en 1920, à dix-sept ans. Il avait eu un différend très violent avec le Patron. Pour autant que je sache, aucun membre de la famille ne l'a revu depuis. Champ m'a dit une fois qu'il pensait que Beau était mort. Mais il ne le croyait pas vraiment. Le Patron ne m'a que rarement parlé de Beau, mais je suis certaine qu'il espérait qu'un jour Beau... reviendrait.

Jackson prit une tranche de pain craquant et la beurra.

– Je vous ai dit comment nous nous étions rencontrés, Champ et moi.

– Par l'intermédiaire de cette fille de la Croix-Rouge, à qui j'ai parlé.

– Quand je l'ai vu la première fois, Champ était très mal. Pas tellement à cause de la pneumonie. Il dérivait, il perdait contact avec la réalité, et il avait sans doute des hallucinations. Quel âge avait Champ quand son frère a quitté Dasharoons ?

– Pas plus de quatre ou cinq ans je crois.

– Il m'a d'abord pris pour son frère, avant que je prononce un mot. Il me tenait au bout de son revolver, je dois préciser.

– Mais de quoi avait-il peur ? S'il croyait que vous étiez Beau, c'est qu'il l'avait sans doute vu récemment. Oui, je pense qu'il vivait une hallucination.

– Néanmoins... il était très précis quant à ses craintes. Il sentait que Nancy courait un danger et que Beau, d'une manière ou d'une autre, était à l'origine de ce danger. Et il semble bien que ses craintes aient été fondées.

Nhora inclina la tête.

– Pauvre Nancy ! Oh, Dieu, je me sens tellement impuissante ! Je n'avais aucun moyen pour dire à Champ ce que... et puis, j'espérais tant que chaque épisode serait le dernier.

Jackson goûta un plat créole, du veau émincé avec du riz et une sauce aux aromates.

– Parlez-moi de Nancy. Depuis combien de temps était-elle mariée avec Champ ?

– Cinq ans. Mais, bien sûr, depuis Pearl Harbor,

ils ne se sont guère revus. Quand Champ a été muté à Fort Bliss dans l'automne 41, Nancy est venue s'installer à Dasharoons. Elle avait perdu son bébé quelques semaines auparavant et, bien sûr, elle était particulièrement déprimée. Elle avait besoin de calme, de repos, et il lui fallait s'éloigner de la vie tendue d'un poste militaire.

– À quoi ressemblait-elle ? Je n'ai vu d'elle qu'une photographie.

– Les photographies ne lui ont jamais rendu justice. Elle avait l'air si fragile, si inconsistante, si rêveuse. Comme si ses ossements avaient été trop fins pour tenir dans un cliché. Mais pourtant, sa peau était délicate, exquisément transparente. On aurait dit que le soleil la traversait. Et c'était une fille particulièrement brillante. Elle avait été Phi Bêta Kappa à l'université de Virginie, en histoire. Elle et le Patron pouvaient bavarder des heures durant, mais les autres la trouvaient farouche, distante. Dans ce milieu, c'est un défaut capital. La vie sociale, les rapports tiennent tellement de place.

» Mais Nancy détestait tout simplement ces commérages qui tiennent lieu de conversation ici. Elle préférait écouter et observer. Quand elle parlait, on ne s'ennuyait jamais. Elle avait le chic pour définir la personnalité de chacun, le style des gens, en quelques mots. L'un de nos amis, un avocat particulièrement honnête, avait sombré dans la débauche, récemment. Nancy avait déclaré qu'il devait être condamné pour “détournement de son mauvais fonds”.

– Vous l'aimiez vraiment.

– Oui, je l'adorais. J'ai voulu... j'ai essayé...

Nhora s'interrompit, agacée par ses propres contradictions.

– Mais vous ne pouviez pas pleinement lui répondre, c'est cela ?

– Nancy était une personne exceptionnellement bonne, mais dépourvue de toute sophistication, sans défense. Une fille unique. Ses parents étaient instituteurs. Ils vivaient une existence calme et honnête dans une petite ville morne. Elle n'avait jamais connu la maladie, les conflits familiaux, les dilemmes moraux. Jamais elle n'avait eu à bousculer les autres pour se pousser en première ligne, comme… comme nous. C'est pour cela que pour moi elle n'avait pas suffisamment de forces pour la vie qu'elle avait choisie.

– Et l'homme ?

– Champ n'a rien du guerrier qu'était son père. Il s'est montré gentil et doux avec elle. Et trop protecteur. Quand Clipper a tenté de tuer Nancy, elle n'a pas pu… elle n'a pas su affronter vraiment l'irrationnel, l'horreur absolue de la situation. Quelque chose a cédé au fond de son esprit et jamais plus elle n'a été la même…

– Clipper a fait *quoi* ?

Nhora le regarda par-dessus la table, comme si elle venait de voir une tombe s'ouvrir devant elle.

– Le jour de son mariage, il a été pris d'une crise de démence. C'était une cérémonie militaire, en grand uniforme, le sabre au côté. Dans la chapelle des cadets de l'Institut Militaire de Blue Ridge. Clipper a tiré son épée devant l'autel et l'a enfoncée dans la gorge de sa promise. Puis il est descendu dans la nef et il a décapité mon époux d'un seul coup. Nancy, apparemment, était la prochaine victime désignée. Champ est parvenu à arrêter le massacre. Dieu seul sait comment il s'en est sorti. Mais Clipper a mis sa lame dans sa bouche et il a sauté par une fenêtre. Il a fait une chute de presque dix mètres.

Jackson demeurait sans voix, une bouchée coincée dans sa gorge. Il y avait des gouttes de sueur sur le visage de Nhora. Elle continuait à le fixer, comme si elle regardait au-delà de lui. Il but une gorgée de vin.

– Champ a dit que son frère avait... cédé. Mais... une tragédie aussi affreuse... Pas étonnant qu'il ait de tels cauchemars.

– Vraiment ? fit Nhora, d'une voix très calme en le regardant bien en face. Mais il n'est pas le seul. Et moi, je n'y étais pas.

– Pourquoi ?

– Le jour du mariage, j'étais malade. Une intoxication alimentaire, ou bien une crise d'appendicite. Je ne voulais pas me montrer critique à l'égard de Nancy. Bien sûr, elle s'est effondrée, mais j'aurais probablement réagi de même. Rien que d'entendre le récit, j'ai cru devenir folle. Je n'ai pas d'autres souvenirs précis de cette journée. J'ai erré un peu partout, j'ai essayé de me rendre utile, mais à l'hôpital, je n'ai vu que des scènes atroces.

– Quand cela est-il arrivé ?

– Il y a eu deux ans en mai.

Brusquement, elle sauta sur ses pieds, renversant presque sa chaise, et se tourna vers une servante qui était venue calmement débarrasser une coupe de beurre qui menaçait de fondre.

– Lilian !

L'expression de férocité qui envahit son visage était si intense que Jackson en fut abasourdi. De même que la femme qui venait de reculer de trois pas.

– Je suis désolée, miss Nhora.

Nhora se rasséréna et ses lèvres s'écartèrent pour laisser passer quelques vagues paroles d'excuse.

– Tu m'as fait peur, Lilian. Ne t'occupe pas de ce beurre. Et laisse-nous, s'il te plaît.

La servante acquiesça et disparut prestement, mais Jackson avait pu voir qu'elle était encore sous le coup de l'émotion, que ce n'était sans doute pas la première fois qu'un tel incident se produisait et que Nhora ne s'excusait pas toujours. Pourtant, pendant leur bref entretien, il avait découvert une femme intelligente et sensible qui n'était pas du genre à persécuter les domestiques. D'un autre côté, il l'avait bien rencontrée pour la première fois galopant dans la nuit, avec un fusil à pompe et un nègre pour seul compagnon.

– Qu'est-il arrivé après le drame, Nhora ?

– Champ était le seul fils survivant, et il aurait dû normalement être transféré de la cavalerie à son domicile. On avait besoin de lui ici, et Nancy surtout. Nous avons discuté à ce propos, mais il était sous le coup d'une telle émotion que je ne suis pas parvenue à le raisonner. Champ se considérait comme déshonoré par ce que Clipper avait fait. Il voulait se battre pour tous.

– Et ainsi Nancy et vous, vous vous êtes retrouvées seules.

– Oui. Mais j'avais largement de quoi occuper mon temps. Après la disparition du Patron, tout le monde était démoralisé, à Dasharoons. On murmurait que la plantation allait être bradée, et il fallait apporter immédiatement un démenti. Champ ne pouvait revenir mais il a approuvé le fait que je prenne les affaires en main pendant son absence. Nous avons des contremaîtres excellents, mais il faut quelqu'un pour avoir le dernier mot, pour prendre les décisions, au moins dix fois par jour. Le Patron m'avait enseigné pas mal de choses à ce propos. Il ne faut jamais traîner ni se séparer de son arme. Je dois vous avouer que j'avais vraiment très peur, pendant les premières semaines.

Au-dehors, un chien se mit à aboyer et Nhora leva la tête, paraissant écouter avec une grande concentration. Mais le chien se tut presque aussitôt.

– Et Nancy ? demanda Jackson.

– Elle devenait de plus en plus sombre. Elle se… languissait, je crois que c'est le mot. Elle se mit à dormir pendant des heures, et même des jours.

Jackson desserra le nœud de sa cravate et sortit

un mouchoir pour essuyer la sueur. Il contempla les plats sans le moindre intérêt et but le reste de vin, à présent tiède.

– Vous avez trop chaud ? demanda Nhora d'un air absent.

– Il me semble que...

– Si vous avez fini de souper, pourquoi ne pas sortir ? Il doit faire frais sur la pelouse.

Un Noir robuste fumait une pipe de maïs, appuyé contre une colonne de la véranda, au bas des marches. Il ôta rapidement son chapeau de paille en apercevant Nhora et une dent en or brilla quand il sourit. Le renflement à sa hanche devait correspondre à un pistolet de très gros calibre.

– 'soir, miss Nhora.

– Bonsoir, Bull Pete. Voici le docteur Holley.

– Comment allez-vous, docteur ? Et notre homme Champ ?

– Il se remet lentement. Ne vous faites pas de souci pour lui.

Mais Bull Pete secoua plusieurs fois la tête. Une tête ancienne, dure, usée, pareille à une pierre perdue dans la jungle de Malaisie, aussi dure que les yeux plats, le nez grêlé par le lupus.

– Oui, m'sieur ! Pour sûr, c'est la meilleure nouvelle qu'on ait entendue par ici. Tout ce qu'il a pu endurer, cet homme... Sûr que ça fait plaisir qu'il soit revenu. Et ça fait plaisir aussi de vous avoir avec nous, docteur. J'espère que vous vous plairez à Dasharoons.

Nhora, debout sur la plus haute marche, inspectait la pelouse. Çà et là, au long de l'allée, quelques torches brûlaient encore. On avait allumé des lampes puissantes dans les arbres. Leur éclat semblait repousser la fine brume qui montait du sol. Le gazon épais paraissait à la fois pâle et éclatant dans la lumière, comme un tapis phosphorescent.

– Bull Pete, pourquoi le chien a-t-il aboyé ?

– Il a trouvé la piste d'un renard, j'pense.

Jackson, à présent, apercevait d'autres nègres, dont certains tenaient des chiens en laisse. Ils circulaient tranquillement entre les arbres ou bien remontaient l'allée. Il n'y en avait pas un seul qui n'eût un fusil.

– Vous attendez Early Boy ?

Nhora tourna la tête.

– Je ne l'ai *jamais* attendu. C'est bien ça l'ennui.

– Bah, fit Bull Pete d'un air dégoûté, Early Boy se prend pour un malin. Mais on l'aura bien.

– Jusque-là, on n'a pas eu beaucoup de chance, fit-elle d'un ton déprimé avant de descendre l'escalier.

Dans la brise qui soufflait du nord-ouest, le feuillage des gingkos frissonna. Ils suivirent un sentier qui s'éloignait vers la mare, entre les saules.

Jackson agita la main près de son oreille pour chasser un moustique, puis un autre, puis supporta plusieurs piqûres. Nhora, qui était sortie bras nus, ne semblait pas le moins du monde affectée.

– Je suis désolée, dit-elle. Nous avons pulvérisé pendant tout l'été et il ne doit pas en rester beaucoup.

– Vous ne redoutez pas les moustiques ?

– Ils ne me piquent jamais. Je peux en traverser des nuages sans danger. Je ne sais pas pourquoi. Il y a des gens qui disent que j'ai la peau particulièrement épaisse.

Elle avait ajouté cela avec une touche d'amertume dans le sourire.

– Qu'est-ce qu'Early Boy peut chercher par ici ? demanda Jackson.

– Je l'ignore. S'il est un voleur aussi adroit qu'il le prétend, il aurait déjà pillé le coffre du bureau. Nous gardons une certaine somme en liquide pour le travail payé au jour le jour. Disons dans les cinq mille dollars. Non, ce n'est pas l'argent qui l'intéresse. Il semble prendre une sorte de plaisir morbide à... à rôder simplement aux alentours. Nancy le fascinait.

– Il a réussi à entrer ?

– Oui, il y a des semaines. Je m'étais rendue dans la chambre de Nancy, tard une nuit, et j'ai eu le choc de ma vie. Elle était encore plongée dans un de ces sommeils magiques. Dans ces cas-là, nous essayions de ne pas la laisser seule plus de quelques minutes. Il était là, près du lit. Il la regardait. Il avait l'air fou furieux, comme s'il avait voulu la tuer. Mais *pourquoi* ? Pauvre Nancy : elle n'avait jamais fait de mal à personne.

– Peut-être la regardait-il en pensant à quelqu'un d'autre.

Nhora ne l'écoutait pas.

– J'ai été prise de panique, poursuivit-elle. J'ai hurlé à en faire craquer les murs. Il a levé les yeux sur moi et il a souri. Une espèce de sourire qui ne déformait qu'un seul côté de son visage. Affreux. Comme la première fois où je l'ai vu en Virginie, sous la pluie, à regarder comme un fou.

– Quand était-ce ?

– La nuit qui a suivi la crise de folie de Clipper. Champ et moi, nous soupions chez le général Bucknam. En relevant la tête, j'ai vu ce visage devant la fenêtre. Ruisselant de pluie. Impossible de savoir depuis combien de temps il pouvait être là, à nous épier.

Jackson entendit siffler un train et tourna la tête pour apercevoir la locomotive qui passait au loin. Un frisson courut au creux de sa nuque, comme s'il avait accroché une toile d'araignée dans l'ombre de la pelouse.

– C'est quelqu'un de la famille, dit-il.

– Que voulez-vous dire ?

– C'est la meilleure explication. Beau Bradwin est enfin revenu.

Nhora s'arrêta, stupéfaite.

– Oh, non ! Je ne peux pas le croire. Early Boy Hodges est...

– Un criminel que l'on recherche.

– Je veux dire qu'il est fou ! Il doit l'être. Si vous le voyiez, ne serait-ce qu'une fois...

– Heureusement, tout ce que je sais d'Early Boy, je l'ai lu dans les journaux. Mais ça remonte à quelque temps. Je crois me souvenir qu'il n'a jamais été en prison. Et on ne l'a guère photographié. Pourtant, il existe de lui un cliché très connu. Il sourit devant une banque avec sa mitraillette, en compagnie d'un groupe d'employés à l'air plutôt mécontent...

– Oui, je l'ai vu. C'est comme ça que je l'ai reconnu, après qu'il m'a dit son nom.

– Il voulait que vous le sachiez ?

– Oui, il se vantait, il disait qu'il était célèbre. Il tenait à ce que je contacte le F.B.I.

– Et vous l'avez fait ?

– Deux agents sont arrivés de Memphis mais, bien sûr, il n'a pas donné signe de vie pendant les deux semaines qui ont suivi. J'ai eu le sentiment que les gens du F.B.I. se feraient un plaisir de le tirer des griffes du shérif s'il venait à être arrêté, mais ils avaient des choses plus importantes à accomplir. On m'a seulement dit d'appeler s'il se manifestait de nouveau. Ils sont retournés à Memphis. Une heure après leur départ, j'étais sur le point de me coucher. J'ai ouvert les portes du balcon un petit instant. J'ai senti la fumée de cigarette. Il était là, dans l'ombre, tout heureux. Il devait avoir fait l'escalade, et pourtant ça n'a rien de facile. Je ne le distinguais pas très bien mais lui pouvait parfaitement me voir. J'étais comme... clouée sur place par la peur, et je tremblais. Est-ce qu'il vous est jamais arrivé de frissonner au point de croire que vos os vont se casser ? Je ne pouvais pas prononcer un mot, encore moins courir. Early Boy a ri et il a dit : « Les types du F.B.I.... Quelle bande de cons. » Et il a ajouté qu'il reviendrait me voir.

– Vous n'avez pas appelé le F.B.I. ?

– Je n'ai plus besoin d'eux, de toute manière, fit Nhora d'un ton décidé. J'ai suffisamment d'hommes ici. Des hommes qui tirent très bien.

Un jeune nègre qui tenait en laisse un chien roux et effilé passa près d'eux et Nhora murmura quelques mots gentils tout en grattant le chien derrière les oreilles.

– Vous ne devriez peut-être pas l'abattre. Pas avant d'être certaine de ce qu'il cherche.

– Mais s'il est vraiment Beau, alors pourquoi... Je veux dire : c'est sa maison. Pourquoi se cacher et rôder ainsi la nuit pour nous faire peur ?

– Il *était* Beau. Il y a vingt ans de cela. À présent, c'est quelqu'un d'autre. Mais quelque chose de Beau a dû survivre en lui, intact après toutes ces années – des sentiments, des regrets, des attachements. Et comme le souvenir d'une perte. Quel âge avait Beau quand il a eu ce désaccord avec le Patron ?

– Oh... dix-sept ans, je crois.

– Alors il doit exister des photos de Beau jeune homme.

Nhora secoua la tête.

– Je n'en ai jamais vu une seule. Le Patron les a toutes détruites.

– Mais quelque part il doit bien se trouver un oncle ou une tante qui aura conservé un vieux cliché. Hackaliah, la tante Clary Gene... Il doit y en avoir d'autres qui ont à peu près leur âge à Dasharoons. Ils doivent avoir un souvenir encore assez vif de Beau. Early Boy a des cicatrices, n'est-ce pas ? Il n'est pas très agréable à regarder, mais s'ils l'ont vu...

– Non, ils ne l'ont pas vu, à ma connaissance. Moi, je l'ai vu. Et Tyrone l'a entr'aperçu quelquefois.

– Il les évite peut-être à dessein, fit Jackson. Ce qui nous ramène à Champ.

Ils s'étaient arrêtés au bord de l'étang. Il y avait non loin de là un petit ponton et quelques barques, parfaitement immobiles sur l'eau dormante. Comme par magie, quelque chose tomba des grands saules pour trouer la surface, créant des anneaux huileux. Nhora recula avec une expression de répulsion. Des chauves-souris. Jackson était si près d'elle qu'il eut l'impression de sentir le frisson qui parcourut tout son corps.

– Early Boy. Beau. Ma foi... je suppose que cela n'a pas plus de sens que tout ce qui nous est arrivé jusqu'à présent. Et Champ ?

– Que lui a-t-on dit de la maladie de Nancy pendant qu'il était au-delà des mers ?

– Très peu de chose. Nous en savions bien peu nous-mêmes. Je ne voulais pas l'inquiéter. Et Nancy écrivait régulièrement, quand elle n'était pas sous l'effet de son sortilège. Il n'aurait pas su qui croire.

– Quand Nancy a disparu, est-ce que vous l'avez appelé à l'hôpital de San Francisco ?

– Non. Cela était déjà arrivé et je me suis dit que nous la retrouverions dans les deux jours. Quelquefois, il lui était arrivé de rentrer d'elle-même. Elle n'était jamais très propre, jamais vraiment consciente. Épuisée, seulement, comme un animal qui a été aux abois. Cela me rendait malade de penser à ces hommes avec qui elle avait pu...

Elle se tut et regarda brusquement Jackson, les yeux plus sombres, comme si elle ne pouvait supporter plus longtemps de révéler les secrets de famille. Jackson ignora son regard et le manque de confiance à son égard qu'il impliquait. Nancy Bradwin était morte, mais Champ était encore en vie – de façon précaire, certes, et sans doute sous la menace d'un fantôme vivant. Il avait le souvenir très net de sa première rencontre avec Early Boy

Hodges. Trois heures particulièrement denses. Il avait d'abord découpé le masque de gaze raidi par le sang qu'Early Boy avait collé sur son visage blessé. Ses yeux, profondément enfoncés, étaient ravagés par la souffrance. Ils regardaient fixement Jackson et ne se détournèrent pas une seule fois pendant qu'il opérait. Il y avait des dents brisées qu'il fallait arracher. Ensuite, Jackson fit une habile incision et sectionna un nerf minuscule pour soulager à jamais la douleur. Early Boy s'en était tiré avec une bouche paralysée, un sourire inimitable. Jackson se demanda si Early Boy l'épiait en cet instant même, en dépit des hommes armés et des chiens qui patrouillaient en permanence.

– Nancy savait-elle que Champ avait regagné les États-Unis ?

– Bien sûr. Nous avons tenté de l'appeler à Letterman dès qu'il y est arrivé, mais l'état de sa gorge posait quelques problèmes. Il avait subi une intervention chirurgicale légère et il ne pouvait pas parler. Nous avons alors fait des plans pour nous rendre à San Francisco. Ça fera deux semaines jeudi.

– Et Nancy allait bien à ce moment-là ?

– Parfaitement bien. Elle s'inquiétait pour Champ, mais elle était complètement surexcitée. Elle avait tellement bon moral que je n'ai pu m'empêcher de penser que... que tous les ennuis étaient derrière nous. Je m'étais déjà laissé abuser auparavant. Mais cette fois, quand elle a glissé, ç'a été terrible.

– Quand elle a glissé ?

– Je ne sais pas comment... Bon, imaginez cette jolie fille, dans une jolie robe, sur une balançoire. Dans un parc. Elle ne va pas très vite, ni très haut. Le ciel est limpide, tout est calme, il y a des fleurs partout. Elle se balance comme ça, doucement. C'est Nancy quand elle était... bien. Maintenant, imaginez que les choses s'assombrissent, comme dans un mauvais rêve. Tout à coup, Nancy va de plus en plus haut, comme si quelqu'un la poussait. Elle bat des pieds, elle se débat, elle a peur, et pourtant elle semble garder son calme, son équilibre, elle sourit, elle vous rassure. Et puis elle tombe. Et elle met très longtemps à se relever. Et le rêve est sali, assombri, gâché, parce que, dans sa robe déchirée et souillée, ce n'est plus Nancy. Les yeux ont un regard vulgaire, méchant. Ils sont emplis d'un mépris total et les gestes sont grossiers, provocants. Choquants.

– Quand a-t-elle disparu pour la dernière fois ?

– Il y a huit jours. Ç'a été sa plus longue absence. Et... (Nhora s'interrompit, la gorge nouée. Elle dut faire un effort visible pour reprendre.) On l'a trouvée morte hier matin dans un minable motel de montagne, à cent kilomètres de là environ, de l'autre côté de Little Rock.

– Qui l'a identifiée ?

– Everett John Wilkes. C'est un des avocats de la famille.

– Vous n'y êtes pas allée vous-même ?

– Je... je n'ai pas pu. Je suppose... je suppose que je redoutais cela depuis longtemps, sitôt qu'elle partait. Mais quand j'ai appris la nouvelle, j'ai été obligée de me coucher.

Elle s'est remise plutôt rapidement, se dit Jackson. En moins de vingt-quatre heures, elle s'était lancée à la poursuite de l'insaisissable Early Boy Hodges, qui ne pouvait pas encore être là, à moins qu'il n'ait décidé de battre le train de vitesse pour arriver avant lui à Dasharoons. *Mais s'il avait l'intention de revenir ici, pourquoi prendre la peine de me tromper ?* Le simple fait de réfléchir aux manœuvres d'Early Boy ramena le mal de tête. Un mal de tête aussi violent que celui dont Jackson avait souffert dans le train après avoir absorbé le whisky. Et il était déjà suffisamment perturbé par les circonstances de la mort de Nancy Bradwin.

– Comment est-elle morte ? Elle était seule dans une chambre de motel. Une femme aussi jeune, qui avait la réputation de courir les hommes ? Il n'y a donc pas eu d'enquête ?

– Le shérif du comté de Kezar est un vieil ami de la famille. C'est un docteur du coin qui l'a examinée et qui a diagnostiqué une crise cardiaque. C'est lui qui a signé le certificat de décès. Tout le monde s'est précipité pour nous aider, pour la ramener à la maison aussi rapidement que possible. Evvy a pris les dispositions nécessaires et le cercueil a été chargé à bord du train la nuit dernière. (Elle eut un sourire amer.) Il aurait aussi bien pu l'accompagner, au lieu de s'arrêter à Little Rock pour boire avec ses potes de la capitale. Comment supposez-vous que ce lourd cercueil a pu...

– Probablement un accident malheureux, suggéra Jackson. La portière n'était pas bien fermée et les secousses l'ont fait basculer.

– Nous pouvons remercier le ciel que Champ ne l'ait pas vue. Quelle abominable coïncidence ! Tous les deux dans le même train, rentrant en même temps à la maison.

– Est-ce qu'il n'est pas possible que cela ait été prévu ainsi ?

Nhora le dévisagea, déconcertée mais un peu moins amicale qu'auparavant.

– Bien sûr que non ! Dès que j'ai appris l'arrivée de Champ, j'ai fait préparer le wagon privé et je l'ai fait remettre sur rails. J'attendais encore des nouvelles de Nancy à ce moment-là, et je ne pouvais pas partir.

– Oui, le wagon était parfait. Il y avait un repas chaud et un vin bien frais. Mais personne ne nous attendait quand nous sommes arrivés à Bonefort. J'ai trouvé cela plutôt bizarre.

– Tyrone s'est porté volontaire pour veiller à ce que Champ ait tout ce dont il pouvait avoir besoin. Mais dès que j'ai reçu la nouvelle à propos de Nancy, j'ai envoyé un télégramme à la gare de Bonefort. Tyrone a loué sur place les services d'un nègre pour préparer la cuisine, monter la garde, et il est revenu ici à toute vitesse. Je suppose que l'homme qu'il avait engagé en a eu assez d'attendre et qu'il est parti avant votre arrivée.

– Vous pensiez avoir besoin de Tyrone ici ?

Les yeux de Nhora se rétrécirent. Elle ne répondit pas sur l'instant. À chaque seconde, tout ce qui avait été jusque-là insinué devenait plus évident.

– Je me repose sur Tyrone, dit-elle enfin. C'est mon ami – et il était également l'ami de Nancy.

– Je vois. Savez-vous si Nancy a été embaumée avant de quitter le comté de Kezar ?

À en juger par son expression, elle pensait encore à Tyrone. Il lui fallut quelques secondes pour se concentrer sur la question.

– Oui... oui, elle a probablement été embaumée. Est-ce que ce n'est pas dans la loi ?

– Il y a toujours des lois pour tout. Et aussi des moyens de s'y soustraire, quand on désire rendre service, ce qui était le cas du shérif du comté de Kezar, si je vous ai bien comprise. Donc, en supposant qu'elle a bien été embaumée et l'est encore, il n'est pas trop tard pour tenter de découvrir la cause véritable de sa mort.

– Que voulez-vous dire ? Le docteur a diagnostiqué...

– La crise cardiaque est un diagnostic bien pratique pour quelqu'un de l'âge de Nancy.

– Mais elle... Je ne comprends pas. Que pensez-vous qu'il lui soit arrivé ?

– Pardonnez-moi, mais j'ai la quasi-certitude que Nancy Bradwin a été assassinée.

Une voiture quitta la route pour s'engager dans

l'allée et le visage de Nhora fut illuminé par le puissant éclat des phares. Elle fit un geste pour abriter ses yeux et quelque chose, dans ce visage nu et blanc, fit que le cœur de Jackson battit plus fort. Un gardien arrêta la voiture. Jackson entendit une voix grave, ensommeillée, qui portait très loin sur la pelouse.

Nhora cligna des yeux et se dirigea droit vers la voiture, comme hypnotisée. Puis elle s'arrêta, se retourna et parut s'apercevoir de la présence de Jackson.

– Nancy ? fit-elle d'une voix dure. Qui aurait pu vouloir tuer Nancy ?

– Quelqu'un qui est aussi perturbé qu'elle l'était. Quelqu'un comme Early Boy Hodges.

Nhora se mordit la lèvre.

– Il n'avait aucune raison de...

– Ses raisons peuvent défier toute analyse logique. À en juger par son comportement, je rejoins votre conclusion : il n'est pas sain d'esprit.

– Dès que je pense à lui, je me mets à frissonner.

– Vous n'avez pas prévenu Champ à San Francisco lorsque Nancy a disparu. Qui d'autre a pu appeler ? L'avocat ?

– Evvy Wilkes ? Il ne l'aurait pas fait sans me le demander.

– Alors c'est peut-être Early Boy. Mais je pencherais plutôt pour Nancy. Nancy elle-même. Cette fois, c'est sans doute par peur qu'elle s'est enfuie.

– Nhora ! Dites à votre négro de dégager la route sinon je lui passe dessus !

La voix, à présent, semblait sous l'empire de la boisson.

Nhora jeta un coup d'œil en direction de la Cadillac.

– Oh, Dieu ! fit-elle, pourquoi cette nuit ? Je pense que je ferais aussi bien d'aller lui parler. Je ne voudrais pas qu'il entre et dérange tout le monde. Voulez-vous m'accompagner, docteur Holley ?

– Jackson, si vous le voulez bien.

– Jackson. (Nhora traversa la pelouse si vivement qu'il dut se concentrer pour la suivre.) Vous devez aimer les romans policiers, ajouta-t-elle avec un mince sourire.

– *Nhora !*

– Ça va, j'arrive !

– Je suis un peu détective, comme tous les docteurs. Quand j'étais enfant, j'étais fasciné par les exploits du Dr Bell.

– Qui ?

– Le Dr Bell, un Ecossais qui a servi de modèle pour Sherlock Holmes. Le Dr Bell avait un don incomparable pour observer et faire des déductions à partir de détails invisibles au regard du commun. Ce n'est pas par simple curiosité que je propose une autopsie pour déterminer la cause exacte de la mort de Nancy. Il faudra y procéder sans attendre. Quand doit-on l'enterrer ?

– Après-demain, à dix heures. En privé.

– Bien, cela nous laisse quelque temps. Qui est le médecin légiste ?

– Je n'en ai pas la moindre idée. Evvy doit le savoir.

– *Nhora ! Qu'est-ce que vous faites ?*

Le ton, cette fois, était belliqueux, avec cependant une note joyeuse, comme si l'homme se plaisait à la rudoyer. Mais Nhora souriait toujours, quoique sans plaisir.

– Mais je ne crois pas qu'Evvy puisse nous être d'un grand secours cette nuit, ajouta-t-elle comme ils arrivaient près de la voiture.

Derrière le volant, le chauffeur adressa un sourire forcé à Nhora, redoutant visiblement qu'elle ne rejette sur lui la mauvaise humeur de son maître. Les nègres que Jackson avait rencontrés jusqu'à présent semblaient trop jeunes pour le service militaire ou la défense, ou bien trop vieux, comme ce chauffeur. Bien sûr, il y avait d'excellents tireurs et les chiens étaient bien dressés, mais cela ne faisait pas une arrière-garde très importante pour se défendre contre des gens de l'espèce d'Early Boy qui, visiblement, pouvait entrer à son gré dans la propriété.

Comme Nhora ouvrait la portière arrière de la Cadillac, il sentit une piqûre de moustique à la joue et se donna une claque.

– C'est un plaisir de vous revoir, Evvy, fit-elle sans conviction.

– Où est Champ ? Je veux absolument voir mon vieux copain. Bon sang, ça fait deux ans !

– Puis-je vous présenter le Dr Jackson Holley ? C'est le médecin de Champ.

Everett John Wilkes se pencha en avant pour lorgner Jackson. C'était un personnage robuste aux cheveux grisonnants qui retombaient jusqu'à ses sourcils. Il avait le teint rouge, des poils sur la poitrine, et portait un costume en madras. Derrière lui, il y avait une paire de béquilles.

– Docteur, dit-il d'une voix trop forte, comme si Jackson était encore de l'autre côté de la pelouse, d'où venez-vous ?

– J'appartiens à la Croix-Rouge, répondit Jackson, qui s'habituait à présent à ce mensonge si pratique.

– La Croix-Rouge *américaine* ? Vous avez un accent sacrément britannique.

L'accent de Wilkes était assez énigmatique à l'oreille mais Jackson trouvait le rythme de ses phrases plutôt plaisant.

– Je suis sujet britannique, oui, mais j'ai exercé aux États-Unis et au Canada pendant des années.

Wilkes continuait de le dévisager.

– Et comment se porte Champ ? J'ai entendu dire qu'il était à l'agonie.

– Il a une pneumonie, mais j'ai confiance. Il va se remettre.

Wilkes hocha la tête, les yeux brusquement humides, comme s'il était sur le point de pleurer. Mais il sourit et tonitrua :

– Ça, ce sont de bonnes nouvelles, docteur ! Pour sûr ! Je suis bien heureux de vous entendre.

Il trouva un mouchoir dans une de ses poches, puis porta son attention sur Nhora, incapable de dissimuler plus longtemps l'expression de malice qui animait son visage.

– Bon, je veux parler affaires avec Champ. Il faut que je le mette au courant. Il ne doit pas être à la traîne.

– Je pense que les problèmes d'affaires pourraient être remis d'une semaine sinon plus, intervint Jackson tandis que Nhora faisait entendre un sifflement d'exaspération. Champ est encore très faible. Il est en route depuis des semaines. Émotionnellement, il est encore dans un état précaire : la guerre, la mort de sa femme qu'il n'a pas encore acceptée.

Pas plus que Wilkes, apparemment, car dès qu'il fut question de Nancy Bradwin, son visage se convulsa de douleur. Tout en parlant, Jackson avait guetté son expression. Sans le moindre doute, Everett John Wilkes buvait trop, et peut-être était-il même ivre en permanence. Dans la faible clarté, il était difficile de dire quel degré d'alcoolémie il avait atteint cette nuit, et encore moins quel âge il pouvait réellement avoir. S'il était vraiment alcoolique, en tout cas, il était de cette espèce rare qui garde toute sa lucidité jusqu'à ce que les lumières s'éteignent. Jackson décida de tester cette constatation.

– Mais il y a des questions qui ne peuvent attendre, dit-il. Vous et Nhora avez une décision difficile à prendre cette nuit même.

– À propos de quoi ? s'inquiéta Wilkes d'un air soupçonneux. Champ est revenu. À partir de maintenant, c'est lui qui reprend les choses en main.

– Quand il en sera parfaitement capable. En attendant, il convient d'autoriser une autopsie.

– Une autopsie ? Vous voulez parler de *Nancy* ? Mais pourquoi, bon Dieu ?

Nhora se rapprocha un peu de Jackson et l'effleura du doigt, pour le rassurer ou lui signifier son soutien, il n'aurait su le dire.

– Le Dr Holley pense que Nancy a été assassinée, dit-elle.

Wilkes écarquilla les yeux et se laissa aller dans son siège avec un soupir, tout son corps réagissant par des soubresauts et des tics violents à ce qu'impliquait le terme d'assassinat. Et lorsqu'il parla, ce fut pour la première fois sur un ton normal, énonçant une question qui commençait à être familière à l'oreille de Jackson :

– Jésus... Mais *qui* êtes-vous donc ?

La clinique de Chisca Ridge, un bâtiment en brique de trois étages sans caractère, se trouvait à deux blocs au sud du quartier des affaires de la petite ville, répartie de part et d'autre d'une rue unique. Elle se trouvait au centre d'un petit terrain, à l'intersection de Des Arcs et de West Pine Street. Toutes les maisons se ressemblaient, séparées par de petits jardins identiques. Le porche était très profond et les arbres trop denses devaient empêcher le soleil de pénétrer à l'intérieur, même aux jours les plus lumineux de l'été. Les fenêtres du rez-de-chaussée étaient abritées par des stores, celles du haut étaient ouvertes. Dans l'allée, un enfant avait abandonné un patin à roulettes cassé. Comme ils s'avançaient, un chat les épiait, dissimulé sur la plus basse branche d'un grand mimosa. Ils grimpèrent les marches qui accédaient à la porte principale et Nhora fit tinter d'un air morose le trousseau de clés que lui avait confié Flax, l'entrepreneur de pompes funèbres.

– Sans conteste, on peut dire que Henry était brillant, si l'on considère le milieu d'où il venait. L'une de ces misérables villes minières où les enfants ne vont jamais jusqu'aux études secondaires. Henry était rachitique de naissance, et comme si ce n'était pas suffisant, il a été renversé par un camion de charbon quand il avait dix ans. Il a passé deux ans et demi à l'hôpital. Son père occupait un poste dans le syndicat et, heureusement pour lui, il a eu droit à certains avantages médicaux. Il a fallu en tout dix-sept opérations et certaines fractures n'étaient pas vraiment réduites après. Pour essayer de ne plus penser à la douleur, il s'est mis à étudier par lui-même, à lire tous les livres de la bibliothèque locale, à suivre des cours par correspondance. Finalement, il a fait ses études de médecine, mais il n'a jamais vraiment surmonté son problème émotionnel.

» Il a été magnifiquement noté. J'ai vu son dossier. Mais jamais il n'est tombé sur des cas qui auraient fait son prestige. Henry n'était guère doué sur le plan social et totalement désemparé dans ses rapports avec les autres. Et il avait les manières dures de celui qui sait que sa supériorité intellectuelle ne lui rapportera jamais rien. À une époque, il a été surmené et a eu une petite dépression. Rien de grave, mais le psychiatre qui le soignait lui avait conseillé d'exercer son métier dans une petite ville comme celle-là. Il n'avait pas vraiment d'expérience, mais nous avions désespérément besoin d'un docteur ici.

Pendant que Nhora cherchait la clé adéquate, Jackson craqua une allumette. À côté de la poignée du carillon d'entrée, il vit une plaque de cuivre ternie : *Henry F. Talmadge, docteur en médecine.* Une brise agita le grand mimosa et fit danser des ombres sous le porche.

– Et il s'est aperçu que le cabinet exigeait plus de travail qu'il ne l'avait supposé. À cause de Nancy ?

– Oui, fit Nhora en introduisant la clé dans la serrure. Il avait pour elle un intérêt… trop personnel. Je pense qu'il était tombé amoureux d'elle. Il aurait dû chercher de l'aide, la conduire à Memphis ou à La Nouvelle-Orléans. Mais, au bout d'un certain temps, cela a tourné à l'obsession et il a dû chercher le remède seul.

La porte s'ouvrit et ils entrèrent. Nhora s'arrêta pour allumer dans l'entrée. Sur la gauche, un escalier d'acajou montait vers l'étage. Nhora leva les yeux et observa le haut des marches avec une certaine crainte.

– Qu'y a-t-il ? demanda Jackson.

Elle pointa un doigt.

– C'est là que ça s'est passé. Il a attaché la corde à la balustrade et il s'est jeté par-dessus.

– Quand cela est-il arrivé, Nhora ?

– Fin mars. Le 26, je crois bien.

– Et personne ne sait pourquoi ?

– Il vivait dans la tension. Il négligeait certains de ses patients et passait beaucoup trop de temps avec Nancy. Il y a eu des plaintes.

– Ce n'est pas suffisant pour pousser un homme au suicide, non ?

– Je ne sais pas. Je vous ai dit qu'il était obsédé. Il n'a pas pu supporter l'adversité. (Elle précéda Jackson dans le hall revêtu de linoléum.) Ça, c'est la pièce de réception pour les Blancs. Celle pour les gens de couleur se trouve un peu plus loin au fond. Il y a un docteur noir dans notre ville. Old Lamb. Il a son propre cabinet. Quand le Dr Gilgo était encore en vie, Old Lamb recevait ses patients en consultation ici, trois fois par semaine; il avait accès à l'équipement quand il le voulait. Mais je crois qu'il y a des mois que personne n'est venu ici. (Nhora porta la main à la base de sa gorge et dit :) J'étouffe, ici.

– Je vais trouver ce dont j'ai besoin.

– Ça ne sera pas long ? Je vais vous attendre sous le porche.

La clinique avait été parfaitement conçue et de façon plus moderne que Jackson ne s'y était attendu. Il découvrit une salle complètement équipée pour des urgences chirurgicales avec des étagères complètes de médicaments encore utilisables. Il était évident que ceux qui avaient aménagé la clinique avaient acheté les meilleurs instruments et le matériel le plus avancé. Jackson mit la main sur une pile de plaques de radiographie vierges qui pouvait suffire pour une bonne année. Tous les tests pouvaient être faits sur place : numération globulaire, grossesse... Et la bibliothèque était à jour, grâce au Dr Henry Talmadge, qui avait apposé son étiquette personnelle sur deux tiers des volumes.

Quant aux dossiers, eux aussi avaient été consciencicusement tenus au fil des ans. Il trouva celui de Nancy dans le bureau du docteur et s'en empara. Il ne put s'empêcher de voler quelques minutes pour le parcourir. Il alluma une lampe de bureau avec un abat-jour de verre, posa le dossier sur le tampon-buvard et se pencha pour lire la première page. Mais il ne parvint pas à se concentrer : il y avait dans la pièce une odeur subtile qui distrayait son attention.

Il examina le dessus du bureau. Bien sûr, il y avait une couche de poussière suffisamment épaisse pour ternir le bois sombre. Mais un angle avait été épargné, comme si quelqu'un s'était déjà assis là pour lire.

Quant à l'odeur, elle était parfaitement identifiable, maintenant qu'il réfléchissait : un parfum de pomme.

Il trouva deux trognons de pomme dans la corbeille, ainsi que des épluchures. Ils ne devaient pas dater de plus de trois jours. Il s'agenouilla et découvrit d'autres restes de pomme sur le tapis. Et, dans le bois du bureau, il trouva une mince entaille, là où Early Boy avait dû planter son couteau, à portée de main.

– Qu'est-ce qui vous retient ? demanda Nhora depuis le seuil.

Everett John Wilkes apparut derrière elle, sur ses béquilles, traînant sa jambe gauche derrière lui.

Jackson se dit que s'il leur révélait la présence d'Early Boy Hodges dans la clinique, il allait provoquer de nouvelles questions de la part de Wilkes. Par exemple : comment pouvait-il être certain que c'était bien Hodges qui était venu ici et comment avait-il eu connaissance des habitudes de ce hors-la-loi ? Jackson n'avait fait la connaissance de Wilkes que quelques instants auparavant mais il était déjà méfiant car il était bien évident que l'avocat n'avait rien d'un imbécile en dépit de son ivrognerie maladive. Dans son esprit obscurci, il gardait la vision d'un rapace nocturne. Il s'était arrêté sur le seuil et dévissait déjà un flacon de bourbon. Jackson était arrivé à une conclusion : Wilkes ne buvait pas du whisky par goût. Il l'absorbait de façon austère, par gorgées lentes et mesurées. Mais il ne cherchait pas non plus l'oubli dans l'alcool, comme nombre de grands buveurs. Il semblait plutôt obéir à une peur énorme. Dans le noir qu'il se créait ainsi en se cramponnant à sa bouteille, il trouvait du courage, il repoussait ses démons.

– J'arrive ! lança Jackson avec un sourire tout en éteignant.

Il emporta le dossier. Wilkes toussa pour s'éclaircir la gorge et porta tout son poids sur sa jambe valide, la droite, en revissant le bouchon de sa flasque.

– Qu'est-ce que vous avez trouvé là-dedans ?

– Tout ce que le Dr Talmadge savait de l'état de Nancy Bradwin. Il faut que j'étudie cela avant l'autopsie.

Wilkes hocha la tête.

– Le juge Romney aura l'ordonnance de la Cour à neuf heures demain matin.

L'alcool rendait sa voix pâteuse. Jackson avait cru l'entendre dire : « Le juge romance d'accord », ou quelque chose comme ça…

– Vous allez faire ça ici ? demanda Nhora comme ils regagnaient l'extérieur.

– Non. Flax et Dakin ont un local qui convient mieux pour une autopsie. Flax est le médecin légiste officiel et je ne ferai que l'assister.

– Et vous êtes certain qu'elle ne sera pas défigurée ? Je veux dire : une autopsie, c'est plutôt brutal, non ?

– Vous ne remarquerez absolument rien, la rassura-t-il.

Wilkes se débrouillait plutôt bien avec ses béquilles mais en atteignant le seuil, il heurta un tampon d'arrêt en caoutchouc et faillit tomber. Jackson et le chauffeur se précipitèrent pour le retenir.

Wilkes souffla un ou deux jurons. Il suait abondamment.

– Bon Dieu de bois mort ! Je ferais mieux de m'en passer, ça irait aussi bien ! (Quand il eut retrouvé son équilibre, il adressa un regard de supplique à Jackson.) Mais vous pourriez peut-être faire quelque chose ?

– La jambe est paralysée ?

– Ouais. Je me suis réveillé un matin, il y a un an de ça, et je ne sentais plus rien, comme si j'avais dormi dans une fausse position. Mes deux aînés ont été obligés de me porter jusque dans la maison, à croire que j'étais complètement sénile tout à coup. Sur le moment, je me suis dit que ça allait s'arranger, mais pas du tout. C'est pire que jamais. Et ça n'a pas l'air brillant. Comme quand je me suis cassé le bras, quand j'étais gosse, et qu'ils ont enlevé le plâtre.

– Vous avez vu un spécialiste ?

Wilkes fit la grimace.

– J'en ai vu un tas. Leur spécialité, vous pouvez me croire, c'est le fric, les erreurs, et le j'm'en-foutisme absolu. Tout ce qu'ils ont trouvé à me dire, c'est que je pouvais avoir un nerf coincé...

– Oui, le nerf sciatique.

– Oui, c'est ça. Il y en a qui ont ajouté que c'était comme si la gaine du nerf avait disparu, qu'elle avait été grignotée en une nuit. Comment ça peut arriver comme ça, sans prévenir ?

Cette fois, il y avait de la peur dans le regard de Wilkes. Il se disait que demain il pourrait perdre l'usage de son autre jambe.

– Moi non plus, je n'ai pas de réponse précise, dit Jackson avec réticence.

Everett John Wilkes rumina sur cette déclaration pendant un instant tandis qu'ils redescendaient vers la Cadillac. Le chauffeur se précipita pour ouvrir la portière. Mais, au lieu de monter, Wilkes pivota sur ses béquilles, barrant la route à Nhora et à Jackson.

– Eh bien, qu'en dites-vous ? fit-il en s'adressant à Jackson. Est-ce que vous croyez que vous pourrez vous en sortir avec ce que nous pouvons vous offrir ?

– Je vous demande pardon ?

– Ne vous laissez pas abuser par l'aspect de la ville. Elle est petite, peut-être, mais prospère. Dasharoons n'est pas la seule plantation du comté. Nous avons besoin d'un docteur, d'urgence. Nhora, qu'en dites-vous ?

– C'est une merveilleuse idée, mais le Dr Holley n'est pas parmi nous depuis suffisamment longtemps pour...

– Je sais, *je sais*... Je lui demande simplement de réfléchir, au cas où la Croix-Rouge pourrait se passer de ses services pendant quelque temps.

– Je suis très flatté, monsieur Wilkes.

– Appelez-moi Evvy, bon Dieu.

– C'est une très belle clinique, Evvy. Mais vous m'avez surpris.

– On discutera de ça autour d'un verre, bientôt. Vous verrez.

Il s'installa sur le siège arrière et prit aussitôt sa flasque de bourbon. Le chauffeur referma la portière.

– Il boit pas mal, commenta Nhora, mais il n'est saoul que quand il le veut bien.

Ils regardèrent la Cadillac s'éloigner avant de monter dans leur modeste coupé Chevrolet.

– Je ne pense pas qu'il vous aime vraiment, dit Jackson.

– Il était comme un protecteur quand j'ai épousé le Patron, mais il a été vexé quand Champ m'a confié la gestion de Dasharoons. Je suppose qu'il croyait que j'avais... de vastes ambitions. Ce n'est pas le cas. J'aime Dasharoons, mais elle appartient à Champ.

Nhora ouvrit la portière du coupé et se figea sur place, muette. Jackson vit alors la pointe de l'épée qui scintillait dans la clarté d'un réverbère, pointée droit sur sa tête. Il se pencha et claqua violemment la portière. Nhora, lentement, recula, la bouche ouverte, sans proférer un son, les yeux rivés sur la voiture. Elle traversa ainsi la rue pour aller se réfugier dans l'ombre. Jackson l'entendit geindre.

Il rouvrit la portière. Un parfum de gardénia bon marché flottait à l'intérieur, qu'il n'avait pas remarqué à l'aller. Comme si on avait répandu le contenu d'une bouteille sur le tapis. La lame du sabre, ou de l'épée, était droite, longue de près d'un mètre. L'arme avait été fixée au volant de la voiture par la poignée. D'un doigt, Jackson effleura la lame ; elle était assez affûtée pour qu'on pût se raser avec. Il passa de l'autre côté et dégagea la poignée. C'était un sabre de duel. Une étoile d'or, soudée à la garde, se détacha et tomba au creux de sa main. Il alla mettre l'arme dans le coffre de la Chevrolet et rejoignit Nhora.

Elle était exsangue quand il l'attira contre lui, sous la lumière. Sa peau était glacée. Elle était encore sous le choc.

– Qu'est-ce qu'il veut me faire ? gémit-elle.

– C'est à Clipper ?

– Oui !

– Comment Early Boy a-t-il réussi à mettre la main dessus ?

– À l'origine, le sabre appartenait au Patron. Il y tenait beaucoup. Il l'a offert à Clipper lors de sa promotion. Il aurait dû être enterré avec Clipper, mais Champ n'a pas voulu. Le sabre était dans le grenier de Dasharoons avec les autres affaires personnelles de Clipper. Je ne comprends pas pourquoi nous ne l'avons pas jeté. Clipper n'était qu'un monstre abominable, un fou, *et c'est avec ça qu'il a tué mon mari !*

Jackson se retourna pour observer la Chevrolet, essayant de réfléchir à ce qu'Early Boy avait pu avoir en tête lorsqu'il avait mis le sabre sur le volant. Même en étant très pressée, il était improbable que Nhora se fût sérieusement blessée en montant dans sa voiture. Pourtant, c'était plus qu'une farce destinée à faire peur. Est-ce que cela avait un sens, si l'on se fiait à la logique un peu dérangée d'Early Boy ?

– Il y avait une étoile d'or sur la poignée. Est-ce que cela signifie quelque chose ?

Nhora secoua la tête d'un air angoissé.

– Je ne sais pas, je n'arrive pas à rassembler mes pensées. Est-ce que nous pouvons partir d'ici ?

Jackson décida de conduire. Le parfum était encore lourd à l'intérieur, même avec les vitres ouvertes. Nhora avait allumé une cigarette et se contenta de lui donner de brèves indications de route jusqu'à ce qu'ils atteignent les limites de la plantation. Alors seulement elle se détendit et respira sans frissonner.

– Ce qui m'effraie le plus, c'est la façon qu'il a de se glisser partout sans que personne le voie.

– Early Boy a passé des années à vivre comme une ombre. Et il a un goût prononcé pour le drame, comme vous le savez.

Elle le regarda.

– Croyez-vous qu'il veuille me tuer ?

Elle s'était exprimée d'un ton égal, mais il y avait une étincelle de terreur dans ses yeux. Elle ressemblait à un animal dont la patte est prise dans un piège.

– Non. S'il le voulait vraiment, il en aurait eu l'occasion. On dirait qu'il veut vous éprouver, vous défier. C'est comme une sorte d'initiation cruelle, un rituel. C'est du moins ce que j'en conclus.

– Mais pourquoi ? dit-elle d'une voix faible, presque inaudible. Je ne lui ai rien fait.

– Champ est encore très malade, très instable. Techniquement, vous êtes la maîtresse de Dasharoons, et Early Boy vous en veut peut-être à cause de cela.

– Peu importe ce qu'il pense, ce que tous les autres pensent. J'ai fait ce que mon époux aurait fait. Mais, bon Dieu, je vais m'en aller ! Je vais faire mes bagages ce soir même si c'est ce qu'ils veulent !

C'était une femme. Elle éclata soudain en sanglots, violemment, elle pleura comme ça pendant une ou deux minutes, et puis ce fut fini. Ensuite, elle ne porta pas la main à son visage. Elle orienta seulement le déflecteur de son côté afin que le souffle d'air sèche ses larmes, tout en emmêlant ses cheveux. Tandis qu'ils approchaient de la maison, Jackson l'observa plus qu'il n'était nécessaire.

– Vous m'avez posé une question à propos de cette étoile d'or, dit Nhora, comme si elle n'avait cessé de penser à l'incident du sabre. Clipper a été le premier de sa classe à Blue Ridge pendant quatre années consécutives. C'est pour ça qu'il a reçu cette étoile. Il y a peu de cadets qui ont réussi ça. La vie publique de Clipper était exemplaire. Personne n'a jamais su toute la boue qu'il cachait, jusqu'à ce qu'il fût trop tard.

– Que voulez-vous dire ?

– Beau était – ou a essayé – d'être la conscience du Patron. Mais Clipper, lui, était la face noire. Ça ne fait pas de doute : le Patron a mené une sacrée vie. C'était un vrai jouisseur et il les voulait toutes, noires ou blanches. Mais il traitait toujours les femmes avec respect et tendresse. Clipper, lui, était perverti, ses débordements sexuels étaient complètement tordus, et il faisait des choses honteuses avec de très jeunes filles. Il tenait un journal où il racontait par le menu ses orgies et ses fantaisies. Nous l'avons lu, Champ et moi. À chaque ligne on sentait le mépris que Clipper éprouvait pour tout ce qui est humain à travers ses obsessions de maniaque.

– Est-ce que vous y avez trouvé le moindre indice qui puisse expliquer son comportement ?

– Apparemment, il préférait les filles de quatorze à quinze ans. Leur peur, leur douleur... et aussi leur sang de vierges devaient augmenter encore son plaisir.

Jackson hocha la tête.

– Et sa première victime, dans la chapelle, a été sa propre fiancée. Ensuite, il s'est déchaîné.

– Oui... Il y avait tous les invités qui hurlaient, qui se battaient pour s'enfuir, et la vieille chapelle qui s'écroulait sur eux. Après, il a fallu la démanteler complètement.

– Qu'est-ce qui a pu causer ces secousses ?

– La cloche. Elle n'avait pas sonné depuis des années. Il y avait des fissures dans le beffroi. Mais, on ne sait comment, elle s'est mise à sonner pendant la cérémonie. En silence, à ce que l'on m'a raconté, mais tellement fort que le toit a commencé à céder.

Champ m'a dit plus tard que Clipper était parfaitement sain d'esprit jusqu'à la seconde où la cloche a résonné...

– Mais il ne pouvait pas l'entendre.

– Il pouvait la *sentir*, comme tout le monde. La chapelle tremblait à chaque coup. Quand la panique a commencé, les gens se sont piétinés et ils ont été blessés par les morceaux de verre. Ce que je me rappelle surtout, ce sont les victimes, après, partout dans l'hôpital. J'allais comme dans un rêve. À cause du choc, je suppose. J'étais... je n'étais plus moi-même. J'ai vraiment eu peur de sombrer, sur le moment. C'est Champ qui m'a aidée à tenir le coup et je serais prête à donner ma vie pour lui.

Une camionnette de la plantation, orange avec la lettre D peinte sur la portière, attendait devant la porte principale. Tyrone était assis à l'intérieur, une botte sur le tableau de bord, la main droite posée sur le pansement grossier de sa main gauche.

– 'soir, docteur, fit-il avec un sourire tendu. Je vous attendais.

– Tyrone, que s'est-il passé ? cria Nhora.

Le bandeau avec lequel Tyrone avait pansé sa main était trempé de sang.

– C'est ce foutu moteur de l'égreneuse numéro deux. J'ai mis ma main dans le noir où il fallait pas. Le levier a un peu glissé et je crois que j'ai une phalange du petit doigt arrachée, c'est sûr.

– Rentrons. Je vais jeter un coup d'œil, dit Jackson.

L'une des servantes lui apporta rapidement sa trousse dans la cuisine pendant qu'il ôtait le bandeau de la main blessée. Le petit doigt était cassé en deux endroits, mais Tyrone en conserverait l'usage, même s'il devait y laisser son ongle. Jackson nettoya la plaie et plaça une attelle sur le doigt. Pendant ce temps, Tyrone buvait un café, ignorant la douleur, tout en écoutant Nhora lui raconter la dernière agression d'Early Boy Hodges. Elle finit par l'hypothèse de Jackson : Early Boy et Beau étaient peut-être le même homme.

Tyrone dévisagea Jackson avec un intérêt nouveau.

– Oui, cela expliquerait certaines choses. Je lui ai donné la chasse, déjà, voyez-vous. À cheval, et bien souvent j'ai cru que je le tenais. Et puis, il disparaissait comme ça, à la manière d'un renard qui connaîtrait tous les terriers, tous les creux des arbres de la plantation. (Il se tourna vers Nhora d'un air songeur.) Si Papa Hackaliah pouvait seulement le voir une fois...

– C'est aussi une des raisons pour lesquelles il pense qu'il s'agit de Beau, fit-elle. Il évite soigneusement ceux qui pourraient l'identifier.

Tyrone haussa les épaules. Apparemment, il n'arrivait pas à être convaincu.

– C'est plutôt audacieux, comme idée, non ? Je ne suis pas prêt à l'accepter comme ça. Il y a trop de questions qui se posent encore. (Il cligna des yeux et leva sa main gauche pour examiner son petit doigt.) Les élancements vont durer encore combien de temps ? Je les sens jusque dans la nuque.

– Quelques jours, je le crains. Essayez de ne pas du tout vous servir de cette main. Vous voulez que je vous fasse une piqûre ?

Tyrone secoua la tête d'un air dédaigneux, puis sourit à l'une des servantes qui les épiaient depuis un moment.

– Lilian, il y a bien un mois que je ne t'ai vue !

– Ma maman est venue en visite de Belzoni, révérend. Et vous savez comme elle aime les Baptistes d'Antioche.

– Oui, je sais. Eh bien, reviens me voir et amène ta mère. Nous arriverons peut-être à la décourager des Baptistes.

Les femmes qui étaient autour d'eux pouffèrent

et le sourire de Tyrone se fit encore plus large. Il avait l'allure et la vanité d'un prince maure, mais il manquait à l'évidence de maturité, ce qui entamait un peu sa superbe et diminuait subtilement son aplomb. Certes, il était chez lui, mais il regardait trop souvent autour de lui, comme s'il guettait quelque signe infime d'hostilité, quelque murmure de désapprobation de ses aînés.

– Je ne savais pas que vous étiez prédicateur, dit Jackson.

– Oh, oui. Prédicateur. Directeur d'école. Et aussi mécanicien à plein temps maintenant que tout le monde est parti pour la guerre. Grâce au Patron, je suis diplômé de l'université de Fisk, à Nashville. Je me souviens comment il est venu me voir, quand j'avais quatre ans pas plus, à l'époque où Papa Hackaliah avait cette grande vieille baraque à Forked Deer. J'avais un paquet de feuilles, un manuscrit que le Patron avait jeté à la corbeille. Il écrivait un livre. Je voulais tellement lire les mots que j'en avais les yeux qui sortaient de la tête.

» – Tu es trop jeune pour lire ça, qu'il m'a dit.

» Je l'ai regardé droit dans les yeux et je lui ai répondu :

» – Pourtant, je vais continuer.

» Alors, il a ri. Et il a dit :

» – Écoute-moi bien, petit juge – c'est toujours comme ça qu'il m'a appelé, depuis ce temps –, écoute-moi bien, tu essaies de lire ce que j'ai écrit là, et par Dieu, je t'envoie au collège.

» Sûr que je n'ai pas réussi tout seul, mais y a des gens qui m'en ont lu des bouts, comme ça, et j'ai travaillé sur les petits mots jusqu'à ce qu'ils me deviennent bien familiers, ensuite je suis passé aux grands, ceux avec beaucoup de lettres. Je ne faisais que ça. Les autres gosses, ils venaient me trouver pour jouer et moi je leur disais : J'peux pas, je suis trop occupé. Ça m'a pris un an et demi mais je me suis retrouvé avec le Patron et je lui ai lu tout ça, même quand les pages étaient toutes froissées et déchirées. Il a rien dit, il s'est contenté de prendre une clé à son trousseau. C'était celle de sa bibliothèque privée. Et il m'a dit seulement :

» – Que je ne te prenne pas à roupiller dehors quand tu peux passer ton temps à lire dans ma bibliothèque.

» Mais il a quand même passé pas mal d'heures avec moi. À dix ans, je piochais le latin. Il ne me devait rien, pourtant il a tenu sa parole pour le collège.

Tyrone secoua la tête comme s'il n'arrivait pas encore à croire à autant de générosité.

– Il y a des jours, comme ça, où je sens comme un picotement sur ma peau. Je lève la tête et je suis sûr que c'est lui que je vais voir, galopant vers moi à travers champs. Mais les temps ont changé. Oui, c'est sûr qu'ils ont changé.

L'humeur de Tyrone se modifia brusquement, comme en réponse. Une lueur d'indignation passa dans ses beaux yeux. Ils étaient presque incolores, comme deux gouttes de verre, mais ils reflétaient en même temps les lumières et les couleurs, le lampadaire tout proche, les tons vifs du chemisier de Nhora, et aussi les émotions sombres qui jouaient dans son esprit. Puis il crispa avec précaution sa main gauche et releva la tête.

– J'espère que vous avez l'intention de rester quelque temps parmi nous, dit-il à Jackson avec le sourire assuré du prédicateur qui vient de faire de nouveaux convertis. Il y a quelques jours, il fallait faire plus de trente kilomètres pour atteindre le docteur le plus proche.

– J'ai cru comprendre qu'il y avait un docteur de couleur en ville.

– Old Lamb ? (Tyrone eut soudain l'air triste.) Je crois qu'il nous quittera bientôt.

– Que s'est-il passé ? demanda Nhora.

– Il est vieux, c'est tout. Trop de choses qui ne vont pas et qu'on ne peut pas soigner. Il y a deux semaines, il a enlevé ses dents et il a refusé de manger. Il prenait juste un peu d'eau, c'est tout. Personne n'est arrivé à le raisonner. Il restait assis sous son porche dans son vieux fauteuil de bambou à ruminer, la nuit comme le jour, même sous la pluie. Il ne quittait pas la route des yeux comme s'il attendait l'Ange de la Mort.

– C'est affreux.

– Ça se peut, dit Tyrone d'un air pensif, mais quand un homme sent que son heure est venue, qu'il ne lui reste que la souffrance sur cette terre, on ne peut pas lui en vouloir de souhaiter mourir. (Il se leva.) Vous ne pensez pas que je pourrais voir Champ une minute ?

– Je suis certaine qu'il va bien, fit Nhora, tout en quêtant l'approbation de Jackson.

– J'espère qu'il dort, fit-il, mais nous pouvons monter le voir.

Jackson avait suggéré à Nhora de placer un homme de veille auprès de Champ. C'était Bull Pete qui gardait le hall du troisième étage lorsqu'ils y arrivèrent.

– Tout est calme, leur dit-il avec le sourire d'un homme qui sait comment faire régner le calme de toute manière.

Il alluma sa pipe avec une allumette empruntée à Tyrone. Tante Clary Gene, pieds nus, était assise devant une fenêtre, les yeux clos. Elle se contenta de sourire en hochant la tête quand ils entrèrent.

Champ était étendu sur le dos. Il respirait régulièrement, la bouche ouverte. Sa peau était sèche. Il était assoupi mais il réagit néanmoins lorsque Nhora s'assit auprès de lui et prit sa main dans les siennes. Tyrone se tenait derrière elle, dans l'ombre, les yeux aux aguets.

– Pas trop longtemps, fit Jackson.

– Hello, Champ !

– Nhora... Pourquoi pleures-tu ?
– Je... je suis tellement heureuse que tu guérisses.
– Ça va aller.
– C'est si bon de te retrouver.
– Oui... C'est bien... (Il ouvrit les yeux, faisant un effort visible pour mieux discerner ce qui l'entourait.) Qui est avec toi ?
Tyrone sursauta, peut-être involontairement.
– Champ, c'est le Juge.
– Qui ?
– Tyrone.
– Oh, Tyrone... Je ne t'ai pas appelé Juge depuis qu'on était gosses.
– Je ne sais pas pourquoi j'ai dit ça. Y a quelque chose dans cette chambre qui m'a rappelé ce temps-là.
– Tu y es déjà venu ?
– Quelquefois. Je m'y suis glissé quand je savais qu'il n'y avait personne.
– Oui, c'est vrai que Clipper t'a attrapé un jour, non ?
– Je lui ai filé entre les pattes. Je crois bien qu'il m'a couru derrière pendant trois bons kilomètres sans arrêter de jurer. Il était petit mais il savait se battre.
– Pour sûr, fit Champ. (Mais le commentaire de Tyrone avait ramené de sombres souvenirs en lui et son sourire se figea en grimace.) Comment ça va pour toi, Tyrone ?
– J'ai pas à me plaindre. J'ai entendu dire qu'ils vous avaient donné la Silver Star, Champ. Et je dois vous dire qu'on en est tous rudement fiers.
Champ n'avait plus rien à dire. Il déglutit avec peine et referma les yeux. Tyrone, indécis, se tourna vers Jackson qui haussa les épaules.
– Je pense que nous devrions nous retirer.
– Est-ce que je peux rester encore un moment auprès de lui ? demanda Nhora. Je ne le dérangerai pas.

Jackson acquiesça avant de sortir en compagnie de Tyrone.

– Cette cicatrice, dit Tyrone. Il aurait pu avoir la tête tranchée.

– Oui, il a eu de la chance.

– Parfois, je me demande ce que ça fait, de se battre à la guerre. Je devais partir juste après Pearl Harbor, mais ils ont trouvé une cicatrice dans mes poumons. Comme celle que le Patron avait eue avec sa tuberculose. Je n'aurais jamais cru que je pouvais être malade. Pendant un hiver, pourtant, j'ai eu une mauvaise toux qui a duré jusqu'après le printemps. Je n'avais plus que la peau sur les os. Mais je ne suis resté qu'un jour ou deux au lit et personne ne s'est inquiété.

Ils descendirent l'escalier et Tyrone regarda autour de lui, visiblement satisfait.

– Nhora donne un coup de neuf à cette vieille maison. Elle a fait pas mal de changements, et je dirais que la plantation est encore mieux tenue que du temps du Patron. Docteur, vous prendrez un brandy avec moi ? Je crois que j'en ai besoin.

– Merci, fit Jackson, fasciné par ce sens de la propriété que Tyrone manifestait sans complexe.

– J'aimerais que vous visitiez la bibliothèque du Patron. Il doit y avoir à peu près quatre mille bouquins. Il tenait le catalogue lui-même. Il y a aussi ses archives, ses manuscrits... Parce que le Patron ne restait pratiquement jamais une journée sans écrire. C'est là-bas au fond du hall.

Ils se retrouvèrent devant deux hautes portes d'acajou et Tyrone brandit une simple clé attachée à une chaînette.

– Vous voyez cette clé ? C'est la même que celle que le Patron m'a confiée il y a déjà bien longtemps quand je lui ai prouvé qu'il ne perdait pas son temps avec moi. C'est Nhora qui a l'autre. Maintenant, on n'a plus besoin de garder la bibliothèque fermée, mais, pour moi, c'est une preuve de confiance absolument sacrée. Quand nous avons le temps, avec Nhora, on regarde ce qui peut être publié dans tout ça. Quand il est mort, le Patron écrivait une biographie du général Jo Shelby et une histoire de la plantation de Dasharoons.

La bibliothèque occupait les deux niveaux d'une pièce étroite, poussiéreuse, abandonnée. De toutes parts, ce n'étaient que rayonnages et placards qui débordaient. Il y avait des livres jusque sur le plancher, entassés en piles, comme les colonnes menacées d'une culture oubliée. D'autres encombraient le bureau massif, et même les deux fauteuils de cuir. Au plus clair de l'été, à midi, le soleil devait difficilement pénétrer dans cette tanière, mais la lumière artificielle était douce, agréable, et Tyrone mit en marche un ventilateur pour faire circuler l'air torpide. Il laissa une des portes d'accès ouverte et prit une bouteille de fine Napoléon dans un cabinet à liqueurs, à côté du bureau Louis XV.

– 1894, annonça-t-il. Mais elle se porte toujours à merveille.

Les verres étaient en fin cristal. Tyrone les emplit généreusement. La bouteille, constata Jackson, était aux deux tiers vide.

– Le Patron, dit-il, n'en prenait que lorsqu'il y avait quelque chose à célébrer. Elle dure depuis pas mal d'années. Mais quelque chose me dit qu'il ne nous en voudrait pas ce soir.

Il but une gorgée qu'il savoura longuement, faisant rouler sa langue dans sa bouche.

– Généralement, ajouta-t-il, je n'apprécie pas trop les alcools. Vous comprenez, ça ferait plutôt mauvaise impression sur mes fidèles. Je leur dis toujours que c'est la prière qui les apaisera. C'est un conseil valable. Mais je dois admettre que quand un homme est tellement chamboulé qu'il ne sait plus s'il doit rire ou pleurer, un petit verre est nécessaire.

– Amen, fit Jackson avec un sourire.

Tyrone leva sa main pansée.

– Si j'avais été à ce que je faisais, je n'en serais pas là ce soir, dit-il. Mais je n'arrêtais pas de penser à cette pauvre Nancy. Je suis bien heureux que Champ soit revenu entier à la maison, mais Seigneur ! il a tellement souffert. Ça l'a tout chamboulé quand on a parlé de Clipper. C'est arrivé il y a plus de deux ans tout ça, mais comment un homme pourrait-il oublier ce qu'il a vu ? Je dois dire que ma foi a été drôlement secouée, pour sûr.

– Vous étiez présent, Tyrone ?

– Oui, je me tenais tout au fond de la chapelle. Il faisait lourd, très chaud. Et les montagnes de Blue Ridge brûlaient à quelques kilomètres de là. On pouvait sentir la fumée. Et il n'y avait pas un souffle d'air. La cloche s'est alors mise à sonner, mais ce n'était pas une main humaine qui la commandait. On a tous senti comme une présence surnaturelle dans la chapelle. Je ne veux pas dire quelque chose de sacré, comme le Tout-Puissant. Parce que je crois en Dieu, Qui est juste dans Son courroux. Mon Dieu à moi, jamais il ne ferait périr les gens par l'épée, sauf s'il avait un plan beaucoup plus grand. Mais ce que j'ai dit à Nhora, je vous le redis à vous : dans Sa colère, Dieu aura tourné le dos et le mal qui était dans Clipper a fait comme une éruption. Tout ce qu'il y avait de corrompu dans lui s'est répandu pour qu'on sache, qu'on apprenne, pour qu'on en tire profit.

– Malheureusement, dit Jackson, je ne crois pas que le Patron ait eu vraiment le temps de réfléchir à cette leçon de morale. Et cette pauvre fille qui a eu la gorge tranchée ?

– Leur sang a été répandu afin que Clipper se révèle dans toute sa vilenie. Pour moi, ce n'était pas une révélation, mais j'ai grandi avec Clipper.

– Comme d'autres.

– Oui, mais il me détestait tout particulièrement. Il m'a montré très tôt quel démon il pouvait être. Ça ne lui a jamais plu que je puisse entrer et sortir comme ça de la maison. Ça lui rongeait l'âme que je puisse avoir la clé de la bibliothèque. Il n'a jamais pu me toucher pendant que j'étais là à lire parce que le Patron ne l'aurait pas toléré. J'étais en sûreté aussi longtemps que j'étais dans la bibliothèque, mais comme je l'ai dit à Champ, j'aimais bien me glisser dans les escaliers, jusqu'à la salle de jeux. Jamais je n'avais vu des jouets comme ça ! J'aurais pu prendre quelques soldats de plomb, pour sûr, parce qu'ils en avaient des centaines, mais je n'ai jamais rien volé à quiconque. Y a que Clipper pour avoir prétendu ça.

» Un jour que j'étais aux champs, en revenant de l'école, il est venu vers moi. Il avait un ami avec lui, un des garçons Skinner. Ils passaient leur temps à me faire des malheurs. Clipper avait trois ans de moins que moi, mais il était presque de ma taille, et très fort pour son âge. Je n'ai jamais bien su me battre, parce que je ne voyais pas à quoi ça pouvait servir. Il m'a fichu par terre et il m'a battu, comme d'habitude, mais je ne montrais jamais que j'avais mal. Comme ça, ça le décourageait et il finissait par me laisser. Mais cette fois, il a dit qu'il avait trouvé un de ses soldats de plomb dans ma poche. C'est lui qui avait dû le mettre là pendant qu'il me tapait dessus.

» Et alors, je dois dire qu'il est devenu comme fou. C'était un mensonge et il savait bien que je n'étais pas un voleur, mais il me détestait tellement qu'il a fini par le croire. Il voulait une bonne raison de me faire du mal, vous comprenez. Mais l'autre garçon, il ne voulait pas rester avec lui. Je le jure : Clipper avait la bave aux lèvres, comme un chien enragé, et sa figure était toute blanche. Je n'en ai jamais vu comme ça. Ma langue était toute sèche du coup, et collée à mon palais. Je ne pouvais pas parler, je ne pouvais pas essayer de le calmer. Il a pris un rouleau de barbelés tout rouillés et il m'a ligoté contre un arbre. Comme ça, au milieu du champ, dans l'herbe haute. Je pouvais pas bouger sans me faire mal.

» Ça aurait dû lui suffire. J'aurais pu rester dans la nuit à hurler sans que personne ne m'entende. Mon père avait tellement l'habitude de ne pas me voir pour le dîner qu'il ne pouvait pas s'inquiéter. J'ai crié pendant un bout de temps, mais il n'y avait que les oiseaux dans les arbres qui me répondaient. Et le craquement des grandes herbes. Et puis, quand j'ai senti la fumée, j'ai su tout de suite ce que c'était. Sur le chemin de la maison, Clipper avait mis le feu au champ. Je veux dire par là qu'il avait pas seulement jeté une allumette : il avait pris la peine d'allumer un feu sur cent mètres de large, et les flammes arrivaient derrière moi à deux kilomètres à la minute.

» Je me souviens que je n'arrivais pas à détacher mes yeux de ce feu. J'ai dû devenir un peu cinglé sur le moment, comme un cheval dans une écurie en flammes. Et je dois dire que je ne faisais pas très attention à mon pauvre corps. Clipper n'avait pas trop serré les barbelés pour que j'arrive à m'en sortir si je le voulais vraiment, à condition d'y mettre le prix. Et j'y ai mis le prix, ça c'est sûr. J'ai laissé ma peau et ma viande sur ces saletés de barbelés et j'en ai encore les marques.

– Je suis bien certain que Clipper a dû regretter ça quand le Patron l'a appris.

Tyrone sourit, mais ses yeux étaient froids comme la glace.

– Jamais je n'ai dit au Patron ce que Clipper avait fait. D'accord, j'avais des privilèges ici, mais il était pas question de rapporter sur les garçons. J'aurais pu faire punir Clipper, c'est vrai, mais je crois que le Patron aurait pensé un peu moins de bien de moi. C'est pour ça que j'ai pas ouvert la bouche. Et puis... (Tyrone finit son brandy et ferma les yeux d'un air apaisé en se penchant sur la table.) ... je voulais lui prouver que j'étais meilleur que lui, même si je n'avais pas autant... d'avantages que lui.

En observant attentivement le profil de Tyrone – le menton volontaire, l'expression conquérante –, Jackson revit le portrait de Remington, le Patron jeune sur son cheval. La paternité véritable de Tyrone ne devait pas être un secret à Dasharoons, mais c'était le genre de chose que, par respect ou crainte, on ne devait pas évoquer ouvertement. Heureusement pour lui, en plus de sa ressemblance physique, Tyrone avait hérité de l'intelligence et du goût de la lecture. Le Patron l'avait accepté, quoique dans des limites bien définies. Tyrone avait même un surnom : le Petit Juge.

– Clipper avait-il compris que vous étiez son demi-frère ? demanda brusquement Jackson.

Tyrone ne répondit pas tout de suite. Il avait l'air si calme qu'on aurait pu croire qu'il dormait. Puis il tendit la main vers la bouteille de brandy tout en regardant Jackson avec admiration.

– Vous avez l'œil, fit-il. Plus je vous connais, plus vous me plaisez. Un autre verre, docteur Holley ?

Jackson acquiesça. Tyrone servit deux larges rasades.

– Par ici, on n'en parlait pas, mais il savait bien. Y avait tout ce qu'on disait pas, justement. Tout le monde savait que le Patron était un débauché qui aimait tout particulièrement les filles de couleur, et lui-même en plaisantait. Il y a eu deux ou peut-être trois bébés qui avaient la peau plus foncée que moi. Mais je crois qu'il ne s'y est jamais intéressé. Il ne s'était pas reconnu en eux, je pense. Mais le Patron, il adorait vraiment ma mère. Elle avait le teint très clair, même pas jaune. Sa peau était crémeuse et fumée en même temps. Il lui a trouvé une place à La Nouvelle-Orléans peu après ma naissance. Elle a été renversée par un wagon-citerne quelque temps après, mais ce n'est pas de ça que je veux parler. Jamais personne n'a fait la moindre plaisanterie à son sujet ou au mien. Néanmoins, Clipper savait... je veux dire qui j'étais, tout comme Champ. Mais Champ, lui, il était plus âgé et il ne me faisait pas d'ennuis. Pourtant, il en pensait sûrement pas moins. On ne peut pas dire que c'était le garçon préféré du Patron, et de loin. C'est pour ça qu'il avait envie de plaire et qu'il se dépensait tellement pour que le Patron le remarque. Ça laissait encore plus de temps à Clipper pour s'occuper de moi. Lui, il avait toute la vieille haine de son arrière-grand-père pour les gens de couleur. Sylvanus Bradwin le premier, voyez-vous, c'était un esclavagiste dont la réputation était redoutable. Toute cette maison a été édifiée sur les corps des Africains. Par nature, Clipper était tout simplement *méchant* avec les nègres, mais le seul fait d'en avoir un dans sa famille – d'être obligé de le croiser tous les jours –, ça le rendait vraiment fou.

– Est-ce qu'il vous a encore créé des ennuis, après cette histoire de feu dans la prairie ?

– Oui. Il est monté sur le toit pour me lâcher un rocher dessus. Je suis resté groggy pendant deux jours. Il a mis aussi un bébé serpent à sonnettes dans mon lit, un soir... Eh, docteur, qu'est-ce qui vous prend ?

Jackson n'avait pu réprimer un frisson, et il avait failli renverser son verre. Il parvint à sourire.

– Les serpents. J'en ai horreur.

– Moi, ils ne me faisaient pas aussi peur que Clipper le croyait. J'ai pris cette saleté de petit crotale par la queue et je l'ai fichu dehors. C'est pour dire que quand il a eu treize ans, j'ai été drôlement heureux de le voir partir au collège. Mais, à ce que m'a dit Nhora, ça ne l'a pas rendu bon pour autant. Il a été épouvantable avec les petites filles, et même avec les grandes, qui auraient pourtant dû faire attention. C'était un vrai démon, et jamais ça n'a été plus évident pour moi que le jour où il est mort. (Tyrone baissa la tête d'un air sombre, humant les vapeurs du brandy.) Parce que, voyez-vous, il n'est pas mort. Pas comme il l'aurait fallu.

– Que voulez-vous dire ? Nhora m'a dit qu'il s'était suicidé en avalant...

– En avalant son sabre avant de se jeter d'une fenêtre. Quand je l'ai retrouvé, et j'étais le premier, il vivait encore. Il avait les dents serrées sur l'acier de la lame. Mais il me *souriait.* C'était comme les flammes de l'enfer que je voyais dans ses yeux. Docteur, je suis un type solide, et j'ai ma foi, mais c'est une vision que j'ai pas pu supporter. Mon cœur est devenu tout glacé et je tremblais sur mes genoux. Juste à côté, il y avait un tas de pavés recouvert d'une bâche. J'ai arraché la bâche et je l'ai jetée sur lui. Mais j'ai quand même vu ses yeux qui brillaient, à la dernière seconde, et j'en rêve encore. Quand je les revois, c'est pire que le feu qu'il avait allumé pour me faire griller tout vif, pour me rendre plus noir encore que les autres bâtards du Patron, plus noir que le négro que je ne veux pas être. Et plus tard je l'ai vu souvent dans sa tombe, les yeux ouverts, comme s'il cherchait encore des stratagèmes. Et je me réveille régulièrement en pleurant, comme un bébé, et je cherche la maman que je n'ai jamais eue.

Il prit son verre d'une main qui ne tremblait pas.

– Champ, Clipper et le Petit Juge, dit-il lentement, comme s'il se parlait à lui-même. Et Beau... Peut-être faudrait-il penser à Beau, à présent. Et s'il est vraiment de retour ? (Les yeux de Tyrone, empreints de gravité, se posèrent sur Jackson.) Beau était le meilleur, d'après ce que j'ai entendu dire, mais ça remonte à longtemps. Que peut-il rester de ce bon vieux Beau, maintenant ?

– Pas grand-chose, sans doute. Il semble qu'il ait une dent contre tous ceux qui vivent à Dasharoons. Ce qui pourrait être le résultat de ses idées tordues sur le patrimoine.

– Le seul moyen de connaître la vérité, c'est de mettre la main sur Early Boy. Ce qui est plus facile à dire qu'à faire.

Tout à coup, Tyrone tressaillit. Jackson, lui, se retourna. Hackaliah était là, sur le seuil, hochant presque imperceptiblement la tête, sans expression.

– J'ai entendu des voix, dit-il. Je ne savais pas que c'était vous.

– Qui cela pourrait être, p'pa ? demanda Tyrone d'une voix tendue. C'est pas la peine que tu restes debout comme ça.

– Qu'est-ce que tu as à la main ?

– Je me suis coincé les doigts dans les engrenages. Ça va s'arranger. Mais puisque tu es là, tu peux peut-être répondre à une question qui me court dans la tête. Je ne me souviens pas bien de Beau, à peine de cette nuit où il est parti et de tous ces crimes dans les montagnes. Mais toi et lui, vous étiez assez liés, papa.

– C'est sûr.

– Il t'a sauvé la vie, n'est-ce pas ?

Hackaliah parut se recroqueviller, comme s'il s'attendait à recevoir un coup. Ses yeux jaunes étaient franchement inamicaux, mais il fixa son regard sur le plancher et ne changea pas de ton.

– On peut pas dire ce que le Patron aurait pu me faire, et ça n'avait pas d'importance que je sois dans mon droit. C'était un homme dur et il avait les sangs retournés. On m'a battu à coups de fouet et j'aurais aussi bien pu être tué. Mais Beau l'a arrêté. De la seule façon possible : il a donné un coup de crosse sur la tête de son père. Il lui a abîmé la bouche pour toujours.

Une grimace de satisfaction déforma alors la bouche de Hackaliah, puis il porta sa grosse main à son visage pour réprimer le tremblement qui le gagnait.

– Est-ce que Beau a une chance d'être encore en vie aujourd'hui ?

– J'ai pas pensé à lui depuis un bout de temps.

La voix de Hackaliah était devenue un vague murmure. Jackson remarqua qu'il avait également un talent certain pour se fondre dans l'arrière-plan de la pièce, finissant par ressembler à un meuble ancien auquel on s'est habitué et que l'on ne pourrait se résoudre à jeter.

– Mon cul, tu parles, dit Tyrone, soudain irrité de ne pouvoir capter le regard du vieil homme.

Jackson eut une brève pensée pour ce qu'avaient dû être les rapports de ces deux hommes, liés par une espèce de propriété qui humiliait tout le monde, à l'exception sans doute du Patron et de sa maîtresse.

– Essaie de réfléchir, papa. Comme ça serait bien ici si Beau n'était jamais parti... Allons, papa, supposons qu'il soit encore vivant.

– Je ne sais pas. C'est pas possible, je le dis.

– Mais *supposons*. Je peux pas croire que tu le laisserais comme ça se glisser parmi nous sans nous le faire savoir, non ?

Tyrone avait dit cela en souriant, mais le vieil homme avait néanmoins perçu la menace et, lentement, il releva la tête. Il semblait plus intrigué qu'effrayé.

– C'est une folie de parler d'une telle chose, dit-il enfin. Est-ce que je peux m'en aller ?

Son attitude servile correspondait à son regard neutre, comme si ses yeux étaient fixés sur un point aveugle.

– Tu pourrais rester avec nous et prendre un peu

de brandy, proposa Tyrone, glissant tout à coup vers l'indifférence.

– Je ne le pense pas. Jamais je n'ai bu un verre dans la demeure du Patron.

Tyrone bâilla.

– Papa, les temps ont changé. Tu veux te faire prier, c'est ça ? (Il prit une voix aiguë.) Papa Hackaliah, mon bon papa, tu ne veux pas goûter ce dé-li-cieux alcool vieux d'un demi-siècle ? Je sais que tu n'as jamais rien bu de pareil dans toute ta vie.

– Ce n'est pas à toi de m'inviter à boire *ici*, fit Hackaliah avec dureté.

Tyrone se retourna et cogna son poing sur la table, irrité.

– Oh, alors tu peux t'en aller ! Je ne veux pas me disputer avec toi. Mais je sais ce que j'ai à faire, mieux que toi. Ne l'oublie pas.

Hackaliah se retira sans le moindre commentaire, laissant Tyrone tendu. Finalement, il débarrassa les deux fauteuils encombrés de livres, s'assit et fit signe à Jackson de l'imiter.

– Je ne sais pas pourquoi, grommela-t-il, mais il remue toujours ce qu'il y a de pire en moi. Pourtant, il n'a jamais été méchant avec moi. Même avec tous les ennuis que je lui ai donnés.

– Est-ce qu'il avait épousé votre mère ? demanda Jackson en s'installant sur un bras du fauteuil.

– Oui, bien sûr. Mais il ne s'est jamais rien passé entre eux au lit, vous savez. Elle se réservait pour le Patron. Pourtant, je suppose qu'il n'était pas assez vieux alors pour qu'il n'ait pas envie de temps en temps de ce qu'il pouvait avoir.

– Et peut-être que le désir l'a emporté de temps en temps. Après tout, le Patron lui a fait donner le fouet.

– Je ne crois pas que c'était à cause de ma mère. Ça s'est passé pendant la nuit de la guerre du comté de Chisca.

– Qu'est-ce que c'était que cette guerre ?

– Un vrai massacre. C'est le nom qu'on lui a donné dans les journaux, c'est tout : la guerre du comté de Chisca. Il n'y avait pas beaucoup de Noirs pour se battre, cette nuit-là. Je suppose qu'on vous a appris à l'école que l'esclavage avait été aboli dans ce pays après la guerre de Sécession, mais faut pas croire ça. Bien sûr, il y a des tas de gens de couleur qui touchent des salaires, de nos jours, qui ont même des parts dans les plantations, mais ça ne veut rien dire du tout. Un Noir, il a toujours des dettes avec son patron, et tout ce à quoi il a droit, c'est de vivre dans la crasse, dans des taudis, et dans le froid de l'hiver en février. On est en guerre, et pourtant il y a encore six ou sept cents hommes qui travaillent ici, dans la plantation. Il y a vingt-cinq ans de ça, ils étaient mille ou plus. Dasharoons, c'était le plus grand marché de mules du Sud, et peut-être bien du monde. Mais toutes les corvées, c'était pour les mules humaines. Grâce à Dieu, il y a toujours eu un Noir avec un peu de jugeote pour redresser un peu la tête et parler en notre nom. En 1920, c'était Elias Pearman. Il a dit : « Si vous n'êtes pas assez payés pour manger à votre faim, pour avoir des chaussures aux pieds, ne travaillez plus. Jusqu'à ce qu'on vous paie correctement. » C'est une philosophie de bon sens, mais ça n'a rien réglé avec les patrons, que ce soit à Dasharoons ou ailleurs. Les mauvais Blancs ont essayé de tuer Elias Pearman, mais il a été brave et il a eu de la chance, et tout ce qu'ils ont réussi à faire, c'est de tourner l'opinion en sa faveur, ce qui ne serait probablement pas arrivé s'ils lui avaient permis de parler. Y a pas un discours au monde qui ait la force d'une seule goutte de sang versé. Mais les gens de couleur, par ici, ils étaient tellement enfoncés dans leur misère qu'ils étaient incapables de reconnaître un sauveur. Il y en avait même qui étaient contre Elias, parce qu'ils avaient peur de la colère du patron. Et, comme vous devez l'avoir compris, le Patron Bradwin était le plus dur de tous.

– Vous avez dit qu'il s'était agi d'un massacre. C'est comme ça qu'il a décidé de prouver son autorité ?

Tyrone secoua la tête.

– D'après ce que j'ai réussi à apprendre en parlant à ceux qui ont vécu ça et en lisant le journal du Patron, je ne crois pas qu'il ait été mêlé en quoi que ce soit à l'attentat contre Elias Pearman. Le Patron était le plus grand mais c'était aussi le plus malin. Il avait bien dû comprendre qu'à long terme Elias ne pourrait pas lui faire grand mal. Le Patron était riche, mais c'était une époque de pauvreté et quand un homme demandait un dollar, on ne lui en donnait pas deux. Je ne condamne pas le Patron, parce que c'était un homme de son temps. Mais il tirait de l'orgueil de son passé de soldat, il pensait qu'il aurait fait un bon général et que c'était la malchance qui l'avait empêché de faire une brillante carrière. La vérité, c'est qu'il ne s'est pas montré suffisamment bon dans l'unique et véritable combat qu'il ait jamais eu à livrer, et le sang de beaucoup d'innocents a été versé parce qu'il a perdu la maîtrise de soi et de ses hommes.

– Comment a éclaté le conflit ?

– À cause de Beau qui ne ressemblait pas du tout à son père. Il avait des idéaux, il compatissait aux souffrances des gens malades ou affamés. C'était un jeune bolchevik, en fait, et à l'époque, les gens, par ici, ne connaissaient même pas très bien ce mot. C'est par l'intermédiaire de Hackaliah qu'il avait fait la connaissance d'Elias Pearman et il avait été attiré par ses arguments radicaux. Il s'était dit que, pour un homme cultivé comme le Patron, qui avait étudié l'histoire et les révolutions, ce serait enrichissant de rencontrer un vrai révolutionnaire. Non pas un de ces dangereux anarchistes dont il avait entendu parler, mais un prophète qui annonçait les changements qui n'allaient pas tarder à se produire.

» Le Patron accepta finalement, après deux nuits de discussions tellement vives que mon père restait les yeux grands ouverts dans son lit, sous le toit. Le Patron devait beaucoup aimer Beau, parce que la philosophie politique de son fils ne l'impressionnait pas. En fait, elle lui causait du chagrin et de l'embarras vis-à-vis de ses pairs. Mais il faut lui reconnaître ça : il laissait à Beau ses opinions propres et ne l'empêchait pas de commettre des fautes. "La façon la plus dure, c'est celle qui reste", a-t-il écrit quelque part dans son journal. Et c'est comme ça qu'il a accepté de débattre avec Elias Pearman, un homme vindicatif qui parlait presque aussi bien que le Patron.

– C'était un forum public ?

– Oui, dans l'église de la communauté de Vauxhall de Chisca Ridge. Tous des gens de couleur, dans ce coin-là. Le Patron et Beau devaient être les seuls Blancs dans l'église. La tension était intense. Il a fallu du courage au Patron pour entrer sans même un lance-pierres sur lui. Après tout, Elias était un radical, un Noir que les Blancs méprisaient et détestaient. On avait déjà tiré sur lui. Mais le Patron savait bien ce qu'il faisait. Il n'ignorait pas que les nègres ne l'aimaient pas mais qu'ils le respectaient. Et il savait aussi comment faire baisser la tension. Il a tendu la main à Elias et l'a regardé d'un œil malin. « Ça, pour sûr, a-t-il dit, j'ai longtemps attendu ce moment. » Tout le monde s'est calmé. Et alors, ces deux géants ont commencé à parler. Ils se bagarraient ferme, mais c'était propre et juste. J'aurais aimé être là cette fameuse nuit, avant les incendies et la tuerie.

Tyrone s'interrompit pour fouiller dans le placard

proche de la table. Il montra un humidificateur à cigares en maïolique.

– Le Patron a laissé quelques havanes Upmann. J'en fume un de temps en temps. Et vous, docteur ?

Jackson refusa. Il était impatient d'entendre la suite du récit. Tyrone, quelque peu handicapé par sa main, réussit avec peine à cueillir un cigare et se rassit. Mais il n'était pas à l'aise avec un cigare, malgré tout. Chacun de ses gestes accusait une notable maladresse et il semblait fumer pour exprimer quelque sens obscur du privilège.

– Leur discussion a duré trois bonnes heures. Les ennuis ont commencé au-dehors, pas dans l'église. Le Patron lui-même ne savait peut-être pas ce qui se passait. Je pense que certains métayers blancs de Dasharoons étaient inquiets et qu'ils sont venus jeter un coup d'œil sur ce qui se passait. Et ils avaient pris leurs fusils pour leur tenir compagnie. Et puis, la nouvelle a circulé en ville : « Le Patron Bradwin est allé à Vauxhall ce soir, et il y a un millier de négros qui l'attendent. » Ce genre de rumeur stupide. Et ils étaient tous accourus à cheval, armés, prêts à tout. Ils s'étaient rassemblés autour de Vauxhall. La nuit était très noire. Imaginez ce que les gens de couleur qui n'étaient pas dans l'église ont pu penser quand ils ont vu ça.

» Personne ne peut dire encore aujourd'hui si c'est un Noir qui a ouvert le feu ou bien un des Blancs de la foule qui entourait l'église. Toujours est-il qu'un nommé Griffin Albright, qui était le contremaître en chef du Patron à l'époque, et un ami personnel, est tombé de cheval, la nuque trouée. Et l'église s'est vidée d'un seul coup. Tout le monde arrivait en courant pour voir ce qui s'était passé. Le Patron était devant, bien reconnaissable dans son costume blanc. Heureusement, parce que tout le monde se serait mis à tirer. Bob Albright, le frère de Griffin, avait pris le corps entre ses bras et il pleurait et criait tout à la fois. C'était une image affreuse : les Noirs et les Blancs se faisaient face avec seulement la route brillante qui les séparait. Mais le Patron a tout de suite dominé la situation. Il a calmé Bob Albright et a fait emporter le corps par quelques hommes, ce qui était une bonne chose. Et puis, il s'est tourné vers Elias Pearman et il lui a dit :

» – Je veux le nègre qui a fait ça.

» – Il me semble, a répondu Elias, toujours aussi froid que d'habitude, que toutes les armes sont dans vos mains.

» Les Blancs ont grondé en entendant ça, mais le Patron les a fait taire :

» – Est-ce que vous voulez dire que vous croyez qu'un de ces hommes a abattu Griffin Albright par-derrière ?

» Elias a acquiescé et lui a dit :

» – Vérifiez les chargeurs des fusils pour voir.

» C'était une bonne suggestion, mais le Patron n'a pas eu le temps d'accepter. Tous les hommes armés ont pointé leurs fusils en l'air et se sont mis à tirer en même temps. Ça a fait autant de bruit que le Jugement dernier et ça aurait pu semer la panique si Elias n'avait pas crié à ses hommes de ne pas courir.

» Quand les tirs ont cessé, le Patron a dit :

» – Vous avez une heure pour retrouver le négro qui a tué Griffin Albright.

» Certains disent qu'Elias a souri au Patron, mais ce devait être un sourire bien amer. Et il lui a dit :

» – Je vais interroger les gens. Et puis, je reviendrai vous dire ce que j'ai appris. Accepterez-vous ma parole si je vous déclare que ce n'est pas un homme de couleur qui a tiré ?

» Le Patron aurait pu dire simplement : “Elias, j'ai appris à mieux vous connaître ce soir, et je pense que vous êtes un homme juste.” Et ensuite, il se serait retiré en toute dignité. Mais il a dit :

» – Amenez-moi ce négro d'ici une heure ou vous le regretterez.

» Après ça, il n'était plus question de reculer, ni pour l'un ni pour l'autre.

Tyrone s'interrompit et continua à tirer sur son cigare tout en ruminant sur la fin de l'histoire.

– Et où était le shérif pendant ces événements ? demanda Jackson. Il n'y avait donc pas de loi à Chisca Ridge ?

– Oh, si, il y avait un bon shérif à cette époque, et il savait faire régner la paix. Mais il était parti en expédition de pêche. Le Patron avait tous les titres prévus pour représenter la loi fédérale, il pouvait même procéder à des arrestations. Tout ce qu'il voulait, c'était mettre la main sur un pauvre nègre pour le jeter en prison pendant quelque temps. Et ça aurait pu se terminer comme le Patron le souhaitait. Les gens de couleur savaient très bien quand ils avaient intérêt à coopérer avec lui pour éviter que la fièvre du lynchage monte. Mais Elias Pearman était là et le Patron a commis l'erreur de placer l'affrontement sur un terrain personnel au lieu de lui expliquer calmement et froidement comment les choses devaient se passer pour calmer les esprits.

» Elias n'a pas adressé un seul autre mot au Patron. Il a ramené tous les siens à l'église. Le Patron a dû croire alors que l'autre acceptait. Il a laissé quelques hommes dans la rue qui conduisait à Vauxhall et s'est replié avec les autres sur une hauteur, dans une prairie qui surplombait l'église. Il faisait froid et très sombre. On a servi de l'alcool. Les hommes ne se parlaient guère, ils voulaient surtout rentrer chez eux. Le Patron et Beau se sont mis à discuter. Pendant une bonne heure, tout a été calme. Puis les chants ont commencé dans l'église, très bas tout d'abord. “By and by we'll See Jesus.” Le Patron a regardé plusieurs fois sa montre.

Il était inquiet parce que ce n'était vraiment pas le moment de chanter des hymnes.

» Et c'est alors qu'ils ont entendu des cris : "*Y a un négro qui court ! Y en a deux !*" Des lampes ont été allumées dans la rue et dans les bois autour. La chasse a commencé. Il y a eu des coups de feu. Et d'autres cris. Le Patron s'est levé et il a dit :

» – Fils de pute, sale menteur, en parlant d'Elias Pearman. Finissons-en.

– Mais qui s'était mis à courir ? demanda Jackson.

Tyrone eut un haussement d'épaules.

– Elias avait fait rentrer tout le monde dans l'église et il leur avait dit qu'ils devaient attendre l'aube, ou même plus tard, jusqu'à ce que le calme soit revenu. Il avait promis que personne ne serait blessé aussi longtemps qu'ils prieraient. Il y avait une quinzaine de jeunes garçons et peut-être qu'ils ont pris peur en pensant à ce qui pouvait arriver. Ou plus simplement ils ont fini par s'ennuyer et se sont dit qu'ils avaient une chance de se glisser entre les hommes de garde. En tout cas, les deux garçons ont été rattrapés et abattus. On a mis le feu à une maison et d'autres gens ont voulu s'enfuir de l'église. Certains étaient fous de peur, prêts à tuer des hommes blancs. Quelques-uns sont allés chercher leur fusil alors que d'autres s'agenouillaient comme ça en pleine rue, paralysés. Et quand la bande du Patron a dévalé de la prairie, ils ont été piétinés comme des insectes.

» Dans ce moment de folie, on a aidé Elias Pearman à fuir. Quand le Patron l'a appris, il a piqué une crise de rage. Je crois que l'odeur du sang lui était montée à la tête. "Nous allons le chercher et le trouver." Il n'a même pas tenté d'organiser la poursuite. Il a laissé ses hommes se disperser en groupes dans toutes les directions.

» La nuit s'avançait et la dévastation se répandait dans les montagnes : Vauxhall, Tambourine, Tchula

Bend. Dans certains endroits, les hommes du Patron étaient reçus à coups de fusil. Les Noirs essayaient de protéger leurs familles. C'était une excuse pour le massacre. Quand le soleil s'est levé, il n'y avait partout que des ruines, de la fumée, du chagrin. Des corps partout dans les champs. La garde nationale a dû intervenir pour empêcher la révolte. Mais le Patron a proclamé que c'était une victoire. Il a eu le culot de prétendre que ça avait été nécessaire pour sauver l'ordre et le mode de vie du Sud !

– Et qu'est-il arrivé à Elias Pearman ?

– Il tentait de s'enfuir du comté dans un camion conduit par Papa Hackaliah quand les hommes du Patron lui sont tombés dessus. C'était à l'aube. Le Patron les a fait descendre tous les deux et il a sorti son gros vieux fouet. Toute la nuit, Beau l'avait supplié d'abandonner. Mais le Patron était comme saoul. Il l'a repoussé et a levé son fouet. Une fois, deux fois, trois fois. Le sang a jailli et Papa Hackaliah est tombé à genoux tellement il souffrait. Beau n'a pas pu supporter ça. Il a pris le fusil d'un des hommes et a donné un coup de crosse en plein dans le visage du Patron. Le Patron est tombé comme un sac et c'est comme ça que la guerre du comté de Chisca s'est achevée. Il y a eu plus de cinquante morts, dont quelques Blancs. À la fin de la journée, personne n'avait retrouvé la trace de Beau. Je ne pense pas que le Patron ait jamais plus parlé de son fils aîné depuis.

– Je suis surpris que l'on ait toléré Hackaliah après ça.

– Il a eu la bonne idée de se faire discret pendant un bon moment. La plantation est grande. Vous pouvez rester des semaines sans voir un homme si vous ne le voulez pas. Papa était comme un paria. Tout le monde ou presque l'ignorait. Mais il était au service du Patron depuis longtemps, et il avait reçu le fouet, aussi le Patron le fit revenir dans ses bonnes grâces. À la place de papa, pourtant, je ne crois pas que j'aurais pu oublier et pardonner aussi vite. Il aurait dû s'enfuir en même temps que Beau. (Tyrone se leva.) Oh, j'ai oublié de vous dire qu'Elias Pearman est allé prêcher le long du fleuve et que, l'année suivante, il a été assassiné par le Ku Klux Klan à Greenwood, dans le Mississippi. Il lui restait quelques bouts de peau sur le corps, sous la plante des pieds et derrière les oreilles quand on l'a retrouvé. Dans le bon vieux temps, ils appelaient ça « blanchir un négro ». Quand un esclave avait désobéi, on ne lui laissait que... comment appelez-vous ça ? Les tissus sous-cutanés. (Tyrone leva les mains, comme s'il voulait que Jackson les inspectât.) Certains d'entre nous, vous le voyez, sont *blanchis* d'une autre façon. Finalement, c'est plus agréable pour le patron et sacrément moins sanglant. (Il eut un sourire sans joie.) Ce n'est pas une façon très agréable de clore cette conversation, mais je crois que je dois partir. Quelquefois, comme ça, je n'arrive plus à fermer mon clapet et j'ai peur que les oreilles vous en tombent.

– Tout ce qui touche aux Bradwin m'intrigue, et plus spécialement l'histoire de Beau. Quelle triste façon d'en finir avec sa jeunesse ! Ç'a été le cas pour la mienne, quoique les circonstances aient été différentes.

Mais Tyrone ne l'écoutait pas. Il prit une coupure dans le rouleau de billets qu'il venait de sortir de sa poche.

– Laissez-moi vous régler ce que je vous dois pour le pansement.

Jackson le repoussa.

– Absurde. Mais il faudra que je regarde comment ça se passe d'ici deux jours et que je change le pansement.

– Docteur, j'apprécie cette attention. Je vais éteindre et fermer.

Il était onze heures passées et la maison était paisible. Hackaliah, à moins que ce ne fût l'une des servantes, avait défait la courtepointe du lit de Jackson et déplié son pyjama. Les portes du balcon avaient été fermées pour empêcher la chaleur du dehors d'entrer. La chambre était plus fraîche que la bibliothèque et, pour Jackson, ce fut un réconfort inespéré.

Il dénoua sa cravate, enfila ses pantoufles et posa sur le secrétaire Chippendale l'histoire de Nancy Bradwin rédigée par feu le Dr Talmadge. Tout en parcourant les feuillets cornés et parfois illisibles, il réfléchit à ce qu'il savait déjà de la métamorphose qui avait fait d'une jeune femme calme et réservée une garce agressive. Une succession de chocs : la perte d'un bébé, le terrifiant parricide de Clipper... Cela pouvait expliquer la modification de la personnalité de Nancy. Ou bien y avait-il une raison pathologique ? Son comportement dépravé suivant immédiatement une période de sommeil prolongé et anormal semblait indiquer un déséquilibre émotionnel plutôt qu'une lésion cérébrale... Il y avait aussi, bien sûr, une troisième possibilité, ancrée dans l'inconscient, dans la mémoire raciale, plausible uniquement pour quelqu'un qui avait vécu la même expérience que Jackson.

Une nouvelle fois, il revit la chute du cercueil, ce corps à l'apparence surnaturelle sous la clarté de la lune, libéré enfin d'une famille poursuivie par le mal, soulagé de la malédiction d'un sang maudit. Dans la forêt de sa jeunesse, dans le silence torride habité par des terreurs trop rapides pour l'œil humain, Jackson avait appris que nous ne nous appartenons pas, que nous sommes la proie d'esprits bons ou mauvais.

Il frissonna et essaya de se concentrer, mais l'atmosphère de la demeure l'en empêchait. Nancy

Bradwin, ici même, avait été acculée à la mort, dépossédée. Dans cette maison où les gens sursautaient trop souvent, se glissaient au long des couloirs armés de fusils, épiaient les recoins d'ombre, croyant voir surgir Early Boy Hodges à chaque détour. Mais il y avait autre chose en ces lieux : quelque chose de sombre, lourd, miasmatique, quelque chose qui s'enflait, près d'éclater. Et Jackson se sentait vulnérable, à nu, comme l'enfant qu'il avait été, dans la forêt.

Ses émotions s'apaisèrent quelque peu à la lecture des pattes de mouche du Dr Talmadge. Rien, apparemment, dans le sang ou le tissu cérébral de Nancy, ne mettait en évidence une maladie. Talmadge avait essayé de fortes doses de Paraldéhyde et de Scopolamine mais, après quelques brèves améliorations, quelques périodes normales, voire brillantes, Nancy Bradwin avait sombré de nouveau dans un sommeil froid, pareil à la mort. À la fin, Talmadge, admettant son impuissance avec les mots secs d'un simple rapport médical, l'avait renvoyée à la clinique puis s'était pendu.

De ses dernières heures, on ne connaissait que l'acte, pas ses pensées. Avait-il été poussé par le désespoir, ou bien encore avait-il trouvé une réponse qui, plutôt que de tout éclairer, l'avait rendu fou ?

Peut-être, songea Jackson, n'était-ce pas Nancy qui le mettait dans cet état, mais l'atmosphère malsaine de cette maison où Talmadge avait passé tant d'heures, négligeant son cabinet... Il se massa la gorge, comme pour y sentir la pression qui avait mis fin à l'existence de Henry Talmadge. Il ôta ses chaussures et s'étendit sur le lit. Il ne comptait prendre que quelques minutes de repos, de méditation. Ensuite, il serait temps de se lever pour aller rendre visite à Champ. Mais il était plus las qu'il ne l'avait cru. Dès qu'il se fut rappelé qu'il devait absolument monter voir Champ, il sombra dans le sommeil.

Dans le quartier noir, des maisons de planches s'alignaient sous les grands arbres, il y avait des volailles dans des poulaillers grillagés et des carcasses d'automobiles plantées sur des essieux rouillés. Les femmes venaient là soigner Old Lamb. Après minuit, l'air restait encore humide. Là, la Forked Deer n'était plus qu'une mare à canards et semblait se perdre, sans direction précise, au-delà d'un grand chêne. De sa cachette où il se tenait accroupi, Early Boy pouvait voir briller une fine couche de moisissure sur les sourcils du vieillard. Une lampe à pétrole était accrochée sous le porche, là où elle ne pouvait éblouir ses yeux. Le porche de même que les marches étaient envahis de fleurs sauvages. La radio faisait entendre des craquements qui couvraient souvent un blues à moitié chanté sur un accompagnement de guitare en bottleneck.

Les femmes lui avaient changé sa chemise de nuit pour la deuxième fois, en le déshabillant avec douceur, et le vieil homme n'avait pas paru dérangé dans son rocking-chair. Du moins ne se plaignait-il jamais. Elles posaient régulièrement sur son front des mouchoirs mouillés et lui donnaient fréquemment à boire. Il y avait toujours un peu d'eau qui coulait de sa bouche et dégoulinait jusque sur les planches disjointes du porche. De temps en temps, quand il était seul, Old Lamb se balançait, ce qui irritait le chien qui dormait près de la radio, un œil mi-ouvert, rouge et brillant.

Quand les femmes se furent montrées pour la deuxième fois, et que la lune brilla dans le ciel, la lampe à pétrole se mit à clignoter puis s'éteignit. Il n'y avait plus une seule lumière dans le quartier. Early Boy se leva, fit jouer discrètement ses jointures engourdies et se rendit à son travail.

Le chien l'entendit dès qu'il eut posé un pied sur la première marche et essaya de sauter, mais il était âgé, ses pattes arrière restèrent emmêlées et il s'effondra d'un air idiot sur les pieds nus d'Old Lamb. Ses gémissements devinrent un grondement jusqu'à l'instant où Old Lamb le fit taire.

Il tourna la tête vers Early Boy.

– Tu es venu pour me chanter des hymnes et me faire avaler la Bible ? demanda-t-il d'un air furieux.

– Ce n'est pas mon genre.

Old Lamb renifla, comme s'il percevait une odeur peu familière. Son attitude changea. Il s'exprima d'une voix forte, courtoise.

– Oh, c'est toi, Beau. Tu as pris un bain ?

– Early Boy, si ça ne vous fait rien.

– Heureux de te voir, quel que soit le nom que tu t'es choisi.

Old Lamb, à vrai dire, ne pouvait guère voir ce qui l'entourait. Dans un œil, on ne distinguait que quelques lueurs bleutées sous la paupière gonflée, quant à l'autre, il était endormi sous un épais buisson de poils. Il sourit quand la main d'Early Boy se referma sur son épaule.

– Assieds-toi, dit-il.

Early Boy jeta un coup d'œil en direction de la porte-moustiquaire, prêtant l'oreille aux ronflements des femmes à l'intérieur de la maison. Puis il s'accroupit et appuya son dos contre une colonne du porche.

Pendant plusieurs minutes, ni l'un ni l'autre ne parlèrent. Early Boy semblait s'être assoupi, les yeux ouverts, mais il dressait l'inventaire de toutes les ombres et il n'y avait pas un son, si faible fût-il, qui lui échappait. Old Lamb se mit à se balancer. Puis il s'interrompit pour pisser dans sa chemise et recommença.

– Coliques néphrétiques, dit-il. Maladie des reins.

– J'ai remarqué ça. Vous avez mal ?

– Non. Le souffle de la famine est comme l'odeur du pain frais. Tu savais cela ? (Une trace de chagrin marquait sa voix.) Mais ça prend du temps pour mourir comme ça.

– Combien de temps êtes-vous resté sans nourriture ?

– Je ne sais pas. Quand est-ce que tu es venu la première fois ?

– Il y a deux semaines.

– Ça remonte à avant. Je suis plus faible. Quelquefois, j'ai de la peine à sentir mon pouls. Ça prend tellement de temps, Beau.

– Appelez-moi Early Boy. Vous auriez pu vous injecter quelque chose, en finir vite. Pourquoi ne l'avez-vous pas fait ?

– Early Boy, j'ai fait un rêve. (Un sourire se dessina sur le visage ancien. Le chien gémit dans son sommeil.) J'allais avec mon ami Jésus jusqu'à une porte qui s'ouvrait dans la terre. Et il portait mes os dans un petit coffret, rond comme un œil ou un œuf.

– Intéressant comme rêve. Mais je me demande ce qu'il a à voir avec ma question.

– Attends. Avant que je marche à nouveau avec Jésus, sur le sentier étroit et tout droit, il faut que j'abandonne toutes mes corruptions. Et j'ai été un homme corrompu. Donc, je n'absorbe rien que de l'eau de source. Et je pisse tous mes poisons. Je deviens plus faible, mais je m'exalte. À la fin, je descendrai de ce vieux fauteuil, comme une plume, et Jésus m'attendra dans Sa gloire resplendissante, et Il tendra la main pour prendre la mienne.

Early Boy regarda de part et d'autre de la route déserte, devant la maison d'Old Lamb, songeant aux longs dimanches à l'école, aux leçons bibliques. Sa mère avait été soprano dans le chœur de l'église baptiste. C'était à peu près tout ce qu'il se rappelait d'elle : elle chantait en solo, sa voix était d'une perfection presque effrayante, mais dépourvue de passion.

– Est-ce que vous avez réfléchi à ce que je vous ai demandé ?

Old Lamb acquiesça.

– Oui.

– Et alors ?

– C'est trop tard. Ça ne fera rien de bien, de le tuer. Il n'est que le *N'ganga,* un féticheur, et il n'est même pas très bon.

– Et si je le tue quand même ?

– C'est du *loa* que tu devrais te préoccuper. Ça doit être la Ai-da Wédo, la plus puissante déesse d'Afrique. Elle a la vie éternelle. Elle est la vie éternelle.

Early Boy se détourna pour cracher.

– De la merde !

– Tu l'as vue ? demanda Old Lamb d'une voix patiente.

– Je vais vous dire ce que j'ai vu. Un rite, avec tout un tas de sales serpents. Plus que je n'en avais jamais vu à la fois.

– Bien sûr. La Ai-da Wédo est un serpent. C'est la déesse de la lune, la femme du soleil. En Afrique, on l'appelle Mawu, à Haïti, Erzulie. Elle a la peau sombre, et elle est aussi belle que la Reine de Saba. Ceux qui veulent influer sur leur chance, leur position dans la vie, l'invoquent. Mais, comme tu le sais, ce n'est pas sans danger.

– Est-ce que c'est à l'école de médecine qu'on vous a fourré toutes ces sornettes vaudou dans la tête ?

Old Lamb parut amusé.

– Pendant bien des années, j'ai mis ma foi de côté. Je n'y ai cru à nouveau que lorsque je l'ai vue – la Ai-da Wédo. Belle comme un arc-en-ciel, redoutable comme la vipère. (Brusquement, son esprit perdit de sa clarté, il ne fut plus qu'une momie souillée dont la voix se perdait en un dialecte presque incompréhensible. Il semblait s'adresser à d'invisibles importuns.) Ôtez vos mains... j'ai dit d'partir... Laissez-moi crever, négros... N'menez-moi comme pou'ça...

Early Boy soupira et porta la main à sa bouche blessée, se demandant s'il devrait revenir une autre nuit, et si même il y aurait une autre nuit pour Old Lamb. Il attendit, indécis. Mais Old Lamb se remit à parler, et sa voix était redevenue ferme et claire.

– C'est une religion très ancienne, tu sais, plus vieille que la tienne. Moïse était un initié du vaudou, un élève de Ra-Gu-El-Pethro, le maître Midianite. Moïse, selon la tradition vaudou, aurait épousé Sephora, la fille de Pethro, et elle lui aurait donné deux fils mulâtres. Tous les enseignements sociaux et religieux de la Bible, codifiés par Moïse, ont leur origine dans la théocratie noire. (Old Lamb pouffa de rire.) Je me demande vraiment ce que diront ces espèces de cafards de prêcheurs blancs quand la vérité leur sera enfin révélée. Des milliers d'années avant Jésus-Christ, les civilisations anciennes étaient belles et noires. Leur sagesse était celle de la race noire. Qui sait ? Si la Ai-da Wédo a choisi Tyrone pour être le prophète de l'ultime Vérité, l'aube d'un âge nouveau pour la race noire, c'est peut-être parce qu'il est meilleur que je ne le pensais.

– Tyrone n'est qu'un négro complètement cinglé, et vous le savez.

– Tyrone a toujours su trouver le temps de s'asseoir et de parler. Il y avait peu de disciplines qui lui résistaient : médecine, philosophie, religion... Il les absorbait toutes rapidement. Mais sa foi chrétienne s'était rétrécie, à cause de la pompeuse religion des Blancs. Il refusait d'attendre devant la porte du Paradis comme un pauvre Bamboula. J'ai été flatté par ses attentions, ragaillardi par la vigueur de son tempérament et séduit par son esprit brillant. En retour, il a séduit mes filles. J'aurais dû me dire, après tout, que je lui devais bien ça pour tout le temps qu'il me consacrait. Tyrone n'a jamais été vraiment un ami pour moi. Mais je crois que sa cause était juste. Je pense qu'il a un droit légal à faire valoir sur les terres de Dasharoons. Pourquoi pas ? Tu ne veux plus ce que ton père, et le sien avant lui, et ses ancêtres, ont payé avec le sang des esclaves. La cause de Tyrone était juste, mais la manière dont il luttait ne pouvait faire de lui qu'un pauvre cinglé de négro, comme tu dis. Alors, j'ai eu pitié de lui et je l'ai aidé...

– Et vous lui avez appris le vaudou. C'est comme si vous aviez donné à un petit gosse un bidon d'essence et des allumettes pour s'amuser. Et il a déchaîné l'enfer. Comment a-t-il rendu l'avocat infirme ? En enfonçant des épingles dans une poupée ?

Old Lamb secoua la tête.

– Non, non, tu ne comprends pas. Je lui ai enseigné le vaudou, non pas pour accomplir ses fantasmes mais pour l'en écarter. J'avais espéré qu'il serait tellement plongé dans toutes ces complexités, pris par l'esprit vrai, que ce serait pour lui comme un mentor. Le vaudou, ce n'est pas de la sorcellerie primitive comme le croient les hommes blancs. Les rites et les symboles en sont complexes et aussi riches de sens que ceux du christianisme. Le panthéon vaudou est l'égal de celui des Grecs et des Romains, avec lesquels il a plus d'une divinité en commun.

– Où est-ce que vous avez appris le vaudou ?

– Ma mère était une mambo à Haïti. À la différence des autres prêtres, dans une religion surchargée en vocations, elle semblait sincère, ce qui sous-entend le respect des *lois* (1), les lois de la création.

– Mais Tyrone n'avait pas la vocation.

(1) La plupart des termes propres au vaudou employés ici sont en français et en italique. *(N.d.T.)*

Old Lamb soupira et Early Boy reçut son haleine fétide dans le visage.

– Tyrone a gravi trop vite les échelons, avant d'être prêt pour ses responsabilités. Il faut disposer d'un pouvoir fort sur les *mystères* – les esprits – pour pouvoir repousser les insoumis avant qu'ils ne fassent du mal. Mais, pour la Ai-da Wédo... c'est différent. Elle n'a pas de maître sur cette terre.

Old Lamb toussa, se pencha en avant et porta les mains à sa poitrine. Early Boy n'aurait su dire s'il souffrait ou s'il riait trop fort. Ses yeux pleins d'intelligence brillaient d'ardeur. Lorsque sa quinte eut cessé, il mâchonna silencieusement sa lèvre inférieure pendant quelque temps. Quand il se remit à parler, ses phrases se firent une fois encore imprécises, et son ton plus guttural.

– Faut la connaître, la Ai-da Wédo. Elle est capable de faire deux fois le tour du monde en volant, comme de la fumée ou bien du feu, ou la queue d'une comète... Et ça avant même qu'on ait soufflé son nom. Elle est forte comme les tremblements de terre, et en même temps c'est comme une putain... Tyrone, il croyait qu'il pouvait avoir toutes les femmes, et qu'elle pouvait lui obéir... Mais faut pas coucher avec la Ai-da Wédo. On sort pas vivant de ça... Oh non, pour sûr ! Et même le grand patron, tu vois qui j'veux dire... serait vivant aujourd'hui si son fils avait pas baisé avec la Ai-da Wédo. (Old Lamb fut pris d'un rire violent.) Jézabel ! Tu sais qu'elle a voulu baiser avec moi ? Parce qu'elle avait un peu peur de la magie de ma maman qui est morte ! Elle avait une *baka* très puissante, tu sais... Mais j'ai pas voulu qu'elle m'grimpe, ça non ! C'est pas parce que j'étais vieux. Ça marche toujours... Mais j'ai toujours fait attention à pas mettre mon lézard n'importe où, pour sûr !

Il oscilla dans son rocking-chair sans cesser de rire. Les larmes roulaient sur ses joues creuses

Early Boy regarda la porte, prêt à s'éclipser si quelqu'un se manifestait. Mais Old Lamb se calma pour retrouver son souffle. Au bout d'un moment, il redevint silencieux et immobile, sa tête grise inclinée sur son épaule.

Early Boy tendit la main pour prendre entre ses doigts un vieux poignet qui n'avait plus de chair sur les os.

– Old Lamb ! Eh, Old Lamb !

Old Lamb renifla, puis demanda d'une voix nette :

– Qui est-ce ?

– Beau, fit Early Boy avec réticence. C'est Beau Bradwin. J'ai besoin d'aide.

– Je te connais. Je t'ai toujours bien aimé. Beau, tu n'aurais pas dû t'enfuir.

– C'est la meilleure chose que j'aie jamais faite. Maintenant, dites-moi ce qui est arrivé à Clipper. Est-ce que la Ai-da Wédo l'a eu ?

– Elle s'est emparée de son esprit et de son corps.

– Comment ?

– Par leurs rapports sexuels.

– Alors, voilà la question à cent dollars. Qu'est-ce que je peux faire contre elle ?

– J'ai froid, Beau. Éteins la lumière, s'il te plaît. C'est une lumière tellement froide.

Early Boy se leva pour éteindre la flamme fragile de la suspension puis il se rassit. Old Lamb ne parut pas s'être aperçu de son geste et répéta :

– La lampe, Beau.

– Elle est éteinte.

– Alors qu'est-ce que je vois ? Ça ne peut quand même pas être un ange de miséricorde qui vient me trouver. C'est trop petit, trop loin. Comme un œil qui regarde. Sans paupières. C'est jaune. Ça me brûle. Je suis tout sec, tout froid, et encore corrompu. Trop tard, Beau. *Oncle Gardien, voisin Jésus, donne-moi ta* baka *!* (Comme si soudain il avait peur de l'indifférence de son dieu chrétien, il entonna un chant créole plaintif :) *Yahwé, Yahwé, Bossou mrin ! Empêchez lan do m' prend' mouè.*

Le chien souleva la tête d'un air inquiet.

Mal à l'aise, Early Boy regarda par-dessus son épaule. Des nuages couraient au-dessus du bayou sombre, occultant la lune.

– Ce n'est rien, dit-il enfin. La lune. Mais elle a disparu maintenant.

Pourtant, au creux de la nuque, il sentait le picotement d'une excitation inaccoutumée, malsaine. Et le chien se mit à haleter puis à gémir. Les cimes des grands arbres, tout autour du bayou, dansaient comme des algues sous l'effet du ressac.

Old Lamb se leva avant de retomber, les membres faibles, tous les plis de son visage crispés, le regard vitreux comme celui d'un enfant qui vient de naître.

– Dites-moi ! fit Early Boy d'une voix dure.

La réponse lui parvint, faible.

– *Baka.*

– Qu'est-ce que diable ça veut dire ?

La lourde paupière qui masquait un œil d'Old Lamb se leva comme un rideau de scène. De même ses lèvres s'entrouvrirent. Son souffle était pesant.

– Protection. Puissante magie. La Ai-da Wédo doit respecter le pouvoir de ton sacrifice.

Des grains de sable piquèrent la joue d'Early Boy. Il leva instinctivement les mains. À quelques mètres de là, devant la porte, un tourbillon de poussière s'était formé. Il s'approchait sans le moindre bruit et l'air était soudain empli de fleurs arrachées qui tournoyaient à une vitesse telle qu'elles crépitaient sur la peau comme des centaines de petits poings frénétiques et fous. Des pétales rouges venaient se coller sur la face hâve d'Old Lamb, s'amassaient en essaims épais sur la moustiquaire. Le chien avait fui. Un parfum suave et oppressant flottait dans l'air, vulgaire : un parfum pour nègre.

Early Boy bondit sur ses pieds. Old Lamb s'agrippait aux bras de son fauteuil et se balançait doucement, mais ses pieds ne touchaient plus le sol. Le balancement se faisait de plus en plus violent et sa tête tressautait en cadence. Dans la senteur d'herbe du chaos approchant, le toit du porche vibra, fut agité d'une secousse et offrit ses angles acérés au souffle du vent.

– La Ai-da Wédo ! cria Old Lamb. Elle t'arrache la peau, elle t'empoisonne ! Va-t'en, Beau ! Va-t'en !

Derrière la porte-moustiquaire, une petite fille en chemise de nuit venait d'apparaître. Elle ne devait pas avoir plus de dix ans, elle était mince et souple, un peigne dans ses petits cheveux crépus. Ses yeux étaient comme du bronze vert dans la lumière changeante, mais elle paraissait profondément endormie. Elle agitait les mains et tambourinait nerveusement sur l'amas de fleurs collées par le souffle de l'air. Elle ouvrit la bouche comme si elle voulait hurler, ou bien pleurer. Mais ce qu'entendit Early Boy, c'était le son glaçant, grésillant, d'une calebasse, d'un serpent à sonnettes.

Cette image de cauchemar, lentement, fut envahie par les autres femmes qui étaient accourues de l'intérieur de la demeure, derrière la petite fille. Elles semblaient toutes tétanisées, muettes, dans l'attente, effrayées, tel un chœur antique. Tandis qu'elles se pressaient autour d'elle, la petite fille s'acharnait contre l'écran de la moustiquaire, rivant son corps sinueux aux nuages de pétales, et les cliquetis qui montaient de sa gorge se firent plus forts.

Des fleurs arrachées volèrent jusqu'au visage d'Early Boy et lui arrachèrent des larmes. L'air parfumé portait maintenant un arrière-goût amer qui lui brûlait la gorge comme s'il avait aspiré de la chaux vive. La nuit devenait blafarde dans la lueur fluorescente et sa peau était cuisante. Sous l'effet de la pression, sa mâchoire était béante et il était cloué par les entrailles à la colonne, incapable du moindre geste pour se libérer. Quand il réussit à refermer la bouche, la douleur de ses tympans s'éteignit. Il n'entendait pas le sifflement du vent, il n'y avait que cette pression qui le poussait vers le haut. Le toit se déchira et s'envola et il se sentit écrasé, déformé. La maison grinça sous la torture et les grands arbres se penchèrent, comme effrayés, irrésistiblement attirés par le tourbillon. Il semblait que, d'un instant à l'autre, ils allaient être déracinés pour venir fracasser la maison.

Early Boy, tout en luttant pour penser, pour respirer, entendit un rire féminin. Old Lamb avait cessé de se balancer. Il avait ôté sa chemise de nuit, son corps émacié nu, les muscles relâchés, mais avec une érection importante. Early Boy dirigea son regard sur le devant de la maison. Il crut voir un instant une branche d'arbre cassée mais c'était en réalité un gros serpent noir. Il était immobile, étourdi par la chute, ou même mort. Early Boy se débattit encore pour échapper à l'étreinte qui l'étouffait et c'est alors qu'un autre serpent tomba et vint lover ses anneaux noirs autour de son bras levé. D'un geste de révulsion violente, il le rejeta et entendit encore le rire. Puis l'air parfumé, tout autour de lui, fut rempli de serpents et de nuages de fleurs en tempête.

Early Boy avait connu une vie dangereuse et survécu aux pires souffrances qu'un homme puisse connaître. Jamais il n'avait hurlé. Pourtant, il hurlait maintenant, de détresse et de tourment.

Soudain, la pression se relâcha et l'air tourbillonnant s'apaisa momentanément. La porte-moustiquaire s'ouvrit et l'enfant entra en courant. Avec un gloussement ravi, elle escalada son grand-père tout en enlevant sa chemise et révéla son pubis de petite fille. Elle entreprit avec des mouvements précis de s'empaler sur le membre érigé.

Early Boy, les yeux brouillés par les larmes, fut sur elle d'un bond et la saisit. Il savait que dans un coin de la maison, sur une dalle, il y avait une citerne très profonde. Il courut dans cette direction, trébuchant parfois, à moitié aveuglé, la fillette serrée sous son bras. Ce qui était ténèbres était devenu lumière, comme dans un négatif photographique. Il allait cuire, il allait mourir, comme le lui avait annoncé Old Lamb. L'air était irrespirable, des langues de feu s'insinuaient dans ses poumons. Pourtant, il ne put s'empêcher de jeter un coup d'œil derrière lui, obéissant au rire tentateur de la Ai-da Wédo, le serpent éternel, l'éternelle séductrice.

Il détourna aussitôt les yeux, mais l'image du basilic se fixa, ardente, dans son cerveau. Il se heurta violemment contre la citerne, tendit les mains à tâtons, ôta le couvercle et lâcha la petite Noire dans l'eau de pluie. Quelque part, Old Lamb hurlait. Early Boy plongea derrière la fillette, la tête la première. Il eut conscience d'un éclair d'un vert intense. Il s'enfonça dans l'eau fraîche et sombre, maintenant contre lui la petite fille, une main sur son nez et sa bouche. Il s'était attendu à un choc qui aurait arraché la citerne de sa base, disloqué les planches et les aurait jetés, lui et la fillette, dans le chaos de la maison.

Mais rien de pareil ne se produisit. La fillette se débattait frénétiquement et, à la fin, il la libéra. Elle jaillit à la surface, lutta pour reprendre son souffle et se mit à pleurer en s'agrippant des deux mains au rebord de la citerne.

Early Boy fut surpris de voir que la demeure d'Old Lamb était encore debout. Des plaintes terrifiées répondaient aux sanglots déchirants de la petite fille. Une femme gémissait : « Oh, Doux Seigneur ! Mes yeux brûlent ! Aidez-moi, je vous en prie ! »

La nuit était redevenue obscure, il y avait des étoiles au ciel, le vent était tombé et l'air humide était doux aux poumons. La clarté verte s'était évanouie, de même que le parfum écœurant. Les poulets, éveillés par l'éclat de l'aube artificielle, gloussaient en s'ébattant. Tous les chiens des environs hurlaient à la mort. Un serpent, sans doute un mocassin d'eau, s'enfuit en sinuant sur le sol jonché de débris. Le sang d'Early Boy se glaça instantanément dans ses veines, mais il n'y avait plus aucun signe de la Ai-da Wédo, nulle part.

Il se hissa hors de la citerne, aida la fillette à en sortir et resta haletant, immobile, un bras passé autour d'elle, incapable d'esquisser un pas. Il promena les yeux sur les fleurs éparpillées, flétries, les lambeaux de métal arrachés au toit du porche. La tornade avait été faible, silencieuse mais dévastatrice. Les larges feuilles du chêne, devant la maison, semblaient jaunies, mortes, comme tuées par un coup de gel. De même que les tomates alignées contre le mur sud.

Old Lamb n'était plus sous le porche, mais son fauteuil bougeait presque imperceptiblement. De part et d'autre de la rue, des fenêtres s'étaient éclairées, d'autres hommes accouraient, peut-être avec des fusils, et il était en danger. Il libéra la fillette qui se laissa tomber sur le sol, toute tremblante. Elle refusa de bouger quand il la pressa de rejoindre les autres femmes à l'intérieur. Il avait encore la peau brûlante, comme après un coup de soleil, mais la sensation était supportable. Encore mouillé, il s'avança en titubant pour tenter de fuir.

C'est aux abords du poulailler qu'il rencontra le corps d'Old Lamb.

Il ne voyait pas encore très bien et il ne sut pas tout de suite ce que ce pouvait être. C'était grotesquement allongé et aplati à la fois par la pression, pris dans un entrelacs de grillage. Cela ressemblait plus ou moins à une effigie grossière faite de boue noirâtre, de miettes de mica et de fétus brillants.

Mais c'étaient en réalité des os brisés et du sang, tout cela souillé par le sol du poulailler. Dans le rai de lumière provenant du porche voisin, il distingua alors le visage déformé d'Old Lamb et le trou affreux, là où s'étaient trouvées ses parties génitales.

Un chien qui rôdait s'approcha en haletant. C'était une des bêtes décharnées, à moitié sauvages, qui tuaient parfois dans ce secteur et auxquelles il valait mieux ne pas se frotter. Early Boy arracha un piquet de la clôture abattue et le pointa sur le chien qui chargeait. La gorge percée, l'animal s'effondra, agité de soubresauts. Un coup de feu éclata quelque part, puis un autre. Impavide, Early Boy changea de direction, sauta par-dessus un fossé et pénétra dans le bayou. Laissant le pandémonium derrière lui, il s'enfonça dans les ténèbres avec un sourire féroce.

À trois heures cinq du matin, Nhora vint réveiller Jackson. Elle était en peignoir et semblait encore aux prises avec le sommeil, mais son expression était douloureuse, tendue, presque égarée.

– Excusez-moi d'entrer ainsi. Votre lampe était allumée et la porte ouverte.

Jackson se leva aussitôt.

– Que se passe-t-il ? Champ ?

Nhora secoua la tête.

– Non, je viens de passer le voir. Il dort. Mais il y a eu une tragédie, un feu, plus bas, du côté de Little Fox Bayou. Ils ont besoin d'un docteur d'urgence. Est-ce que vous pouvez y aller ?

Jackson enfilait ses chaussures.

– C'est loin ?

– Cinq kilomètres. Je vais vous y conduire. Donnez-moi seulement une minute pour que je me change.

Elle quitta la chambre presque en courant. Ses mouvements étaient agiles et créaient une sorte d'aura érotique et captivante dans laquelle il se perdit un instant, à la fois subjugué et charmé. Elle avait les seins pleins sous la soie de son peignoir. Il cassa un lacet en le nouant trop nerveusement et jura avant de le réparer, les doigts tremblants.

Le coupé était encore imprégné du parfum d'Early Boy Hodges. Comme si elle voulait le masquer, Nhora fumait des cigarettes à l'odeur forte, des Spuds, une marque apparue depuis le début de la guerre. Jackson se demanda si le sabre était encore dans le coffre. Peut-être avait-elle décidé de s'en débarrasser, mais il ne se risqua pas à poser la question. Ses yeux s'étaient étrécis, cernés de bleu, tristes, ses lèvres étaient décolorées et elle ne semblait rien avoir perdu de son anxiété.

À Little Fox, deux voitures du comté avaient été garées de façon que leurs phares éclairent partiellement une petite maison, à l'extrémité sud de l'unique rue. Nhora roula prudemment entre des groupes de Noirs agglutinés. Tous les habitants semblaient être descendus dans la rue.

– Mon Dieu ! fit-elle. C'est Old Lamb qui habite ici.

Le shérif Lydell G. Gaines et quelques-uns de ses adjoints inspectaient le sol, tout autour de la maison, en s'éclairant de leurs lampes-torches. Tous étaient armés, de fusils ou de revolvers.

Dès que Nhora s'arrêta, le shérif s'approcha. C'était un homme âgé, de petite taille, les cheveux ras, avec une moustache poivre et sel et des yeux froids derrière des verres épais. En tenue kaki, coiffé d'un Stetson gris, il portait un revolver sous l'aisselle gauche. Ce n'était pas le genre d'homme à se préoccuper de son langage et il utilisait apparemment le moins de mots possible.

– 'jour, miss Bradwin, fit-il. (Il regarda Jackson et ajouta :) Gaines. Et vous ?

– Jackson Holley. Que s'est-il passé ici ?

Gaines tritura son Stetson et regarda la rue

Jackson entendit des pleurs de femmes, puis un coup de feu, mais personne ne parut s'en inquiéter.

– Dynamite, fit Gaines. Peut-être. Une grosse lueur. Le toit du porche a été soufflé. La porte arrachée. Derrière et devant. De l'extérieur d'un côté, de l'intérieur de l'autre.

– Old Lamb ? fit Nhora d'un ton incrédule. *Pourquoi ?*

Gaines haussa les épaules.

– Le Klan. (Puis il regarda Jackson.) Docteur ? Il y a deux, peut-être trois blessés là-dedans.

Jackson s'élança vers la maison avec sa trousse. Dans la lueur des phares, il vit que l'herbe était calcinée, que des branches du chêne étaient tombées sur la pelouse. Le toit du porche avait été arraché et la porte-moustiquaire était défoncée, mais un rocking-chair, apparemment, était demeuré intact.

Il y eut une détonation dans le noir, sur sa gauche, et il se figea sur place. Nhora vint se cogner contre lui dans sa course.

– Des serpents ! lança la voix du shérif. Des gros. Y en a partout. Faites attention où vous posez les pieds.

Nhora retint son souffle tout en continuant d'avancer, mais le sol du porche était nu, sans aucune cachette possible pour des reptiles.

– Je ne crois pas que le Klan ait voulu tuer Old Lamb, dit-elle. Il n'a jamais créé de problèmes... (Elle se retourna et sourit en s'apercevant que Jackson était resté à quelques pas en arrière.) Jackson ?

Elle alla le rejoindre.

– Excusez-moi, fit-il, entre ses dents serrées.

Il avait fermé les yeux. Son cœur battait encore mais tout le reste de son corps était froid, paralysé.

– Jackson ? Que vous arrive-t-il ?

– Une phobie.

– Oh, Seigneur ! Les serpents ? Et c'est dur ?

– Très dur. Je... c'est comme si je me bloquais. Parfois, je me mets à hurler, sans pouvoir m'arrêter.

– Faites un effort, dit-elle d'un ton calme en lui prenant le bras.

– J'essaie.

Mais il avait de plus en plus froid et il lui semblait que sa langue se faisait épaisse et lourde comme il imaginait ce qui pouvait ramper dans l'ombre.

– Restez contre moi. Jusqu'à la maison. À l'intérieur, vous ne risquerez rien. Vous me croyez, n'est-ce pas ? Pensez à quelque chose, à n'importe quoi. Ces gens sont en danger, ils vont peut-être mourir. Ils ont besoin de vous.

Elle se serra contre lui, le soutenant de tout son poids. Il sentit son souffle sur sa joue, son cœur qui battait. Il parvint à la regarder, et elle lui sourit.

– Je sais ce que vous éprouvez, dit-elle. Venez.

– Vous... savez ?

– Je vous expliquerai. *Venez.*

Dès qu'il eut escaladé les marches, la phobie perdit de son effet. Il s'arrêta pour reprendre son souffle et Nhora lui serra brièvement la main avant de le laisser continuer seul.

– Dynamite, murmura-t-il. Je ne le pense pas.

– Comment, Jackson ?

– On ne sent pas l'explosif. Et une moitié au moins de la maison devrait être en ruine.

– Je vois ce que vous voulez dire.

Il s'approcha de la porte-moustiquaire. Les gonds avaient été arrachés mais le chambranle était intact. Ils écartèrent la moustiquaire emmêlée et entrèrent.

Il régnait à l'intérieur une odeur de médicament. Les meubles avaient été renversés, cassés. Un grand Noir voûté, aux cheveux lisses comme ceux de Cab Calloway (1), précéda Jackson dans une petite cham-

(1) Chanteur de jazz qui connut son apogée dans les années 40-50 mais qui reste encore très célèbre aujourd'hui. *(N.d.T.)*

bre. Au-dehors, il y eut un nouveau coup de feu. Au pied du lit, on avait posé une lampe à pétrole. Des ombres dansaient au plafond. La vieille femme qui reposait sur le lit, les mains sur la poitrine, était morte à l'évidence. Elle portait des hématomes violets et avait perdu du sang par le nez et les oreilles. Elle avait tant d'os brisés, y compris les poignets, qu'on aurait pu croire qu'elle était passée sous une voiture. Jackson l'examina rapidement avant de la recouvrir d'un drap.

Puis il se tourna vers la femme plus jeune que deux amies maintenaient dans un fauteuil, les doigts crispés sur ses avant-bras bien en chair, pour l'empêcher de se débattre. Elle avait les yeux bandés par un chiffon humide.

– Tuez ça ! grinça-t-elle.

Lorsque Jackson tenta de dénouer le bandeau improvisé, la femme se débattit.

– Comment s'appelle-t-elle ? demanda-t-il.

– Arabella.

– Arabella, je suis docteur. Laissez-moi regarder vos yeux.

Arabella ne parvint à ouvrir les paupières qu'une brève seconde. Elle cria de douleur.

– Maintenez-la bien, dit Jackson aux autres femmes.

Dans la petite pièce, tous transpiraient abondamment. Avec précaution, il réussit à ouvrir un des yeux suppurants de la femme.

– Tuez ça ! Tuez ça ! répéta Arabella.

– Elle est aveugle ? demanda le grand Noir.

– Seulement si la rétine a été touchée. La cornée devrait guérir sans cicatrice. Je vais lui appliquer un baume pour apaiser la douleur, mais il faut la conduire immédiatement à l'hôpital pour qu'un ophtalmologiste l'examine. Savez-vous ce qui s'est passé ?

L'homme secoua la tête.

– Je vis là-bas, plus loin. Y a eu comme une explosion. Un grand éclair. On aurait dit un réservoir d'essence.

Arabella se pencha en avant et les tendons saillirent sur son cou.

– Pour l'amour de Dieu, faut tuer ça ! Si vous la laissez dans la maison, elle va nous mordre tous !

Nhora posa une main sur l'épaule de Jackson, ce qui l'incita à demander :

– Mais qui, Arabella ? Qu'est-ce que vous avez vu ?

La femme se roidit et son souffle devint un sifflement de colère, ou de peur. Puis la douleur parut l'emporter au loin, à la dérive, comme un bateau fragile au large d'un rivage rocheux. Ce n'étaient pas des hommes en robe et en cagoule qui l'avaient effrayée à ce point. Qu'avait-elle dit ? *Elle va nous mordre tous !* Avait-elle la même phobie que lui ?...

Il fouilla dans sa trousse, trouva une ampoule de morphine et fit une injection à Arabella avant de s'occuper de ses yeux.

Le shérif Gaines entra à l'instant où Jackson refaisait le pansement avec des tampons de gaze trempés dans de l'acide borique. Arabella, à présent, était calme, à moitié assoupie. Elle marmonnait des paroles inintelligibles quand on tentait de lui poser une question. Les autres femmes avaient hâte de l'habiller et de la conduire à l'hôpital le plus proche, celui de John-Gaston, à Memphis. Jackson et Nhora quittèrent la chambre en compagnie du shérif.

– Où est l'autre corps ? demanda Jackson.

– Dehors.

– Est-ce que vous avez tué les... est-ce qu'il y en a encore beaucoup ?

Gaines le fixa avec une étincelle d'amusement dans le regard.

– Plus de serpents. On les a tous chassés.

Jackson, le pouls rapide, dut faire un effort pour sortir.

La porte de derrière, alignée sur celle du devant et séparée d'elle par six mètres, était également arrachée. Ils descendirent un escalier à rampe, aux marches de bois, traversèrent des vignes puis un potager. On avait accroché une lanterne à l'angle d'un appentis. Deux Noirs en peignoir de bain étaient en train de discuter avec les adjoints, non loin du poulailler. Le cadavre d'un chien, un épieu planté dans la gorge, gisait dans la boue.

Un des adjoints, avec une pince coupante, était occupé à dégager le corps d'Old Lamb. Nhora ne jeta qu'un bref regard au sang et aux plumes collées et regagna la voiture.

– Qu'est-il arrivé à ce chien ? demanda Jackson.

– Caleb – c'est le nègre qui est dans la maison – a vu un homme courir après l'explosion. Il a lâché le chien. L'homme a tué le chien.

– À quoi ressemblait-il ?

– Il faisait trop sombre. Il avait l'air de boiter, à ce que dit Caleb. Comme s'il avait une jambe raide. Mais il allait quand même vite. Caleb a tiré plusieurs fois sur lui sans le toucher. Il a disparu dans le bayou.

Ruisselants de sueur, les adjoints du shérif déposèrent le corps d'Old Lamb sur le sol, déployèrent une bâche et allumèrent une lampe-torche. Des essaims d'insectes tournaient autour d'eux.

– Bon Dieu, qu'est-ce que c'est que ça ?

– On dirait qu'on lui a fait sauter la bite, Lydell.

– Ouais, c'est ce qui me semble, fit Gaines d'un ton morne, puis il craqua une allumette qu'il porta à son gros cigare.

– Il a dû recevoir le paquet de dynamite en plein dans le cul, suggéra un autre adjoint.

– Dynamite, de la merde, fit Gaines. Couvrez-le jusqu'à ce qu'on ait trouvé une boîte pour lui. (Il regarda Jackson à travers le nuage de fumée.) À moins que vous ne vouliez voir autre chose.

– Shérif, je suis intrigué.
– Je sais parfaitement ce que vous voulez dire.
Jackson se retourna vers la maison, qui se dressait à dix mètres de là. Il évalua la distance qui séparait le porche de l'enclos des volailles à une quinzaine de mètres.
– Mon père était un vieil artificier, dit Gaines. Je sais que la dynamite ne fait pas ce genre de dégâts. Si Old Lamb avait été si près de l'explosion, on pourrait mettre ce qui resterait de lui dans un bocal à fruits. Et tout le devant de la baraque serait en miettes. Les vitres auraient pété dans toute la rue. Et puis, avec une nuit comme ça, il y aurait encore de la fumée en suspens. Alors, c'était quoi ? Vous savez où il se tenait et vous voyez où il est maintenant, comme un paquet de chewing-gum roulé dans du grillage. Il a dû être projeté de cette maison comme un vrai boulet de canon humain. Il a percuté sa propre femme assez fort pour lui casser tous les os. Jésus-Christ ! C'était peut-être un éclair. Une tornade. Je ne vois pas ce qui pourrait avoir une pareille puissance.
– Moi non plus, fit Jackson.
– Y a des gamins qui jouaient avec la ligne de communications fédérale, au printemps. Y a eu un orage. L'un des gamins était sur le pylône, à cinq mètres du sol, peut-être. Il y a eu un éclair et ça l'a projeté en l'air. Il s'est cassé la colonne vertébrale mais, de toute façon, il était déjà électrocuté. Il y a une ligne électrique reliée à cette baraque, et elle n'est pas près du porche.
– J'ai remarqué ça.
Gaines tendit la main.
– Merci d'être venu. Comment va Champ ?
– Il se cramponne.
– C'est bien. Si vous avez une idée, comme ça, venez me voir. Lewis, éclaire par là bas. Le docteur va retourner à sa voiture et je ne tiens pas à ce qu'il marche sur un négro crevé.

D'autres Noirs, des parents d'Old Lamb, venaient d'arriver. Au milieu des gémissements, on portait Arabella jusqu'à une voiture. Nhora était assise sur le siège avant du coupé Chevrolet, les mains sur les genoux. Elle leva la tête comme Jackson approchait.

– Désolée, je ne pouvais pas supporter ça plus longtemps.

– On peut y aller maintenant. J'ai fait tout ce que je pouvais.

– Attendez, dit Nhora en descendant de voiture. La petite-fille d'Old Lamb se trouvait dans la maison, ou à proximité, quand cela est arrivé. C'est une voisine qui s'occupe d'elle. Elle a peur que l'enfant ait été blessée mais qu'elle ne dise rien.

– D'accord, fit Jackson en réprimant un bâillement.

Ils marchèrent ensemble jusqu'à une maison entourée d'une palissade. Il y avait de la lumière aux fenêtres et c'est un garçonnet d'une dizaine d'années qui vint leur ouvrir.

L'intérieur était propre, mais les meubles usés, et les rideaux de dentelle, près des fenêtres, devenaient bruns. Une femme avec un bandeau orange tenait une petite fille sur ses genoux. L'enfant portait une chemise de nuit trop grande et semblait endormie, mais elle suçait convulsivement son pouce tandis que la femme chantonnait une berceuse.

– Comment s'appelle-t-elle ? demanda Nhora à l'oreille du garçonnet.

– Loretta.

Jackson s'approcha de la femme.

– Elle est blessée ?

– Non, docteur. Elle a eu très peur, c'est tout. Ils l'ont retrouvée tout près de la citerne, à moitié noyée. Mais elle ne veut rien dire.

Jackson s'accroupit et examina le petit minois de l'enfant. Elle avait les yeux ouverts, vides d'expression, comme deux coquilles de noix. Il lui fit un sourire et lui prit la tête dans sa main, comme l'avait fait la femme. Loretta ne résista pas. Elle avait la peau froide et son cœur battait trop fort. Une morsure de serpent ? Il leva doucement la chemise de nuit et chercha une éventuelle marque. Rien. Il la palpa pour tenter de découvrir des fractures possibles, ou des ecchymoses, guettant son expression. Mais il ne trouva rien de suspect.

– Je crois que ça va aller. Elle est sous l'effet du choc. Restez avec elle, parlez-lui. Je vais vous laisser un sédatif léger pour qu'elle puisse dormir.

– Oui, docteur.

À l'instant où Jackson se redressait, les yeux de l'enfant s'animèrent et fixèrent un point précis, derrière lui.

Tout à coup, elle remua, échappa à la femme et faillit renverser Jackson en se précipitant droit devant elle. Il ne réussit pas à la saisir au passage pas plus que le garçon. La petite Loretta changea de direction sans effort quand il s'avança vers elle et courut vers la porte du devant. Nhora lui bloqua le passage. Loretta leva les mains, s'écarta de Nhora et s'élança droit dans une fenêtre, près de la porte, brisant la vitre d'un coup de coude.

Dans le bruit de verre brisé, elle roula des yeux et s'évanouit, tombant comme une feuille morte sur le tapis. Nhora la prit entre ses bras.

– Mon Dieu, que s'est-il passé ?

– Posez-la sur le sofa, dit Jackson.

Loretta était inconsciente mais sa poitrine se soulevait. Puis de la salive apparut aux commissures de ses lèvres et coula sur son menton. Elle s'était blessée au poignet et un filet de sang coulait sur sa peau. Le rythme de son cœur était maintenant irrégulier, sa respiration pénible. Elle eut une convulsion et Jackson prépara une injection de Scopolamine. Mais à la deuxième convulsion, elle demeura roide et mourut entre ses mains.

Dans le quart d'heure qui suivit, il tenta tout pour la sauver : respiration artificielle, massage cardiaque… Il était épuisé, ruisselant de transpiration, les mains tremblantes, quand il quitta enfin la maison. Un corbillard était venu prendre les corps d'Old Lamb et de son épouse. Jackson dit aux employés de s'occuper également de la petite fille, puis il partit en quête du shérif Gaines.

– Son cœur s'est arrêté ? demanda Gaines.

Il n'avait plus qu'un mégot de cigare aux lèvres. Le ciel était teinté d'argent à l'est et un coq chanta dans le poulailler.

– C'est peu probable. J'ai entendu parler de certains cas où, sous l'effet d'une frayeur extrême, l'influx nerveux est bloqué. La victime ne peut plus respirer et par suite le cœur s'arrête. C'est plus courant chez les animaux que chez l'homme. Ses convulsions étaient symptomatiques de l'empoisonnement par strychnine, mais elle n'a rien bu ni mangé pendant que j'étais là. Non, j'ignore vraiment ce qui a pu se passer.

– Je dois dire que vous avez fait tout ce qui était en votre pouvoir.

– *Mais ça n'a pas suffi à sauver cette gosse, non ?*

Gaines s'écarta d'un pas comme s'il craignait d'être contaminé par l'angoisse de Jackson.

– Vous ne devez pas vous faire de reproches, docteur. Allez vous reposer un peu.

– Voilà un bon conseil, dit Jackson, le visage encore rouge.

Il s'éloigna en direction de la maison d'Old Lamb.

Les voisins avaient envahi le salon. On préparait du café, on chantait des psaumes. La femme au bandeau orange sanglotait doucement entre les bras de Nhora qui, elle, fixait le petit corps que l'on avait recouvert. Jackson se dirigea vers elle. Des mains le touchèrent gentiment au passage, on glissa une flasque de whisky dans sa poche. Il ne sut pas qui. Il esquissa un sourire et Nhora leva les yeux sur lui.

– Nous ferions peut-être mieux...

Il tendit la main et elle le suivit, les cheveux décoiffés, les yeux rougis par les larmes.

Au-dehors, ils rencontrèrent Tyrone. Il avait mis un costume sombre et une bible était serrée sous son bras. Deux autres hommes, qui appartenaient sans doute à son Église, le suivaient à quelques pas. Nhora et Tyrone se regardèrent. Il parut touché par sa détresse visible, hocha gravement la tête à l'adresse de Jackson, puis continua en direction de la maison.

– Quelle heure est-il ? demanda Nhora quand ils eurent regagné la voiture.

– Quatre heures vingt.

– Je ne veux pas rentrer tout de suite à Dasharoons. À moins que vous ne vous fassiez du souci à propos de Champ.

– Non.

– Alors, partons.

Nhora montra la direction de l'est. La ligne d'arbres des bayous se découpait sur le ciel clair de l'aube. Quelques rares étoiles brillaient encore.

– Je crois que j'aimerais aller jusqu'au fleuve. C'est si paisible. J'ai toujours adoré Dasharoons mais, depuis quelque temps, j'aime bien m'en éloigner un peu. Je crois que je finirais par devenir folle si je restais à tourner en rond.

Ils suivirent une route pavée jusqu'à la levée, puis une voie boueuse entre les chenaux, pâles sous la lumière, pareils aux lignes et aux rides d'une vieille main. Un des anciens bras du fleuve constituait un chenal plus large que tous les autres, encombré d'arbres abattus, de fourrés et de branches brisées sur plus de deux cents mètres d'épaisseur. Entre ces fourrés redoutables et le lit du fleuve, il y avait une longue langue de sable à la végétation douce.

Nhora indiqua un endroit où ils pouvaient s'arrêter. Puis elle descendit la première, et s'éloigna d'une démarche assurée. Ils étaient à une centaine de mètres de la berge du fleuve.

Depuis le haut de la levée, il apparaissait sombre, lourd comme une grande veine gonflée de sang. À cette distance, Jackson sentit toute la force du Mississippi. C'était le cours d'eau le plus puissant de ce continent, plus long que la K'buru, mais pas aussi large. Et la rivière était là, dans son esprit, comme un courant de vie qui lui appartenait.

Peu à peu, il sentit sa rage diminuer. Il s'abandonnait à des courants internes, à des forces profondes, au sentiment bouleversant d'avoir voyagé sans fin pour atteindre un point situé à plus de vingt années dans le passé. Les mêmes terreurs enracinées, les mêmes questions qui attendaient une réponse. Il se sentait lent, lourd, sans volonté, démoralisé par le chagrin. Une rive lointaine, escarpée, sur l'autre bord, des toits dans le paysage, des aboiements de chiens, le ciel à la transparence immaculée, dans l'attente du silencieux tonnerre rouge du soleil, de la chaleur écrasante, de l'éblouissante lumière, d'une autre journée torpide, tropicale.

– Jackson ?

Il se tourna vers Nhora. À quelques mètres de là, en aval, elle avait remonté sa robe jusqu'aux cuisses, ôté ses chaussures et se rafraîchissait les pieds dans un petit courant. Dans ses grandes pupilles, il discerna des grains de lumière figée. Son sourire était tendu.

– Vous avez... émis des sons. J'ai eu peur.

Lentement, il relâcha son souffle, mais, au fond de sa poitrine, l'oppression demeurait.

– Une passion de mon enfance qui m'est revenue. Parce que nous dépendions entièrement d'une rivière comme ça. (Il regarda le cimetière végétal, derrière eux.) Nous étions sans cesse acculés par la forêt, mais quelquefois elle nous sautait à la gorge. Du moins nous en avions l'impression.

Il avait la gorge desséchée. Il se souvint alors du whisky et sortit la petite bouteille de sa poche. Mais il se contenta de la tenir sans la déboucher, se sentant ridicule d'avoir soif aussi soudainement.

– Ah ? Et où était-ce ?

– Une mission dans une ville forestière du nom de Tuleborné. Sur la rivière K'buru, en Afrique équatoriale fran…

– Mon Dieu ! Ce n'est pas vrai ! Mais j'ai vécu en Afrique équatoriale. À Zenkitu.

– Quand ?

– De 1921 à 1926 environ. Mon père était fonctionnaire, ce n'était pas un homme très heureux. Il est mort jeune. Sa santé a décliné très vite dans ce climat. Et puis, ç'a été aussi à cause de moi, parce qu'il ne savait pas si j'étais morte ou vivante. (Elle se rapprocha lentement de lui, baissant pudiquement sa robe.) C'est du whisky ? Je pourrais en avoir une petite goutte ?

Jackson déboucha la flasque et la lui tendit. Elle but la tête en arrière, avec délectation, comme un homme, les paupières closes. Son visage était d'ivoire très pâle sur le fond lumineux du ciel. Lorsqu'elle lui rendit le whisky, les lèvres retroussées, elle avait les larmes aux yeux.

– Il est probablement d'origine locale, dit-elle, la voix rauque à cause de la brûlure de l'alcool. Mais il n'est… pas si mauvais que ça.

Jackson se souciait peu de la qualité en ce moment. Le whisky relâcha sa tension, laissant une douce sensation de chaleur dans son estomac.

– Vivante ou morte ? demanda-t-il.

– Eh bien… À trois ans, on m'a kidnappée dans le train qui va de Zenkitu à l'océan. Il s'était arrêté à l'entrée de ce fameux tunnel, celui où des milliers de nègres avaient péri.

– Oui, à cause des nappes de gaz de la montagne, pendant le creusement. Je connais cet endroit. La forêt est très dense tout autour. Mais qui vous a kidnappée ?

– Je ne me souviens que très vaguement de ce qui s'est passé. Ma mère a été tellement terrifiée qu'il a fallu l'interner. Des années après, elle avait encore du mal à me raconter cet épisode. Il semble que le train ait été attaqué par une bande d'hommes appartenant à une tribu décimée, les Ajimba. Ils portaient...

– Des masques de crocodile. Et de sss...

Bouleversé, tremblant, il se tourna vers le fleuve.

– Des masques de crocodile. Et des peaux de sss...

Bouleversé, tremblant, il se tourna vers le fleuve.

– *Jackson !*

– Des peaux de serpent. Ça ira, je ne vais pas recommencer ma crise.

Il but une autre gorgée de whisky, à tout hasard, et tendit la bouteille à Nhora qui refusa d'un signe de tête. Elle posa une main sur son épaule puis, après un instant d'hésitation, passa son bras autour de lui.

Jackson ne quittait pas le fleuve des yeux. Il reprit :

– J'ai vécu une... une expérience, moi aussi, avec les Ajimba. C'était une secte guerrière, une société secrète dont l'existence remonte à des siècles, bien avant la venue de l'homme blanc. Je pense qu'à une certaine époque ils ont participé activement au commerce des esclaves. Il y avait des sacrifices humains dans leurs rites; durant tout le XIXe siècle, ils étaient les plus puissants de la région et leur pouvoir s'exerçait des hautes terres de la K'buru jusqu'à la mer. Si l'on en croit la légende, une Française folle, d'une longévité incroyable, aurait été à leur tête pendant plus de cent soixante ans.

Elle s'appelait Gen Loussaint. Vous en avez entendu parler ?

– Non.

– Combien d'autres personnes ont été enlevées en même temps que vous ?

– Je ne sais pas. Une demi-douzaine. J'étais la seule Européenne.

– Et vous êtes restée longtemps en captivité ?

– Près de trois ans.

– *Quoi ?* Mais le gouvernement n'a pas fait une tentative pour payer votre rançon ?

– Ils ont tout essayé, mais ils n'ont jamais eu la moindre nouvelle des Ajimba. Ma mère m'a dit que l'on pensait que j'avais été tuée, que cela avait quelque chose à voir avec leurs cérémonies sanglantes. La vérité n'est pas très intéressante. Après qu'ils m'eurent capturée, les Ajimba parurent perdre tout intérêt pour moi. Ils étaient bien trop occupés à essayer de survivre. Ils étaient constamment en fuite, pourchassés par les soldats, la *garde indigène.* Je n'ai jamais revu ces hommes avec leurs masques de crocodile. Ils chassaient pour se nourrir. Ils avaient des chiens dressés à tuer. Ils étaient plutôt tristes, pathétiques. Personne ne s'est jamais montré cruel avec moi. Je faisais partie de la famille – j'avais plusieurs « frères » et « sœurs ». Je me souviens qu'une fois un de mes « frères » est allé jouer trop près de l'enclos des chiens et qu'il a été dévoré vif. Je revois souvent ça en cauchemar. J'ignore comment j'ai réussi à survivre mais, lorsque j'ai retrouvé la civilisation, j'étais en parfaite santé. Pas une dent en moins, pas une cicatrice, rien. Mais il a fallu que je réapprenne l'anglais et le français.

Jackson but une nouvelle rasade et elle lui fit signe de lui passer la flasque.

– Et comment êtes-vous revenue ?

– On m'a donnée à un négociant arabe en échange de quelques vêtements, d'une chèvre ou je ne sais quoi. Je suppose qu'ils en avaient assez de moi. L'Arabe a fait une bonne affaire parce qu'il a touché une récompense de deux mille dollars.

Elle vida à moitié la flasque et resserra son bras autour de la taille de Jackson.

– Je me sens faible sur mes genoux, dit-elle. Je crois bien que c'est à cause de ça.

Elle rit très fort tout en glissant la flasque de whisky dans la poche de Jackson. Son rire porta loin sur l'eau et elle parut tout à coup aussi gênée que si elle avait lâché un pet. Elle enfouit son visage contre son épaule.

– D'où est-ce que tout cela peut venir ? Tout est tellement effrayant. La mort, la mort... Je ne sais quoi penser. Jackson, combien de temps allez-vous rester ? Là, je veux dire.

– Je ne vis qu'au jour le jour. Toujours.

– Est-ce que c'est une bonne réponse ? Ma question était sincère. Elle venait du fond du cœur. Jackson, rappelez-vous quand vous avez été paralysé, dans la cour de la maison d'Old Lamb, et que je vous ai dit que je comprenais à quel point vous souffriez. Parce que j'ai tellement peur, moi, la plupart du temps.

– Peur d'Early Boy Hodges ?

– Ce n'est pas aussi facile que ça à expliquer. Vous avez vu ce chien près du poulailler, ses yeux vitreux, sa bouche ensanglantée, avec ce pieu dans la gorge... Quel cauchemar ! Il a fallu que je m'éloigne, je ne pouvais pas supporter ça. Ç'a été comme cela toute ma vie, comme si on me *pourchassait*. Je rêve de chiens sauvages qui m'attaquent, qui plantent leurs crocs dans ma chair... jusqu'à ce que je n'aie plus ni bras, ni pieds. Jusqu'à ce que je sois toute lacérée, la poitrine ouverte. Et tout ce que je fais, c'est me débattre. Mais quand je m'enfuis, ils me flairent, ils me rattrapent et alors je me love comme un s... Dieu, je suis navrée !

– Ne faites pas attention. C'est très certainement un des rêves les plus obsessionnels que j'aie entendu raconter. Un vrai bonheur pour un psychanalyste.

– Vous en déchiffrez le sens ? ajouta Nhora timidement.

– Je n'ai qu'une connaissance très limitée de la psychiatrie. Ce rêve revient souvent ?

– Trop souvent depuis quelque temps, fit-elle avec un soupir. (Elle l'étudia.) Est-ce que vous pensez à quelque chose dont vous ne voulez pas me parler ?

Il sourit, hésitant.

– Eh bien... poursuivit Nhora, Henry Talmadge pensait que j'avais peur d'être une femme. C'est le genre de chose qu'il se plaisait à dire. (Elle s'interrompit, regrettant aussitôt le ton hargneux qu'elle avait pris soudain.) Mais je doute qu'il ait été très savant en psychiatrie. Il croyait que mon comportement nerveux avait une origine physique, de même que mes cauchemars, alors il s'est livré à des examens approfondis, complets. Il a même prélevé des échantillons de mes ongles et de mes cheveux pour les analyser, vous imaginez ? Et aussi *deux* échantillons de mon sang. Il est revenu pour me le demander en m'avouant qu'il avait cassé la première fiole. Mais déjà, il se portait très mal, il ne dormait plus. Il était au bout du rouleau, avec Nancy. Jamais je n'ai su ce qu'il avait pu apprendre sur moi. Il s'est pendu deux jours après. Et je fais toujours les mêmes cauchemars.

Dans les arbres naufragés, derrière eux, l'aube avait éveillé les trilles des oiseaux. Le ciel était comme une fine porcelaine avec un filet d'or pur à l'horizon.

– Marchons un peu, suggéra Nhora en gardant le bras autour de sa taille.

Jackson se laissait bercer par une douce question : quand se déciderait-il à l'embrasser et qu'adviendrait-il ensuite ?

– Il y a quelque chose que je désire vous montrer, et il fait presque suffisamment clair.

Lentement, ils suivirent le fleuve scintillant jusqu'à l'étroite extrémité de la langue de sable. Là, des baliveaux avaient réussi à prendre racine et les souches des arbres morts étaient entourées de vignes.

– Pour les Ajimba ainsi que d'autres tribus, dit Jackson, c'était une pratique courante que de donner tous les jours une ration minimale d'un poison mortel aux jeunes chiots. Quand ils atteignaient l'âge adulte et qu'on les entraînait pour la chasse, leurs tissus étaient saturés de poison, en une quantité qui aurait paralysé un éléphant. Mais eux étaient immunisés. Il leur suffisait d'un coup de dent ou de griffe pour tuer n'importe quel animal en quelques secondes.

Nhora eut un frisson.

– Vous connaissez bien les Ajimba, Jackson.

– À la suite d'un de leurs raids, ils ont enlevé mon père. Il était docteur. Il avait passé onze ans à Tuleborné que l'on ne saurait décrire que comme un trou infernal. Il travaillait parfois jusqu'à vingt heures par jour pour soigner tous ceux qui avaient besoin de ses services. Il avait doublé la capacité de l'hôpital et formé des assistants noirs. Il ne recevait qu'un faible soutien de la part des Sœurs de l'Espoir Radieux, un petit ordre catholique. Et le mien. Ce que je sais faire aujourd'hui, c'est à lui que je le dois.

– Vous aviez quel âge ?

– Dix-sept ans. C'est à ce moment-là que notre mauvaise période a commencé. C'était en 1920.

– Votre père a été tué ?

– Non. Selon ce qu'il a raconté, ils ont pris soin de lui. Ils l'ont gardé trois mois mais, quand il est revenu, sa mémoire était altérée et il croyait être resté absent trois semaines au plus. Mentalement, il était perturbé, désorienté et, je crois aussi, durement secoué par les expériences effrayantes qu'il avait vécues durant sa captivité. Il disait qu'on l'avait enlevé dans le seul but de le voir soigner une vieille sorcière, une femme blanche très âgée qui l'avait convaincu qu'elle était la légendaire Gen Loussaint.

– Vous avez déjà mentionné son nom.

– Les histoires que l'on racontait à propos de Gen Loussaint étaient fantastiques et épouvantables, pour la plupart. Il arrivait que l'on rencontre des vétérans, d'anciens trafiquants qui avaient navigué sur la rivière avant le début du siècle et qui prétendaient avoir eu affaire à elle. On disait que, dans sa jeunesse, elle avait été très belle – ce qui n'a rien d'étonnant – mais d'une cruauté inhumaine, d'une perversité sans pareille, une prêtresse du carnage au milieu de ces sauvages qui avaient une réputation sanglante auprès de toutes les tribus. Et cette cruauté aurait tellement séduit les esprits mauvais de la forêt qu'ils lui auraient donné le pouvoir de changer d'apparence, de disparaître en un éclair pour réapparaître à des kilomètres de distance. Des sornettes que l'on entend couramment... Prenant une forme propre aux dieux des Ajimba, elle était devenue... reptilienne, sans rien perdre de sa beauté. Et elle était plus ou moins succube, ce qui est normal dans le folklore africain. (Jackson sourit.) Quand j'étais gosse, seul la nuit dans mon lit, je me faisais frissonner rien qu'en pensant que de pareilles créatures pouvaient venir me tourmenter. Symptomatique des terreurs profondes de la puberté, je pense. À l'hôpital nous voyions souvent des patients qui ne souffraient d'aucune lésion organique et qui, pourtant, sombraient dans le coma et en mouraient. Parfois, c'était peut-être à cause d'un poison indécelable administré par un ennemi. Les Africains utilisent le poison dans un nombre de cas prodigieux. D'autres victimes craignaient qu'un succube ne vienne chaque nuit leur faire l'amour et pomper ainsi leur force vitale. Bien sûr, ça m'est difficile de repenser objectivement à tout cela, mais j'ai grandi au milieu de primitifs dominés par la superstition et le fantastique, pour moi, c'est une chose commune. Tout comme l'Ombre, la forêt obscurcit l'âme des hommes. De petites blessures spirituelles insignifiantes deviennent des plaies purulentes à cause de la bactérie de l'irrationnel. Mon père était un homme raisonnable, cultivé, qui redoutait Dieu, mais il a fini par succomber.

– Il était convaincu d'avoir vraiment rencontré Gen Loussaint. Elle était mourante et pas particulièrement jolie. Est-ce qu'elle n'avait plus la faveur des dieux ?

– Oh, elle n'existait pas. Je suis certain que mon père s'est imaginé l'avoir vue. Il a dû être gravement malade à la suite de sa capture et il a dû délirer dans une hutte au milieu de tous les talismans et des images de bêtes des Ajimba. Il n'a fait que rêver à des légendes qui lui étaient déjà familières.

– Vous tremblez. Vous avez froid ?

– Un peu.

Jackson prit la flasque de whisky et l'ouvrit.

– Vous d'abord, dit Nhora.

Elle prit une gorgée sans le quitter du regard. Ses yeux verts étaient clairs dans le soleil qui se levait sur une matinée limpide. Jackson dut serrer les dents pour réprimer les frissons qui continuaient de courir sur sa peau. Il accepta la flasque lorsque Nhora la lui tendit à nouveau, finit la dernière goutte et lança la bouteille dans l'eau.

– Il paraissait normal quand il est revenu, reprit-il, mais, peu après, il a eu une défaillance émotionnelle. Le surmenage, sans doute. Personne n'avait réussi à le persuader de prendre des vacances prolongées. Et, cette année-là, la saison des pluies a été la pire que nous ayons connue, intolérable. La rivière avait quitté son lit et les tempêtes se succédaient. Des maisons s'effondraient et, en même temps, une épidémie avait éclaté, une maladie mystérieuse qui frappait presque tout le monde. Comme si ce n'était pas suffisant, un féticheur dingue annonçait la fin du monde, par la faute des hommes blancs, et les Noirs désertaient en masse. Et cette saleté de pluie qui ne s'arrêtait pas. Ma sœur était tombée gravement malade, et ma mère aussi, à cause du chagrin, des soucis. Mon père m'a demandé alors de les accompagner jusqu'à Zenkitu par le vapeur. Je l'ai supplié de venir avec nous. Nous avions tous le sentiment que... que quelque chose de dd... désastreux s'abattait sur Tuleborné. Mais je suppose qu'on doit reconnaître que la vraie tragédie, pour les Holley, a eu lieu dans le port de Zenkitu.

Une brise fraîche passa sur le fleuve. Nhora balaya une mèche qui lui tombait sur l'œil.

– Jackson, tout ceci vous bouleverse. Ne m'en dites pas plus, si vous ne le voulez pas.

– C'est important. Parce qu'il faut que je trouve une explication, que je demande pardon. Et si vous acceptez ce pardon, il faut d'abord que vous compreniez ce que... ce qui...

– Un pardon ?

– Écoutez, insista-t-il, pressé de poursuivre sa confession. Le vapeur approchait de Zenkitu. Il était chargé à ras bord de réfugiés qui tentaient d'échapper à l'inondation. Il a été pris dans un train de billes de bois géantes qui arrivaient d'un affluent. Ça s'est passé en moins d'une minute. Je n'ai pas pu sauver ma mère. Elle a été emportée avant que j'aie pu tendre la main. J'ai saisi ma sœur et j'ai réussi à nager jusqu'à la barre. Elle était inconsciente. Elle ne s'est jamais réveillée.

– Jackson, je suis tellement peinée.

– Je suis reparti vers l'amont, pour rejoindre mon père. J'avais la fièvre. Je ne me rappelle pas grand-chose de ce trajet. J'ai remonté le fleuve seul, dans une petite embarcation. C'est un miracle que je ne me sois pas noyé. Finalement, j'ai atteint Tuleborné. La pluie avait cessé. J'ai trouvé mon père. Du moins, je l'ai aperçu. En moins d'une semaine, ses cheveux étaient devenus complètement blancs. Il était totalement fou, fou, fou... Il... il m'a attaqué et il a bien failli me tuer au cours d'une espèce d'opération chirurgicale improvisée.

– *Une opération chirurgicale ?*

Jackson écarta ses cheveux pour lui montrer ses cicatrices.

– Oui. (Il tremblait, à la fois d'indignation, de chagrin et de dégoût.) À ce qu'il semble, mon père a prélevé des fragments de mon crâne, sans mon autorisation, afin de confectionner un fétiche pour le protéger de son... son obsession.

– De Gen Loussaint ?

Jackson acquiesça d'un air sombre.

– Mais je ne comprends pas ce que vous voulez dire par « fétiche » ?

– En termes ordinaires, c'est un porte-bonheur, comme une patte de lapin, un dollar en argent, un trèfle à quatre feuilles. Les gens civilisés traitent ça par le mépris. Mais la vie des Africains est soumise à leur religion, ils considèrent qu'ils sont trop faibles pour survivre sans magie. Ils ont des ennemis humains mais aussi des légions d'esprits malfaisants avides de voler leur âme, de posséder leur corps. Quand on affronte ces esprits, il y a des règles à suivre, et il faut absolument les apaiser chaque jour. Et les fidèles sont récompensés, on les laisse tranquilles, parce que les esprits eux aussi doivent se soumettre aux lois occultes de la création édictées par Legba, le dieu du soleil.

– Mais pour quelle raison votre père a-t-il pris le risque de vous tuer ? Pourquoi était-ce donc si important qu'il ait un morceau de votre crâne ?

– Il a *cru* m'avoir tué. Tant mieux, car il n'y a pas de magie plus puissante que le sacrifice d'un membre de sa propre famille pour compléter un fétiche. Je suis certain qu'il a réussi à chasser sa némésis. Malheureusement, il n'a jamais retrouvé la santé mentale.

– Et que vous est-il arrivé, Jackson ?

– J'ai passé presque une année complète à l'hôpital. À cause des complications. Mon père avait regagné l'Angleterre, il était dans une maison de repos pour missionnaires dérangés ou cinglés appelée Hawkspurn House, dans le Yorkshire. C'est là que je l'ai retrouvé en automne 1921.

– Il a dû être heureux de vous...

– Il a refusé de me voir, sous prétexte que j'étais bel et bien mort durant cette nuit où il m'avait trépané, à Tuleborné. On estimait que le choc d'une confrontation inattendue pouvait lui être bénéfique. Mais il m'a regardé sans me voir. Pour lui, je n'existais pas.

– Il simulait, n'est-ce pas ?...

– Comment le saurai-je jamais ? Mais j'ai été profondément choqué par cette attitude peu crédible. Je ne me rappelle pas très bien ce qui a pu se passer dans l'année qui a suivi, quels orages psychiques j'ai pu traverser, quels tourments. Parce que j'adorais mon père. J'avais grandi avec son art, ses connaissances, ce travail brillant qu'il accomplissait avec des moyens si limités, par son énergie, son esprit. J'avais voué ma vie à son travail, à son service. J'avais toujours peur de mal faire, de ne pas être à la hauteur de ce qu'il pouvait attendre. J'avais mûri prématurément. Et toute cette loyauté a été récompensée par une tentative de meurtre.

– Il était malade. Il ne savait pas ce qu'il faisait.

– C'est pour cela que je n'ai pas réussi à admettre la colère que je ressentais. Parce qu'il n'avait pas le *droit* de me faire ça à moi, de faire de moi un homme déjà vieilli, brisé. Oh, je n'ai pas renoncé comme ça ! J'ai fait de fréquents voyages jusqu'à

Hakwspurn. Mais, à chaque fois, c'était comme si je remuais des cendres et ravivais des brandons. Lentement, ma rage commença à produire un effet. Tardivement, je suis entré dans mon adolescence. J'avais une allure un peu tragique, douloureuse, romantique, à la Rupert Brooke. Ce n'était pas encore passé de mode, car la guerre n'était pas si loin. Et puis, il me restait de l'argent de ma mère. J'ai découvert alors que j'attirais les femmes. J'étais morose, révolté, souvent ivre. Et j'abusais de l'hospitalité de ceux qui me l'offraient si gentiment.

» Avant que mon pécule ne s'épuise, je me laissai convaincre d'entreprendre des études de médecine à Londres. Bien sûr, que pouvais-je espérer faire d'autre de ma vie ? Je n'avais pas de dispositions naturelles pour les mondanités et la fête, et tout me semblait bien fade une fois passé le premier frisson de perversité. Et il n'y avait aucune fille à laquelle je fusse vraiment attaché. J'étais doué, c'est ce que mon père me disait, et il était persuadé qu'avec le temps je serais un grand chirurgien. Mais je n'avais plus sa foi pour me soutenir et, quand j'arrivai à Londres, ne connaissant personne, mon assurance commença à s'émietter sérieusement. Je fus mis devant l'évidence : j'étais virtuellement seul au monde. Jamais plus mon père ne veillerait sur moi avec amour.

Ils avaient atteint l'extrémité de la langue de sable. Un voile doré couvrait les remous. À une quinzaine de mètres, Jackson vit un tourbillon et, pour la première fois depuis bien des années, il se souvint de son baptême dans la K'buru, le rite fullerite de la neuvième année. Dans les chants et la chaleur, abasourdi, au centre de l'affection de la multitude, on le renversait dans l'eau, la main de son père lui soutenait la tête, les narines pincées, la bouche close, le cri excité : « Au nom de Jésus, *amen* ! » Mais qu'était donc devenue sa foi ? Elle s'était perdue, asséchée par un étranger inerte, terne, fou, un homme qui n'avait jamais chanté, ri, prié, qui jamais ne l'avait tendrement pris dans ses bras. Un raté, un être nul, un infirme.

La brise changea de direction. Nohra était tout contre son dos et ses cheveux venaient fouetter sa joue. Il se retourna et prit son visage entre ses mains, pour retrouver son calme. Elle le fixait calmement, elle attendait, elle ne souriait pas, elle était radieuse.

– Mes études de médecine ont été un désastre. J'avais déjà l'expérience et le savoir-faire que mes camarades mettraient des années à acquérir. Mais après tout ce que j'avais appris dans la brousse, avec ma technique non orthodoxe, je fus incapable de m'adapter à la routine des cours et aux travaux en labo. Je savais déjà ce que je voulais savoir et je méprisais les points précis et délicats que j'étais censé apprendre. Je refusais tout simplement d'assimiler ces montagnes d'informations qui me seraient inutiles dans la pratique. Je me sentais supérieur, même vis-à-vis de mes professeurs, et mon attitude décourageait mes éventuels amis.

» Pour combattre l'ennui et me faire accepter, je devins l'agitateur de la classe. La réputation de mon père me valait une certaine immunité de mes supérieurs. Mais quand j'eus ouvertement une liaison avec la femme du chirurgien en chef de Saint-Bartholomew, ils furent bien obligés de me mettre à la porte. Et c'est ainsi que je parvins à un double résultat : mon sentiment de supériorité en fut renforcé d'autant, et en même temps, je fus soulagé de cette obligation d'avoir à prouver constamment à quel point je pouvais être bon quand je le voulais.

– Mais vous êtes docteur. Et bon docteur.

– Je possède des certificats émanant des meilleures facultés de médecine de Grande Bretagne. Je suis membre du Collège Royal de Médecine. Tous mes diplômes et certificats sont les meilleurs et les plus chers. Je veux dire par là que ce sont de très bons faux.

Nhora ouvrit de grands yeux.

– Je suis un imposteur, Nhora. Un charlatan. J'ai passé moins d'une année à l'école de médecine. Tout ce que je possède comme qualification, c'est ce que j'ai appris par mon père, plus tout ce que j'ai pu observer et lire durant ces vingt dernières années. J'ai travaillé sur deux continents, très souvent en marge de la société, là où on ne vous pose pas de questions, et j'ai réussi à éviter tout ennui sérieux avec la loi. Je changeais brusquement et fréquemment de domicile par peur des enquêtes. Je n'ai aucunement le droit de veiller sur la santé de Champ. S'il mourait, je serais poursuivi pour exercice illégal de la médecine. On vous envoie en prison pour ce genre de délit.

Il lut dans les yeux de Nhora qu'il devait la laisser aller.

Elle s'éloigna de quelques pas, la tête baissée, laissant des empreintes profondes dans le sable humide. Elle le regardait de côté, les lèvres serrées. Elle frappa du poing contre sa hanche, elle semblait bouillir intérieurement.

– Est-ce qu'un autre docteur aurait pu sauver cette enfant, cette nuit ?

– Je ne le pense pas. J'ai essayé toutes les techniques de réanimation. J'ai déjà réussi dans des cas similaires : électrocution, noyade, etc. Cette fois, j'ai échoué, oui.

– Alors vous n'avez à vous excuser de rien. Savez-vous ce qui a pu la tuer ?

– J'ai réfléchi à toutes les possibilités. Elle a été empoisonnée, selon moi. Mais j'ignore comment.

– Jackson, combien de vies votre père a-t-il sauvées ?

– Des milliers, j'en suis certain.

– Vous avez travaillé à ses côtés des années durant. Est-ce que vous pourriez accepter une part de ses mérites ? Je veux dire : ne pourriez-vous pas vous montrer un peu généreux envers vous-même ?

– Je suppose que si.

– Et durant toutes ces années où vous avez exercé sans diplôme, combien de vies avez-vous sauvées ?

– Je ne sais pas.

– *Une vie* Jackson ? Seulement une ?

Il eut un sourire crispé.

– Oui, au moins.

– Et combien de personnes avez-vous tuées par erreur, simplement parce que vous ne saviez pas quoi faire ?

– Je sais toujours ce que je fais. Sinon, je ne le fais pas.

– Alors, il est clair que vous n'êtes pas un charlatan. Vous êtes un médecin expérimenté, selon les critères habituels. Il y a des années, on était parfaitement en droit d'apprendre la médecine ainsi que vous l'avez fait.

– Nous sommes au XXe siècle. Les lois ont changé.

– J'en suis certaine. Mais combien de médecins non qualifiés, parfaitement incompétents, sortent de nos facultés chaque année ?

– Qui peut le savoir ? J'ai rencontré des praticiens de médecine générale auxquels je n'aurais même pas fait confiance pour soigner un mal de gorge, et des chirurgiens qui me faisaient frissonner dès qu'ils empoignaient un bistouri.

– Champ va vivre, n'est-ce pas ? Mais il n'aurait peut-être pas été sauvé si vous ne lui aviez pas donné ce médicament. (Elle revint vers lui.) Vous n'avez pas de pardon à demander, Jackson. Ni maintenant ni plus tard. Si vous cherchiez vraiment un endroit où le passé ne risque pas de vous rattraper, je pense que vous l'avez trouvé. (Elle eut un sourire étrange.) Vous aviez l'air tellement désolé dans cet arbre, la nuit dernière. Il y avait des larmes dans vos yeux. J'en ai eu le cœur tout retourné. Deux heures après, j'étais étendue sur mon lit à penser à vous, à la façon dont vous veniez de surgir dans mon existence. Jackson, qu'avez-vous l'intention de faire ?

– Je ne sais pas encore. Pour le moment, tout ce que je veux, c'est être avec vous.

Le visage de Nhora avait pris une délicieuse teinte pourpre dans le soleil. Elle leva la main pour abriter ses yeux. Elle souriait à nouveau, avec plus de confiance. Elle fit un signe de l'autre main.

– Laissez-moi vous montrer le *Stephen Mulrooney*.

– Le ?...

– C'est un vieux vapeur du fleuve, du temps où les roues étaient à la poupe. La plupart ont été réformés ou détruits avant le début du siècle. Ils brûlaient trop facilement. Mais le *Stephen Mulrooney* a été récupéré en cale sèche par un millionnaire du coton, à Helena. Il y a quelques années encore, il servait de club flottant pour ses copains et ses femmes. La grande crue de 39 l'a arraché à son ponton et l'a emporté en aval. Mais le courant et le poids des arbres n'ont pas réussi à en venir à bout. D'ici, on peut voir une des cheminées...

Elle se pencha sur lui et pointa le doigt vers le hallier inextricable partagé entre l'ombre et le soleil.

– Il est là-dedans ?

– Oui, il est bien abîmé mais pas détruit. L'eau, sur ces hauts-fonds, est acide et c'est pourquoi la plus grande partie de la coque a été préservée. Certains des salons de bâbord, sur le pont inférieur, ont été ensablés au cours des dernières inondations, mais le château avant et le pont supérieur sont en parfait état. Les enfants ne s'en approchent pas. Ce n'est pas facile de se frayer un chemin dans les fourrés et il y a beaucoup de... Vous voyez ce que je veux dire. Il y a deux ans, un petit garçon a été mortellement mordu. Et il y a des rumeurs qui circulent à propos de revenants, de fantômes qu'on aurait vus la nuit. Mais les ponts reçoivent le soleil presque toute la journée. C'est sec, confortable et on ne peut même pas dire qu'il y ait trop de bestioles. De toute façon, je ne crains pas les bestioles. Le *Stephen Mulrooney* est ma cachette préférée quand j'en ai assez des gens. Mais il y a des mois que je n'y suis pas montée. Venez.

Jackson ne bougea pas.

– Vous plaisantez.

Nhora se mit à rire.

– Vous devriez vous voir. Non, Jackson, je n'essaie pas de me montrer cruelle. Vous ne verrez rien que vous ne deviez pas voir, ou ne vouliez pas voir. Je suis sérieuse. J'ai un pouvoir sur les animaux. C'est presque comme s'ils entendaient mes pensées et moi les leurs. C'est comme ça depuis que je suis petite fille.

Elle lui prit délicatement la main et embrassa d'abord ses oreilles, puis ses yeux. Sous la caresse de ses doigts, il sentit un picotement parcourir sa peau. Le sang montait en lui, il éprouvait une sensation de douce chaleur, de plénitude.

– Voilà, fit-elle. C'est tout. Vous êtes protégé.

– Je serais tenté de vous croire. Mais je ne... je ne peux pas...

Nhora eut un froncement de sourcils.

– Depuis combien de temps dure cette phobie ? Je ne vois pas comment vous avez pu passer autant d'années en Afrique si vous aviez...

– Ça n'était pas comme ça quand j'étais enfant. J'ai découvert que je souffrais de cette phobie dans le jardin du dispensaire de Kisantu, pendant ma convalescence, après mon opération crânienne et l'infection qui s'en est suivie. Je suis tombé sur un serpent non venimeux. Il glissait dans l'herbe sèche et, à Tuleborné, je ne l'aurais pas regardé deux fois parce que j'étais capable de reconnaître un serpent venimeux à vingt pas. Il ne venait même pas dans ma direction. Pourtant, tout à coup, j'ai été pris d'une vague de terreur. J'ai imaginé cette chose qui rampait sur moi, qui me prenait dans ses anneaux. Je me suis mis à étouffer et à sangloter et il a fallu deux infirmières pour me traîner à l'intérieur.

– Il a dû se passer quelque chose à Tuleborné, quand vous êtes reparti chercher votre père, qui expliquerait cette phobie.

– Mes souvenirs de toute cette journée et de la nuit sont flous.

– Est-ce qu'il n'existe aucun moyen de les retrouver ?

– Un de mes collègues malheureux, un certain Freud, analyste défroqué de son état, a suggéré une thérapie à base de penthotal de sodium.

– Ça provoquerait quoi exactement ?

– Comme on disait, ça déverrouille le passé. Sous l'effet du penthotal, je pourrais revivre ce que j'ai volontairement oublié, chacun de mes gestes au moment où je suis retourné à Tuleborné.

– Mais vous ne le voulez pas.

– Je suis convaincu que je suis mieux avec ma phobie.

– Le remède serait pire que le mal ?

– Ça se pourrait bien.

Nhora posa une main sur son épaule afin de garder son équilibre tout en enfilant ses chaussures. Sans un mot de plus, elle se dirigea vers les fourrés. Jackson discernait à présent une étroite cheminée rouillée, celle du *Stephen Mulrooney*. Elle était inclinée à vingt degrés à peu près, prise dans un entrelacs de branches.

– Jackson, est-ce que votre père est encore vivant ?

– Non. Il a été tué au printemps 42 par une

bombe, dans le parc de Hawkspurn. On m'a dit qu'il a été projeté contre un arbre par la déflagration. J'aurais dû retourner en Angleterre pour l'enterrement mais, à dire vrai, j'ai eu le sentiment qu'il avait été enterré des années auparavant.

Nhora atteignit la bordure du hallier et s'arrêta comme si elle essayait de se rappeler la meilleure façon d'y pénétrer. Elle se dirigea sur la droite pendant quelques mètres, s'arrêta et se retourna.

– Vous n'avez pas changé d'idée ?

– Nhora, je ne peux pas.

– Je vais juste aller voir comment se porte cette vieille baignoire. J'en ai pour une minute. Ne partez pas.

Sur ce, elle s'élança sur un tronc couvert de mousse, s'arrêta un bref instant dans un rai de soleil, puis repoussa un écran de vrilles végétales et disparut d'un bond allègre. Jackson resta un instant les yeux fixés là où elle était passée, se mordant les lèvres. Puis il se retourna, ouvrit sa braguette et pissa d'un air triste dans l'eau.

– Jackson ! Jackson !

Il se rajusta précipitamment et escalada le tronc moussu sur lequel il avait vu Nhora pour la dernière fois. Il n'y avait pas eu le moindre accent de terreur dans sa voix et elle ne pouvait courir aucun danger sérieux, pourtant, elle avait un besoin urgent de lui. Perché sur le tronc, il explorait les fourrés du regard. Les oiseaux pépiaient et gazouillaient tout autour de lui, il sentait la caresse tiède du soleil dans son dos mais, sous le couvert végétal, c'était encore la pénombre crépusculaire.

– Où êtes-vous ?

– Là !

Sa voix était plus lointaine. Et puis, il la vit, mais ses traits étaient imprécis, comme s'il était séparé d'elle par une paroi de verre opaque. Elle n'était qu'à une trentaine de mètres de lui.

– Venez droit sur moi. Et rappelez-vous : je vous protège. C'est détrempé, mais vous ne risquez rien.

– Nhora, qu'est-ce que vous voulez ?

– Il faut venir voir par vous-même. Allez, venez. Je commence à avoir un peu peur. Je ne comprends pas ce que ça veut dire.

Sa gorge était devenue roide. Il n'y arriverait pas. Elle était injuste avec lui. Il avait suffi de cette seule invitation pour que ses membres soient gagnés par une sorte de lourdeur narcotique. Et puis, mystérieusement, sans transition, comme dans un rêve, il se retrouva dans les fourrés, les pieds enfoncés dans la vase. Jamais peut-être il n'avait autant souffert mais il avançait, il marchait vers cette voix douce qui le guidait.

Nhora tendit la main et le toucha avant de l'aider. Il avait les yeux brouillés de sueur et de larmes. Il se serra contre elle, haletant. À la fois humilié et très héroïque.

– Bonjour, Jackson. Eh bien, est-ce que ça a été si dur que ça ?

– Pendant un moment, oui.

Elle l'embrassa et il retrouva une partie de ses sens.

– À présent, vous êtes en plein milieu... de tout ce que vous redoutez. Que faites-vous ?

– Je... je me mets à crier et je m'évanouis. Ou alors, je deviens plus fort.

– Vous décidez quoi ? demanda-t-elle en s'écartant pour le regarder sévèrement.

– De devenir plus fort, fit-il, heureux de sentir son pouls ralentir. Mais toujours aussi sensible.

– Je vous ai dit qu'à partir de maintenant je veillais sur vous.

Il y eut un bruit discret derrière eux, comme si quelque chose venait de plonger dans l'eau. Nhora tourna la tête. Jackson, à présent, apercevait une partie du pont supérieur du bateau, un bastingage, l'habitacle du pilote.

– Je crois, dit Nhora, que quelqu'un s'est installé ici.

– C'est cela qui vous effraie ?

– Non.

Elle lui prit la main et l'entraîna sur une couche de branchages et d'écorces qui formait une sorte de tapis de velours sur la boue. Ils s'arrêtèrent devant une sorte d'arche formée par trois énormes racines. Il y avait là une bonne centaine de cavités qui pouvaient abriter autant de serpents. Jackson sentit une crispation dans son ventre, mais Nhora observait avec attention les profondeurs glauques. Il y avait dans l'air un parfum familier, qui dominait la senteur de moisissure, de putréfaction. Un parfum vulgaire, puant.

Et Jackson prit alors conscience d'autres détails étranges : de petits cierges blancs placés dans des chandeliers grossiers avaient été attachés aux racines de l'arbre, ainsi qu'une paire de tam-tams.

– Impressionnant, murmura Nhora, mais nous pouvons passer.

Elle le précéda entre les racines entremêlées, dont certaines étaient presque invisibles dans la pénombre. Jackson avait l'impression de pénétrer dans les profondeurs complexes d'un système nerveux. Plusieurs fois, il tourna brusquement la tête, apercevant du coin de l'œil une chose lisse qui bougeait vaguement, quelque part dans les hauteurs, mais la pression de la main de Nhora se faisait plus forte alors et elle l'entraînait dans une flaque de soleil.

Ils s'arrêtèrent pour observer les alentours, sous la lumière crue. Au fil des années, les limons s'étaient agglomérés pour former une sorte de digue qui arrivait presque à la hauteur du pont inférieur, partiellement ensablé.

– Doux Seigneur ! fit Nhora. Mais qu'est-ce que c'est que ça ?

Une espèce de pavillon avait été érigé à côté du *Stephen Mulrooney*. Quatre poteaux grossiers soutenaient un toit pyramidal en bardeaux. Au centre, il y avait un autre poteau et, tout autour, une plate-forme très large, en dalles de pierre. Et sur les dalles il y avait des clochettes, des carillons, des pierres couvertes d'inscriptions et de dessins, des colliers, d'autres tambours et un nombre important de pots et de jarres bouchés. Un bateau modèle réduit, en osier, était suspendu à l'une des poutrelles du toit, ainsi que d'autres objets : des calebasses, des paniers, et divers drapeaux improvisés ornés de crânes, d'épées et de symboles astrologiques.

On avait creusé un puits dans le sol. Il était recouvert par ce qui ressemblait, à première vue, à une grille de radiateur d'automobile. Des tourbillons de fumée s'élevaient des braises. Une barre de métal en forme d'épée avait été enfoncée dans les braises à travers la grille. Jackson l'effleura des doigts et retira vivement sa main. Puis il inspecta plus attentivement le poteau central. Un long fouet était fixé à un anneau de fer. Nhora prit plusieurs pots et s'aperçut qu'ils étaient vides. Elle regarda Jackson, intriguée.

– C'est un oum'phor, lui dit-il. Un temple vaudou. L'endroit où nous sommes est le péristyle. Ça, c'est la pierre d'autel, le *kpé,* si je me souviens bien. Ces cloches et ces carillons servent pendant le rite. Certaines de ces jarres sont appelées *govis.* Les dieux vaudou résident à l'intérieur en attendant d'être invoqués.

Nhora remit rapidement en place la jarre qu'elle était en train d'examiner.

– Le poteau central, continua Jackson, est la pièce la plus importante du temple. On considère que le centre du ciel se trouve tout en haut, et le bas, bien entendu, correspond à l'enfer.

– Mais qui peut se donner autant de mal ?

– C'est le lieu idéal pour des rites secrets. Remarquez ce dessin, sur le poteau central : les spirales représentent deux dieux serpents : Danbhalah Wédo et Ai-da Wédo. Le poteau lui-même est le dieu principal du vaudou : Legba. Quant au fouet, il n'est que le substitut d'un serpent vivant. Il représente la foi vaudou, la maîtrise des pouvoirs.

– Mais qui donc pratiquerait le vaudou ici ? Et pourquoi ?

– C'est la religion des nègres africains. Contrairement à sa réputation, le vaudou n'a rien de dangereux. Mais il existe certaines sectes extérieures à la tradition pour lesquelles le sacrifice humain est un ressort essentiel. Les Ajimba constituaient l'une de ces sectes criminelles. Ils croyaient que lorsqu'ils portaient leurs peaux et leurs masques, ils devenaient surhumains.

– Des sacrifices humains ? fit Nhora en grimaçant.

– Oh, je doute qu'on ait répandu beaucoup de sang ici, si ce n'est celui de quelques chèvres ou agneaux.

– Mais pourquoi se cacher pour faire ça ?

– Je suppose que vos Noirs n'ont guère envie qu'on sache qu'ils sont adeptes de l'ancienne religion. Ce doit être une très petite secte. C'est même peut-être une oum'phor privée.

– Ce parfum. Il est affreux. C'est comme celui qu'Early Boy a laissé dans ma voiture.

– Je sais.

Elle le regarda, intriguée.

– Vous croyez qu'il est mêlé à ça ?

– Les initiés blancs sont rares, mais on a connu quelques cas. N'importe qui connaissant la procédure peut accomplir le rite vaudou. Le parfum est un hommage à Mawu, comme on l'appelle en Afrique – la mère-serpent, la Ai-da Wédo, qui est symbolisée par ce bateau modèle réduit, là. Il y a très longtemps, l'autel était creux. À l'intérieur, il y avait... un serpent, un... un serpent vivant, dont le corps était censé être habité par Mawu. (Jackson se tourna vers le foyer enterré.) Cette barre de métal plantée dans les braises – la forge des dieux – peut avoir plusieurs sens. Selon la légende, le feu est tombé du ciel, c'est un symbole du désir sexuel cosmique. Mais cette barre représente également une épée, ou une dague : le serpent-dans-le-fer. Une arme mortelle. Les sectes rouges, comme l'on dit, celles qui pratiquent le cannibalisme et le meurtre, ont pour emblème l'épée vengeresse de saint Michel.

– Alors que signifiait l'épée de Clipper dans ma voiture ? Qu'essayait-on de me dire ?

– Je n'en ai aucune idée, Nhora.

Elle tourna soudain la tête vers le pont du vapeur, comme si elle avait vu bouger quelque chose, puis adressa un sourire tendu à Jackson en haussant les épaules.

– Voilà que je deviens nerveuse. Nous devrions partir. Mais je ne serai jamais vraiment satisfaite. Si Early Boy rôdait vraiment dans le coin, le shérif le saurait. Vous pensez qu'il pourrait se trouver sur le bateau ?

– Vous voulez que nous allions y jeter un coup d'œil ?

Les doigts de Nhora se crispèrent sur son bras. Elle baissa le ton.

– *Non.* Et s'il était là ? Jackson, j'ai changé d'idée. Nous ferions mieux de nous en aller.

– Je n'arrive pas à croire qu'Early Boy ait quoi que ce soit à voir avec ça. Même s'il est complètement dingue, ça me paraît improbable. Mais ce qui est arrivé à Old Lamb la nuit dernière est tellement étrange que je n'hésiterais pas à croire au surnaturel. Et Early Boy a été témoin de la chose.

– Il était là ?

Jackson acquiesça.

– Comment le savez-vous ?

– Il courait après l'explosion, enfin après le phénomène. Un nègre qui a tiré sur lui a dit qu'il boitillait. Pour moi, ça le décrit plutôt bien.

– Oui, il boite – Tyrone a dit quelque chose à ce sujet il y a des semaines. Mais comment pouviez-vous savoir ?

– Early Boy et moi, nous nous sommes connus il y a bien des années, alors que j'étais le chirurgien des criminels, que je me dévouais pour eux corps et âme.

– Vous ne m'aviez pas dit ça !

– Je ne savais pas comment le dire, avant. Ah, oui, son sourire si particulier, c'est à moi qu'il le doit. Il avait été atteint à la bouche par un gardien de banque et j'ai été obligé de sectionner le nerf qui était à l'origine de la douleur.

– Et à quel point le connaissez-vous ? demanda Nhora, encore sous le coup de la stupéfaction.

– Je n'ai jamais eu aucune raison d'avoir peur de lui. Ce n'est pas un bandit et je doute qu'il ait jamais tué qui que ce soit. À sa façon complexe, il obéit à une espèce de code de chevalerie, avec une logique complètement insondable. Maintenant que je connais Early Boy, que je sais qui il est, j'aimerais avoir une occasion de lui parler.

Nhora eut un frisson.

– Pas ici en tout cas.

– Je suis certain que nous sommes seuls. Je veux seulement jeter un coup d'œil à bord.

Nhora resta en arrière, tout près du centre du péristyle. Jackson découvrit que le plancher du pont était encore relativement en bon état, avec des empreintes de bottes parfaitement lisibles. Devant la porte à persiennes d'une cabine, un endroit avait été récemment balayé. La porte elle-même était enfoncée mais tenait encore aux gonds. Il donna une seule poussée et elle céda. Le soleil pénétra dans la pièce. L'odeur de moisi reflua en même temps que le parfum. Jackson hésita un instant et quand il entra, il fut instantanément ébloui.

Cette pièce, apparemment, était le saint des saints, dédiée au culte d'un dieu bien particulier. Il leva la main pour ne pas être aveuglé par les reflets d'un miroir brisé qui faisait partie d'une volumineuse armoire qui se dressait presque au milieu de la chambre. On avait tendu sur les murs un velours rouge décoloré, taché d'eau. L'armoire servait d'autel. Le devant était décoré de motifs rituels appelés *vévés*. Sur le haut, il y avait des amulettes, des clochettes et des chandelles, ainsi qu'un *asson,* une calebasse qui contenait de petites pierres et des os de serpent. Elle symbolisait à la fois le pouvoir du prêtre et les voix des anciens, les *loas*.

Il n'y avait rien d'inhabituel dans tout cela. Jackson bâilla et, en se retournant, entrevit quelque chose qui était pendu sur la porte. Il demeura interdit jusqu'à l'instant où il prit conscience que ce n'était qu'un épouvantail monté sur une croix en fer forgé afin d'être porté pendant les cérémonies. Mais il méritait néanmoins un examen plus approfondi car l'épouvantail semblait vouloir représenter une femme.

Sur le haut de la croix, on avait placé une perruque brillante, avec des cheveux roux et bouclés. La robe ancienne était en soie incrustée de dentelle, avec un col montant et des manches bouffantes. La soie avait dû être d'un brun soutenu mais elle était maintenant décolorée par endroits et avait une apparence reptilienne inquiétante. De même que les peaux écailleuses que l'on avait entourées autour de la croix et qui pendaient de part et d'autre comme des doigts maléfiques.

Le seul autre objet qui présentât quelque intérêt était un médaillon doré sur une chaînette, à demi dissimulé dans les boucles de la perruque. Jackson le prit, l'ouvrit et regarda le petit portrait ovale à l'intérieur. Il fut pris d'une nausée. Sa main se crispa sur le médaillon, il l'arracha de la chaînette et se rua hors de la pièce.

– Nhora !

Elle l'attendait toujours sur le péristyle. Son regard était vitreux, d'effroi ou d'extase. Elle était solitaire, comme une sainte sur le poteau du bûcher. Mais ce poteau, plus terrifiant que les flammes de l'enfer, s'enroulait lentement autour d'elle.

C'était d'un brun sombre, ça venait de la terre. Mais le regard du géant était lointain, comme la clarté des étoiles, dominateur, arrogant, glaçant toute volonté. Le roi des dieux.

L'esprit de Jackson n'était plus qu'un cri, mais aucun son ne sortait de sa gorge. Les mains de Nhora glissaient sans effort le long du corps du serpent, le poussaient vers le haut, la tête dressée. Jackson essaya de bouger, de s'écarter du bateau, mais ses jambes ne lui obéissaient plus, il dut se cramponner. Il pensa : *Je sais ce que cela doit signifier.* Mais l'intuition était voilée par les ténèbres qui se déversaient dans sa tête comme l'ombre dense d'un nuage bas, chassé par la tempête.

Nhora, alors, commença à tourner, son corps semblait onduler, comme si elle obéissait au rythme de l'horreur qui se déroulait entre ses mains. Ils étaient les yeux dans les yeux, la gorge béante. Jackson entendit le cliquetis d'une calebasse. Il sentit le pilier pourri qu'il étreignait céder sous ses doigts. Et il tomba, il tomba longtemps, et percuta le pont du bateau le menton en avant, sans éprouver de douleur, comme s'il s'agissait d'une arrière-pensée. Il y eut un instant de clarté artificielle intense, une sensation de libération, d'évasion de l'existence – soulagement, regret – avant qu'il soit submergé par une vague violente.

Champ s'éveilla seul, la peau fraîche, le souffle tranquille, et porta un regard sans douleur sur le mur éclairé par un jour nouveau, aussi nouveau que son esprit. Il avait à moitié conscience du danger qui le menaçait. Il y réfléchissait froidement, bien qu'il n'eût pas la moindre idée de ce qui avait pu le prévenir, ni de ce à quoi il devait s'attendre. Il n'avait eu ni rêve ni prémonition. Il était allongé dans le fauteuil de pont, sous une légère couverture jaune, la clarté filtrait dans son esprit, vivifiante. Il avait une perception neutre de son corps. Il n'avait pas envie d'uriner, il n'avait ni faim ni soif et n'éprouvait aucune peine. Il se sentait aussi léger que les avions modèle réduit au-dessus de sa tête, prêt à utiliser son corps, avec précaution cependant.

Chacun de ses actes physiques – se lever, placer son pied nu sur le sol, puis l'autre – exigeait une introspection. Il lui fallait peser, mesurer. Il agrippa le dossier de son fauteuil. Un tracteur démarrait, quelque part dans un champ, la maison s'éveillait. Curieusement, il se sentit alors pressé par le temps, quoiqu'il n'y eût rien de défini, si ce n'est la certitude qu'il avait d'être le dernier responsable. Sur le mur, le Patron le surveillait, l'ombre de son casque éclipsant son visage, à l'exception de son sourire et de sa barbe de chasseur de safari de l'année 32 ou 33, et l'homme au torse important qui était à côté de lui n'était autre qu'Ernest Hemingway.

Champ dut prendre appui contre le mur, la tête flottante, les poumons lourds, la respiration difficile. C'était comme s'il essayait d'aspirer de l'air dans les pierres sèches d'un désert.

Il s'arrêta une fois encore et, sans savoir pourquoi, prit une paire de sabres de la guerre de Sécession, près du manteau de la cheminée. Il tira les armes de leur fourreau.

Elles n'avaient pas été fourbies depuis des années. Le fil était émoussé. Avec Clipper, enflammés par les films qu'ils avaient vus, ils s'étaient si souvent battus en duel, inconscients, comme Douglas Fairbanks. Malgré leur manque de technique et de force, ils auraient pu se blesser facilement avec ces lames lourdes et épaisses. Mais le Patron ne les arrêtait jamais. Il préférait les blessures à la couardise.

Les larmes jaillirent dans les yeux de Champ. Il fit un effort conscient pour tenir le sabre bien haut et droit, mais ses bras tremblaient. Il céda sous l'effet de la faiblesse et laissa retomber la lame. Il avait visé la cheminée mais faillit se couper les orteils.

Il était paré, mais pas vraiment prêt. Et ainsi il serait tué comme les autres. C'était cette certitude qui l'avait réveillé si tôt par ce matin si doux. La mort approchait, et il lui céderait.

Il remit le sabre dans son fourreau terni et le posa sur le manteau de la cheminée.

Mais il y en avait un autre, en parfait état. Pas très loin.

Sa vieille chambre était juste à côté. Rien n'était changé depuis son absence. Le coffre de métal de l'Académie Militaire de Blue Ridge était encore au pied de son lit. Champ l'ouvrit. Il y préleva des uniformes parfaitement empaquetés dans la naphtaline. Tout au fond du coffre, il trouva le sabre de parade dans une trousse élégante de joaillier. Celui qu'il avait reçu le jour de sa promotion. La poignée était en or et la lame de pur acier suédois.

Avec cette lame en main, il se sentit moins inquiet, rassuré à l'idée de savoir que, quelle que soit sa force au combat, il ne mourrait pas humilié.

Il prit une pierre à affûter et, assis au bord de son lit, avec une calme concentration, ne voyant que son reflet sur le métal, il se mit au travail.

– Jackson !

Il entendait vaguement sa voix, comme si elle était à des années de là, séparée de lui par le temps et non par la distance. Ç'aurait pu aussi bien être la voix de sa mère. C'est alors qu'il prit conscience du rayonnement du soleil, de la chaleur sur ses paupières. Quelque chose bougeait. Il sentit un poids sur ses côtes et la lumière fut occultée. Il s'entendit gémir. Des gouttes d'eau tombèrent sur son visage, coulèrent sur ses orbites. Il ressentit une brusque irritation et leva la main pour les chasser.

Nhora lui prit le poignet et le serra fortement.

– Faites attention, vous saignez encore.

Une pression sur son menton. Il ne parvenait pas à ouvrir la bouche pour répondre. Il grommela vaguement.

– Laissez-moi vous aider à vous asseoir.

À l'instant où elle le soulevait, un bras sous son dos, la douleur fusa dans son menton. Du bout de la langue, il sentit une dent déchaussée. Son cou était raide et douloureux. Lorsqu'il ouvrit les yeux, il vit le visage de Nhora, tout près du sien, mais flou. Il cligna des paupières mais cela n'améliora rien. Il vit pourtant qu'elle avait des fragments de feuilles dans les cheveux, et une tache de sang sur la pommette. Son sang à lui ?

Elle écarta la main de son menton et il vit alors le mouchoir sanglant qu'elle tenait.

– La plaie est profonde ?

– Je ne sais pas. Ça ne saigne presque plus maintenant. Mais... pendant quelques minutes, on aurait dit un porc égorgé. J'ai eu très peur.

Elle se détourna pour jeter le mouchoir souillé dans une vieille boîte à café rouillée remplie d'eau. À nouveau, le soleil mordit le visage de Jackson. Il dériva, il était de retour dans le salon du vieux *Stephen Mulrooney*. La pièce était revêtue de velours rouge terni, bizarrement oppressante, comme l'intérieur d'un cœur mort. Il y avait eu une menace dans cette pièce, et à présent il était sur le qui-vive. Mais quoi ? Rien qu'une vieille robe, une perruque, quelques dépouilles de serpents. Une version infantile d'une déesse vaudou. Mais laquelle ? C'était un élément crucial.

Un autre flash, un instant minime, lisse comme de la glace. Et son esprit glissait en essayant de trouver un sens au médaillon et au portrait qu'il avait...

La seconde d'après, il se retrouva en train de repousser Nhora avec violence. Elle tomba en arrière, les jambes en l'air. Jackson se mit debout, titubant comme un ivrogne. Il vit que Nhora était au bord des larmes.

– Jackson, qu'est-ce qui vous est arrivé ? Vous allez vous remettre à saigner.

Il s'appuya à la voiture et regarda le fleuve. Le soleil était nettement plus haut, à présent. Il était gagné par des frissons. Sa chemise était collée aux poils de son torse. Il baissa les yeux et vit toutes les taches de sang, jusqu'aux revers de son pantalon. Il observa ses mains, vides, crispées, avec le sentiment confus qu'il manquait quelque chose. Mais la vue du sang l'avait troublé.

Son regard revint sur Nhora. Elle s'était relevée mais n'avait pas esquissé un mouvement pour revenir vers lui. Il la distinguait plus clairement.

– Que s'est-il passé ?

– Mais je ne sais pas, Jackson ! Vous êtes sorti en courant de ce salon sur le bateau, vous avez heurté un poteau ou je ne sais quoi, et vous êtes tombé la tête en avant sur le pont. (Elle tremblait, de peur ou de soulagement, il n'aurait su le dire.) C'est une chance que vous n'ayez pas été complètement assommé. J'ignore ce que j'aurais pu faire. J'ai arrêté l'hémorragie de mon mieux et je vous ai ramené jusqu'à la voiture comme j'ai pu... Mais qu'est-ce qu'il y a ? Vous allez vous évanouir encore une fois ?

Lentement, luttant pour ne pas repousser la nouvelle image d'horreur qui s'imposait à son esprit, il dit :

– Vous aviez... un serpent dans les mains.

– Seigneur, et c'est tout ? fit-elle avec une pointe d'irritation. (Elle baissa la tête et gratta quelques taches de boue sur sa robe.) Je ne sais pas d'où il est venu. Je vous attendais et, à un moment, j'ai baissé les yeux et je l'ai vu là, à mes pieds. Je me suis dit qu'il fallait que je le chasse avant que vous reveniez, sinon... (Elle haussa les épaules et le regarda.) Jackson, je vous l'ai dit : depuis le temps où j'étais encore une toute petite fille j'ai eu l'habitude des serpents, même les serpents venimeux, comme les mocassins. Je suppose que j'ai appris à ne pas en avoir peur quand j'étais avec les Ajimba. Ils avaient toujours des centaines de lézards et de serpents autour d'eux. Ils leur adressaient même des prières. Les serpents étaient des dieux pour eux.

– Celui-là était un monstre. Aussi grand que vous.

– Je pense que vous exagérez. À cause de votre phobie. (Elle écarta les mains de moins d'un mètre.) Pour moi, un serpent, ce n'est pas plus qu'une punaise, et maintenant pourrions-nous changer de sujet ? Je *déteste* la façon dont vous me regardez. Je ne suis pas folle, je ne suis pas un monstre parce que j'ai ramassé un serpent. Et pourquoi ne me dites-vous pas ce que vous avez vu dans cette pièce et qui vous a bouleversé à ce point ?

– Nhora, j'avais un médaillon. Qu'est-il devenu ?

Elle glissa la main dans une poche et le lui montra. Il brillait au soleil, au bout de sa chaînette.

– Je l'ai offert à ma mère quand j'avais dix-sept ans, un an avant sa mort. Il y a une photo de moi à l'intérieur. Je ne l'ai pas vu depuis quelques années. Je le croyais perdu. Où l'avez-vous trouvé ?

– Dans le salon. Il était accroché au cou de cette effigie répugnante.

– Mais comment a-t-il pu arriver là ?

– Vous ne le savez pas ?

– Bien sûr que non ! s'emporta-t-elle. Quelqu'un l'a trouvé, ou bien il a été volé ?... Oh, je ne sais pas !

Elle ouvrit le médaillon, regarda le minuscule portrait, puis, troublée, le referma et le remit dans sa poche. Elle se détourna, l'air égaré, et fit quelques pas, la tête baissée.

Jackson avait retrouvé le sens de l'équilibre et sa vision redevenait normale. Il ôta sa veste, déchira sa chemise et en garda un fragment propre qu'il humecta pour se nettoyer la poitrine. Puis il remit sa veste, confectionna un pansement pour l'entaille de son menton, avala deux aspirines et décida qu'il vivrait après tout.

– Cette effigie, demanda Nhora, à quoi ressemble-t-elle ?

– Une robe antique, une perruque, des peaux de serpent sur une croix de fer forgé.

– Est-ce que c'est censé... être moi ?

– C'est évident. Pourtant il est tout à fait inhabituel qu'on représente autre chose qu'un dieu dans le saint des saints.

Elle s'avança droit sur lui. Elle avait l'air furieux, effrayé.

– Je vous jure que je n'ai rien à voir avec ces rites vaudou !

– Nhora, je vous crois.

– Oui, oui, c'est ce que vous dites, mais vous avez un drôle de regard, et ce n'est pas parce que vous êtes bêtement tombé dans le bateau. On dirait que vous avez peur que je vous touche.

– Nhora, je vous suis reconnaissant de votre présence d'esprit et je vous admire immensément. Je ne vous ai accusée d'aucun méfait, alors ne vous en prenez pas à moi.

Mais elle avait le visage rouge de colère et ne l'écoutait pas.

– Je veux seulement savoir qui fait tout ça contre

moi ! Et si je ne trouve pas, je ferai appel au shérif. Et je reviendrai avec un bidon d'essence et je mettrai le feu à tout ça !

Elle passa à côté de Jackson et marcha à grands pas vers le haut de la levée. La clé de contact était encore engagée et il fit démarrer la Chevrolet. Il roula derrière Nhora et dès qu'il s'arrêta à sa hauteur, elle monta. Mais elle ne le regardait pas. Elle contenait à grand-peine sa fureur, les yeux gonflés, secs. Il redémarra.

– Je suis désolée, fit-elle, je n'aurais pas dû vous agresser comme ça. J'ai eu tellement peur de vous voir blessé. C'était une mauvaise idée de venir au bord du fleuve.

– Non, ça n'était pas une mauvaise idée.

Elle sourit et lui jeta un regard furtif.

– À combien de personnes avez-vous raconté votre histoire, Jackson ?

– Vous êtes la première.

– Pourquoi ?

– Pour la première fois, il est important – non : essentiel – que je démarque la réalité de l'illusion au moment d'entamer une relation, au lieu de ne rien dire et de préparer comme d'habitude la fin désastreuse, ce spasme de conscience qui n'est qu'une excuse pour fuir la ville le cœur lourd, plein de remords. Mais je ne peux pas abandonner la médecine, même si c'est une pratique illégale. Toute ma vie repose sur cette tromperie. Et je vous préviens, c'est comme un narcotique.

– Mais vous ne m'avez pas trompée, dit-elle calmement. Nous menons tous des vies déraisonnables, Jackson. Quant aux fins désastreuses, je les connais bien, et je n'en veux plus. Mais je vous veux toujours.

– Advienne que pourra. Nhora... c'est une question délicate, mais je dois vous la poser. J'ai observé votre comportement vis-à-vis de Champ, la nuit dernière, et je sais qu'il ne vous est pas indifférent. Je me demandais si…

– Oui. Nous avons fait l'amour. Une fois. La nuit où le Patron est mort. Nous étions seuls, bouleversés, tellement écrasés par ces meurtres, par ces révélations affreuses que nous avions trouvées dans le journal de Clipper, que le sommeil était impossible. Ç'a été pour nous une façon de partager notre douleur, de l'éluder. Je n'en ai pas honte, mais je n'ai pas envie non plus de recommencer. Même avec la mort de Nancy, il ne m'est pas un instant venu à l'idée que… Champ et moi…

La voiture fit un cahot et Nhora se serra contre lui, avec un soupir.

– Quelque chose m'est venu à l'esprit, depuis que nous sommes allés chez Old Lamb. Ça ne peut pas être une coïncidence.

– Quoi donc ?

– Le jour où Clipper est devenu fou dans la chapelle, il s'est passé quelque chose d'étrange non loin d'ici – sur Railroad Ridge, au-dessus de la ville de Gaston et de l'école militaire. Un petit garçon – il s'appelait Jimmy, je crois bien – cueillait des fleurs pour sa mère malade. Et, dans les bois, il lui est arrivé quelque chose d'atroce. Je ne sais pas vraiment ce qui s'est passé, et il est mort quelques heures plus tard. Mais il a raconté à son frère qu'une énorme boule de lumière avait surgi des bois, droit sur lui. Et que le vent s'était mis à souffler assez fort pour lui arracher ses vêtements. Il était brûlé, mais il n'y avait aucune marque sur lui. Je l'ai vu à l'hôpital, peu après que ça s'est produit. Il souffrait tellement qu'il a crié quand je l'ai touché. Je l'ai égratigné par accident. J'avais du sang et de la peau sous les ongles.

Elle examina ses ongles : ils étaient sales et cassés.

– Et l'on n'a pas réussi à déterminer de quoi il était mort ?

– Non. Est-ce que vous vous souvenez de ce que je vous ai raconté à propos de la cloche de la chapelle qui se balançait comme sous l'effet d'une tornade ?

– Oui.

– Ça s'est passé au moment où Jimmy a rencontré cette boule de lumière dans la montagne. Le lendemain, je suis allée rendre visite à sa mère et à son frère. Nous nous sommes rendus ensemble sur les lieux et nous avons retrouvé l'endroit où Jimmy cueillait des fleurs. Les fleurs étaient toutes mortes. Tout, dans un cercle de quinze mètres, était flétri, mort, comme sous l'effet du gel. Même les feuilles à la cime des arbres. Des feuilles mortes en mai. Je me suis retrouvée au centre exact de ce cercle et, en levant les yeux, j'ai vu la chapelle, sur le campus, à deux kilomètres de là.

– C'était à proximité d'une voie de chemin de fer ? Quelqu'un a pu voler une pièce d'artillerie sur un convoi militaire et l'abandonner dans les bois. On peut supposer qu'un mécanisme d'horlogerie a pu la faire exploser juste au moment où Jimmy...

– Mais vous ne voyez donc pas ? La même chose s'est produite la nuit dernière chez Old Lamb ! Cette lumière éblouissante qui a rendu Arabella aveugle, cette petite fille qui est morte comme Jimmy en Virginie, déformée, les os brisés par les convulsions. Affreux.

– Oui, il y a des similitudes entre les deux événements, mais nous sommes à mille deux cents kilomètres de la Virginie et, pour Jimmy, ça s'est passé il y a deux ans. Je ne vois pas pourquoi vous insistez pour qu'il y ait un rapport entre...

– Moi non plus, je ne comprends pas, mais je me sens tellement... coupable, comme si je *devais* savoir, comme si l'explication était parfaitement évidente et que je refusais volontairement de la voir.

Jackson voulut secouer la tête, mais son cou douloureux l'en empêcha.

– Nancy est morte dans des circonstances mystérieuses. *Vous-même* vous doutez qu'elle ait eu une crise cardiaque. On dirait que nous sommes tous frappés par un éclair, où que nous soyons. C'est comme la colère des dieux. Pourquoi ? À cause de Clipper ? Mais Clipper a payé, le Patron a payé. Qui donc doit payer encore ? Il n'y a pas de refuge possible à Dasharoons. Champ sera-t-il le prochain ?

– Il n'arrivera rien à Champ.

– Rien de bon, fit-elle d'un ton désespéré.

Puis elle poussa un faible gémissement de détresse et se mordit le poing. Ils ne parlèrent plus jusqu'à l'arrivée. Les domestiques étaient déjà au travail, balayaient la véranda, arrosaient les fleurs.

– Gardez les clés de la voiture, dit Nhora. Vous en aurez besoin pour aller en ville.

– Vous voulez m'accompagner ?

– Non. Est-ce que vous allez rendre visite à Champ ?

– Dès que j'aurai pris un bain et que je me serai changé.

Hackaliah avait dû les voir arriver car, lorsque Jackson entra dans sa chambre, le bain était prêt, tiède comme il l'aimait. Quand il fut dans l'eau, il prit un petit miroir pour examiner son menton et constata que la blessure était sans gravité. Il leva les yeux vers la fenêtre éblouissante de lumière. C'était comme les yeux de Nhora, ces yeux elliptiques dans lesquels brillait la clarté dorée d'un matin. Il sentit une pression lourde et chaude dans son bas-ventre, son pénis qui se raidissait, et il durcit les fesses en réponse à la vague de désir. Mais ce n'était pas le moment, pas encore. *Nous menons tous des vies déraisonnables, Jackson.* On avait emporté son costume taché de sang. Il mit un costume tropical havane en laine peignée et monta voir Champ.

Champ était seul dans la salle de jeux. Il avait passé un vieux peignoir à rayures sur son pantalon militaire et son maillot de corps. Il s'était rasé et était assis devant un breakfast, mangeant lentement à cause de sa main. Lorsqu'il leva les yeux, Jackson put voir qu'il n'avait plus de fièvre, mais Champ le regardait non pas comme s'il avait été arraché à ses pensées mais comme s'il avait attendu quelque chose de déplaisant.

– Vous reprenez des forces ? dit Jackson d'un ton aimable.

– Je pense. (Champ regarda le pansement de son menton et demanda :) Qu'est-ce qui vous est arrivé ?

– Je me suis cassé la figure.

La tante Clary Gene fit son entrée, silencieusement, comme une somnambule. Elle portait un chapeau noir à voilette. L'empreinte de la mort, ténue comme une ombre sous la lune. On aurait dit que chaque mort au sein de la communauté la rapprochait de l'invisibilité totale.

– Merci pour tout ce que vous avez fait cette nuit, docteur, dit-elle.

– Je suis navré de n'avoir pu faire davantage.

Champ posa sa fourchette.

– Qu'est-ce qui s'est passé cette nuit ?

– Old Lamb est mort, dit la tante Clary Gene, qui préparait du thé.

– Oh… (Champ contempla son assiette.) Je ne crois pas que j'aie encore faim.

– Alors, je vais écouter vos poumons.

À l'instant où Jackson posait le disque du stéthoscope dans son dos, Champ dit :

– J'ai besoin d'exercice. Je me sens trop faible.

– Vous pouvez arpenter le hall, si vous voulez. Mais pas question de grimper les escaliers. Champ, vos poumons m'ont l'air beaucoup moins congestionnés. J'aimerais quand même faire un examen aux rayons X, mais je crois que ça pourra attendre quelques jours.

– Quand Nancy sera-t-elle enterrée ?

– Demain, à ce que j'ai cru comprendre.

– J'aimerais y aller.

– Vous n'êtes pas encore assez costaud. Ce serait une épreuve et vous risqueriez de faire une rechute.

Tout à coup, de façon inattendue, les yeux de Champ s'emplirent de larmes, mais son expression était plus morose que douloureuse.

– Nous n'avons passé que peu de temps ensemble. Et maintenant, je ne la reverrai plus.

– Je sais à quel point c'est difficile pour vous, dit Jackson tout en préparant une injection de pénicilline.

– Personne n'a eu la bonté de me dire ce qui lui était arrivé exactement.

– C'est son cœur, Champ.

– Son cœur, répéta-t-il, sans emphase, avec un bref haussement d'épaules. Où allait-elle, quand elle est morte ?

– Elle était en route pour San Francisco, pour vous retrouver.

– San Francisco, répéta Champ d'un ton las en serrant les poings. (Il penchait la tête. Il y avait quelque chose de sombre, de menaçant dans son regard.) C'est un mensonge, n'est-ce pas ? dit-il enfin, comme s'il s'adressait à une tierce personne.

Jackson hésita. Un peu trop longtemps.

– Qu'est-ce qui vous fait dire ça ?

– Elle m'a appelé, à l'hôpital, je ne me souviens plus quand exactement. Elle m'a dit qu'il fallait qu'elle parte, à cause de Beau.

– Elle avait peur de Beau ?

Champ leva les yeux.

– Demandez-le-lui, fit-il.

Il eut un mince sourire soupçonneux, comme s'il

avait toujours eu la certitude que Jackson et Beau étaient les meilleurs amis du monde.

– Je ne peux pas, j'ignore où votre frère peut se trouver. Pouvez-vous remonter votre manche ?

Champ reporta son attention sur la seringue.

– Vous allez m'injecter quelque chose ou me prendre quelque chose ?

– C'est de la pénicilline. Je vous en ai administré régulièrement.

Champ continuait de fixer la seringue, comme fasciné. Puis un changement radical s'opéra en lui. Le soupçon quitta son regard.

– D'accord, ne prenez rien. J'ai déjà trop perdu. Vous comprenez ce que je veux dire.

– Pas exactement. Parlez-moi encore de Nancy. Elle vous a appelé à San Francisco et...

– Il fallait qu'elle retrouve Beau. Elle essayait de mettre la main sur lui. Quelque chose comme ça. J'ai voulu lui demander ce que ça signifiait, cette idée. Je devais rentrer par le train de la nuit dernière. Était-ce bien la nuit dernière ?... Nous avons parlé longtemps. Je lui ai raconté comment ça s'était passé pour moi, à la guerre. Il y a des hommes qui aiment la guerre. Mais je n'en fais pas partie. Je l'ai découvert une bonne fois pour toutes. Et Nancy a compris. (Il regarda Jackson avec un sourire.) Ou bien est-ce que j'ai imaginé tout ça ? Elle n'a pas pu me parler. Elle était dans son cercueil.

– Champ, vous avez enduré trop de choses. Donnez-vous du temps.

Jackson retira l'aiguille et appliqua une compresse d'alcool sur le bras de Champ.

Nhora fit soudain irruption dans la pièce. Elle avait le visage brillant, les cheveux noués au ras du cou et portait une culotte de cheval et un corsage en guingan dans les tons brun et orange.

– Champ, tu as l'air...

Champ repoussa Jackson avec une force à laquelle

Jackson n'était pas préparé. Son autre main se referma sous la mâchoire de Nhora, si violemment que sa bouche fut instantanément bloquée. Ses yeux, rendus vitreux par la terreur, parurent fixer les maquettes d'avions. Elle tituba en arrière sous le poids de Champ, jusqu'à ce qu'il noue son autre main autour de sa gorge et la courbe sous lui sauvagement, basculant sa tête en arrière comme s'il voulait lui écraser la gorge. Il pressa son corps contre le sien, ventre contre ventre. Il gémissait et frissonnait comme un chien en chaleur tout en essayant de la tuer.

Jackson se précipita pour lui attraper les poignets et tenter de s'interposer, et la décharge de violence extraordinaire de Champ retomba instantanément. Il lâcha Nhora et s'effondra lourdement au sol. Nhora était tombée contre le mur, près de la porte, et luttait pour retrouver son souffle, les yeux rivés sur Champ, prête à bondir s'il faisait le moindre mouvement. Mais Champ était inerte. Jackson, en le retournant, vit qu'il avait les yeux révulsés et que des tremblements spasmodiques agitaient ses muscles.

Il le porta jusqu'à son fauteuil et prépara une injection de barbituriques. La tante Clary Gene, abasourdie, était accroupie à côté de Champ.

– Je veux quelqu'un auprès de lui en permanence, dit Jackson. Quelqu'un d'assez fort pour le maîtriser en cas de besoin.

– C'était le plus gentil des garçons, murmura-t-elle. Jamais il n'aurait rien fait de mal. C'est la vérité. Champ, ne *pouvait pas* faire de mal.

Quand Jackson eut fait son injection à Champ, il vit en se retournant que Nhora avait disparu. Il alla jusqu'à sa chambre. La porte était fermée à clé. Il entendit Nhora pleurer.

– Laissez-moi entrer, je vous en prie ! Est-ce que vous êtes blessée ?

Nhora continuait à sangloter. Il frappa et appela par intermittence, un long moment, et elle finit par se calmer un peu. Elle n'était pas hystérique et elle pouvait respirer puisqu'elle pleurait à gros sanglots. Elle savait qu'il était à la porte et il était clair qu'elle ne voulait pas le voir, encore moins lui parler.

– Nhora, vous n'êtes plus en danger pour le moment. Il va dormir presque toute la journée. Il est neuf heures moins cinq. Je dois aller en ville. Nous déciderons de ce qu'il convient de faire à propos de Champ à mon retour.

Que faire ? Jackson n'arrivait pas à entrevoir une solution. Il ne cessa de tourner et de retourner le problème tout en roulant vers Chisca Ridge. Il était maintenant évident que Champ souffrait d'effets permanents à la suite de son affreuse blessure à la gorge. Presque détruit par la perte de sa femme, il était sujet à des crises de violence imprévisibles, son comportement était potentiellement homicide. La meilleure réponse était peut-être de le rendre à l'Armée. Sa place, temporairement du moins, était dans une infirmerie militaire pénitentiaire où des spécialistes veilleraient sur lui. Encore une nouvelle tragédie pour cette famille de plus en plus réduite. C'est à Nhora que revenait la décision. Mais elle ne pourrait pas hésiter, pas après une pareille attaque. Et Champ pourrait bien récidiver.

Dans un état d'esprit mélancolique, Jackson se gara devant le magasin de pompes funèbres de Flax et Dakin et entra.

Ils l'attendaient dans une pièce au sous-sol. Trois ventilateurs brassaient l'air moite. Flax était un grand homme bourru avec de petites lunettes rondes et un cigare éteint répugnant qui ne quittait jamais le milieu de sa bouche. Dakin, lui, était une sorte de nain nerveux en complet strict et nœud papillon à pois. Pendant que Flax préparait les instruments, il expliqua à Jackson qu'ils ne s'étaient pas parlé depuis six ans. Jackson en conclut qu'il existait une espèce de contentieux entre eux. Néanmoins, ils semblaient parfaitement s'entendre pour le travail.

L'autorisation d'autopsie de la Cour était arrivée. Flax, qui était officiellement le médecin légiste, écoutait de la musique hillbilly en travaillant. Le corps de Nancy Bradwin, non embaumé, était arrivé la veille, au début de l'après-midi. Dakin, tout en prenant des notes, décrivit sa condition à Jackson. Jackson ne tarda pas à découvrir que Flax était un praticien compétent et consciencieux, capable de distinguer les marques et les ecchymoses que portait le corps de Nancy avant sa mort de celles que sa chute du train avait occasionnées.

– Aucune plaie pénétrante, expliqua-t-il. Même pas un trou d'aiguille. Ces quatre égratignures sur le côté gauche du cou pourraient bien avoir été faites par des ongles... (Il plaça sa main sur la gorge, les doigts écartés, pour illustrer son diagnostic.) Comme s'il y avait eu combat. Mais je ne vois aucune contusion qui prouve qu'elle ait pu être battue.

Ils poursuivirent l'autopsie par l'ablation du haut de la calotte crânienne. Le sifflement aigu de la scie répondait aux ballades texanes que déversait la radio.

– Aucune lésion du cuir chevelu, pas trace d'hémorragie, ancienne ou récente, psalmodia Flax. Pas d'hémorragie des muscles temporaux. Aucune fracture, ancienne ou récente.

Flax se pencha sur le cerveau exsangue et sépara les deux lobes tandis que Jackson se penchait par-dessus son épaule. Le cerveau avait un aspect normal, sans caillots ni hématomes, mais, de toute façon, Jackson ne pensait pas que Nancy Bradwin ait succombé à un anévrisme. C'était le cœur qui l'intéressait.

Flax préleva bientôt l'organe dans la cavité pulmonaire.

– Alors c'est son cœur qui l'a tuée ? railla-t-il. Pas celui-là en tout cas. J'aimerais en avoir un comme ça.

Jackson examina le cœur à son tour et ne put que tomber d'accord avec Flax.

Le foie, les poumons et la rate étaient également normaux.

– Dommage que nous n'ayons pas de sang, remarqua Flax. Nous pourrions apprendre pas mal de choses.

Il procéda à l'ablation des organes vitaux et emballa le tout dans de la glace sèche. À ce stade, il aurait été difficile de comprendre pour un non-professionnel comment on allait redonner un aspect décent au corps de Nancy Bradwin.

– Notre ami Dakin doit se rendre à Little Rock ce matin. Il va déposer nos échantillons au labo fédéral et leur dire que nous sommes particulièrement pressés et qu'ils doivent nous téléphoner les résultats ce soir même.

Lorsque Jackson remonta, il trouva Everett John Wilkes qui l'attendait.

– Vous avez appris quelque chose que vous ne saviez pas ?

– Physiquement, elle était en bonne condition à l'instant de son décès.

– Alors, elle n'a pas été assassinée.

– Pas de façon conventionnelle.

– Vous voulez dire qu'elle n'a pas été poignardée, ni abattue à coups de revolver ou assommée, c'est ça ? Et quoi d'autre ?

– Paralysie du système nerveux central, peut-être. J'en saurai plus quand j'aurai le rapport sur le contenu de son estomac.

Evvy Wilkes tourna à peine la tête.

– Vous croyez qu'elle a été empoisonnée ?

– Je ne vois pas d'autre hypothèse pour l'heure.

– Ces somnifères... Peut-être que quelqu'un lui

en a donné pour la faire dormir plus longtemps.

Jackson secoua la tête.

– Le Dr Talmadge aurait trouvé des traces de barbituriques dans le sang.

– Si on lui fait confiance, oui.

– Vous avez des raisons de croire qu'il a pu s'écarter de l'éthique de la profession ?

– Il n'était pas là depuis longtemps. Personne ne l'a jamais bien connu. Un sournois. Et il s'est pendu. Ça prouve bien qu'il n'était pas tellement sain d'esprit. Et peut-être qu'il se sentait coupable.

– Je pense qu'il était amoureux de Nancy, qu'il avait peur pour elle. Il ne pouvait rien faire. Il a dû comprendre qu'elle était condamnée, pour des raisons qui ne sont pas encore très claires à mes yeux. Tout ce que je sais, c'est que les rangs des Bradwin s'éclaircissent.

– Vous avez pris votre petit déjeuner ?

– Non.

– Le Turkey Shoot Café n'est pas mal. Allons-y.

Ils marchèrent jusqu'au café, à un bloc et demi de là. Il faisait chaud et Wilkes peinait sur ses béquilles.

Jackson soupesa les mauvaises nouvelles qu'il avait à annoncer et décida que la manière brutale était la meilleure. Et il décrivit l'agression à laquelle Champ s'était livré.

– Jésus-Christ ! s'exclama Wilkes en s'arrêtant net, ployé sur ses béquilles, de grosses gouttes de sueur ruisselant sur son visage. Docteur, à votre sens, est-ce qu'il faut envoyer Champ dans un asile ?

– J'ignore ce qui se passe dans son cerveau. À la place de Nhora, il a peut-être cru voir un Marine japonais qui fonçait sur lui avec une mitraillette. D'ici quelques heures, il va s'éveiller tout souriant et il aura tout oublié. Mais c'est un soldat, nous sommes en guerre et il est en situation illégale. Dès qu'il aura retrouvé un peu de force, il faudra le remettre aux militaires.

– Est-ce que c'est la fatigue du combat ou un dérèglement irréversible ?

– Espérons que c'est la fatigue, compliquée par ses problèmes émotionnels.

– Vous n'avez pas l'air d'avoir grand espoir, fit Wilkes d'un ton résigné.

La porte du café était couverte de chiures de mouches et décorée de deux étoiles dorées. Une pancarte annonçait : *Plus de boissons non alcoolisées – achetez plutôt des bons de la Défense*.

– Vous ne m'avez pas demandé des nouvelles de Nhora, remarqua Jackson comme ils entraient.

– C'est exact.

– Elle n'a pas été blessée.

– C'est ce que je pensais.

Le Turkey Shoot Café était une longue salle sombre avec trop de miroirs qui reflétaient les angles mornes des tables. Il y avait des ventilateurs au plafond et une vague odeur de bière flottait dans l'air. À dix heures du matin, ils avaient toute la place pour eux et ils s'installèrent dans une petite stalle du fond. Wilkes commanda une bière et un steak haché et conseilla à Jackson des œufs frits avec du jambon de pays. Il alluma une cigarette et joua un instant avec son zippo de G.I. Une radio diffusait les cours de la Bourse de Chicago. Un tracteur descendait la rue. Deux vieillards jouaient aux dominos près d'un distributeur automatique. Wilkes but quelques gorgées de bière avant de parler.

– Vous avez une idée de ce que vaut Dasharoons ?

– Des millions de dollars, je présume. À qui appartient-elle ? À Champ ?

– Nhora détient un huitième de la propriété. Je l'avais déconseillé au Patron. Le testament de Champ prévoit que sa femme et ses enfants hériteront, mais Nancy est morte avant et ils n'ont pas eu d'enfants.

Donc, sur le plan pratique, Dasharoons est intestat. C'est pour cette raison que je voudrais tant parler à Champ. Je pourrais bien sûr dire que protéger Dasharoons est pour moi une mission sacrée, et c'est en partie vrai. Mais mon père s'occupait de leurs affaires avant moi, et aussi d'autres associés. Ça fait soixante ans qu'on en vit et c'est pour ça que je me dis que je dois bien au Patron de faire de mon mieux à présent.

– Mais si Champ est déclaré incompétent, que deviendra Dasharoons ?

– On fera un fidéicommis et les gestionnaires seront chargés d'administrer la plantation. J'en ferai partie. Quand Champ mourra, la propriété sera mise en vente, en plusieurs lots si nous le voulons. Et l'argent ira à diverses institutions. Il y a pas mal d'acheteurs qui tournent autour de Dasharoons depuis que le Patron nous a quittés. La commission que je toucherais sur la vente me mettrait à l'abri du besoin pour le reste de mes jours. Mais ce que je ne veux pas, c'est que la plantation tombe en de mauvaises mains.

– Celles de Nhora ?

Wilkes vida sa bière un peu trop vite, fronça les sourcils, puis fit signe à la serveuse de lui en apporter une autre.

– Aucun tribunal ne lui octroiera un autre mètre carré de Dasharoons. J'ai prévu cela avant même le mariage.

– Alors, ce sera Beau.

– Beau est mort. Certainement.

– Les héritiers disparus depuis longtemps ont l'habitude de se manifester de façon inattendue.

– Ce n'est pas lui qui m'inquiète, insista Wilkes.

– Alors ça nous laisse Tyrone, n'est-ce pas ?

Wilkes parut surpris, puis impressionné.

– Seigneur, rien ne vous échappe, hein ?

– J'ai eu l'occasion de soigner sa main blessée,

la nuit dernière, et nous avons fait connaissance. Tyrone ne cache pas ses origines.

– Ça pour sûr. Il a déjà essayé plusieurs fois de faire jouer sa filiation. Le Patron était plus patient avec lui que moi. Il s'était informé avant de venir me trouver. Il savait que, même si le Patron avait décidé de ne pas le reconnaître légalement, il avait des droits. Je lui ai donc expliqué sa position.

– Qui était ?

– J'ai dit à Tyrone que même si un juriste parfaitement respecté décidait de faire valoir ses droits, ce dont je doutais, il devrait passer des années devant les tribunaux et qu'il perdrait sur tous les points techniques. Je lui ai rappelé que les juges de cet État, même ceux qui siègent à la plus haute Cour, sont influencés, pour des raisons pratiques, par des hommes comme le Patron. Qu'ils sont conditionnés, de par leur héritage, pour rester sourds aux explications d'un nègre qui cherche à tirer profit d'un accident de naissance, ce qui n'est pas la même chose que le droit de naissance légal. Je lui ai dit aussi que le Patron serait sans doute prêt à lui faire un don financier modique en plus des gestes généreux qu'il avait eus dans le passé.

– Il l'a envoyé au collège, n'est-ce pas ?

– Exact. Et il lui a offert... oh, je dirais deux mille dollars. Si Tyrone décidait de suivre sa vocation très loin de Dasharoons. Et il a eu le culot de sourire devant moi.

La serveuse vint poser devant eux le steak, les œufs et le jambon, plus un pot de café et une bière Griesedieck. Wilkes s'épongea le visage avec une serviette. Jackson remarqua que ses œufs étaient archifrits.

– Oui, il a souri. Alors je lui ai dit : O.K., mon garçon, trouve-toi un bon avocat. Va devant un tribunal. Vas-y et mets le Patron dans l'embarras. Parce que, désormais, tout ce que tu seras pour lui, c'est une source d'humiliation et de gêne, pour lui ainsi que pour ses enfants. Et laisse-moi te dire une bonne chose à propos du Patron : tu peux critiquer ses enfants, donner des coups de pied à son chien et embrasser sa femme, mais en privé. Il te trouvera toujours des excuses. Mais si tu commets l'erreur de rendre publiques tes insultes, alors il ne te le pardonnera pas. Il a banni son fils aîné pour toujours, celui qu'il aimait plus que tout. Qu'est-ce que tu crois qu'il fera pour toi, négro merdeux ? Espèce de fils de pute ! Crétin arrogant !

– La menace n'était pas très courtoise.

– Mais c'est comme ça que je lui ai fait comprendre mon point de vue.

Jackson goûta ses œufs, qu'il jugea mangeables, et mit du sucre dans son café.

– Il a donc laissé tomber ses revendications sur Dasharoons ?

– C'est peu probable. Je suis fermement persuadé, maintenant que le destin a joué quelques tours, que Tyrone va changer de stratégie. Champ est à la maison, dans une position vulnérable, et je suis certain que les deux autres ont pensé à un moyen d'en profiter.

– Les deux autres ? Parce que vous mettez Nhora sur le même pied ?

– Oui, m'sieur ! (Wilkes tapa du poing sur la table, renversant un peu de café de la tasse de Jackson.) Elle est sans mari depuis plus de deux ans. Qu'est-ce que ça veut dire ? Elle est jeune, en bonne santé, et pas mal d'hommes la trouvent très belle. Mais personne ne l'a vue avec un type. Et ce nègre a toujours joui d'une certaine réputation auprès des dames, mariées ou non. Il ne faut pas faire un gros effort d'imagination pour comprendre ce qui se passe à Dasharoons ces temps-ci

– Je doute que Nhora et Tyrone aient une liaison. Ils sont... bons amis, c'est tout. Que pourrait-il y gagner ? Vous avez dit vous-même que Nhora ne peut pas hériter de Dasharoons.

– Elle le pourrait. Il suffirait que Champ signe de son nom n'importe quel papier. Et Tyrone, qui la fait marcher à la baguette, pourrait avoir ce qu'il veut. Le dernier héritier légitime des Bradwin serait écarté. Et il n'aurait plus à avoir peur de se retrouver une nuit avec ses bijoux de famille cloués sur une croix en feu. Vous comprenez, je n'ai pas confiance en cette fille. Je me fie à mon instinct, c'est tout.

– Vous lui en voulez simplement d'avoir épousé un Bradwin. Vous pensez qu'elle était indigne du Patron.

– Il payait pour les bons moments de sa vie. Ça valait peut-être un huitième de bonne terre bien noire. Mais je n'aime pas les coïncidences, je pense. Qui diable est-elle ? D'où vient-elle ? Elle a débarqué de son foutu bateau, elle a épousé le Patron et voilà qu'un an après le Patron et Clipper sont morts tous les deux, et Champ, contre tous les avis, la met à la tête de Dasharoons pendant qu'il va se battre.

– Selon tout le monde, elle a fait de l'excellent travail.

Wilkes but sa bière tout en ruminant d'un air sombre sur l'attitude de Jackson.

– Dasharoons peut se diriger toute seule. Mais vous avez raison, elle s'est fait un devoir d'apprendre le boulot. Elle est moins douée pour ce qui est de ses relations. Maintenant qu'elle a commis une erreur, je vais peut-être enfin savoir pourquoi je n'ai jamais eu confiance en elle.

– Quelle sorte d'erreur ?

Wilkes sourit mais ses yeux étaient de glace.

– Je ferais peut-être une aussi grosse erreur en vous en racontant trop. Vous n'avez débarqué du train que la nuit dernière, après tout.

– Mais moi je peux voir Champ, pas vous. Vous avez besoin de moi car je suis peut-être le seul qui puisse vous aider. En supposant bien sûr qu'il y ait une conspiration.

– Bien résumé.

– Et Nhora ?

– On dirait que vous en pincez un peu pour elle, vous aussi.

– Elle est gentille, elle est seule, et elle est effrayée par tous les malheurs des Bradwin. Autant que vous et moi. Nous continuons ?

– D'accord. Avant-hier, il devait être neuf heures et demie du matin, Nhora m'a appelé. Elle pleurait. D'abord, je n'ai rien compris, puis elle m'a tout raconté, à propos de Nancy. Elle m'a demandé... non, elle m'a *supplié* d'aller dans le comté de Kezar réclamer le corps. Je suis parti. Ça fait deux heures et demie de route.

– Pourquoi croyez-vous qu'elle ne voulait pas y aller ?

– Elle ne connaît rien à ce genre de chose, je pense. Ou alors, elle était trop fatiguée pour refaire le voyage.

Jackson, stupéfait, demanda :

– *Refaire* le voyage ? Qu'est-ce que vous entendez par là ?

– Elle était déjà là-bas la nuit d'avant, peu après minuit.

– Comment le savez-vous ?

– Des parents éloignés des Bradwin habitent à Kezar. Ils l'ont vue passer dans sa petite Chevrolet.

– Ils ont pu faire une erreur.

– C'est le type de femme que l'on n'oublie pas quand on l'a vue une fois.

– Qu'est-ce qu'elle serait allée faire dans le comté de Kezar ?

– Chercher Nancy.

– Eh bien, si elle avait trouvé Nancy, elle aurait dit quelque chose...

– Peut être qu'elle l'a trouvée morte.

– Et elle serait revenue à Dasharoons en pleine nuit, sans avertir les autorités ? Ça ne tient pas debout.

– Il y a certaines personnes qui la trouvent bizarre.

– Oh, je vois. Eh bien, pourquoi ne lui demandez-vous pas ce qu'elle est allée faire dans le comté de Kezar ? C'est absurde de prolonger le mystère, si toutefois il y en a un.

– Elle pourrait avoir de bonnes raisons de nier être jamais allée là-bas.

Jackson sentit son visage se raidir d'indignation.

– Est-ce que c'est une accusation ?

– Une simple spéculation, dit Wilkes avant d'avaler une longue rasade de bière.

– Ça demande en effet à être éclairci, admit Jackson après avoir réfléchi un instant. Si vous acceptez le témoignage.

– Tout à fait. C'est une autre raison pour laquelle je voulais bavarder un peu avec vous ce matin. Vous semblez avoir gagné sa confiance. Ce qui n'est sûrement pas mon cas. Vous ne mangez plus ?

– Je ne veux pas vous laisser avec l'impression que je suis inquiet de ce que Nhora peut avoir à raconter.

– Si elle et ce négro sont de mèche, tout peut arriver. Y compris un meurtre.

– Absurde. Il se peut que vous méprisiez Nhora, mais vous ne pouvez sérieusement croire…

– Oh, elle ne serait pas la première Blanche à perdre sa dignité et son bon sens devant un beau mâle. Qui peut dire quelle emprise il a sur elle ? (Wilkes réfléchit à ce qu'il venait de dire, puis fit une grimace, comme s'il était sur le point de cracher.) Non, elle n'est probablement pas capable d'un meurtre, mais *lui*, si. (Il montra ses béquilles.) Moi, je suis infirme et sans une foutue raison… À moins que quelqu'un ne m'ait fait ce coup-là. Depuis que ça s'est passé, j'ai rencontré l'autre négro pas mal de fois. Il est poli, il sourit, mais son sourire, c'est celui d'un type qui en sait plus qu'il ne veut le dire. Comme s'il pouvait me faire pire encore s'il voulait.

» Laissez-moi vous expliquer ce que je faisais la nuit où j'ai perdu ma jambe. J'ai toujours aimé la bouteille mais, cette année-là, j'y étais allé un peu fort. En tout cas, je rentrais chez moi. Il était tard et j'avais fait la fête chez le juge Welker T. Murry, à son camp de pêche. Je roulais bien et, à cette heure, j'avais toute la route pour moi, je me sentais bien, vous voyez. Dans le noir, j'ai raté le virage, à l'entrée de chez moi. C'est un truc qui m'est déjà arrivé même quand je n'avais pas bu. Ma bagnole est tombée dans le fossé de drainage. Pas question de la tirer de là sans tracteur et je n'avais pas envie de faire à pied les trois cents mètres qui me séparaient de la maison. Je me suis dit que j'allais faire un petit somme dans la voiture et que j'irais me mettre au lit après. La nuit était douce, je me suis allongé sur le siège et j'ai sombré presque tout de suite.

» Je ne sais pas ce qui m'a réveillé. Un chien, ou le sifflement du train. Ou un hibou. Il faisait toujours noir. Mais la portière du côté chauffeur était ouverte et je pendais à demi au-dehors. J'ai entendu des pas, comme si quelqu'un s'enfuyait en courant. Je me suis assis, alors. J'avais des larmes dans les yeux et ma tête tournait comme c'est pas possible. J'allais vomir. Je crois que j'ai peut-être vu quelqu'un, juste une seconde, là où il y avait un bout de ciel entre les arbres. Et puis, je me suis penché pour dégueuler, je suis retombé sur le siège et je me suis évanoui. Quand je me suis réveillé, c'était l'aube. J'ai voulu descendre pour pisser et ma jambe gauche a refusé de me porter. Je ne la sentais plus. (Wilkes but, lécha la mousse sur ses lèvres et demanda en détachant soigneusement ses paroles, comme s'il s'adressait à un jury :) Vous savez comment un homme peut s'y prendre pour vous enlever l'usage d'une jambe comme ça ?

– Oui, je le crains. La gaine du nerf sciatique peut être dissoute avec des moyens chimiques. Il suffit d'une injection de paraldéhyde au bon endroit. Mais encore faut-il savoir où piquer.

– Comment Tyrone a-t-il pu apprendre ça ?

– Il a fallu qu'un docteur ou une infirmière le lui apprenne.

Wilkes regarda à l'extérieur par la fenêtre.

– Aujourd'hui, on enterre Old Lamb. Je ne me suis jamais fié à ce vieux salopard. Trop instruit. J'ignore quel genre de docteur c'était, mais il lui est quelquefois venu à l'idée qu'il était également avocat. Juriste nègre. Le shérif ne sait pas comment il est mort. Ils ont tous la frousse ce matin. Des histoires surnaturelles. Les nègres aiment bien les fantômes, hein ? J'ai entendu dire que vous étiez sur place. Vous avez une idée ?

– Il était aussi amoché que s'il était passé sous un train. Et ses parties génitales avaient été... arrachées.

– Comme s'il avait été attaqué par des animaux ? Des chiens sauvages, peut-être. Et on dit qu'il y a quelques chats sauvages dans les marais.

Il eut une grimace irritée, comme s'il réfutait ses propres hypothèses, et referma la main sur le goulot de sa bouteille. Il avait déjà ingurgité trois bières et ses gestes étaient plus lents, ses phrases plus difficiles à comprendre.

– Vous savez... j'étais là quand le Patron a été... quand il a eu la tête coupée. Clipper, avec son épée... Un vrai fou. Et cette chapelle qui tombait en morceaux. Ça n'a pas de sens. Peut-être que c'est vrai, après tout, qu'on est tombés sur quelque chose de trop fort pour nous. Champ est presque impuissant, maintenant. Si vous êtes un honnête homme, et je crois que je peux encore me fier à mon intuition pour ça, alors, je suis sûr que vous prendrez soin de lui. Quand est-ce que vous voulez que je prenne contact avec l'armée ?

– Demain. Laissons-le se reposer encore une journée. Je discuterai de ça avec le chirurgien général si c'est possible. Il faudrait qu'il soit conduit très vite dans un bon hôpital.

– Là où Nhora et le négro ne pourront pas mettre les pattes sur lui. Est-ce qu'ils ont pu rester seuls avec lui jusqu'à présent ?

– Nhora est restée auprès de lui un moment la nuit dernière. Mais je demeure persuadé que vous n'avez pas d'inquiétude à avoir en ce qui la concerne.

Jackson était soudain impatient de partir et il se leva avant même d'avoir achevé sa phrase.

– Faites attention, dit l'avocat d'un air sombre. Avant demain midi, je crois qu'il faudra que je rende visite à Champ. Mes observations pourraient être utiles devant un tribunal.

– Pourquoi ne pas venir le matin, vers neuf heures ?

– Plaise à Dieu.

Wilkes refusa que Jackson paie pour un breakfast auquel il avait à peine touché. Il se dirigeait vers les toilettes sur ses béquilles quand Jackson quitta le café.

Onze heures moins vingt du matin. Temps de guerre. Le soleil n'était pas encore haut mais la température, selon la radio de la voiture, allait dépasser quarante-cinq degrés dans la journée. Les Noirs travaillaient avec des chapeaux de paille dans les vastes champs de coton, de part et d'autre de la route qui traversait Dasharoons. La chaleur tenaillait la gorge de Jackson. Il éprouvait des élancements douloureux dans le menton et le crâne et sa chemise était poisseuse de sueur.

Par contraste avec la route brûlante, la maison était fraîche et propre. À l'instant où Jackson traversait le salon, Hackaliah apparut en haut de l'escalier.

– Où est Nhora ?

– Elle est partie à cheval, il y a une demi-heure.

Jackson s'arrêta.

– Alors elle va bien.

– Oui, m'sieur. Champ a demandé qu'on le change de chambre.

– Pour aller où ?

Il était étonné que Champ eût repris conscience avec la dose de Phénobarbital qu'il lui avait injectée.

– Dans la chambre du Patron.

Hackaliah observait Jackson sans expression particulière, mais une veine gonflée pulsait nerveusement sur son crâne chauve.

– Je ne savais pas si je faisais bien. Quelquefois, quand ils étaient gosses et qu'ils avaient peur du noir, le Patron les laissait venir dans son lit. Ça les réconfortait, je crois. Alors, Bull Pete et moi, on l'a descendu.

– Et qu'en a dit Nhora ?

– Elle était déjà partie, répondit Hackaliah, quelque peu indifférent.

– Montre-moi où il est.

La chambre du Patron se trouvait de l'autre côté du hall par rapport à la sienne, à côté de celle de Nhora. C'était une sorte de musée dominé par un énorme lit à colonnes qui donnait l'impression de pouvoir traverser l'océan. Les œuvres d'art venaient de tous les continents. Il y avait des livres rares placés sous clé, des casiers en verre remplis de médailles, de rubans. Des photographies du Patron avec plusieurs présidents, d'un Theodore Roosevelt replet à un Franklin Roosevelt dans sa jeunesse. L'endroit était marqué par l'élégance, la richesse, et en disait long au premier coup d'œil sur le Patron. Tout peut-être. Deux ans après sa mort, l'écho de son ego était assourdissant. Mais Champ, presque perdu dans le lit, était aussi profondément endormi que lorsque Jackson l'avait quitté. Il prit son pouls tout en pensant à Nhora dans ce lit, avec ce vieil homme rugueux. Il était malade d'appréhension. La tante Clary Gene montait la garde et Bull Pete s'était installé sur une chaise, devant la porte. Tout était calme pour l'instant.

Mais il y avait quelque chose dans cette chambre qui l'inquiétait, sans qu'il pût savoir quoi au juste. Champ était retourné dans son enfance. Quel réconfort pouvait-il trouver dans l'éclat froid de ces médailles, de ces sabres, de ces pistolets ? Il était là, fragile, le cerveau dérangé, hanté par la tragédie d'un massacre… Une proie facile pour l'esprit orgueilleux qui rôdait comme une ombre aux limites de son domaine… Poussé par un sentiment de désespoir, Jackson quitta la demeure et se rendit aux écuries, avide de retrouver les grands yeux verts de Nhora.

Le garçon d'écurie ne savait pas exactement où elle était allée. Il montra la direction du sud-ouest. Jackson ôta sa veste, desserra sa cravate et remonta en voiture.

Les routes de terre battue étaient pour la plupart parfaitement droites, comme de longs rubans pâles qui découpaient en carrés les champs de coton et les étendues vertes de soja. Les arbres formaient des oasis, de loin en loin, des vaches somnolentes paissaient. Il s'arrêta près d'une égreneuse mais personne n'avait vu passer Nhora. Sur la voie ferrée, il vit le wagon privé dans lequel il était venu de Kansas City avec Champ et il retrouva des sensations, des impressions plutôt que des souvenirs. Il conduisait vite, il ne pensait qu'à la cavalière, là-bas, quelque part hors de sa portée. Des fondrières, des fossés de drainage, l'ovale argenté d'un étang, des saules, la chaleur, le soleil éblouissant. Il approchait du fleuve. Des buissons, des bosquets, des buttes calcaires. Des oiseaux et des pins, une clôture. La route finissait en sinuant sur un panneau.

DASHAROONS
RÉSERVE DE CHASSE PRIVÉE
LES CONTREVENANTS SERONT POURSUIVIS

Il descendit dans le silence. Des galaxies d'insectes qui ne vivraient qu'un seul jour. Il aperçut des toits de cabanes rustiques au-delà d'un rideau de chênes et de tulipiers et porta ses pas dans cette direction. Il surgit dans une clairière où s'érigeaient d'énormes barbecues en pierre. Une odeur de viande grillée flottait dans l'air. L'étalon, seul, découvrit sa présence, leva la tête et renâcla. On avait enlevé la selle qui était posée sur la balustrade d'un long porche. Il y avait des persiennes fermées à chaque fenêtre.

Il était sur le point d'appeler quand Nhora apparut à l'angle. Elle boitait comme si elle s'était blessé le pied sur une pierre, à travers la mince semelle de ses bottes. Ses cheveux étaient emmêlés. Elle tenait une tasse en métal et buvait tout en marchant.

Elle le vit et s'arrêta net, visiblement inquiète, comme si elle n'arrivait pas à le reconnaître à plus de trente mètres. Lentement, Jackson ôta son chapeau. Simultanément, la lumière changea et elle le reconnut. Pourtant, elle hésita encore un bref instant, se mordant la lèvre. Puis elle se mit à courir et vint se jeter dans ses bras.

Au cœur de l'après-midi.

Le soleil flamboyait sur le parquet de chêne verni, illuminait les fabuleux tapis persans de la chambre du Patron et titillait les orteils de la tante Clary

Gene qui sommeillait à moitié sur la chaise à haut dossier.

Dans le lit, il bougea. Aussitôt, le changement dans le rythme de sa respiration éveilla l'attention de la tante Clary Gene. Après plusieurs bâillements, il se tourna vers la droite et la vit.

– Tante Clary Gene, qu'est-ce que vous faites ici ?

Il l'avait surprise. Elle s'assit un peu plus droite, porta une main à son cœur comme si elle redoutait qu'il ne fût plus là, après tant d'années. Elle ne pouvait pas répondre.

– Mais que se passe-t-il ? fit-il d'un ton courroucé. Vous avez avalé vos dents ou quoi ? Et quelle heure peut-il bien être ? (Il prit appui sur un coude et regarda le soleil.) Bon Dieu ! Toute une journée de fichue ! (Il posa un regard de dégoût sur la vieille femme muette.) Ça va, n'essayez pas de vous montrer polie avec moi. Je sais mater mes nègres, n'est-ce pas ?

Elle réagit automatiquement et voulut se lever, l'air toujours aussi étonné. Il leva la main et dit, avec un large sourire :

– Non, non, ne vous faites pas de souci à cause de moi. Je vais me lever et me servir moi-même mon café.

Il tenta de se lever mais une vague de faiblesse le laissa le souffle coupé, l'expression inquiète. Puis il se mit à rire.

– Ma parole, on dirait que j'ai un peu trop bu la nuit dernière ! À quelle occasion ? Je ne me souviens de rien.

La porte s'ouvrit et Bull Pete entra sans que ni l'un ni l'autre ne fassent attention à lui.

– Bon, apportez-moi du café, si ça n'est pas trop vous demander. Je n'ai pas besoin d'une infirmière. J'ai une belle gueule de bois, c'est tout. Peut-être plus grave que d'habitude.

Il ferma les yeux, le souffle lourd. Bull Pete se

retira. Un instant, en entendant le cliquetis léger de la porte, tante Clary Gene détourna la tête. Quand elle regarda à nouveau Champ, il bâillait en se grattant la tête.

– Tante Clary Gene, quand vous m'aurez apporté mon café, dites aux garçons de monter, voulez-vous ?

Ses lèvres tremblèrent.

– Ils sont tous partis. Jusqu'au dernier. Tous partis.

Cela parut le calmer et le temps passa. Il avait les yeux ouverts et regardait droit devant lui, fixement. La clarté changea. Tante Clary Gene s'agita, comme si elle se sentait en danger dans ce silence, dans l'espace vide de ses remords.

La porte s'ouvrit une nouvelle fois. Hackaliah entra en hésitant, le front plissé. Derrière lui, Bull Pete se montra, hors d'haleine, essayant de dissimuler sa frayeur.

– Il a demandé les garçons, dit tante Clary Gene à Hackaliah qui se tenait immobile, les mains croisées dans le dos.

Bull Pete, qui n'était pas fait pour ce genre de situation, raclait le tuyau de sa pipe contre ses dents. Hackaliah lui décocha un regard sévère avant de reporter son attention sur l'homme maigre et ravagé, là-bas, sur le lit. Rien, dans son visage, n'indiquait qu'il eût conscience de leur présence.

– Patron ? demanda Hackaliah en se penchant vers lui, épiant son expression.

Un long sanglot douloureux lui répondit.

Dans le pavillon de chasse, il n'y avait rien de luxueux. Le plancher était en bois blanc et les chevrons du toit apparents. Dans les petites pièces sombres flottait une odeur de cendres froides et de moisissure, sans doute à cause des trophées. On entendait trottiner des souris dans les murs et les conduits de la cuisine. Apparemment, on n'avait jamais nettoyé les vitres. Les couvertures rêches qu'ils avaient prises dans les placards de cèdre étaient propres mais dégageaient un relent de métal. Ils avaient longuement fait l'amour sur un drap déchiré, ils avaient eu plusieurs orgasmes tumultueux et, pourtant, ils ne s'écartaient pas encore l'un de l'autre.

Ils étaient enlacés, tête contre tête, elle avait noué ses cheveux autour de ses doigts et observait ses cicatrices avec curiosité et une pointe de regret. Puis, doucement, tendrement, elle les recouvrit. Jackson songeait qu'il aurait aimé pouvoir faire quelque chose pour les cicatrices qu'elle portait au cou. Il avait passé un bras autour d'elle et son autre main était posée sur une fesse cambrée. Son pénis fatigué était encore à demi dressé contre le ventre de Nhora. La chaleur de leurs assauts répétés semblait lui avoir donné une nouvelle vie, bien qu'elle n'eût jamais rien eu d'apathique auparavant. Par contraste, il se sentait presque faible, son cœur battait trop lentement, trop froidement. Quelque part, le tonnerre roula et Nhora bougea. Il sentit ses muscles se tendre, comme si elle allait s'arracher à lui. Il sourit, répugnant à se séparer d'elle.

– Pas encore.

– S'il y a des éclairs, Rowdy Boy va avoir peur. J'ai besoin qu'il me ramène. Et puis, tu sais... j'ai l'impression que mes reins vont flotter.

Nhora se retira lentement, avec tendresse, quitta la banquette et se dirigea sur la pointe des pieds vers la salle de bains.

Jackson se redressa et entreprit de se rhabiller. Ses doigts étaient roides et froids et les battements de son cœur résonnaient lugubrement. Elle revint avant qu'il eût enfilé sa chemise et l'embrassa impétueusement, en le regardant au fond des yeux.

– En trois heures, on ne s'est pas dit dix mots.

Il eut un pincement au cœur en constatant que sa voix avait pris un accent rauque depuis l'attaque de Champ et qu'elle avait de plus en plus l'habitude de se racler la gorge.

Il répondit à son baiser.

– Ce n'est pas très civilisé, concéda-t-il.

La vérité était qu'ils avaient constamment évité d'aborder les sujets qui la préoccupaient. Mais le silence leur semblait à tous deux forcé maintenant.

Nhora fut la première à se détourner, la bouche serrée, avec un sourire furtif, les yeux lointains. Elle entreprit de s'habiller, lui tournant le dos, comme si elle avait honte de sa nudité, tout à coup. Jackson remit sa veste.

– Je suis libre, tu sais, dit-elle dans un souffle. Libre d'aller où je veux avec qui je veux.

– Je l'espère.

Tonnerre. L'orage se développait et il attribua à la chute de pression de l'air la sensation d'étourdissement pénible qu'il éprouvait. Il s'assit à califourchon sur une chaise et voulut demander :

– Nhora, à propos de Champ...

Elle se tourna brusquement vers lui, avec une expression qu'il ne lui avait vue qu'une fois, lorsqu'une servante l'avait surprise et effrayée.

– Je te l'ai dit ! Je te l'ai dit ! Je t'ai dit que quelque chose de terrible allait se passer ! Qu'il n'est pas bien dans sa tête ! Et maintenant...

Elle serra sa gorge et se tint roide devant lui, les lèvres retroussées, serrant les dents d'un air sinistre. Puis sa main retomba et un désespoir intense envahit son visage, tous ses muscles convulsés comme pour un masque de lamentation.

– J'ai fait des cauchemars. Et ils se sont tous réalisés. J'ai vu Nancy étendue morte dans cette chambre de motel longtemps avant que j'apprenne la nouvelle.

– Nhora, est-ce que Nancy est entrée en contact avec toi depuis le comté de Kezar ?

– Non. Je n'ai pas entendu parler d'elle pendant tout ce temps.

– Est-ce qu'il est possible qu'elle ait appelé, que tu te sois rendue dans le comté de Kezar, que tu aies découvert son cadavre et que tu sois revenue ensuite à Dasharoons dans un état tel que tu ne te souvenais de rien le lendemain matin ?

Pendant un instant qui se prolongea, Nhora demeura parfaitement immobile, puis elle prit ses bottes d'un geste violent et se rua vers la porte.

– Est-ce que tu es devenu fou ? cria-t-elle sans se retourner, en sortant sur le porche.

Il la rattrapa à l'instant où elle s'asseyait sur les marches pour enfiler ses bottes.

– Nhora, je suis désolé.

– Qu'est ce qui t'a fait dire une chose pareille ?

Toujours vibrante de colère, elle glissa rapidement sa jambe gauche dans une botte.

– J'ai pris mon petit déjeuner avec Everett Wilkes ce matin. Il prétend que des membres de la famille Bradwin t'ont vue dans le comté de Kezar il y a deux nuits de cela.

– Il me déteste, il peut raconter ce qu'il veut.

Elle enfila sa botte droite et s'écarta de Jackson qui s'apprêtait à poser sa main sur son épaule.

– Dieu, fit-elle, y a-t-il quelqu'un à qui je puisse dire combien je souffre ?

Les ombres de midi, dans la clairière, étaient devenues glauques. L'endroit n'était plus un refuge accueillant mais une caverne végétale inhospitalière. Les feuillages battaient l'air chaud. Le ciel était comme un couvercle de cuivre marqué de violet sombre entre les cimes des arbres. Jackson abaissa les persiennes et sella ensuite le cheval.

Lorsqu'il se retourna pour appeler Nhora, elle était déjà là, tout près de lui, avec son air triste.

– Merci. Le temps ne s'arrange pas. Il faut que je rentre.

– Nhora, nous pouvons attacher le cheval et rouler lentement.

– J'irai plus vite à travers champs. (Elle sauta en selle et il lui tendit les rênes.) Est-ce que tu me rejoins à la maison ?

– Non, je suis à court de barbituriques et il me faut aussi quelques autres médicaments. Je vais aller prendre ce dont j'ai besoin à la clinique et je paierai plus tard.

– Reviens aussi vite que possible ! lui lança-t-elle. (Elle fit tourner sa monture et leva les yeux vers le ciel.) Si je suis prise là-dessous, je m'abriterai près de l'embranchement du chemin de fer. Ne t'inquiète pas.

Elle lança son cheval au trot, puis changea d'idée, fit demi-tour et revint vers Jackson. Rendue nerveuse par la manœuvre, sa monture se cabra en redressant la tête. Nhora se pencha sur sa selle et fixa intensément Jackson, le visage très pâle.

– Comment puis-je être deux personnes en même temps ?

– Qui est l'autre ? demanda-t-il, fasciné.

Mais le malaise se propageait en lui, comme si la pénombre des arbres montait dans son esprit. Il dut pivoter pour faire face à Nhora.

– Une abomination ! Une sorcière ! Je ne peux pas te la décrire, je ne veux même pas essayer. Mais je sais qu'elle ne veut pas que je sois libre.

L'étalon, tout à coup, fut le plus fort et s'élança en avant. Jackson bascula, manquant d'être renversé. Nhora tira désespérément sur les rênes et se retourna, effrayée. Elle vit qu'il était indemne et se laissa alors emporter par sa monture. Ils disparurent hors de vue derrière un bosquet de cornouillers.

Le tonnerre roula à nouveau et la pluie s'abattit sur la clairière en grosses gouttes sonores sur les barbecues de pierre qui résonnaient comme des assiettes géantes.

Jackson regagna en hâte la voiture, parcouru de frissons. Il éprouvait un sentiment de perte douloureux, comme s'il était plus faible maintenant que Nhora était partie. Il revit l'expression amère qu'elle avait eue quand son cheval s'était élancé au galop, et sa douleur s'accrut. Elle ne l'avait pas fui, elle s'était livrée au cheval, à une course éperdue. *Comment puis-je être deux personnes en même temps ?* Éprouvait-elle encore de l'amour pour ce vieil homme qui était mort ? Était-ce donc ce qu'elle voulait dire quand elle parlait d'être libre ?

La pluie, au lieu de s'intensifier, avait cessé brusquement. L'air, malgré les gros nuages qui roulaient, était immobile, comme si, mystérieusement, l'orage demeurait en suspens. Jackson allait atteindre la voiture. Il y avait un serpent sur son chemin.

Il le regarda d'un air absent, l'esprit vide. Le serpent était d'une couleur verdâtre, presque iridescente, il était plutôt joli, petit, pas plus de cinquante centimètres de long, et certainement pas venimeux. Jackson devinait que l'orage ou bien la digestion le ralentissait et qu'il avait du mal à gagner un refuge sous les racines des arbres.

À l'instant même où il distinguait le trou du nid du reptile, sa trace sinueuse dans la terre sombre, il se sentit plonger dans une sorte d'état de rêve éveillé, se pencha et saisit le serpent, refermant les doigts de sa main droite derrière la tête. Le serpent ouvrit sa gueule mais n'émit pas le moindre sifflement comme il le soulevait. Jackson, lentement, passa son autre main sur les fines écailles.

Tout au fond de son cerveau, l'avertissement était toujours présent : *C'est la terreur que tu tiens, la mort.* Mais la vieille peur glacée n'avait plus la même force, il n'y croyait plus. Quel mal y avait-il à tenir cette bête ? En fait, le serpent avait l'air à l'aise entre ses doigts, docile. Il le laissa glisser, se lover autour de son poignet, il sentit ses plus infimes contractions, l'influx d'énergie dans le corps du reptile et il y répondit, sa respiration se fit rauque, son pénis se réveilla. La tête du serpent était immobile, ses yeux fixés sur lui. Jackson éprouvait une sensation agréable, son cœur était paisible, sa peau parcourue de légers frissons dus à la chute de température. Quelques gouttes de pluie tombèrent.

Pourquoi avait-il eu peur ? Il se dirigea vers le nid du serpent. Quand il le libéra, il se tortilla sur quelques centimètres avant de disparaître dans son trou.

Nhora.

Jackson sourit.

Il démarra et entrevit brièvement Nhora à près d'un kilomètre de là, galopant à toute allure avant qu'une muraille grise de pluie ne tombe entre eux.

Il avait eu l'intention de la rejoindre à l'embranchement de la voie ferrée, là où il avait vu le wagon privé mais, sous la pluie, il se trompa plusieurs fois en tournant. Après dix minutes d'inquiétude, il fut heureux de retrouver la route en dur ainsi qu'une station d'essence où on lui indiqua la direction de la ville.

Le plus fort de l'orage avait attendu la fin des funérailles d'Old Lamb. Quand Jackson arriva, la femme d'Old Lamb, sa petite-fille et une centaine de personnes suivaient la route qui allait du cimetière à l'église.

Il repéra Tyrone sous un parapluie que tenait un diacre et abaissa la vitre en arrivant à sa hauteur.

– Tyrone, est-ce que je pourrais vous parler ?

Tyrone acquiesça et lui désigna l'église, un bâtiment blanc avec un clocher bas et trapu. Jackson se gara devant et escalada les marches. Tyrone le rejoignit trente secondes plus tard. Ils se serrèrent la main dans le vestibule. Tyrone était dégoulinant de pluie et de petites flaques se formaient rapidement sur le linoléum.

– Docteur, venez dans mon bureau.

Jackson le suivit jusqu'au fond de l'église. Ils entrèrent dans une pièce étroite bourrée de livres, éclairée par une fixation lumineuse en forme de pot de chambre. L'unique fenêtre, à l'extrémité de la pièce, était abritée par un store à moitié baissé. Il y avait un bureau à cylindre, un poêle à bois ainsi qu'une corbeille remplie de bûches. Une pendule murale cliquetait. Elle indiquait cinq heures moins cinq.

Tyrone s'éclipsa dans un minuscule cabinet de toilette et revint torse nu, avec deux serviettes. Il s'assit, ôta ses chaussures et ses chaussettes trempées et accrocha la veste de son costume sombre pour la faire sécher. Jackson s'était remis à frissonner et il se demanda s'il n'avait pas attrapé un rhume d'été. Tyrone s'en aperçut et se mit en devoir d'allumer un feu. Un gros pot à café en porcelaine ébréchée était posé sur le poêle. Tyrone en remua le contenu.

– Il est encore tout frais d'avant-hier, dit-il.

Il y eut un éclair et la pluie tomba plus fort encore. Une gouttière s'était formée et Tyrone saisit une casserole pour recueillir l'eau. Il offrit ensuite son fauteuil rembourré à Jackson et s'installa sur l'appui de la fenêtre.

– Je me demande qui de nous deux a l'air le plus mal en point, dit-il. Je pense que vous n'avez guère dormi.

Il acheva de s'essuyer, jeta sa serviette dans un coin et enfila un T-shirt et des chaussettes qu'il venait de prendre dans un des tiroirs du bureau.

– Ça n'a pas été une nuit agréable.

Tyrone hocha la tête.

– Pour personne. J'étais très lié avec ce vieil homme. Il m'en avait appris presque autant que le Patron.

– Les funérailles ont été bien rapides.

– C'est un principe de notre religion, docteur. Nous sommes obligés d'enterrer nos morts dans les vingt-quatre heures, de crainte que les esprits mauvais ne s'emparent de leur corps. Mais je crois savoir qu'il en est ainsi chez certains juifs.

– Et dans certaines tribus africaines que je connais.

– Ma foi... nos origines africaines ne sont pas si lointaines.

– C'est vrai, j'en ai eu la preuve ce matin même.

– Comment cela ?

– On dirait bien que le culte vaudou existe dans le coin.

Tyrone le regarda, ébahi.

– Le vaudou ?

– C'est la religion ancestrale des Noirs. Elle date de bien avant le christianisme, qui a été apporté par...

– Oui, je sais, je sais tout ça, fit Tyrone d'un ton agacé. Mais je n'avais encore jamais entendu dire que ça existait chez nous.

– Nhora et moi, nous avons découvert par accident l'oum'phor – le temple. Il y a un ancien bateau à vapeur sur le fleuve...

– Je sais de quoi vous parlez.

– C'est un lieu difficile d'accès, dangereux. Le refuge idéal pour celui qui souhaite rester anonyme.

– Vous avez vu ça ? Vous et Nhora ?

– Il y a un péristyle avec tout le bazar rituel : tambours, serpents, clochettes...

– On dirait que vous connaissez un peu la question.

Jackson consacra plusieurs minutes à lui expliquer une partie de son passé.

– Une mission ? Vous êtes vraiment surprenant.

– Mais vous savez aussi peut-être que Nhora a vécu en Afrique équatoriale, comme moi, quand elle était enfant. À quelques centaines de kilomètres seulement de l'endroit où j'ai grandi.

– Oui, elle m'a parlé de l'Afrique. C'est peut-être pour ça que nous nous sommes si bien entendus. Docteur, je suis au courant de tout ce qui se passe dans cette communauté, ou à peu près. Mais je ne connais rien à cette histoire de vaudou.

– Il y a un aspect de ce culte qui m'inquiète, et je voudrais en discuter avec vous.

Tyrone eut un haussement d'épaules.

– Tout ce que je peux faire, c'est vous écouter, docteur, mais allez-y.

– On dirait que Nhora fait partie de ce culte.

– Si je ne savais pas que vous êtes parfaitement sobre...

– Nhora n'est pas une initiée. Certes, je trouve ça bizarre, mais pas incompréhensible. Elle est représentée par une effigie. Un médaillon qui appartenait à sa mère, avec une photo d'elle à l'intérieur, a été dérobé il y a longtemps. Ce médaillon semble être l'élément principal de l'effigie. Et il est évident que le rite est essentiellement centré sur Nhora.

– Je n'en connais pas suffisamment. Vous voulez dire que, dans le vaudou, on adore des êtres humains vivants ?

– Non, dit Jackson. On adore tout un panthéon de dieux et de déesses – les esprits surnaturels, les morts... Mais jamais les vivants.

Tyrone se dressa brusquement.

– Docteur, vous transpirez vraiment beaucoup. Est-ce qu'il fait trop chaud ici pour vous ?

C'était plus qu'une sueur froide, mais Jackson dit :

– Ça ira... Le manque de sommeil, la pluie, un coup de froid peut-être...

– Laissez-moi vous verser un peu de ce café. Il est vraiment fort, vous verrez. Je suis sûr que vous n'avez même pas mangé aujourd'hui.

– C'est vrai, mais je n'ai pas faim.

Le café allait juste commencer à bouillir et Tyrone remplit deux tasses. Jackson but une gorgée, le trouva abominable mais se réchauffa au contact de la tasse entre ses mains. Une nuit d'orage en août ne pouvait être froide à ce point, surtout après la température qu'ils avaient connue la veille.

– Allez-y, continuez, dit Tyrone en s'installant à nouveau sur l'appui de la fenêtre. Vous me disiez que Nhora...

– Je ne sais pas exactement ce que je voulais dire, dit Jackson, troublé. Si ce n'est que... je m'inquiète. Ce n'est pas un cas typique dans le vaudou.

Tyrone épiait son expression.

– Ça ne me semble pas... naturel, dit-il enfin.

– Oui, il se peut qu'elle soit en danger.

– Hmmm... Oui, je vois ce que vous voulez dire. (Un sourire illumina brièvement le visage de Tyrone.) Vous savez, docteur, je suis bien content que vous soyez venu me voir cet après-midi.

La confusion balaya une fois encore les pensées de Jackson. Que faisait-il ici ? Mais il appréciait la compagnie de Tyrone. Il se sentait curieusement solitaire, isolé. De lui, de l'humanité, des hordes de ses semblables, comme de celle qui était tout pour lui.

– Nous savons... commença-t-il, pour s'interrompre aussitôt, car ses pensées venaient de décrire un cercle lent dans son cerveau avant de retrouver leur fil. Nous savons que des événements surnaturels, effrayants, ont eu lieu au sein de la famille Bradwin. Toute la vie de ses membres a été hantée par des cauchemars. Mais pourquoi ? Pendant des années, ç'a été mon cas, j'ai connu les mêmes cauchemars...

Il secoua la tête d'un air désespéré.

Tyrone buvait ses paroles.

– Mais quel genre de *pouvoir* le vaudou aurait-il sur les gens ?

– Pour les vrais croyants, les initiés, ce pouvoir

est énorme. Le vaudou régit tous les aspects de l'existence. Il promet la vengeance comme la récompense.

– Mais pour les gens ordinaires, comme vous et moi ?

– Il n'a aucun pouvoir, selon moi.

Il avait à peine parlé qu'il ressentit une sorte de frisson de désapprobation dans la moelle épinière, comme s'il avait blasphémé sans le savoir.

Tyrone se pencha vers lui, l'air grave.

– Et Nhora ? Si elle ne croit pas, comment peut-elle souffrir ?

– Je ne sais pas.

Jackson avait du mal à contrôler sa respiration. Il avait les extrémités glacées, les lèvres et la langue engourdies. La sensation, pourtant, n'était pas vraiment déplaisante. Il pouvait dormir, fermer les yeux, se laisser dériver. Mais il ne voulait pas offenser son hôte. L'horloge poursuivait son tic-tac. Il leva les yeux sur Tyrone, sans pouvoir trouver quelque chose à dire.

Tyrone se leva lentement, sans le quitter du regard, et s'approcha de lui.

– Que se passe-t-il, docteur ? Vous êtes malade ?

– Je ne sais pas... si c'est ça...

– Peut-être que vous allez mourir, fit Tyrone sans passion.

Cela provoqua un choc dans l'esprit de Jackson.

– Pourquoi dites-vous cela ?

– Ça m'a traversé l'esprit, comme ça... Mais vous n'êtes probablement pas encore près de mourir. Pas encore.

– Qu'est-ce que vous voulez dire ?

– Est-ce que vous pouvez vous lever ? demanda Tyrone en fronçant les sourcils.

Jackson essaya. Il ne réussit pas à bouger un muscle. Il suait. Le temps s'écoulait. Tyrone secouait la tête, momentanément absorbé dans leur dilemme mutuel.

– Pour tout vous dire, je ne m'étais jamais attendu à voir surgir quelqu'un comme vous. Quelqu'un qui s'entiche d'elle. (Son sourire devint impitoyable.) Vous y êtes arrivé aujourd'hui, docteur ? Alors, qu'est-ce que vous voulez de plus ? Est-ce qu'elle vous a bien baisé ? Est-ce qu'elle a sucé toute la moelle de votre corps ? Je vais vous dire : vous étiez une victime prédestinée, docteur.

Il regardait Jackson avec tristesse.

Jackson voulut parler, il ouvrit la bouche. Mais il était trop las, épuisé. Il n'avait plus de sang dans les veines. Et cette horloge infernale lui avait volé des milliers d'heures de son existence alors qu'il était assis là, essayant de se montrer amical avec Tyrone, de se soulager, de chasser toutes ses craintes à propos de celle qu'il aimait.

Tyrone prit la tasse entre ses mains.

– Il vaudrait mieux procéder à quelques changements, dit-il.

Il se retourna et gifla violemment Jackson. Mais Jackson ne sentit presque rien, comme si toute sa mâchoire était anesthésiée.

– Est-ce que vous pouvez me dire où est Beau Bradwin ? Écoutez-moi. Ne baissez pas la tête.

Une fois encore, il gifla Jackson et rouvrit la plaie de son menton. Il recula d'un pas, comme si la vue du sang lui déplaisait. Jackson demeura la bouche ouverte.

– J'en sais rien, fit-il d'une voix éteinte.

Il fermait les yeux.

Tyrone plia la main plusieurs fois.

– C'est peut-être vrai, c'est peut-être faux. Mais je peux me charger de Beau. Je veux dire : si la Ai-da Wédo ne veut pas de lui. Entre-temps, mon problème est : que faire de vous ?

Il demeura un moment immobile, à réfléchir. Puis

il ouvrit la porte, explora l'intérieur de l'église du regard et retourna auprès de Jackson.

Un filet de sang avait filtré du pansement et coulé jusque dans le creux de la gorge. Jackson était maintenant inconscient.

Tyrone mit ses bras autour de lui et le souleva, grimaçant à cause de son doigt cassé. Tant bien que mal, il le remit sur pied, puis le jeta sur son dos et l'emporta.

La pluie avait arrêté Nhora à quelques centaines de mètres de l'embranchement de la voie ferrée et, quand elle eut réussi à conduire Rowdy Boy à l'abri du grand toit, ils étaient déjà trempés et aussi complètement isolés que sur un radeau perdu en mer. Les éclairs zébraient sans cesse le ciel et elle demeura tout contre l'étalon pour le calmer, assourdie par le tonnerre, terrifiée. Mais, peu à peu, ses émotions évoluèrent vers une sorte d'exaltation sauvage, lumineuse.

Dans le même temps, elle ressentit de l'insatisfaction. Ses orgasmes avec Jackson n'avaient pas réussi à rassasier son appétit prodigieux, depuis longtemps inassouvi.

Elle n'avait rien pour sécher son cheval. Elle le frotta de ses mains nues, comme pour lui instiller sa propre passion, secouée de tremblements qui l'incitaient à remonter l'étalon, différemment, à s'agripper à lui jusqu'à leur soulagement mutuel. Et elle referma la main sur son sexe érigé, l'étira jusqu'à une longueur impressionnante. L'étalon sautait sur place et s'ébrouait et elle savait qu'il pouvait la tuer à tout instant. Mais l'excitation la rendait folle.

Avec des grondements incohérents, elle le força à éjaculer. Et, comme le sperme inondait son corps, elle se dressa et mordit dans la veine gonflée qui pulsait dans le ventre du cheval.

Rowdy Boy poussa un hennissement et tournoya,

la renversant sur le sol. Ses sabots frôlèrent son crâne et il sauta hors de la plate-forme, le sang de la veine sectionnée jaillissant sous la pluie. Un éclair jaillit devant lui et il se cabra, toujours hennissant, avant de s'abattre en arrière. Nhora redressa lourdement la tête et le regarda. Il se débattait dans la boue, réussit un bref instant à se redresser, mais toutes ses forces semblaient l'avoir abandonné. La tête baissée, il eut un grand frisson, esquissa un trot, puis oscilla sur place, comme un poulain qui vient de naître, tourna sur lui-même et tomba mort.

Nhora se leva, secouée de spasmes. Le sang de l'étalon était encore chaud sur sa lèvre inférieure. Elle se mit à déchirer son corsage de guingan, libérant ses seins. Puis elle se dirigea vers le wagon d'une démarche hésitante, s'arrêtant régulièrement quand la douleur fusait dans son ventre. Elle luttait pour respirer et sa langue pendait entre ses dents. Ses yeux étaient immenses et ternes.

Elle se hissa en haut des marches qui accédaient au vestibule et un éclair frappa la coupole de la plate-forme. Elle ressentit le choc dans tout son corps et, en même temps, les contractions rythmiques qu'elle attendait.

Haletante, la poitrine nue, elle se précipita dans le salon obscur et s'effondra sur le tapis. Elle usa ses ultimes forces, entre deux crampes, pour ôter ses bottes et sa culotte.

Nue à présent, elle se laissa aller en arrière, leva les genoux et posa les mains sur son ventre. Sa langue dardait entre ses dents, étrangement longue, avec des mouvements trop rapides pour l'œil. La pluie tambourinait sur le wagon. Nhora roulait la tête, insensible, ahanant dans le travail de l'accouchement.

Là, dans le lit du Patron, dans la chambre du Patron, pendant plus d'une demi-heure, il avait travaillé sur le fil du sabre-trophée de Champ, s'interrompant régulièrement pour l'éprouver, jamais satisfait. À présent, ses doigts et ses poignets étaient engourdis par la fatigue. Tante Clary Gene avait allumé la lampe près du lit et priait, la tête penchée sur une bible.

Il avait conscience de la pluie, du faux crépuscule ainsi que d'autres choses qui étaient en suspens dans l'air, à cette heure où la nuit approchait trop vite, des choses trop vagues pour être nommées, mais qui étaient autant de présages.

Il reposa enfin le sabre. Il savait qu'il avait fait de son mieux, que le fil était le meilleur qu'il pût espérer obtenir, mais qu'il ne suffirait pas pour ce qu'il avait à accomplir. Il avait besoin d'une lame quasi magique, sinon il échouerait.

Hackaliah entra dans la chambre, les mains vides, le front luisant de sueur. Il revenait du grenier et sa veste était tachée. Leurs regards se rencontrèrent. Le crâne de Hackaliah tremblait.

– Non, m'sieur, annonça-t-il. Il n'est pas là-haut. Pourtant, j'étais sûr. Mais il est nulle part.

– Mais il me le *faut*, Hackaliah.

Le vieux Noir prit son mouchoir.

– Peut-être que miss Nhora, elle sait où est votre sabre.

– Mais elle ne nous serait pas d'un grand secours, n'est-ce pas ?

– Non, m'sieur. Je crois pas.

Hackaliah cessa de se frotter les sourcils et regarda le sabre luisant posé sur le lit. Il semblait hypnotisé, malade de crainte. Lentement, la lame s'éleva dans la lumière en tournoyant. Tante Clary Gene leva la tête, attirée par un reflet, et se joignit à leur communion.

– Nous nous débrouillerons, Hackaliah. Nous nous débrouillerons.

Jackson s'éveilla dans la semi-obscurité, avec un goût de cendre dans la bouche. Dans le lointain, il entendait tomber la pluie. Son cœur battait à toute allure, presque au point de fibrillation. Ses bras et ses jambes étaient parcourus de spasmes et il se sentait écrasé, oppressé par la terreur, comme s'il avait été enterré vivant. Il poussa un cri d'horreur et bascula de l'étroite banquette sur laquelle il était allongé, entraînant la couverture sombre enroulée autour de son corps comme une liane des âges anciens.

Il se leva tout en écartant la couverture, le cœur encore palpitant mais libéré de la crainte de la mort. Il fit un pas et se cogna la tête contre le tuyau d'une chaudière. Elle était froide et il s'y appuya. Sur sa gauche, il y avait une fenêtre qui laissait filtrer une lumière grise. Il se demanda où il était et comment il avait pu arriver là. Son menton et sa mâchoire étaient douloureux. Il fit une nouvelle tentative pour se concentrer, pour essayer de déterminer où il se trouvait. Mais il ne retrouvait aucune trace de souvenir qui pût lui être utile, rien que des visions fugaces de Nhora galopant à travers les prairies de Dasharoons. Il l'avait presque rattrapée, puis il l'avait perdue dans la pluie.

Est-ce qu'il avait bu ? Dans ce cas, c'était une étrange gueule de bois. Il n'avait pas de mauvais goût dans la bouche et n'éprouvait aucun élancement douloureux dans le crâne. Son pouls s'était ralenti mais il se sentait encore froid et affaibli, à peine en mesure de faire un pas. Il devait avoir un stimulant quelque part dans ses réserves. Un moment vide lui revint alors en mémoire, il sut où il allait. Mais peut-être était-il déjà à la clinique, quelque part à la cave ?

Il devait bien y avoir de la lumière quelque part. Il tâtonna jusqu'à ce qu'il rencontrât le cordon d'une lampe. Il tira dessus et, durant un instant, il resta ébloui.

Quand il put examiner le lieu où il se trouvait, il n'en sut guère davantage. C'était probablement une espèce de dépendance pour le concierge. Il remarqua un seau à charbon à moitié plein et un banc abîmé contre le mur. Plus loin, il y avait des marches. Il monta en hésitant, tourna une poignée. Il ouvrit la porte et découvrit Jésus souffrant sur sa croix, une vieille croix rouillée. La fenêtre à claire-voie, derrière, était tachée. Plusieurs nègres aux têtes grises étaient en prière.

Mais Tyrone n'était pas là et il se sentit vaguement embarrassé lorsqu'il alla jeter un coup d'œil dans le petit bureau confortable. Peut-être confortable, se dit-il, en songeant qu'il avait dû s'y endormir en buvant un café. Tyrone, gentiment, avait pris la tasse de ses mains avant qu'il ne la renverse. C'était la dernière chose dont il se souvenait. Et Tyrone l'avait porté dans le sous-sol où il avait dormi.

Combien de temps ? Et quelle heure était-il ? Le verre fêlé de sa montre accrocha un rai de lumière : huit heures dix. Et il pleuvait toujours autant.

Il fut trempé le temps de se rendre à la voiture, car il était incapable de courir. Sa trousse médicale était posée sur le siège. Il cassa une ampoule de sels qu'il respira. Il eut l'impression que sa tête explosait mais se sentit ensuite suffisamment ragaillardi pour se rendre chez Flax et Dakin.

Flax était encore là. Il eut un regard surpris en le voyant sur le seuil de son bureau.

– 'soir, docteur. J'ai appelé il y a un moment mais on m'a dit qu'on ne vous avait pas vu de la journée.

– Qu'y a-t-il ?

– Un rapport très troublant du labo de pathologie.

Flax chercha son bloc, tourna les pages.

– Il semble que Nancy Bradwin ait été empoisonnée.

– Quel genre de poison ?

– Ils n'ont encore rien dit. Mais ils ont injecté un prélèvement cellulaire du foie à un lapin du laboratoire qui est mort en neuf secondes très exactement.

– Mon Dieu ! fit Jackson en se laissant tomber sur une chaise.

Flax lui adressa un regard inquiet, ouvrit un tiroir et posa une bouteille de Canadian Club et deux verres devant lui.

– Ça nous fera du bien à tous les deux.

– Merci. Avez-vous fait part de ce rapport à Everett Wilkes ?

– Pas encore. J'espérais d'abord connaître votre réaction.

– C'est une substance extrêmement toxique.

– Plus rapide que la strychnine. Vous avez peut-être une idée de ce que ça peut être. Les gars du labo n'ont rien trouvé dans leurs bouquins.

– En Afrique, où j'ai grandi, les Noirs sont très familiarisés avec une variété de poisons dont nous ne connaissons rien. Le venin d'un mamba, par exemple, est l'agent paralysant le plus rapide qui soit. Il y a un petit arbuste très commun dans la brousse dont les feuilles produisent un jus qui, mis en contact avec la peau, provoque une mort douloureuse sans laisser une trace.

– Nancy Bradwin n'a pas été mordue par un serpent.

– Je sais, dit Jackson, mais il se sentait mal à l'aise.

Il finit son whisky et ajouta :

– J'ai besoin d'un médicament pour Champ. Je me suis dit...

Flax lui tendit les clés de la clinique.

– Prenez ce que vous voulez, docteur. (Il pianota un instant sur son bureau puis tendit la main vers le téléphone.) Je ferais mieux d'avertir les autorités. J'ignore ce que le shérif Gaines va vouloir faire à ce sujet. Nancy Bradwin est morte dans le comté de Kezar et il n'a pas de juridiction.

– Je m'inquiète un peu au sujet de Champ, aussi…

– Au revoir, docteur. Merci d'être passé.

La pluie avait diminué mais, apparemment, elle persisterait toute la nuit. À l'intérieur de la clinique, l'air était chaud et oppressant. Jackson avait du mal à respirer et son malaise s'intensifia quand il passa dans le hall où le Dr Henry Talmadge s'était pendu. Il y avait là des échos, des ombres qui le guettaient. Pourquoi Talmadge avait-il fait ça ? Pendant un instant, il eut la certitude que sa propre vie dépendait de la réponse.

Le whisky avait cessé de faire son effet et il tremblait tellement qu'il laissa tomber des ampoules en regarnissant sa trousse dans la pharmacie de la clinique. Il referma l'armoire et s'arrêta devant les instruments chirurgicaux disposés dans une vitrine. Mû par une impulsion, il en saisit plusieurs dont il n'avait pas l'usage quotidien, y compris une petite scie.

Dans le bureau, il appela Dasharoons. Une servante lui dit que Nhora n'était toujours pas là.

Son cœur se mit à battre frénétiquement.

– Mais je l'ai laissée il y a des heures ! Elle doit être revenue !

– Non, m'sieur. Je suis désolée.

– Pour l'amour de Dieu, allez à sa recherche ! Elle était… à cheval… Un accident… *Cherchez-la !*

Il s'assit lourdement et fouilla dans sa trousse. Il avait absolument besoin d'une bouffée de nitrite d'amyle. Soudain, il se mit à pleurer. Il avait peur pour Nhora, terriblement peur pour eux deux.

Brusquement, ses sanglots s'arrêtèrent. Un pressentiment s'imposait à lui. Il se précipita vers les dossiers, tira l'un des tiroirs et chercha à la lettre B. Baldwin… Bates… Bradwin. Nhora.

La chemise était vide. Mais Talmadge, pourtant, avait procédé à une série de tests avant de mourir. Nhora avait dit qu'il lui avait prélevé des cheveux et même des bouts d'ongles pour les analyser. Les résultats auraient dû être là.

– C'est ce que vous cherchez, doc ?

Jackson se retourna, refermant involontairement le lourd tiroir de bois. Early Boy, ruisselant, se tenait sur le seuil. Il portait un poncho et un large chapeau. D'une main il tenait un revolver et de l'autre une liasse de feuillets.

– J'ai pris ce rapport il y a quelque temps déjà. Je ne voulais pas qu'il disparaisse. Je me suis dit que ça pouvait être utile.

– D'où viens-tu ?

– Oh, d'un peu partout.

– Et ce revolver, c'est pour quoi ?

Early Boy regarda l'arme avec son habituel sourire torve et la glissa sous son poncho.

– C'était au cas où ç'aurait été quelqu'un d'autre. (Il s'approcha de Jackson et lui tendit la liasse.) Vous feriez peut-être mieux de vous asseoir, avant de lire ça, dit-il aimablement.

Il y avait quatre pages dactylographiées à l'en-tête d'un laboratoire de Memphis. Le rapport était daté du 24 mars 1944. Biopsie hépathique, séroanalyse, urine, spectrochimie. Tout cela évoquait un rapport d'autopsie.

Il y avait une dose concentrée d'une substance toxique inconnue dans les cheveux et les échantillons d'ongles, dans le foie, les expectorations, suffisante pour causer la mort du sujet, et même de vingt personnes.

– C'est un mensonge ! Une absurdité ! Ou alors, il y a eu une erreur...

Early Boy secoua la tête.

– Aucune erreur. Talmadge a dû vérifier. Ça n'a pas dû lui paraître croyable. Quand ils lui ont dit que tout était exact, il s'est pendu. Il ne pouvait supporter ce qu'il avait découvert.

– Mais est-ce que tu te rends compte de ce que

tu dis ? Aucun être humain ne survivrait à une telle dose de toxines !

– C'est exactement ça, doc. Nhora Bradwin n'est pas humaine.

– Mais je… Elle…

– Pas étonnant que les bestioles ne la piquent jamais, dit Early Boy en se grattant les poils du menton.

Il fixait Jackson d'un regard implacable.

Et Jackson se mit à rire, comme s'il trouvait l'humour d'Early Boy irrésistible. Mais son rire se changea en sanglots et il tomba de sa chaise. Early Boy le souleva pour le remettre sur pied.

– Ne vous laissez pas aller, doc, j'ai besoin de vous !

Le visage inondé de larmes, Jackson hurlait de rire.

Early Boy se mit à le gifler, à petits coups rapides.

– Seigneur, vous êtes tout froid. Comme un cadavre. Secouez-vous, crétin !

Jackson s'arrêta brusquement, la bouche ouverte. Il paraissait écouter quelque chose. Early Boy hésita, la main levée pour une autre gifle. Le menton de Jackson s'était remis à saigner. Il avait le visage rouge et marqué. Sa bouche s'ouvrit plus grande encore et il cracha un filet de liquide amer.

– Nhora ! éructa-t-il, la tête en arrière, avec une expression de joie intense sur le visage.

– Quoi ?

– Nhora est en haut ! Elle m'appelle !

Il se débattit pour échapper à Early Boy qui le retint par le col de sa veste.

– Vous n'irez nulle part, doc !

– Nhora a besoin de moi. Je te dis qu'elle est là-haut !

Déconcerté, Early Boy regarda autour de lui, sans relâcher sa prise. Jackson se débattait comme un animal sauvage. Il renifla. Un lourd parfum avait envahi la pièce.

– Non, elle n'est pas là. C'est une chose qui s'appelle la Ai-da Wédo. Peut-être qu'elle ressemble un peu à Nhora. Je ne l'ai vue qu'une fois et ça me suffira pour toute ma vie. Vous n'irez pas vers cette...

Jackson devint flasque et Early Boy, surpris, perdit une seconde sa concentration, essayant d'assurer une meilleure prise avec sa main droite. Jackson baissa la tête, ploya les genoux, et son crâne percuta violemment le menton d'Early Boy. Early Boy bascula en arrière, rebondit contre la paroi, les yeux vitreux, la lèvre ensanglantée, puis tituba en avant et s'écroula sur le bureau.

Jackson se précipita vers l'escalier.

Early Boy s'agrippa à un tampon-buvard, puis glissa sur le sol, entraînant dans sa chute tout ce qui était sur le bureau. Sa joue entra en contact avec l'ampoule de la lampe. Ses yeux s'ouvraient et se fermaient spasmodiquement.

Dans l'escalier, Jackson entendit un rire. Un rire délicieux, allègre, familier.

Subjugué, il se retourna, les doigts crispés sur la rampe. Au fond du hall, il y avait une porte entrebâillée. Dans l'obscurité, au-delà, le rire s'éleva de nouveau.

– Jackson ! Viens !

Son accent, cette fois, était nettement français.

– Je... je ne te vois pas.

– Mais si, tu vas me voir. Approche.

Il fut un instant ébloui par un trait de lumière verte qui lui arrivait dans les yeux et semblait le guider vers le seuil obscur, s'effaçant pour réapparaître, animé de pulsations comme un protoplasme. C'était maintenant une forme lumineuse, limpide, suspendue devant lui, sans contours précis, nimbée sur le pourtour, ondulante, attirante, formant parfois des boucles iridescentes.

Une fois encore, il s'arrêta à cause d'une nausée. En même temps, un spasme de désir sexuel secoua son bas-ventre. Un picotement avait gagné sa peau, devenait une brûlure qui ne faisait qu'augmenter son extase sexuelle.

– Nhora ?

À présent, cela avait des yeux : emplis de sagesse, de charme, de bestialité. On le toisait. C'était le jugement final qu'il voulait étreindre de tout son être.

– Gen. Gen-loa. Tu te souviens de moi, n'est-ce pas ?

Le parfum masquait la puanteur de la sorcière. Mais les yeux étaient merveilleux et le corps attirant ondulait au rythme de son pouls. Elle fit semblant de bouder.

– Ne me fais pas croire que tu as pu m'oublier, après Tuleborné.

– C'est... c'est mon père que tu veux, fit Jackson, la gorge nouée, timide, honteux de son corps de jeune garçon, de son manque d'expérience. Pas moi.

– J'ai eu ton père, fit-elle d'un ton indifférent. Il a rempli ses obligations envers moi. Jackson...

Il cligna des yeux. C'était presque Nhora, mais la voix était différente, et le regard attendri. C'étaient son corps, son amour.

– Tu te souviens comment c'était cet après-midi ? Ça pourrait être tellement mieux maintenant. Je ne peux te décrire le plaisir que tu ressentiras. Aime-moi, Jackson. Je te désire. Je t'ai toujours désiré. C'est pour toi que je suis ressuscitée. Je ne peux pas vivre sans toi.

Il ouvrit la porte toute grande, entra dans la chambre.

Elle était nue sur le matelas nu du lit, nue comme jamais il ne l'avait vue. Ses écailles magnifiques scintillaient en une cascade de reflets, de désirs. La langue dardait follement entre ses lèvres. L'érection de Jackson était insoutenable, il était au bord de l'éjaculation.

Il n'entendit rien, si ce n'est un grognement. Early Boy se rua dans la chambre, tête baissée, les bras tendus. Comme un footballeur, il prit Jackson à bras-le-corps, le souleva et, l'instant d'après, ils passaient à travers la vitre et le store, roulaient sur le toit en pente du porche et tombaient dans les buissons mouillés et la boue.

Jackson fut le premier à se relever, mais il vacilla aussitôt. Early Boy se débattait dans la boue, luttant pour reprendre son souffle. Jackson se retourna vers la maison.

– Nhora ! cria-t-il.

Early Boy l'agrippa par-derrière et le poussa violemment vers la rue. Au-dessus d'eux, derrière le store déchiré, une lueur verte palpitait.

– Espèce de connard de fils de pute, vous ne savez donc pas que vous alliez ressembler à Old Lamb ? Tout ce que vous aviez à faire, c'était de sortir votre bitte et elle vous aurait fait sauter jusqu'au ciel, ça c'est sûr ! Montez dans la voiture ! (Il le frappa durement.) Je vais vous dire : elle en a pas fini avec vous. Y a que la pluie qui la repousse. C'est la seule chose. Il faut se tirer d'ici.

– Ma trousse ! Il me la faut.

Early Boy grommela, le poussa en direction de la voiture, puis courut vers la maison. Il en ressortit quelques secondes après, la trousse dans une main. Attrapant Jackson au passage, il le jeta littéralement à l'intérieur de la voiture.

Il s'installa au volant. La pluie crépitait sur le toit du coupé.

– Donnez-moi la clé.

Avec un frisson, Jackson fouilla dans ses poches, incapable de quitter des yeux la maison. Sous la pluie qui tombait plus dru, elle semblait encore plus sombre, déserte. Early Boy lui prit la clé de la main et mit le contact. Il accéléra aussitôt. Jackson tourna enfin la tête vers lui.

– Tu saignes, dit-il.

– Bon Dieu, oui, évidemment. Vous aussi vous êtes blessé. Vous vous croyez dans un western, doc ? Encore heureux qu'on ne se soit pas coupé la gorge au passage. Mais il n'y avait pas d'autre moyen.

– Je ne sais pas... ce qui s'est passé. J'étais... comme en transe.

– Ouais, c'est ça. C'est la Ai-da Wédo. C'est Nhora, ou du moins une partie de Nhora. Je ne sais pas comment ça fonctionne. Tyrone est tombé dans le vaudou il y a quelques années, et c'est lui qui l'a invoquée. Maintenant, écoutez.

– Nhora... ne le sait pas.

– Peut-être pas. Et peut-être aussi qu'elle ne peut rien faire contre ce qui lui arrive. Mais il faut la tuer quand même. Il faut les tuer tous les deux.

– Les tuer ?

Jackson se jeta sur Early Boy à l'instant où la voiture amorçait un tournant sur une portion d'autoroute déserte. La voiture dérapa sur la chaussée mouillée et fit deux tête-à-queue avant qu'Early Boy ne reprenne le contrôle de son volant.

– Dieu du ciel ! J'ai failli nous virer ! Ôtez vos pattes, doc !

Jackson se laissa aller dans son siège, le souffle court. Il eut à nouveau recours au flacon de sels et Early Boy en demanda une bouffée.

– C'est costaud, ce machin. Qu'est-ce que vous avez d'autre dans cette trousse ?

– Qu'est-ce que tu veux ?

– Elle est bourrée à craquer de poison. Une égratignure de la mignonne et c'est fini. Alors, je pose la question : comment tuer quelqu'un qui est déjà mort ?

La voiture dansait et Jackson fut pris de panique.

– Tu conduis comme un fou !

Early Boy eut un sourire sardonique.

– De toute façon, vos heures sont comptées, doc. Parce que si on ne met pas la main sur Tyrone avant qu'il ferme la boutique pour la nuit, on l'aura peut-être jamais.

– Et tu sais... où il est ?

– Dans son temple à lui, sur le fleuve.

Jackson hocha la tête.

– Je connais l'endroit. Le *Stephen Mulrooney*. Nhora et moi, nous l'avons trouvé par hasard ce matin.

Il frissonnait dans son complet trempé et sale. Ils traversèrent un village noir. Une enseigne au néon brillait, solitaire, au-dessus d'un bar. Puis ce fut l'obscurité à nouveau, la pluie dans le faisceau des phares. Jackson avait remarqué du sang sur les poignets d'Early Boy. Il s'aperçut que sa respiration était rauque, douloureuse.

– Tu es blessé ? Gravement ?

– Je verrai ça plus tard. C'est peut-être une côte enfoncée.

– Je peux conduire.

– Non, doc, restez tranquille et profitez de la balade.

– Tu as encore ton revolver ?

– Ouais.

– Nous n'aurons pas à... tuer Nhora ?

– Mais non, ça sera simplement vos funérailles, et celles de Champ par la même occasion.

– Je crois savoir... ce que tout cela signifie.

– Ça tombe bien, j'ai justement un petit peu de temps libre. Pourquoi vous m'expliquez pas tout ça ?

Jackson parla longtemps, nouant les liens du passé en une structure compréhensible, autant pour lui que pour Early Boy. Tout avait commencé par la rencontre de son père avec Gen Loussaint l'inhumaine un quart de siècle auparavant. Et le destin de deux familles avait été impliqué. Il expliqua le peu qu'il savait du séjour de Nhora parmi les Ajimba et essaya d'en déduire la suite.

– Je n'avais jamais cru qu'elle existait vraiment, jusqu'à présent. Gen Loussaint a dû survivre un an ou deux après que mon père l'eut soignée. C'était une... une déesse à l'intérieur d'un corps décrépit, qui avait terriblement besoin d'un successeur. Je ne sais pas pourquoi on a choisi une enfant. Peut-être parce qu'elle était l'image de Gen elle-même dans sa jeunesse. En tout cas, ils avaient prévu d'en faire un super-être capable de vivre 150 ou 200 ans, un nouveau chef pour cette tribu qui avait été grande jadis. Mais les Ajimba, alors, avaient été décimés et leur identité tribale avait été détruite. Ils étaient devenus des errants, des bandits occasionnels et leur religion était confuse. Quels qu'aient été les plans que ce vieux monstre reptilien avait formés pour Nhora, ils furent oubliés quand le corps périt. Bien sûr, la déesse elle-même – Gen-loa – ne mourut pas et son esprit survécut en Nhora, mais de façon dormante. Gen-loa était impuissante à exercer son pouvoir sans la tradition, la force de la croyance que cette tribu avait perdue.

» Ainsi donc, Nhora fut rendue à la civilisation. C'était encore une enfant, mais elle représentait un danger mortel, inimaginable. Je pense qu'ils l'avaient nourrie avec le poison qu'ils donnaient à leurs chiens, saturant ainsi son organisme de façon qu'elle grandisse avec lui. Il se peut même qu'il soit devenu encore plus concentré avec le temps.

– Et ce fétiche que votre papa aurait confectionné avec les os de votre crâne ? Old Lamb a parlé de ça aussi. Il l'appelle *« baka »*. Il disait que tant qu'on l'avait, la Ai-da Wédo ne pouvait pas vous toucher.

– C'est vrai. Mon père est mort de mort violente, mais à la guerre. Il ne la craignait pas, tant qu'il avait le fétiche à portée de la main. Alors la Ai-da

Wédo a attendu, tandis que Nhora grandissait. Elle attendait l'adepte vaudou, le croyant qui surviendrait bien un jour pour la libérer de son enveloppe innocente. Parce que Nhora est innocente, je le jure ! Et totalement impuissante.

– Pas avec ce poison dans son corps. Si l'un de ces chiens tueurs était en liberté, vous l'abattriez, n'est-ce pas ? Doc, servez-vous donc de votre tête !

Ils avaient atteint la levée du fleuve et Early Boy éteignit les phares.

– Inutile de le laisser fiche le camp s'il est en train de faire ses singeries. Regardez donc s'il y a une lampe dans la boîte à gants, doc.

Jackson en trouva immédiatement une.

– Un peu faiblarde, remarqua Early Boy. Il faudra bien que ça aille. Venez.

Jackson saisit sa trousse. Si Nhora était en compagnie de Tyrone, il aurait besoin de certaines drogues. Immédiatement. Il avait à nouveau une peur atroce de descendre dans le hallier après sa rencontre avec la déesse-serpent. Mais il était peut-être vrai que le pouvoir de la Ai-da Wédo était diminué par la pluie, ou même l'eau sous toutes ses formes.

Early Boy peinait, la respiration sifflante, tandis qu'ils escaladaient ensemble la pente. Il avait son revolver dans une main, la lampe-torche dans l'autre. Le faisceau éclairait à peine les environs immédiats. Jackson sentait la présence de l'énorme fleuve, de ses tourbillons traîtres, de ses courants violents.

Dans l'obscurité, Early Boy semblait savoir très précisément où il allait. Pour Jackson, cette course était comme un cauchemar terrifiant dans l'enchevêtrement des branches et des lianes, avec la menace permanente de glisser et de tomber entre les arbres immergés. Il sanglotait avec violence mais le bruit de la pluie couvrait tout. Il trébucha et Early Boy lui tendit aussitôt la main.

Ils atteignirent enfin un terrain plus ferme. Ils

approchaient du *Stephen Mulrooney* selon un angle différent. Le vieux vapeur était éclairé par la lueur vacillante d'une centaine de chandelles placées autour du péristyle de l'oum'phor. Il faisait sec sous le toit, il régnait une illusion de chaleur due à la lumière et à la fumée qui montait du puits.

Early Boy arma son revolver et regarda lentement autour d'eux. Il s'approcha de la forge de l'Ogous et toucha la barre de fer, le *okou-bha-sah*, à demi enterrée dans les braises.

Il retira vivement la main. Le métal n'était pas rouge mais suffisamment brûlant pour griller la peau.

– Tyrone ! appela-t-il.

– Ici.

Ils levèrent la tête. Tyrone sortait du poste de pilotage du bateau. Il s'approcha du bastingage et les regarda. Il était presque nu, la peau décorée de dessins compliqués à la peinture blanche. C'était une vision impressionnante, épouvantable.

– Salut, Beau, dit-il.

– Salut, négro, répondit Early Boy avec une malice tranquille.

Tyrone secoua lentement la tête.

– C'est comme ça que ton frère Clipper aurait parlé. Mais j'espérais mieux de toi. (Il regarda Jackson.) Vous n'avez toujours pas l'air d'aller bien, docteur Holley.

– J'ai eu une nuit assez agitée, dit Jackson d'une voix rauque. Où est Nhora ?

– Vous ne laissez pas tomber, hein ? Est-ce que vous n'avez pas compris qu'elle ne vaut rien pour vous ?

– Descends, négro, dit Early Boy.

– Oui, je pense que je ferais mieux, dit Tyrone avec un haussement d'épaules élégant, méprisant.

Il descendit jusqu'au pont inférieur en empruntant un escalier incurvé aux marches cassées, son corps se balançant à chaque pas, la peau luisante. Il avait les yeux et les narines dilatés par l'excitation.

– Je vais juste jeter un coup d'œil dans le bateau... commença Jackson.

– Ne bougez pas, dit Early Boy, tendu, braquant son revolver sur Tyrone. Vous ne sentez pas ?

– Le parfum de l'Erzulie... Mon Dieu...

– Je sais, je sais. S'il arrive quelque chose, vous vous tenez tranquille. (Il reporta son attention sur Tyrone.) Hé, négro ! lança-t-il, et sa voix était comme un claquement de fouet.

Tyrone s'arrêta, souriant, mais il se balançait toujours sur un rythme qu'ils ne percevaient pas encore.

– Bien sûr, dit-il, avec une politesse outrée, une sorte de déférence cynique. Sache-le, j'ai toujours pensé du bien de toi. Je te respecte, Beau, pour ce que tu as fait pour mon peuple. Pour avoir eu le courage de quitter Dasharoons dans la honte et la rage. Tu n'aurais pas dû revenir, Beau. Mais je vais te donner une chance de repartir une fois encore.

– À propos de Clipper... Comment as-tu fait ?

– Il ne demandait qu'à être corrompu. La Ai-da Wédo a exaucé ses souhaits. Avec une ou deux suggestions de ma part.

– C'est bien ce que je pensais, dit Early Boy et, sans même viser, il fit feu.

Le petit doigt bandé, à la main gauche de Tyrone, sauta dans un jaillissement de sang. Tyrone pivota sur lui-même en serrant sa main blessée, la bouche ouverte, stupéfait. Froidement, Early Boy réarma le revolver et visa. Tyrone poussa un cri suraigu et, d'un seul élan, arrachant le *okou-bha-sah* des braises, il plongea en avant. La balle l'atteignit tout près du cœur mais sans toucher les côtes, et cela ne l'arrêta pas. L'épieu de métal transperça le ventre d'Early Boy qui fut rejeté en arrière sous le poids de Tyrone. Pendant plusieurs secondes, il resta inerte, cloué. Tyrone pesait encore sur le pieu qui lui grillait les mains, les yeux exorbités. Alors, Early

Boy leva son revolver jusqu'à son menton et lui fit sauter le visage.

Il commença à remuer et haleta :

– Doc... Au nom du ciel, retirez-moi ça !

Jackson sauta par-dessus le corps de Tyrone et saisit le pieu brûlant sans éprouver la moindre douleur dans sa frayeur. Il mit une botte sur la poitrine d'Early Boy et tira, arrachant le *okou-bha-sah* de la poitrine d'Early Boy dans un horrible bruit de succion. Il s'agenouilla, écarta le poncho et se pencha sur la plaie. Elle était affreuse, mais pas forcément mortelle. Il faudrait une opération dans l'heure qui venait pour qu'Early Boy survécût.

Il ouvrit sa trousse et prit une seringue et une ampoule de morphine. Early Boy criait, les mains crispées sur son ventre, comme s'il voulait s'arracher les entrailles.

– Dans une minute, tu ne sentiras plus rien, lui dit Jackson.

Un rire léger s'éleva dans l'air. Il crut entendre murmurer son nom et releva la tête, horrifié, sans lâcher Early Boy.

– Qu'est-ce qui se passe, doc ? souffla Early Boy comme si la morphine faisait déjà effet.

– Elle arrive. Il faut que je te tire de là, mais elle arrive !

– Écoutez, doc. C'est comment pour moi ?

– Tu as une chance de t'en tirer.

– Une... grosse chance ?

– Je ne sais pas, ça dépasse ma compétence. Mais si nous arrivons à atteindre un hôpital...

– Et Champ ? Dites-moi, doc. Quelle chance il aura, lui, avec la Ai-da Wédo ?

Du coin de l'œil, Jackson vit la lumière surréelle, vacillante.

– Rien ne l'arrête, n'est ce pas ? Si ce n'est le fétiche. Doc, fichez le camp ! Sinon vous êtes cuit !

– Je l'entends !

– Est-ce que vous pourriez fabriquer un de ces machins ?

– Je... je le pense. Mais c'est inutile. Ça ne serait pas assez fort sans...

La main d'Early Boy serra son bras, ses ongles s'enfoncèrent dans sa chair sous l'effet d'un spasme de douleur.

– Sans les os, c'est ça, doc ? O.K. ...alors ça ira. (Il eut un sourire épuisé et tapota son front.) Prenez ce qu'il vous faut, doc. Avec ça, ça sera assez puissant. Débarrassez-vous d'elle pour toujours.

Le rire résonna à nouveau, provocant, moqueur.

– Je ne peux pas. Est-ce que tu ne comprends pas que si je te conduis à l'hôpital, tu auras une chance de vivre ? Mais si je fais cette... cette opération, ce sera comme un meurtre !

– Doc, je crois que ma chance est passée. Je sais que c'est tout bousillé, là-dedans. Ici ou à l'hôpital, ce sera pareil.

Ses yeux ardents. La danse de sa langue.

– *Jackson.*

– Portez-moi... là-bas, sous la pluie. Là où elle ne pourra pas vous atteindre. Et faites votre boulot, doc. Vite !

Jackson ne répondit pas et Early Boy fit une tentative pour se redresser, grinçant des dents. Mais il perdit connaissance et Jackson se retrouva avec son corps inerte entre les bras.

Le rire se rapprochait. Il leva les yeux et vit les boucles lumineuses qui flottaient.

Il ferma les yeux, alors, et s'éloigna en titubant, tirant Early Boy derrière lui, la main crispée sur sa trousse. Il alla ainsi jusqu'au péristyle, sous la pluie battante. Il étendit Early Boy sur le sol et se pencha sur lui. Lentement, il ouvrit sa trousse et y prit une ampoule de penthotal.

Un sifflement irrité s'éleva derrière lui, dominant

le crépitement de la pluie. Elle semblait flotter à la lisière du péristyle, prenant des poses provocantes.

En tremblant, Jackson injecta toute la dose de penthotal à Early Boy. Jamais il ne ressentirait plus la moindre douleur, jamais il ne se réveillerait.

Nhora s'éveilla dans l'obscurité étouffante, sur le plancher du wagon, le corps engourdi. Elle se mit à pleurer de soulagement, presque hystérique, avant même d'être pleinement réveillée. Comme si elle comprenait qu'elle avait été utilisée pour la dernière fois.

La pluie tambourinait sur le toit. Elle éprouva soudain un besoin intense d'aller sous la pluie, de se laver, et elle se leva. Nue, elle quitta le wagon et erra sans but sur la plate-forme noire, les bras croisés sur ses seins, avant de s'avancer au-dehors.

Elle leva la tête, la bouche ouverte, et but les gouttes. Puis elle trébucha sur le cadavre de son cheval et sa tête cogna douloureusement l'argile. Elle se releva l'instant d'après, étourdie, et vit une voiture qui approchait. Elle leva les mains et la voiture s'arrêta juste à temps. Nhora demeurait immobile, le dos creusé, éblouie. La voiture était arrêtée. Elle s'en approcha, effrayée, prenant conscience de sa nudité.

Une portière claqua et elle le vit. Il courait vers elle. Il était aussi trempé qu'elle. Ses bras se refermèrent sur Nhora. Il émanait de lui une odeur de sang tiède.

– Jackson ! Jackson !

Il était silencieux, il frissonnait et la serrait comme sous l'effet d'un désir violent. Elle voulut l'embrasser. Quelque chose lui piqua alors la fesse gauche et ses yeux s'agrandirent de surprise. Elle regarda autour d'elle et vit la seringue, à l'instant où il retirait sa main.

– Qu'est-ce que ?...

– Ne t'inquiète pas, dit-il.

Mais il y avait dans son regard quelque chose qui l'effraya et elle se débattit instinctivement. Trop tard. Ses genoux cédèrent sous elle et elle glissa doucement, à la rencontre de la vague tiède de la drogue, sans émettre un son.

Dans la chambre de Nhora, Jackson ouvrait des tiroirs, des armoires, effectuant un choix à l'aveuglette, prenant ce qui lui tombait sous la main pour tout ranger dans la grande valise ouverte sur le lit.

Hackaliah fit son apparition sur le seuil, en caleçon long et maillot de corps. Il clignait des yeux, surpris.

– Docteur Holley, c'est trois heures du matin. Ça veut dire quoi, tout ça ?

Il détaillait le complet sale de Jackson, les taches de boue dans ses cheveux.

Jackson ferma la valise et se retourna.

– Portez ça dans le coffre de la voiture pendant que je prends un bain et que je me change.

– Miss Nhora s'en va quelque part ?

– Je la conduis à l'hôpital. Elle est très malade. En danger. Il faut faire vite.

– Docteur Holley… et vous, ça va ?

– Certainement. Vous parlez de mon apparence ? J'ai eu des… des problèmes avec la voiture. Il a fallu que je change une roue. Nhora dort sur le siège. Ne la dérangez pas.

– Oui, m'sieur.

Hackaliah empoigna la valise et Jackson gagna sa chambre sans ajouter un mot.

Dans le hall, Hackaliah enfila une veste avant de sortir. En découvrant Nhora, il fut intrigué par la position de sa tête. Il fit le tour de la voiture pour aller l'examiner. Elle était complètement nue. Il se retira et voulut ouvrir le coffre de la voiture, mais il s'aperçut qu'il était fermé à clé. Il retourna donc sous la véranda pour attendre Jackson.

Jackson ne tarda pas à sortir avec ses propres bagages. Il était propre et présentable mais ses yeux avaient toujours le même éclat fiévreux. Peut-être plus intense encore.

– Ah, oui, la clé. Désolé. Je vais ouvrir.

Le couvercle du coffre bascula vers le haut. Hackaliah s'apprêtait à mettre la valise à l'intérieur quand il vit briller le sabre du Patron. Il hésita.

– Allez, allez, dit Jackson. Est-ce que je ne vous ai pas dit que nous étions en retard ?

– Docteur Holley, où est-ce que vous serez au cas où on ait besoin de vous ?

– Je ne le sais pas encore. J'appellerai. Ne vous en faites pas. Tout ira bien.

– Et pour ?...

– Pour Champ ? Inutile de vous inquiéter non plus à son sujet. Il lui faut beaucoup de liquide et du repos. Je... je viendrai le voir bientôt. Dites-le-lui.

Il s'installa rapidement au volant et démarra, laissant Hackaliah seul sous la pluie.

Le *Stephen Mulrooney* avait brûlé lentement, tout d'abord, très lentement, mais quand les flammes atteignirent la coque sèche rongée par les termites et léchèrent les poutrelles, le bâtiment explosa en partie, embrasant le corps d'Early Boy Hodges dans son linceul de velours. La pluie n'apaisa pas le brasier et l'ancienne épave ne tarda pas à s'enfoncer dans l'eau.

Le toit du péristyle ne réussit pas à prendre feu et Tyrone resta là où il était tombé, à l'écart des flammes et des cendres.

Peu avant l'aube, et malgré la pluie, les rats avaient commencé à visiter les lieux.

Dans la chambre du Patron, Hackaliah dit :

– Ça me fait pas plaisir de vous réveiller alors que vous dormiez si bien.

– Elle nous a glissé entre les doigts ?
– Je ne savais pas comment l'arrêter.
– Il est parti dans quelle direction ?
– Je ne sais pas, c'est sûr.

Hackaliah attendait. Il buvait du café brûlant pour essayer de rester alerte. Il savait que ni pour l'un ni pour l'autre il n'était plus question de dormir.

– Hackaliah, je pense qu'on ferait mieux d'appeler le shérif.

– Oui, Patron, dit Hackaliah.

Il y avait des rideaux de dentelle et des persiennes à moitié tirées aux fenêtres du motel. Au-dehors, Nhora apercevait un bout de ciel bleu, un losange de base-ball où jouaient des gamins. Depuis près de cinq minutes, elle était réveillée, essayant de savoir si c'était le matin ou l'après-midi, si agréablement reposée qu'elle ne parvenait pas à se tourner de l'autre côté pour jeter un coup d'œil sur la pendule de chevet. Elle n'arrivait pas à se rappeler son dernier repas, mais elle n'avait pas faim. Bien sûr, elle n'aurait pas dit non à une tasse de café.

Elle sourit et inspira profondément, puis s'interrompit pour essayer de suivre le rythme de la respiration de Jackson, le sifflement léger de l'air entre ses lèvres et, parfois, une hésitation, comme s'il était au bord d'un rêve désagréable. Cela la perturbait. C'était comme s'il dérangeait son humeur si parfaite. Il y avait des années qu'elle n'avait aussi bien dormi, sans l'habituelle tristesse sourde qu'elle ressentait certains matins, les traces d'ombres de terreur, les remords en suspens.

Est-ce qu'elle devait le réveiller ? Elle posa doucement la main sur sa joue, puis la retira en fronçant les sourcils : il était très froid. En l'examinant de plus près, elle constata que ses lèvres étaient bleuies. Peut-être sa température tombait-elle anormalement quand il dormait. C'était la première fois qu'ils dormaient ensemble et elle n'avait aucun moyen d'être sûre.

Elle songea un instant à se rapprocher de lui, à se mettre tout près pour lui donner un peu de sa chaleur, de son amour, mais sa respiration se faisait plus régulière, le mauvais rêve s'éloignait et elle décida qu'il valait mieux le laisser encore dormir. Elle bâilla, s'assit et regarda enfin la pendule. Onze heures dix. C'était l'heure du café, si elle arrivait à en trouver dans les environs. Elle n'avait aucune idée de l'endroit où ils se trouvaient, ni même du jour. Ses souvenirs remontaient vaguement à la veille, puis plus rien. Tout allait très mal à Dasharoons quand il était arrivé. Ils étaient tombés amoureux l'un de l'autre, voilà tout ce qu'elle voulait savoir pour l'heure.

Sur la table de chevet, il y avait une seringue. Nhora la prit et se souvint de ce qu'il lui avait dit : c'était pour la protéger contre une infection, quelque chose qui pouvait très mal tourner si elle n'avait pas ce médicament. C'était lui le docteur. Elle faisait ce qu'il lui demandait de faire sans poser de questions. Parce qu'elle voulait que le sentiment de paix et de joie qu'elle éprouvait dure à jamais.

Elle quitta le lit et gagna la salle de bains. Elle découvrit avec bonheur qu'ils avaient fait l'amour, quoi qu'elle fût triste de ne pas s'en souvenir vraiment. Maintenant, elle commençait à avoir faim. Elle avait une envie terrible de brioches, d'une saucisse grillée avec des œufs. Vite, une douche et elle se mettrait en quête d'un endroit où manger.

Tout en faisant couler l'eau, elle passa la main sur ses cuisses et décida qu'elle ferait peut-être bien de se raser. De quel genre de rasoir son homme se servait-il ?

Elle regarda dans ses affaires de toilette. Un rasoir à manche. Oh, oh, elle n'était pas assez habile pour ce genre d'instrument. Elle continua ses recherches, curieuse d'apprendre des détails sur sa vie personnelle, le dentifrice qu'il utilisait, ses lotions...

Mais qu'était donc ceci ?

Une drôle de petite jarre avec un bouchon. Elle était en terre, décorée, avec une incrustation de porcelaine. Elle entendit un cliquetis quand elle la secoua. Elle ôta le bouchon et sentit une odeur de moisi. Elle en renversa le contenu au creux de sa main.

De petites plumes colorées, des fragments de peaux de serpent, une minuscule clochette, des griffes et des dents d'animaux, plus deux bouts d'os souillés de sang, grands comme des pièces de 25 *cents*. C'est du moins ce qu'il lui semblait. Elle eut une impulsion soudaine et violente : elle allait jeter tout ça dans la cuvette des W.-C. Que diable faisait-il avec ce truc ?

Mais ça le regardait, après tout. Peut-être que cela avait une fonction médicale. Elle remit le tout dans la petite jarre, soigneusement, la reboucha et la rangea avant de prendre sa douche.

Elle se mit à chantonner, comme elle le faisait toujours, mais aujourd'hui elle avait l'esprit vagabond et elle ne parvenait à se rappeler aucune parole de la dizaine de chansons qu'elle connaissait par cœur.

Dans la chambre du Patron, il mit son complet blanc Palm Beach qui était encore tiède du repassage et noua un lacet au col de sa chemise. Il avait perdu beaucoup de poids et le costume pendait un peu aux épaules mais il n'aurait rien voulu porter d'autre. Le complet blanc, les chaussures blanches et le panama avec le ruban noir... Il aperçut Hackaliah dans le miroir et se retourna.

– De quoi ai-je l'air ?

Hackaliah s'efforça de sourire.

– Vous êtes splendide, Patron.

– On va loin ?

– Presque deux cents kilomètres.

– Ça fait longtemps que tu ne m'as pas conduit quelque part, Hackaliah. Tu es certain que ça ira ?

– Je sais encore conduire, Patron.

– Alors, nous ferions bien d'y aller, tu ne crois pas ?

Jackson savait que c'était une journée torride. Il distinguait les vagues d'air chaud depuis son lit. Mais il était pris dans un mortel étau de froid, engourdi au point de ne pouvoir s'asseoir. Dans une ou deux semaines, son cœur craquerait sûrement, peut-être dans l'extase du plaisir sexuel.

Il avait pris toutes les précautions possibles. Il la maintenait sous sédatif, pour qu'elle ne le griffe pas ni ne le morde dans l'orgasme. La Ai-da Wédo n'aurait aucun pouvoir sur lui aussi longtemps que le fétiche resterait en sa possession. Mais ses baisers l'empoisonnaient lentement. Pourtant, il la désirait toujours.

– Nhora ?

Sa vue avait baissé à un point tel que les tableaux, en face du lit, étaient flous. Il vit que sa trousse était posée par terre. Il essaya de l'atteindre et faillit tomber du lit. Il lui fallut du temps pour trouver l'ampoule de digitaline ainsi qu'une seringue propre.

– Nhora, où es-tu ?

Il repéra l'artère humorale et enfonça l'aiguille tout en consultant la pendule. Il était près de deux heures de l'après-midi. Où était-elle ? Depuis combien de temps était-elle partie ? Est-ce qu'elle ne savait donc pas qu'il avait constamment besoin d'elle ?

Il se laissa retomber en arrière, vidé de ses forces, et la seringue tomba sur le sol et se brisa.

Mais il savait qu'avant peu il aurait la force de se lever et d'aller à sa recherche. Pour la ramener dans la chambre. Pour l'embrasser. Et lui faire l'amour.

Et mourir encore un peu.

C'était une petite ville tranquille, adorable, quelque part en Louisiane, songeait Nhora. En tout cas, la plupart des voitures garées autour du square avaient des plaques de Louisiane. La mousse espagnole était dense sur les chênes qui entouraient le motel. Elle avait passé un bon moment à explorer les environs après son petit déjeuner, peu consciente de la chaleur. Les trottoirs étaient en brique et les grandes et belles demeures étaient cernées de jardins fleuris. L'air portait des parfums de chèvrefeuille et de mimosa. Elle pourrait vivre éternellement ici. Ils avaient sans doute besoin d'un docteur. Après tout, dans une ville comme celle-ci, il pouvait y avoir plusieurs docteurs.

Elle entendit les cloches d'une église. Elle la découvrit en tournant l'angle d'une rue. Un bâtiment blanc, élancé, avec un très haut clocher et une vaste pelouse devant. Elle vit des voitures et aussi des carrioles à cheval. Une mariée avec une longue traîne, des enfants qui riaient. Ils s'arrêtaient tous pour la photo sur le perron. Nhora était fascinée. Elle se rapprocha. Quelle chose merveilleuse ce serait de l'épouser ! se dit-elle. Mais ça viendrait bien. Elle se mêla à la foule de la noce, souriante, hochant la tête quand on la saluait. Ils étaient si nombreux qu'une invitée de plus ne ferait pas de différence. Il y avait si longtemps qu'elle n'avait pas été à un mariage.

La Packard attendait à un bloc de l'église, le moteur tournant au ralenti. Hackaliah s'épongea le front et regarda Nhora entrer dans l'église.

– Et maintenant, Patron ?

– Tu sais où aller.

Jackson se dirigea d'une démarche hésitante vers le café et s'appuya au comptoir, les lèvres raidies, froid comme l'éther.

– Bonjour, monsieur.
– Je cherche ma femme.
– Ça ne va pas bien, monsieur ?
– Pourquoi diable dites-vous ça ? gronda Jackson.
Dans la rue derrière lui, la Packard s'éloignait lentement.

Hackaliah engagea la clé dans la serrure du coffre et leva le couvercle boueux du coupé Chevrolet. Il prit le sabre. Il y avait une tache de rouille sur la lame scintillante, tout près de la poignée. Il l'effaça avec son mouchoir et un peu de salive. Puis il se retourna et tendit l'arme.

Le sabre fut glissé dans son fourreau. Ils remontèrent alors en voiture et roulèrent en direction de l'église.

Nhora sortit dans la brillante clarté du soleil. Elle était l'une des dernières car elle s'était attardée dans le calme de la nef, près de l'autel noyé de fleurs. Les invités de la noce étaient en place pour la photo. Nhora sourit. La mariée ne devait pas avoir plus de dix-huit ans, et elle semblait tellement heureuse !

Hackaliah arrêta la Packard derrière l'église et coupa le moteur. Il vit passer deux enfants à bicyclette et se remémora un jeune homme qui était devenu fou devant un autel, une épée qui lançait des éclairs. Il décrispa ses mains sur le volant, renversant la tête. La portière arrière s'ouvrit, se referma. Des pas s'éloignèrent. Hackaliah ne se retourna pas.

Les cloches de l'église se remirent à sonner.

Jackson, palpitant, les pieds brûlants, s'appuya à une balustrade, à un bloc de l'église, incapable d'avancer. Sur la pelouse verte, il y avait des femmes avec de jolies robes. Des enfants, des invités qui bavardaient. Des chapeaux outranciers, des ombrelles.

Un homme dans un complet blanc trop grand pour lui. Avec un panama sur son crâne presque rasé. Il tournait le coin de l'église. Il avait quelque chose de métallique dans la main, quelque chose qui brillait au soleil. Il s'arrêta et Jackson, alors, vit Nhora. Il se demanda comment il avait pu ne pas la remarquer auparavant. Elle dépassait d'une tête toutes les autres femmes. L'homme au complet blanc l'avait vue, lui aussi...

Jackson se mit à courir à la seconde où le sabre jaillissait du fourreau. Nhora descendait les marches, hésitante, à la rencontre de l'homme au complet blanc. Les têtes se tournaient, les regards étaient intrigués, par la beauté de la femme, ou par l'épée...

Puis, des cris. Des cris affreux, glaçants...

Nhora s'assit sur une marche avec une expression intriguée, fixant des yeux la tache de sang sur la colonne, tout près d'elle. Puis elle regarda sa robe souillée et son bras, posé d'une façon bizarre sur ses genoux. L'ombre fondit à nouveau sur elle et, levant les yeux, elle entrevit l'éclat du sabre. Elle le sentit pénétrer en elle, bien que sa tête fût déjà allée rouler sur une autre marche sous l'effet de l'impact.

Le panama de l'homme au complet blanc était tombé. Il restait immobile sous le soleil, décontenancé, clignant des yeux, l'épée encore dressée, serrant la main sur une de ses cuisses. Il était aussi raide qu'une statue, mais il n'était pas vraiment en équilibre. Aussi tomba-t-il dès qu'on le toucha, sans lâcher son sabre, au garde-à-vous, le visage immobile sous le soleil.

Nhora avait vu approcher Jackson et elle avait voulu sourire et se lever. Mais elle n'avait pas pu. Le bras était lourd sur ses genoux, sa gorge congestionnée. Alors, elle l'attendit en espérant qu'il allait se hâter, mais il devenait plus indistinct à chaque pas qu'il faisait, jusqu'à la seconde où il s'agenouilla près d'elle, horrifié. Alors, elle ne le vit plus du tout.

Elle tendit la main et ses doigts touchèrent les siens, les serrèrent avec insistance, parce qu'elle voulait qu'il vienne avec elle. Puis, saisie par le doute, par une tristesse qui ternissait cette journée idéale, elle comprit que ce ne serait pas juste. Alors elle le laissa aller, à regret, et entrevit l'expression de peine inconsolable sur son visage. Elle ferma les yeux sans se rendre compte que Jackson lui avait pris de nouveau la main, qu'il avait ouvert ses doigts et mis ses ongles sur sa joue. Et que, de toutes ses forces, il les avait enfoncés dans sa chair.

Remerciements

Une somme importante de recherches a précédé la rédaction de ce roman et j'aimerais pour cela remercier ma sœur Su Mead, de Memphis, Tennessee, pour avoir pris tous les contacts nécessaires, préparé les interviews et fourni toutes les références nécessaires, m'apportant ainsi son soutien et ses encouragements durant de longs mois.

Cinéma et TV

De nombreux romans publiés par J'ai lu ont été portés à l'écran ou à la TV. Leurs auteurs ne sont pas toujours très connus ; voici donc, dans l'ordre alphabétique, les titres de ces ouvrages :

A la poursuite du diamant vert 1667 ***	Joan Wilder
Alien 1115 ***	Alan Dean Foster
Aliens 2105 ****	Alan Dean Foster
Angélique, marquise des anges	voir page 18
L'ami Maupassant 2047 **	Guy de Maupassant
L'année dernière à Marienbad 546 **	Alain Robbe-Grillet
L'Australienne 1969 **** & 1970 ****	Nancy Cato
Blade Runner 1768 ***	Philip K. Dick
Bleu comme l'enfer 1971 ****	Philippe Djian
La brute 47 ***	Guy des Cars
Cabaret (Adieu à Berlin) 1213 ***	Christopher Isherwood
Carrie 835 ***	Stephen King
Châteauvallon 1856 ****, 1936 **** & 2140 ****	Eliane Roche
Christine 1866 ****	Stephen King
La couleur pourpre 2123 ***	Alice Walker
Coulisses 2108 *****	Alix Mahieux
Cujo 1590 ****	Stephen King
Dallas 1387 **** & 1550 ****	Burt Hirschfeld
Des fleurs pour Algernon 427 ***	Daniel Keyes
2001 - l'odyssée de l'espace 349 **	Arthur C. Clarke
2010 - Odyssée deux 1721 ***	Arthur C. Clarke
Le diamant du Nil 1803 ***	Joan Wilder
Dynasty 1697 ** & 1894 ***	Eileen Lottman
E.T. l'extra-terrestre 1378 ***	Spielberg/Kotzwinkle
E.T. la planète verte 1980 ***	Spielberg/Kotzwinkle
L'exorciste 630 ****	William Peter Blatty
Les exploits d'un jeune don Juan 875 *	Guillaume Apollinaire
Le faiseur de morts 2063 ***	Guy des Cars
Fanny Hill 711 ***	John Cleland
Fletch 1705 ***	Gregory Mcdonald
Le Gerfaut 2206 ****** & 2207 ******	Juliette Benzoni
Isaura 2200 **	Bernardo Guimaraes
Jonathan Livingston le goéland 1562 * illustré	Richard Bach

Joy 1467 ★★ & **Joy et Joan** 1703 ★★	Joy Laurey
Kramer contre Kramer 1044 ★★★	Avery Corman
Le lendemain du crime 2199 ★★	Eileen Lottman
Lethal Weapon 2231 ★★★★	Joel Norst
Love story 412 ★ & **Oliver's story** 1059 ★★	Erich Segal
Mad Max au-delà du dôme du tonnerre 1864 ★★★	Joan D. Vinge
Michigan Mélodie 1289 ★★	Jacqueline Monsigny
9 semaines 1/2 2259 ★★	Elizabeth McNeill
Mission 2092 ★★★	Robert Bolt
Les oiseaux se cachent pour mourir 1021 ★★★★ & 1022 ★★★★	Colleen McCullough
Orphée 2172 ★★	Jean Cocteau
Le paltoquet (On a tué pendant l'escale) 1647 ★★★	F.-R. Falk
Pavillons lointains 1307 ★★★★ & 1308 ★★★★	M.M. Kaye
La petite boutique des horreurs 2202 ★★★ illustré	R. & L. Egan
Platoon 2201 ★★★	Dale A. Dyle
Police 2021 ★★★	Catherine Breillat
Poltergeist I 1394 ★★★	James Khan
Poltergeist II 2091 ★★	James Khan
Racines 968 ★★★★ & 969 ★★★★	Alex Haley
Rencontres du troisième type 947 ★★	Steven Spielberg
Rosemary's baby 342 ★★★	Ira Levin
Sauve-toi, Lola ! 1678 ★★★★	Ania Francos
Le secret de la pyramide 1945 ★★★	Alan Arnold
Le secret de mon succès 2216 ★★★	Martin Owens
Shining 1197 ★★★★	Stephen King
Star Trek 1071 ★★	Gene Roddenberry
Terminus 2122 ★★	Patrice Duvic
Thérèse Humbert 1838 ★★	Laurence Oriol
37°2 le matin 1951 ★★★★	Philippe Djian
Les 39 marches 1862 ★★	John Buchan
Tropique du crabe 2198 ★★★	André Rossfelder
Un mari c'est un mari 823 ★★	Frédérique Hébrard
Vas-y maman 1031 ★★	Nicole de Buron

2225
★★★★

Photocomposition Communication à Champforgeuil
Impression Brodard et Taupin à La Flèche (Sarthe)
le 26 juin 1987
6279-5 Dépôt légal juin 1987. ISBN 2-277-22225-9
Imprimé en France

Editions J'ai lu
27, rue Cassette, 75006 Paris
diffusion France et étranger : Flammarion